井上ひさしの劇世界

扇田昭彦

国書刊行会

目次

第四部 作品評・解説・書評 321

井上ひさしの劇世界

装丁　和田誠

第一部　作家論・作品論・人物論

神ある道化——井上ひさし論

1

ナンセンスの共和国へ

　井上ひさしは乱反射する一個のプリズムに似ている。まばゆくきらめくその光は見る者を眩惑《げんわく》させせずにはおかず、その多彩にいり乱れる光の源を探ることは必ずしも容易ではない。「現代の戯作者」、「才気煥発機知縦横」、「抱腹絶倒」、「綺想とナンセンスの作家」、「言語のフェティシスト」、あるいは「聖母の道化師」——井上ひさしに冠せられるさまざまな名辞の氾濫自体が、乱反射するこの作家の多面性、多様性を如実にあらわしているといってもよい。

　そして事実、これらの名辞は、多かれ少なかれ、井上ひさしの作品世界の一端をかなり的確に指し示してもいるのだ。だが、だからこそ、これらの名辞の一つのみによって、井上ひさしを裁断するとすれば（それは可能であり、しかもかなり容易でさえあるのだが）、私たちは井上ひさしの作品の全体像のかなり重要な、おそらくはきわめて本質的な部分をとり逃がすことになるだろう。必要なことは、乱反射する主要な光のどれをも見逃すことなく、いわば矛盾し、互いに背反する要素をそのまま保ちながら、多彩な光を放つこの発光体の光源がどんなものであるかを注意深く見定めることである。もしその測定が成功したとき、おそらく世上一般にいわれる井上ひさし像は、かなり異なった相貌をおびて浮かびあがってくるにちがいない。

　だから私たちはいま、乱反射するそれらの光のひとつひとつをたどりながら、それらの光がどこから発し、どこへ向かって放たれているのかをひとわたり見渡してみなくてはならない。

　まず第一に私たちを眩惑するのは、井上ひさしがその才能の最良部分を傾けて駆使する華麗な言語遊戯の「光」である。

　他の何者であるよりも、まず魔法使いならぬ「コトバ使い」（「現代歌情――民謡」「朝日ジャーナル」一九七二年二月十八日号、傍点＝引用者、『さまざまな自画像』所収、中央公論社、一九七九年）であることを自認する井上ひさしにとって、しかもどんなに言論抑圧の激しい冬の時代が来ようとも、「お得意のアイマイ語法によってひょっとしたら魔法使いになれるかもしれぬ」（同）とまで考えるこの「コトバ使い」にとって、ことば遊びがどんなに重要で本質的な意味をもっているか、彼の戯曲群がいかにことば遊びの洪水にひたされているか、それどころかむしろことば遊びがひとつも出てこないページを見つけることの方がどれほどむずかしいか、いまさら贅言《ぜいげん》は無用だろう。

　彼のことばに対する基本的な態度は、「ことばの意味よりも音の遊びを重視しよう」（「意味より音を」、『十一ぴきのネコ』再演パンフレット）という一句に、建前としては要約することができる。それは、彼自身のことばでさらに詳細にいいかえるなら、次のようなかなり挑発的な「宣言」に要約される。

「ぴちぴちしたコトバは意味よりも音の響きを大切にしたものであり、ぱさぱさしたコトバは音の響きを犠牲にして意味をより重視したもの、といえるのではないかと思われる。／（中略）日本語ほどコトバ遊び、もっと正鵠を期するとコトバの音遊びの豊富な言語はないだろう。意味より音を！　といったのはこのことで、小説や戯曲の中の死語の氾濫を防ぐ有力な便法のひとつは日本語に顕著な音遊びを、コトバの音としての機能を、意味と同じぐらいは重んずることだろうと思うのだ。他は知らず、私はそう考えて、小説や戯曲を書いている」。（「意味より音を」、「東京タイムズ」一九七二年十月二十三日、中央公論社『パロディ志願』所収）

井上ひさしがこういうとき、それは何よりも「ぴちぴちしたコトバ」、つまり豊かな響きとリズムにあふれた新鮮な現代の日本語をつくり出そうという目標が念頭にあることは確かだし、新聞などのインタビューで井上ひさしは繰り返し、このような趣旨を語ってきた。

だが、「意味より音を！」めざし、それを実践するとき、しかも音声としてのことばの奇抜な組み合わせや配列に文字通り淫するまでの快楽を覚えるタイプの作家である井上ひさしによってそれがおこなわれるとき、ことばは必然に或る異様な「転倒」、極限すればある「倒錯」の様相をおびざるをえない。なぜなら、駄洒落・地口・語呂合わせを典型とすることばの遊びは、もしそれが単なる機知のきらめきの段階をとび越えて、遊びそのものの深みに徹底的にのめりこんでいったときには、合理的な意味（センス）が音声に優先する日常言語のあり方を根底から転倒させ、それによって逆に音声が意味を従属させ、無化する非合理なナンセンスの独立国をつくろうとする試みにまでたどりつかざるをえないからである。その点において、井上ひさしはまさに、言語の意味体系を紊乱《びんらん》させ、新しいナンセンス言語の体系づくりをめざす音声的言語の偏執狂的愛好者に他ならない。ここにはたしかに、井上ひさしの真髄のひとつがある。たとえば、次のような卓抜なことば遊びの劇中歌を、私たちは彼の戯曲群の至るところに見出すことができる。

この世は　暗く／お先は　真っ暗／土竜《もぐら》の　盲《めくら》／阿保陀羅《あほだら》　駱駝《らくだ》／喰《く》ら喰ら　喰らえ糞喰らえ／桜に　柘榴《ざくろ》／女の　胸倉／脹らむ　股倉／……地獄目指して驀地《まっしぐら》（『表裏源内蛙合戦』）

好いた同士に　　うれしや秋は
二人そろって　　月見のお酒
たがいに着物を　萩《はぎ》の花
いろいろ話を　　菊《きく》の花
おや、しかとわからぬあなたの気持
ちょっと、わたしが気を紅葉《もみじ》（『天保十二年のシェイクスピア』）

さらに意味と音声のほどよい中庸のバランスが崩れ、音声が意味から離陸しはじめるナンセンス言語の典型的な一例は、たとえば『日本人のへそ』におけるトルコ嬢「ヘレン天津《あまつ》」と客の

「鉄道員」との対話「土耳古《トルコ》行進曲」のなかに見出される。

ヘレン　そう、椰子《やし》の実を獅子《しし》が食うの。
鉄道員　菱《ひし》の実を狒々《ひひ》が食うんだ。
ヘレン　裏の露地裏の裏地屋さんの裏口で？
鉄道員　そのまた裏の表道で。
ヘレン　道理で。
鉄道員　マンジュウより芋が安しさ。
ヘレン　金が仇《かたき》の世の中に？
鉄道員　姉が裸足《はだし》で野の中に。
ヘレン　金に恨みは数々よ。
鉄道員　派手に上着は数々あるけど。

すでにここにおいては、ことばは合理的な意味伝達の機能を完璧なまでに奪い去られている。まぎらわしい音声のつらなりばかりが無限の自己増殖を続けるおかしな、おかしな井上式ナンセンス・ワールドの門のうちに、すでに私たちは招き入れられているのだ。

だが、それにもかかわらず、私たちは、井上ひさしがその完璧な意味で、このナンセンス言語の小宇宙に閉じこもり、そこに安住することのできない作家であることにも、同時に目を注がねばならない。いいかえれば、これらの綺想を凝らしたことば遊びの花々がどんなに絢爛と咲き誇り、見る者の目を眩惑しようとも、戯曲総体から見るならば、これらナンセンスの花々は、結局のところ作品や舞台をにぎやかに楽しく盛りあげるための周到な小道具にすぎず、決して井上作品の「主役」ではありえないということだ。なぜなら、戯曲の中心テーマともいうべき部分では、井上ひさしはほとんど皆無といっていいくらい、この種のことばの遊びを用いようとはしないからだ。

たとえば、『表裏源内蛙合戦』のメイン・テーマは、驚くほど完結で直截な、むしろこれこそ「新劇的」ともいうべき決意表明風のアジテーションのことばでつづられている。

美しい明日を
みんなは持っているか
美しい明日を
心のどこかに
貧しさを踏みにじり
病を川の中へ
ゴミタメに太陽を
くらやみに光を
やさしさにやさしさを

ちからにはちからを
武器をとりなさい
明日を美しくしたいなら

あるいは、ほとんど狂躁的といえるまでにかずかずの言語遊戯のテクニックを駆使した『道元の冒険』においても、劇中に登場する次のようなテーマソングは、これまた驚くほどひたむきであり、言語遊戯はその影すらとどめない。

夢は短い狂気
狂気は長い夢
夢から醒《さ》めるときは
死ぬとき
……
この世になにひとつ
夢でないものがあるか
この世にどれひとつ
狂っていないものがあるか

たしかに井上ひさしは偏執的なまでの嗜好《しこう》と愛着と根気をもって、日々あらたなことば遊びの創出に心を傾ける卓抜なナンセンス言語の錬金術師である。だがそれと同時に、彼は決してみずからつくり出した純粋ナンセンスの小宇宙に自足しきることのできないタイプの「コトバ使い」なのであり、みずからの「思想」やテーマを積極的に語り出そうとするとき、彼が得意とする語呂合わせや駄洒落は、まるで真昼の幽霊のように、あるいは夜明けの光を浴びた吸血鬼のように、たちまち影をひそめてしまうのだ。

要するに、井上ひさしはその建前と嗜好においては「意味より音を!」と主張し、しかもその主張を常識をはるかに上回る過剰さと執拗さで現実に実践化しつづけながらも、その本音ともいうべき「メイン・テーマ」の部分では、しごくあっさりと「音より意味を!」という伝統的な立場に席を譲り渡してしまう。

つまり、井上作品においては、意味伝達を主目的とする日常言語と、それを転倒させた音声優位の非日常的ナンセンス言語とは、互いに自己を主張しつつ背反しあい、決してしあわせな融合調和を遂げることがない。華麗で奔放な言語遊戯の渦で観客を魅了する『表裏源内蛙合戦』のなかで、前述の「美しい明日を/みんなは持っているか……」というあまりにも「まっとう」なメイン・テーマの登場が、いかにもとってつけたような唐突な違和感を私たちに与えるのもそのためであり、いわばこの戯曲は、意味的言語と音声的言語とが奇妙な離反状態のまま宙吊りになっているという意味で、完全に二極に分裂した作品だということができる。

そしてこの互いに背反しあう二極分裂の様相こそ、井上ひさしの全作品を貫通し、その構造を解きあかす重要なキーポイントなのである。

2

趣向と神

つづいて私たちは、観客を眩惑する井上ひさしの第二の「光」、すなわち、「趣向」の問題に歩を進めなければならない。

かつて「ドラマトゥルギーは、技術ではなくて思想なのだ」（『新劇』一九五五年一月号）という有名なことばを書いたのは、戦後リアリズム新劇を代表する木下順二だが、もし井上ひさしがこれと同様の定義をするとすれば、彼はただちに「ドラマトゥルギーは、思想ではなくて趣向なのだ」と断じるにちがいない。

なぜなら、戯曲『天保十二年のシェイクスピア』（一九七四年初演）の公演パンフレット（一九七四年一月）の冒頭で、井上ひさしはかなり挑戦的な態度でこう「宣言」しているのだ。

芝居は趣向。／これが戯曲を執筆するときのわたしの、たったひとつの心掛けである。（中略）……良い戯曲にはきっと申し合せたようになにかしら良い趣向が凝《こら》してあることは、読みの確かなお人なら、とうの昔に気付いておられるにちがいない。新劇の公演の大半がつまらないのは、趣向より先に思想をこねくりまわすことに奇妙な知的興奮をお覚えになる向きが、この業界に多いせいで、これはほとんど許し難い虚栄心である。／芝居においては、一が趣向で二も趣向、思想などは百番目か百一番目ぐらいにこっそりと顔を出す程度でいい。誤解をおそれずに言えば、芝居では思想さえも趣向のひとつなのだ。趣向がぴしゃりと嵌っていれば思想などは自然に湧き出てくる。思想というものは大なり小なりだれにでも持ち合せがあるはずのものだから、ひとりでに滲み出してくるのを待てばよい。芝居小屋に於ける思想とはそういうものだろうと、わたしは頑迷に信じこんでいるのである。（「芝居の趣向について」、『パロディ志願』所収）

このいささか興奮気味で強引な「宣言」は、彼の演劇界における事実上のデビュー作だった『日本人のへそ』や、それに続く『表裏源内蛙合戦』に対する新劇界の反応の多くが、その「奇想天外にして才気煥発」な才能や芝居としての面白さは十分に認めつつも、しかし同時に「底の浅さは否めない」「思想哲学がない」「志が低い」……といった批判や留保を決まったように付けたことに対する感情的反撥と憤懣のあらわれと解することができるが、同時に彼の劇作術の重要な一面を見事に要約したことばとしても見逃すことができない。

もとより、ここで井上ひさしのいう「趣向」とは、初世並木五瓶《ごへい》の著と伝えられる『戯財録《けざいろく》』（一八〇一年）が歌舞伎狂言の作劇法の典型として説き、最近では中村幸彦氏が名著『戯作論』（角川書店、一九六六年）のなかで、この本の一節を引用しつつ詳細に分析した「趣向」と「世界」との対立関係性を踏まえてのうえであることは明白である。『戯財録』の一節は、太閤記というだれもが熟知する「竪筋」＝「世界」に、石川五右衛門のストーリーを「横筋」すなわち「趣向」としてからませていって、『楼門《さんもん》五《ご》三桐《さんのきり》』という歌舞伎狂言の面白さが織り出されてくるまでのプロセスを典型的な例としてあげているが、井上ひさしが『天保十二年のシェイクスピア』で試みたのも、まさに講談『天保水滸伝』という「世界」の竪糸に、シェイクスピアの全戯曲三十七編を横糸として織りこんで、不条理きわまりない血みどろの大量殺人大喜劇を編みあげようという奇抜な「趣向」だった。

つまり、「世界」というものが、観客が知りぬいていると思いこんでいる常識的認識の表層であるとすれば、あるいは『戯財録』風にいえば「仕古したる」「有来り」の世界であるとすれば、そこに横糸として織りこまれる「趣向」は、この安定した既知の世界像に一挙にまったく新しい異様な光を浴びせ、あるいはそれを根底から転倒させてしまう徹頭徹尾人工的な仕かけ、からくりである。

この鬼面人を驚かすたぐいの「完全」に人工的なからくりこそが、「趣向」を特徴づける最大のものであり、事実、井上ひさしは、その奔放で奇想天外な「趣向」のかずかずで戯曲のほぼ全面をおおいつくすことによって、従来のリアリズム中心の新劇とは明らかに違う質と肌合いの「綺想のドラマ」を次々に送り出してきた。

「観客はおそらく作者の『世界』を見に来るのではない、その『世界』がどのような『趣向』に乗っているのか、それを確めに劇場へ足を運ぶのである」（「趣向を追う」、『波』一九七四年一月号、『パロディ志願』所収）という井上ひさしのことばは、こうした彼自身の「趣向」の卓抜さと面白さに対する強い自信に支えられているといってよい。

では、井上ひさしの「趣向」を特色づける最大のものとは何かといえば、それは何よりもまず、どんでん返しの頻出・多用という形で姿をあらわした。実際、井上戯曲におけるどんでん返しの頻出ぶりと執拗さは、言語遊戯同様、一種偏執的なほてりさえおびている。

しかも多くの推理小説におけるどんでん返しが、思いもよらぬ意外な人物が犯人と判明することによって完結するという比較的単純な構造から成り立っているのに対し、井上戯曲におけるどんでん返しは、舞台の設定を支えてきた構造全体が次から次へとひっくり返っていく点に一番の特色がある。むろん、劇構造そのもののどんでん返しは、たとえば安部公房の『城塞』(一九六二年)、清水邦夫の『狂人なおもて往生をとぐ』(一九六九年)、あるいはサルトルの『アルトナの幽閉者』(一九五九年)、さらに巧妙な例ではジュネの『女中たち』(一九四九年)などの戯曲にも見られる手法であり、それ自体としてはさほど珍しいテクニックではない。だが、井上ひさしのように、どんでん返しそのものを何重にも徹底化して劇構造の中心の柱にすえてしまうといった偏執的な地点にまで行きついた例は稀有というほかはない。

たとえば、デビュー作『日本人のへそ』は、極言すれば、全編ことごとくどんでん返しから成り立っているような作品である。簡単にその構造を要約すると、心理学の教授の指導で、吃音症《きつおん》患者たちが吃音矯正のための治療劇として、浅草のストリッパー「ヘレン天津」の一代記を演じるという、どこかペーター・ヴァイスの『マラー/サド』(一九六四年)を連想させる二重構造の設定で芝居は始まる。だが、第二幕の冒頭に至って、第一幕のすべては劇中劇であり、これは教授に扮した本物の吃音の代議士を治療するために、代議士の関係者一同が演じていたお芝居だったという第一のどんでん返しが来る。その直後に、当の代議士は何者かによって刺殺されていたことが分かり、芝居はにわかに推理劇の様相をおび始めるが、アリバイ探しの結果、代議士の愛人「ヘレン天津」と「ワタヤ助教授」の情事が明るみに出た瞬間、殺されたはずの代議士が登場し、以上すべては「ヘレン天津」の密通の事実を確認するための手のこんだ芝居だったと言明する（第二のどんでん返し）。しかし、そのとたん、またもや事態は一変し、以上すべては、「ワタヤ助教授」の指導によって吃音症患者たちが演じていた治療劇（劇中劇）であることが判明する……。要するに『日本人のへそ』は、劇構造をめまぐるしく転倒していく三重のどんでん返しから成り立っている。

同様のどんでん返しは『道元の冒険』の「エピローグ」においても起こる。それまでは、時空を越えて互いに同じ夢を見る曹洞宗の開祖道元と、狂人扱いされて監禁される現代の新興宗教の教祖の物語が交互に進行、展開していたのだが、このラストシーンに至って、以上すべては、自分を「道元」だと信じこんでいる現代の精神病者たちが隔離病舎のなかで集団的に見た夢だったことが明らかになるのである。

そして、このどんでん返しを文字通り偏執的な執拗さで徹頭徹尾多用した、おそらく世界の戯曲史上でも類例のない作品が『珍訳聖書』（一九七三年）である。しかもこの戯曲は、井上ひさしが過剰なまでのどんでん返しの果てにいったい何を顕現させたかったかを明らかにした点でも、きわめて示唆的で重要な意義をもつ作品なのだ。

『珍訳聖書』がどんな構造の作品であるかは、この劇の本当の主人公である台本作者の「男」が終幕近くで語る次のセリフを引用するのが一番適当だろう。

……意外性、これもふんだんにある。犬の芝居、じつは意外や帰還兵士の復讐劇、だと思ったらまた意外や浅草ラック座のショー、ところがまたまた意外や浅草警察署の署長と保安係刑事の深夜の検証劇、しかしここで四度目の意外、以上すべては演劇コンクールに参加する警察署の演劇サークルのお芝居だった、というのも真ッ赤な嘘で、本当はやはり全部ショーだった。どうですか、意外の連続でしょう。

要するに、この芝居において、どんでん返しは合計五回起こり、劇そのものは六重の構造をなしている。たとえていえば、これは一つの箱のなかに、それよりも小さな箱を入れ、その第二の箱のなかにさらにそれよりも小さな第三の箱を詰めこむといった操作を次々に続けていった結果出来上った六重層からなるからくり箱のドラマなのであり、したがってドラマの展開は、この一番中心にある小箱を手始めにして、次から次へとその外側にある箱を破壊していくという手順をとる。いいかえれば、この劇を見る私たち観客は、自分たちが坐っているいかにも堅固な床や天井がみるみるうちに崩れ落ち、その向こうにまったく新しい部屋（＝世界）がひろがっているのを発見するが、そのあらたな部屋もまたたく間に崩壊と消失をとげ、その外側からあらわれたさらに異形の部屋もまたみるみるうちに完全に解体して、さらに異様な部屋があらわれるといった一種の無限循環的な悪夢にも似た戦慄と不安を、哄笑と同時に味わうことになるのである。
これはたしかに井上ひさしの「趣向」である。しかし、「趣向」がここまで執拗に徹底化したのを見るとき、私たちはこの作者が決して観客をおもしろがらせるためにのみ、この偏執的なまでに手のこんだどんでん返しのドラマを書いたのではないことに気づかざるをえない。
なぜなら、どんでん返しによって崩れ落ちる一つ一つの劇構造は、そのまま私たちをとり囲む無限なまでに多用で雑多な「現実」のかたちに対応しているはずだからである。一見もっともらしい「真実」とみえた「現実」が、実はたんなる虚妄にすぎないことを明らかにする動揺と崩壊の果てに、主人公である台本作者の「男」が舞台の上で叫ぶ。

支配人、これでおしまいです。ちょっと変ったショーが出来たと思いますが、如何《いかが》です？

（傍点＝引用者）

このひと言で、舞台にはじめて「秩序」が訪れる。ひょっとしたらこれは無限に続くのではないかという恐怖の予感さえ与える相次ぐどんでん返しの混沌の果てから、ようやく、強固にして揺るがぬ「真実」の地平線が姿をあらわしたのだ。「男」はいまはじめて、彼の正体、すなわち「浅草のキリスト」であるという「真実」の姿をあらわす。そして私たちはこの瞬間になってはじめて、この芝居がなぜ、猫でも猿でも鳥でもなく、まさに「犬の芝居」として始められなければならなかったのか、という真の理由をも理解することができる。すなわち、犬＝DOGをどんでん返し（＝転倒）するときにあらわれるもの、それはまさにGOD＝神にほかならない。

むろん、かつてのユダヤの国のキリストがそうであったように、この現代の日本においても、このしがないストリップショーの台本作者を「浅草の救世主」であると認めるものはだれ一人いない。なぜなら、劇場支配人のセリフが如実に語っているように、彼はその台本の挑発的な諷刺性においても、警察の取り締まりに真っ向から対立する過剰なまでのエロティシズムの表出においても、何事も平穏無事をこととする劇場側にとってはあまりにも危険でやっかいな人物、すなわち「おれたちの求めていたような救世主じゃなかった」からだ。

だが、「一同呆然」とするなかで、「男」は昂然《こうぜん》と言い放つ。

男　わたしはキリストです。ユダヤの人は長い間ひたすら救世主を待っていた、浅草の人と同じように、ね。そしてついにユダヤへ救世主はきた。しかし、彼は、ユダヤの人が待ち望んでいたような救世主ではなかった。彼はユダヤ人が望んでいたローマからの独立に手をかさなかったし、お金を儲《もう》ける方法も教えてくれなかった。楽にこの世を生きる方法はなにひとつ教えてくれなかった。ただ、自分と闘うことだけが必要だと、それだけを教えた。自分で自分をお目こぼしするのはいけない、それだけを教え、そして殺された……。（傍点＝引用者）

そして彼自身のことば通りに、「男」は劇場支配人の雇った殺し屋のナイフによって、そば屋の屋台の前であっけなく殺害される。屋台の主人のつぶやく、「アーメン」ならぬ「ラーメン！」というギャグ的な〝祈り〟のことばに送られつつ。

要するに、笑いとギャグにみちた執拗などんでん返しを主柱とした井上ひさしの劇構造は、混沌と動揺の果てに、そのまま世界の「真実」を開示するキリストの降臨と受難の劇につながっているのだ。

かつて井上ひさしは、「自分の『世界』に観客の嬉しがりそうな『趣向』を潜り込ませるのは妥協であるかもしれない。……（中略）だが、この妥協のなんと快いことであるか。他人様に笑っていただけるなら命も惜しくないと思っている幇間根性のわたしには、これ以上すばらしい妥協なぞないのである」（「趣向を追う」）と書いた。

だが、ひたすら「他人様に笑っていただけるなら命も惜しくない」と言明するこの作者の「幇間根性」が生み出す奇抜な「趣向」のかずかずが、たんなるパロディ的な笑いや諷刺の次元を越えて、実は現代人における神と救済の主題に直結していることを知るとき、一般にはもっぱら軽妙な「戯作者」と呼びならわされ、みずからもそれを半ば許容しているかにみえるこの劇作家の顔は、確実にある別な、いわば「聖なる」光のもとに浮かび上ってくるはずである。

つまり、ここでも私たちは、「幇間」と「救済者」という井上ひさしにおけるあらたな二重性を目撃したことになる。

3　キリスト受難劇の変奏

井上ひさしの戯曲のもうひとつの大きな特色は、ほとんど必ずといっていいくらい、生まれながらにして卓抜な能力や力量をそなえた貧しく若い主人公が、おのれにとっての真実を求めて苦闘にみちた生涯の旅に出るという一代記の形をとっていることである。

それは最も素朴な形では、『日本人のへそ』の中心的な劇中劇として演じられるストリッパー「ヘレン天津」の一代記という形であらわれる。彼女における卓抜な「力量」とは、いうまでもなくどんな男をも魅了せずにはおかないずばぬけてグラマーな肉体美であり、彼女の求める「真実」とは、しあわせな結婚、あるいは、代議士の愛人という玉の輿《こし》に乗ることを意味する。『表裏源内蛙合戦』『道元の冒険』は、それぞれ世に抜きんでた才能をそなえた平賀源内と道元の一代記であり、平賀源内においてはおのれの才能と才知のまばゆい開花による輝かしい野心的な栄達こそが、追い求める「真実」であり、道元におけるそれは、「まことの道」、すなわち完全な悟りを求めての果てしないさすらいの旅である。『十一ぴきのネコ』もまた、リーダーとしての才能に恵まれた主人公格のにゃん太郎の一代記という体裁をそなえており、彼の求める「真実」とは、たとえ「物資は乏し」くとも、「お互いの間に優しさが満ち溢れ」、「ネコがネコのために互いに役立とう」という「理想と希望」がだれの胸にも燃え輝いている「野良猫ユートピア」の建設にほかならない。『藪原検校』における稀代の悪の才能にあふれた杉の市の一代記は、いわば裏返された真実、つまり善の対極にある悪の真実の大道を終末に向かってひた走る暗い青年の物語ということができる。さらに前述の『珍訳聖書』は、しがない台本作者、実は「浅草のキリスト」の生と死の一代記であるし、多彩な登場人物が錯綜し、主人公というものが見定めがたい『天保十二年のシェイクスピア』でさえ、ドラマの後半をほとんど一人でになう、悪だくみと陰謀の仕かけ人としての卓抜な才能に恵まれた「佐渡の三世次」の立身出世を求めての無残な一代記としてとらえることができる。

　しかもここでただちに気づくのは、「真実」を求めるこれらの主人公たちの一代記の多くが、死もしくはそれにひとしい受難をもって終わるということである。平賀源内は、世に先んじた才能の過剰さと奔放さのゆえに、出世の道を完全に閉ざされて不条理な獄死を遂げる。道元は比叡山の僧兵や朝廷勢力から迫害＝法難を受けるし、時空を越えた彼のまぎれもない現代の分身である新興宗教「男女血清合体教」の教祖は残酷なロボトミーの手術を受けて廃人同様の姿となる。「野良猫ユートピア」を志向したにゃん太郎は、いまや繁栄と発展を続ける猫の国の権力者になりあがったかつての同志たちの手によって闇のなかでひそかに撲殺され、「浅草のキリスト」は背中にナイフを突き立てられ、藪原検校は世にも残酷な三段斬りの極刑に処せられ、佐渡の三世次は出世の階段をのぼりかけたところを、竹槍で串刺しにされる。

　ここまで来て私たちははじめて、なぜ井上ひさしが彼のドラマをほとんどつねに一代記の形式で描かねばならなかったかという理由をほぼ了解することができる。つまり、作者は、どうあっても彼の主人公をその結末において受難もしくは殉教させることによって、主人公を「キリスト」として顕現させなければならないのであり、そのための器として、主人公にかなり長期にわたる生の遍歴と時間を与える一代記は必須の形式なのである。つまり、井上ひさしのドラマは、その本質において、ほとんどすべてが「キリスト受難劇」の多彩なヴァリエーションにほかならない。

もとより、ここにおいて、受難する主人公が、道元のような聖人であるか、源内のような俗人であるか、あるいはにゃん太郎のような善人であるか、杉の市や佐渡の三世次のような悪人であるかという世の常識的な判断や区分はほとんど意味をなさない。なぜなら、劇中の主人公たちは、山口昌男流のいい方をすれば、「日常生活の秩序にたいして、記号はマイナスとつくかプラスとつくかの違いを除けば、反秩序、過剰性という点では一致」（『歴史・祝祭・神話』中央公論社）しているからであり、悪の権化ともいうべき藪原検校や佐渡の三世次は要するに裏返しのキリストであり、マイナス記号をプラスに反転すれば、ただちに「聖なる」キリストに変容しうるからである。

しかし、ここで忘れてならないのは、ここに登場する受難のキリストたちが、ことごとく道化的キリストだということだ。道化という存在が本来、聖と俗、現実と非現実、秩序と混沌、正気と狂気、賢者と愚者、崇高と卑小、禁欲と好色といった相反する二つの極に身を置いている者であるという定義はあらためてのべるまでもない常識だが、井上ひさしの描く「キリスト」たちはことごとくこの両極に足をかけるという道化の基本的条件を満たしている。しかも彼らは、その才智や力量や欲望の並みはずれた鋭さと過剰さによって、彼らをとりまく集団や共同体や社会の住民たちを驚嘆させ、魅了し、平板で単調な日常の秩序に対して強烈な異議申し立てをし（たとえその方向が善のベクトルをとろうと、悪のベクトルをとろうと）、そこに非日常の祝祭的な活力を吹きこんで、整序された日常の彼方にひろがる未知の広大な荒野、あるいは「聖なる」幻像《ビジョン》を一瞬垣間見させはするものの、結局は、その過剰性のもたらす反秩序の侵犯性のゆえに断罪され、格好の犠牲山羊《スケープゴート》として血祭りにあげられる滑稽で無残な道化にすぎないということである。『藪原検校』の終幕近く、松平定信に杉の市こと藪原検校の三段斬りの極刑を進言する塙保己《はなわほき》市《いち》の次のセリフは、彼ら「道化的キリスト」たちの運命と役割を如実に物語って余すところがない。

保己市　（略）彼（＝藪原検校）こそ、定信様のいけにえといえましょう。村々の祭は、年に一度の、浪費、出鱈目、ばかさわぎです。しかし年に一度のそれがあるから、あとの毎日を百姓たちは、つつましくこつこつと生きることが出来るのです。その点彼は祭の主役にふさわしい男です。（略）もっといえば正常人の敵なのです。祭に敵を屠《ほふ》ることぐらい見物衆を興奮させるものはほかにありません。祭のあと、見物衆はより勤勉に、より倹約家になりましょう。……彼はおそらくそのために生れ、これまで生きてきたのです。盛大に彼をみせしめにすべきです。

要するに、井上ひさしが強い悲しみをこめて描きつづけるのは、すべて、これら道化的キリスト群像の滑稽で無残な受難の種々相にほかならない。しかも、キリストをもっとも深い意味における道化としてとらえる視点はきわめて正当、適格な見解だということができる。反秩序、反常識の侵犯性のゆえに犠牲山羊として十字架に架けられたキリストこそ、ある意味ではもっとも典型的にして聖なる道化なのだ。

例えば、一九七一年にニューヨークで初演の幕をあけ、一九七四年にはロンドンで千二百回を越えるロングランを続け、映画にもなったミュージカル『ゴッドスペル』(ジョン・マイケル・テベラック脚本、スティーヴン・シュワーツ作曲)は、まさにキリストと十二人の使徒を真正面から道化としてとらえた作品であり、キリストをはじめ登場人物たちはすべて、サーカスかミュージック・ホールの舞台かと見まがうばかりの典型的道化のメーキャップと衣裳で姿を現した。そしてこの舞台は多くの批評家によって、「もっとも聖書の精神に近い敬虔な作品」と評されたのである。

むろん、井上ひさしにおける「道化的キリスト」は、ミュージカル『ゴッドスペル』の「キリスト=道化」ほど、素朴でも単純でもないし、しあわせな楽天性をおびてもいない。だが、『藪原検校』や『天保十二年のシェイクスピア』のように、たとえそこに展開される劇世界が陰々滅々とした屈折をとげ、一見荒涼でニヒリスティックな不条理性をおびていても、いやむしろ劇世界がかつてのストレートな「メイン・テーマ」を消失して暗くなればなるほど、かえってそこに救済への思いと主題が沈潜しているように見えるのは、果たして私だけだろうか。少なくともここで私たちがいえることは、井上ひさしは現代まれにみる宗教的な劇作家だということだ。

4

背反する二重性

井上ひさしを貫くもの、それは要するに、この作家のあらゆる相を通してあらわれる背反的二重性である。すでに戯曲『道元の冒険』のなかで、若き「道元青年」は、次のようなセリフを通して、この世の真実を垣間見ていた。

道元青年　……待てよ、わが師天童如浄様はいつかこうおっしゃっていたぞ。世のあらゆる事物で二重性をそなえていないものはない、と。つまり、すべてのものには必ず表と裏とがある！

「世のあらゆる事物」を表と裏に分かれた「二重性」の相のもとに眺めるということ、つまり万物を唯一絶対の尺度や視点から見ないという、この複眼的思考法は、しかし何よりもまず井上ひさし自身に適用されるべきである。なぜなら、「世のあらゆる事物」のなかで、作家井上ひさしほど、この「表」と「裏」との「二重性」の間をつねに激しく揺れ動いている書き手はまれだからだ。それはいいかえれば、内面の衝動がつねに相反する二方向にむかって噴出して止むことのない精神構造を意味する。

一例がこの作家の処女長編小説『ブンとフン』（一九七〇年）である。この小説を井上ひさしは、ひたすら「馬鹿馬鹿しいものを書きたい、またそれが自分に最も似つかわしい」（『ブンとフン』あとがき）と思って書き始めた。そして、事実、「ありとあらゆる常識や作法をひっくりかえそう」（同）という作者の熱い思いは、奇想天外な想像力の流れとなってほとばしり出て、わが国のナンセンス文学の傑作となって結実したのである。

だが、この小説『ブンとフン』は決してナンセンスの宇宙に徹し切った作品ではない。いや、より正確にいえば、ナンセンスに徹し切ろうとする作者の内面の強い衝動は、同時に生真面目さと敬虔さに赴こうとする反対方向への強い衝動をも生み出さずにおかないのであり、だからこそ、この小説はその総体において、「ナンセンスと愛と革命」という、通常では結びつかない要素が実に不可思議な結合の仕方をした傑作になりえたのである。おそらく、井上ひさしのこれまでの作品のうちで「綺想の作家」と「愛と救済の作家」とが、これほど純粋無垢でしあわせな結合と融合を遂げた作品は、他にほとんど例を見ない。

だが、井上ひさしにおけるこの背反的二重性をもっとも可視的に如実に示すのは、彼の戯曲の登場人物たちの多くが、「表」と「裏」の対をなして現れるという事実である。『道元の冒険』における「昔の道元」（本物の道元）と、その分身である「今の道元」（新興宗教の教祖）の対応、あるいは『藪原検校』における杉の市と塙保己市の対立もその好例だが、もっとも典型的なのは、「表の源内」と「裏の源内」が互いに掛け合い式の対立・抗争関係を重ねながらドラマを展開していく『表裏源内蛙合戦』である。

「表の源内」はいわば建前主義の源内を代表し、往々にして心情的であり、時には「武器をとりなさい／明日を美しくしたいなら」というテーマソングの共鳴者である。これに対して「裏の源内」は抜け目のない実利主義者であり、実生活の知恵者であり、「表の源内」に対する痛烈な批判者であると同時に、貴重な助言者でもある。こうした「表」と「裏」の明確な分離と掛け合い形式をとることによって、作者は同一人物の内的対立や葛藤を、たとえば独白といった旧来の手法に頼ることなく、斬新な形式で表現するのに成功したのである。

だが、ここであえて一言つけ加えておくとすれば、ここにおいて「源内」はたしかに「表」と「裏」に分裂しているが、しかしだからといって、「表の源内」と「裏の源内」を重ね合わせ、合体させれば、完全な「源内」像ができあがるとは思えないということだ。おそらく井上ひさしは、古典的な意味での「性格」というものをほとんど信じてはいない。彼にとって人間とは、ある一点に固定された中心軸を持つような形での確定した存在ではなく、あくまで分極化した地点から他方の極の地点へと飛びめぐる動揺つねなき存在であって、確たる同一性の人格や自我に対する信頼は初手から失われている。だから、源内にせよ道元にせよ、あるいは小説『手鎖心中』『江戸の夕立ち』の主人公たちや『モッキンポット師の後始末』に登場する学生たちにしろ、井上ひさしが扱う人間たちは、個性的であるよりは、記号的であり、ことばや行動の多彩さの割には、個的な人間臭はむしろ少ない。その点で、井上戯曲の登場人物たちは、白塗りの無表情な顔のまま、驚異的な猛スピードで世界中を駆け回り、不条理な世界と格闘するあのバスター・キートンにきわめて近い。

しかし、いずれにせよ、すでに見てきたように井上ひさしにおける背反的二重性はあまりにも明らかだ。悪ふざけと敬虔、過剰と節度、浪費と倹約、遊びと勤勉、反逆と秩序、悪と善、俗性と聖性、好色と禁欲、野卑と崇高、下降志向と上昇志向——あらゆる二律背反が井上作品のなかで互いに矛盾対立したまま、せめぎあい、渦を巻き、それぞれ譲歩することなく自己を主張する。いい方を変えれば、要するに井上ひさしは、つねに相反する二つの極に足をかけているタイプの作家なのであり、その意味で彼は、彼の戯曲の主人公たち同様、本質的に道化の劇作家なのである。

それをさらに換言すれば、彼はその内部につねに二つの焦点を持つ楕円形タイプの劇作家ということになるだろう。二つの焦点のうちの一つを欠いても、小説家としてはともかく、劇作家としての井上ひさしは片時も存在しない。二つの焦点が互いにどのような距離と緊張を保ちつつ、ダイナミックな躍動の軌跡を描き、楕円の形態を変え、スケールを拡大していくか、井上戯曲の今後の展開はおそらくこの点にかかっている。

そして、つねに二つの極に足をかけている道化の劇作家という規定は、同時に、井上ひさしがロマン派の劇作家とは対照的な地点に位置する劇作家であることをも物語る。なぜなら、相反する二つの極につねに足をかけているということは、つねに醒めた目を持つことを必要条件とするからであり、そのようにいつも両極を見る複眼的思考は、ロマン派特有のひたすらな憧憬や一方の極へとのめりこんでいく陶酔、そしてその結果としてのアイロニーといった概念とは本来的に対立するからである。実際、井上ひさしの全作品を通していえることは、そこに情念の奔出はあっても、ファナティシズム（狂熱性）のほてりもないということだ。

かつて井上ひさしは、そうした彼自身の信条と生き方を、野坂昭如との対談のなかで、次のように規定した。


だから、百姓の生き方なんですね。酒も女もダメ、薬（＝麻薬）もダメ、ぜいたく品もダメで、ただコツコツ働いていると、やがておれたちの庭にも太陽は当るさ、という感じなんです。（『週刊朝日』一九七三年十一月六日号）

むろん、つねに両極に足をかけているこの作家の本質からいって、このことばを全面的な自己告白とみるわけにはいかないが、しかし少なくともここに、ロマン派的高揚と陶酔とは対照的な醒めた目をつねに持ち、「コツコツ働」くことの果てに「太陽」が「当る」ことを信じる地道な「百姓の生き方」を、井上ひさしの重要な一面として読みとることは可能であり、また大切でもある。

その意味でも、絶対的なものの管理人である「司祭」の哲学に対して、公認の絶対的なものを疑う「道化師」の哲学を主張するポーランド出身の反スターリニズムの哲学者レシェク・コラコフスキーの次の果敢な「宣言」は、「道化の劇作家」井上ひさしのドラマトゥルギーと思想の一面をきわめて、適切に表現したものと言えるにちがいない。

道化師の哲学は、疑問の余地なく見えるものを、いつの時代でも、疑わしいと告発する哲学である。それは明白で議論の余地なく見えるものの中に、矛盾を指摘する。それは、常識をからかい、愚劣の中に意味を読む——言いかえれば、こっけいに見えるという不可避な危険のもとに、道化師の毎日の仕事が進められている。（中略）道化師は本当の矛盾をからかうのではない。道化師がからかうのは、安定した世界を信用しないからである。起こるべきことはすべてすでに起こってしまったと思いこまされている一世界の中で、道化師の貢献は、それが克服せねばならぬお蔭で繁茂する生きいきした想像力である。（中略）われわれは、道化師の哲学を信奉することを、つまり、いかなる絶対的なるものに対しても否定的な看視の態度をとることを宣言する。われわれがこれを宣言するのは、議論をやりたいからではない。こういう事がらでは、選択は一つの評価である。われわれは、この態度の中に含まれている知性外の諸価値を、その危険と不条理とは承知の上で、信奉することを宣言する。これは、世界にかんして、次のような見方を選び取ることである。つまり、もっとも調整困難な人間行動の諸要素を、困難を排して徐々に調整できるような見通しを与える見方を、選び取ることである。すなわち、普遍的な寛容でない善意、狂信《ファナチズム》でない勇気、無感動《アパシー》でない知性、盲目でない希望。これ以外の哲学の成果は、いずれも重要ではない。（『責任と歴史——知識人とマルクス主義』小森潔・古田耕作訳、勁草書房、一九六七年）

5

精神の三角形

だが、ここで私たちはひとつの疑問にぶつかる。つまり、もし井上ひさしが、「いかなる絶対的なるものに対しても否定的な看視の態度」（コラコフスキー）をとり、つねに二つの極に足をかけている「道化の劇作家」だとすれば、それは井上ひさしが、絶対者としての神を信じるカトリック信者であるという立場と果たして矛盾しないだろうか。もし矛盾しないとしたら、それはどのような形で両立し、共存しているのか。

井上ひさしが一九七〇年代半ばの現在もカトリック信者であることは、確かな事実である。彼が受洗したのは一九五〇年、宮城県立仙台一高に入学した十五歳の春で、彼は当時、弟とともに仙台市郊外にあるカトリック修道会「ラ・サール会」の経営する児童養護施設「光ヶ丘天使園」にいた。受洗名は「マリア＝ヨゼフ」。

入信の動機について、井上ひさしはさまざまな対談や連載エッセイ「聖母の道化師」（『読売新聞』一九七三年二月十八日〜七月二十九日、『聖母の道化師』所収、中央公論社、一九八一年）などで、信者になった方が修道士たちの扱いがよかったという物質的利益や、少年聖歌隊のメンバーになった方が近所の少女たちにチヤホヤされてプレゼントまでもらえる利点があったことなどを「本音」としてきわめてユーモラスにのべているが、たとえ現実にそのような実際的利益があったにせよ、むろんそれはやはりこの作家一流の照れと解すべきだろう。本当にこの十五歳の少年の魂を衝き動かしていたのは、飢えた貧しい異国の少年たちのしあわせのために身を粉にして黙々と畑仕事をし、いつも手垢と脂汗でてかてかに光った修道服を着、少年たちとともにボロボロの麦飯をかきこみ、真冬でも自分たちの部屋にはストーブを置かずに、少年たちのストーブのために薪をくべるカナダ出身の修道士たちの無償の行為への、ことばに尽くせぬ感謝と感動の気持ちだった。

だからこそ、彼は書いている。

(わたしは)いったい何を信じて受洗したのだろう。この答えは(中略)じつにたやすい。わたしが信じたのは修道士たちだった。(中略)/別の言い方をすれば、わたしたちは、師父たちが信ずるが故に、神父たちの信ずるキリストを信じたのである。/たとえば、修道士たちが「太陽は夜、西の空からのぼります」と信じていたら、彼らを信ずるが故に、わたしたちも太陽は夜、西からのぼると信じたことだろう。(『聖母の道化師』)

「宗教は人なり」とする井上ひさし独特の考えも、ここから由来する。

宗教とは人のことであり、どこかによき人がすくなくともひとりいるなら、今、人間が見ている長い悪夢もやがて醒めることがあるかもしれないと、わたしはまだ宗教とどこかで辛うじてつながっているようだ。(新潮文庫版『道元の冒険』あとがき)

そして、井上ひさしの魂の底に、宗教の原点としての、孤児たちのために「荒地を耕し人糞を撒き、手を汚し爪の先に土と糞をこびりつかせ」ていた、あの聖なる「人」＝「師父たち」が住みつづけているからこそ、「宗教は人のことである」とする井上ひさしの信仰心はいっそう強いと見ていいはずである。

さらに自伝的背景をつけ加えるなら、幼くして父を病気で失い、愛する母親を浪曲師に奪われ、兄は結核で倒れ、貧苦と一家離散のなかで、井上ひさしとその弟を迎え入れてくれたカトリックの養護施設は、「孤児院」という名前の与える暗さとは裏腹に、まるでオアシスのような解放感を、彼に与えたにちがいない。だからこそ、「わたし（＝井上ひさし）は孤児院に入った途端に明るい子どもになった」（『聖母の道化師』）のである。「マリア＝ヨゼフ」という彼自身が考え出した洗礼名も、五歳にして父をなくした少年の精神的支柱としての父親的な存在を求める切実な願望と、男への欲情に身を焦がす生臭い生身の母親とは次元を異にする汚れなき母性＝聖母マリアへのいじましいまでの憧憬をともに込めて、きわめて示唆的である。とにかくこうした背景が、井上ひさしの信仰心を強固に、切実なものとして育てあげていったことは疑えない。

では、こうして絶対者＝神への信仰と、絶対的なものにつねに異議申し立てをし、複眼的思考をみずからに課する道化的作家とは、いったいどのように両立、共存が可能なのか。

おそらくここで私たちは、井上ひさしの精神的図式として、ひとつの三角形を想定することができるだろう。この三角形の底辺の二極は、聖と俗、意味と無意味、遊びと勤勉、反逆と秩序、好色と禁欲、浪費と節約、過剰と抑制、野卑と崇高——要するに、この作家を道化的存在として特徴づけるあらゆる意味での背反的二重性、両義性をあらわしている。しかし、この魂の両義性は、決してたんに相反する二極間を往復する単線的な運動から成り立っているのではない。この相反する両極を底辺として、その上にそそり立つ三角形の頂点がつねに不動のものとして存在するのであり、それこそが井上ひさしにおける神にほかならない。要約すれば、その精神構造は、神を頂点とし、その下に二極に分裂した底辺を持つ三角形を成している。だから、それは、二極に分裂した底辺というかわりに、頂点としての神に統一・収斂される二極の底辺と言いかえることもできる。

　だからこそ、いま視点を、この三角形の頂点（＝神）の側に移して考え直してみるとすれば、ほとんどとめどないまでに見えた、この作家のあらゆる面における背反的二重性と両義的分裂は、実は、頂点をなす神の下における背反性と分裂なのであり、したがってその背反的分裂はつねに神の相のもとで一種しあわせな一体化・合体化を遂げることができるのである。つまり、無際限にまで見えたこの作家の道化的な二重性は、あくまで神によって許された背反的分裂にほかならない。さらにいえば、神という統一像によって許されているからこそ、井上ひさしは、他のどのような作家をも上回るほどの壮大な二極分裂、崇高な真面目さから奔放自在なナンセンスへのかろやかな飛躍をすることができたのだ。

　だからこそ、こうした有神論的道化作家としての井上ひさしは、彼の内から「神」がその光を消さない限り、決して自己破滅的な絶望にも狂気にも、あるいは狂熱的行動にも身をゆだねることはないだろう。その意味において、「狂気《ファナチズム》でない勇気、無感動《アパシー》でない知性、盲目でない希望」（コラコフスキー）は、やはり作家井上ひさしにとって、最も基本的な要件をなしている。

戯曲『道元の冒険』のなかで歌われる次の劇中歌は、その点、神の相のもとにある井上ひさしの明るい確信にみちた人間観、世界観、未来観を最も端的に要約したものと解することができるだろう。

小さな火花も
　広野を焼きつくす
大きな火事も
　一本のマッチが火つけ役（中略）
どこかでだれかが
　小さな火花を燃やすかぎり
人間に人間に
　まだ望みは残されている

小さな火花も
　広野を焼きつくす
広い海原も

小さな水滴の集合（中略）
百年の歳月も
　一日一日の集大成
だからだれでもが
　小さな火花になるべきだ
そうすれば人間の
　未来に期待が持てるだろう

そして、もしこうした有神論的道化作家のあり方にある種の危惧を私たちが覚えるとすれば、永遠の神の許しのもとにあるという暗黙の了解のうちで、この確信が現実を離れたある種の楽天性に舞い上がってしまうことだろう。つまり、いま引用した劇中歌「小さな火花も／広野を焼きつくす」を例にとるなら、本来、苛烈で苦渋をきわめた現実の闘いとしがない生活の中から、自分をはかない「火花」として燃やしつくす苦痛のうめきにも等しいことばとして口からもれるべきこの美しい決意表明が、いつしか闘いの現場から離れているためにおおらかに語られる上空飛翔的な確信と楽天性に変貌してしまう瞬間こそが、大きな分かれ道になるだろう。おそらく井上ひさしが、真の道化的作家でありつづけることができるかどうかは、絶対者＝神への信仰という、現代においては稀有なしあわせな条件にもかかわらず、苛烈でしがない現実と非現実の間にどれだけ強い緊張関係を保ちつつ、その両極に両足を掛けていられるかどうかの一点にかかっているといっていいだろう。

（初出は『國文學　解釈と教材の研究』一九七四年十二月臨時増刊号「野坂昭如と井上ひさし」（學燈社）に掲載。改訂加筆して、大笹吉雄・小苅米晛《けん》・扇田昭彦・鳥山拡共著『書下し劇作家論集Ⅰ』に収録、レクラム社、一九七五年）

井上ひさしのおかしな世界

先頃、ある講演会で、劇作家の唐十郎が「才能には三つの種類があると思う」と面白いことを言っていた。

彼によれば、「まず第一に天才。シェイクスピアが代表。第二に旦那芸。大島渚がその典型。第三が病才、いわゆる病める才能。私はさしずめこれに当たる」と。

もし、井上ひさしの才能をこの三つのどれかに当てはめるとすれば、私はやはりこの第三の「病才」に分類するに違いない。むろんこの「病才」とは、単なる病的な才能という意味ではなく、唐十郎がしばしば筆にする「病みつかぬ才能がどこにある」という意味での、ほとんど偏執狂の領域にまで踏みこんだ一種異様な才能のことである。

だが、同じ「病才」とはいえ、井上のそれが唐とタイプを異にすることはいうまでもない。唐十郎の根源につねにあるのが、彼が幼い日に体験した鋭い原光景――敗戦直後のあの広大な焼け跡に回帰しようというファナティックな墜落願望であるのに対し、井上が限りなく執着し、ほとんど淫するまでに慈しむのは、決してイメージではなく、実にことば、ことばなのだ。

むろんこれでは説明不足である。ことばに執着し、彫心鏤骨《るこつ》を心がけない作家などいるはずもない。だが、井上の場合に特異なのは、その最大の執着の対象が、音声としてのことばであるという一点なのだ。

周知の通り、言語は音声と意味との二つの要素から成りたっている。私たちの日常言語においては、音声は意味伝達に比べてあくまで従属的、副次的であって、それは音韻的な美を重視する小説や戯曲、詩作品においても、両者のバランスは基本的にはそれほど変わらないといえるだろう。音声としてのことばは、意味としてのことばの衣裳を飾りたてる裾模様、いわば華麗なアクセサリーにすぎないのだ。

だが、井上作品に頻出する「駄洒落・地口・語呂合せ」においては、事態はいささか違ってくる。音声はしばしば、もはや意味の召使いであるだけの存在を乗りこえて、みずからの独立を主張しはじめ、それ自身の自己増殖作用によって、合理的なセンス（意味）から分離した非合理のナンセンス共和国をつくりはじめるのである。

たとえば、

表面《おもて》を飾って　紳士然／白粉《おしろい》塗り立て　淑女然／体制べったり　糞《くそ》同然／天幕《テント》立てれば　アン

グラ然／あの禅この禅　みな似非禅／食前　食後に　アリナミン

という「ぜんぜんブルース」（『道元の冒険』）ならば、私たちはここに、意味と音声（＝語呂合せ）とが、ほどよい中庸のバランスを保った洪笑の世界を見出すことが出来る。

しかし、

サイザーンス　サイザンス／おミュージックはサンサーンス／ルネッサンスにサイエンス／ファイヤンスにグッドセンス／教養高きホモサピエンス／…旦那は東大出ておりやんス／なによりきらいなナーンセンス……（『ブンとフン』）

となると、すでに音声は意味から離陸して、ナンセンスの空間に進入しはじめる。

さらに、『日本人のへそ』の「ヘレン天津」と「鉄道員」の対話――

「そう、椰子の実を獅子が食うの」／「菱の実を狒々が食うんだ」／「裏の露路裏の裏地屋さんの裏口で？」／「そのまた裏の表道で」／「道理で」／「マンジュウより芋が安しさ」／「金が仇の世の中に？」／「姉が裸足で野の中に」／「金に恨みは数々よ」／「派手に上着は数々あるけど」……

となると、ここはもう合理的な意味伝達は消滅して、まぎらわしい音声の自己増殖がひたすらに繰り出されるおかしな、おかしな世界の門の内である。言語の意味体系を混乱させ、あらたなナンセンス言語の体系をめざす音声的言語の偏執的愛好者――ここにこそ、井上ひさしの真髄がある。

むろん、こういう断定の仕方は局部的にすぎるというそしりを免れまい。たしかに、実にさまざまな井上ひさしがいるのだ。それはテレビアニメの愛らしい『ムーミン』の作詞者であったり、てんぷくトリオの座付コント作者であったり、『狐狸狐狸《こりこり》日本』のシャープな「ニュースソング」の作者であったりする。『十一ぴきのネコ』のなかに、団結のすばらしさと現代日本への痛烈な風刺と絶望を読みとることができるのはもちろんだし、『表裏源内蛙合戦』のフォーク調のテーマソング――「美しい明日を／みんなは持っているか／武器をとりなさい／明日を美しくしたいなら」に反体制的アジテーターとしての氏の面影を見ることもできる。だが、それらの多彩な面をすべて思い合せてみてもなお、その中心に座っているのは、コトバの組み合せに精魂を傾け、語呂合せの悦楽に耽溺する一個の「病才」であるように私は思えてならないのだ。もし「思想」というコトバを、現状に対するイデオロギー的分析と変革への決意表明とごく大ざっぱに翻訳してしまうなら、井上の諸作品に盛込まれた「思想」は、あまりにも健全、常識的であり、しかも内的表白は極度に、いわば恥ずかしげに伏せられたままであって、氏が命をかけて取り組むことばへの偏愛とその華麗な成果に比べれば、どうも色あせて見えるのだ。

井上のことばへの耽溺ぶりの一端は、すでに直木賞受賞作『手鎖心中』の語り手「与七」がつぶさに語っているし、その方面への関心が少年時代から異様に強かったことは、中学三年のとき、半年のうちに山形、青森、岩手、宮城と東北四県をめまぐるしく転校するうちに、これら四県の、互いに対応する方言が一目瞭然とする「山青岩宮辞典」を一人でつくりあげて、学校の文化祭に出品したという興味深いエピソードを、氏自身がエッセイにつづっていることからもうかがわれる（「民謡」、『朝日ジャーナル』七二年二月十八日号、『さまざまな自画像』所収）。

いずれにもせよ、この「才気煥発機知縦横」の作家にいま私が望むのは、処女小説である快作『ブンとフン』の延長線上につらなる、稀代のナンセンス師としての井上ひさしである。

（テアトル・エコー公演『十一ぴきのネコ』公演パンフレット、一九七三年七月）

にゃん太郎と少年王者――『十一ぴきのネコ』断想

先日、ふと思い出して本箱の片隅から、山川惣治の劇画『少年王者』を引っぱり出して読んでみた。

『少年王者』は、永松健男の『黄金バット』、手塚治虫の『新宝島』『来たるべき世界』などと並んで、敗戦直後に幼少年期を送った私のような世代の者にとっては、おそらく生涯忘れることのできない記念碑的な本である。私が再読した『少年王者』は、数年前に再刊された復刻版なのだが、私はたちまち劇中の世界に引きずりこまれ、少年王者の真吾とともに、アフリカのマウントサタンの絶壁を美少女すい子さんの手を取って必死によじのぼったり、ガラ族の魔神ウーラを相手に壮絶な死闘をくり返してみたり、まるで二部授業の狭い教室で、先生の目を盗んでむさぼり読んだ小学生時代さながらの昂揚ぶりであった。

だが、読みながら、何回となくハッとしたことが一つある。それは山川惣治が描く「少年王者」真吾の身体が、とても痩せているということだ。誓ってもいいが、あの頃（『少年王者』の最初の刊行は一九四七年）私たちはだれ一人として、少年真吾の体が痩せているなどと思ったことはなかった。事実、「生いたち篇」の最後で、作者はこう書いている。

「真吾は十五になった。その声は密林にとどろき、りゅうりゅうたるきん骨は彫刻のように美しく、パッチリしたひとみはけものたちをあたたかく見守っている」（傍点＝引用者）

にもかかわらず、この文章のすぐ上に掲げられた、夜明けの大密林に向かって「あ～あ～あ」と叫ぶ真吾の姿は、胸のあばら骨がもう少しで浮いて見えるかと思われるほどほっそりとしていて、「りゅうりゅうたるきん骨」という形容句からはほど遠い。まして、最近の少年マンガ雑誌や劇画に登場する、ボディ・ビル雑誌から抜け出したような逞しい少年ヒーローたちとは別の人種の趣さえある。

要するに、事実はかんたんである。あの当時の私たち少年は、栄養不良のため、真吾少年よりも、ずっと痩せていたというだけの話なのだ。だが、アフリカの大自然のなかで、まったくの徒手空拳、銃撃も柔道も空手も少林寺拳法の特訓も知らず、ただ動物たちとよき人たちがしあわせに暮らせるためにのみ、獰猛な湖の怪物や魔神ウーラたちと孤立無援で闘い続ける痩軀《そうく》の少年の姿は、どこか猛烈サラリーマンの、他人を蹴落としての昇進ぶりを連想させてしまう今の少年ヒーローたちのメカニックな闘いよりも、はるかにすがすがしく、素朴な感動を私たちのうちに呼びおこす。

私たちが井上ひさしの戯曲『十一ぴきのネコ』（一九七一年、劇団テアトル・エコー初演）に接して覚える感動も、ほぼこれと共通するものがあるといえよう。真吾少年や当時の私たちと同じように、劇中に登場する十一ぴきの野良ネコたちは、ガリガリに痩せこけ、年がら年中ハラペコで、飢えている。にもかかわらず、彼ら野良ネコたちの間には不思議な親密さと連帯感と解放感があり、ついに彼らは独力で「野良ネコの天国」、つまり「野良猫ユートピア」の建設に乗り出すのだ。おそらく彼ら野良ネコたちの目に映っていた空は、「少年王者」真吾がアフリカの大密林の上に仰ぎ見た空と同じほどに、あるいは私たちが敗戦直後の廃墟やバラック群の上に見た空と同じほどに、広く大きく、突きぬけるほどの鮮烈な青さをたたえていたにちがいない。

だからこそ、劇中の「エピローグ・報告」のなかで、主人公格のにゃん太郎は、次のように述懐する。

……がさつだったが、物事すべて明るく輝いていたあの時代。物資は乏しかったがお互いの間に優しさが満ち溢《あふ》れていたあの創世期。お腹には何も入っていなかったが、胸にははちきれそうな、理想と希望があったあの頃。……あれから十年の歳月が流れ去りました。

この述懐の美しさは、ほとんどが神話的ですらある。創世期のはつらつとした息吹きを、これほど簡潔に描いた文章はまれだろう。だが、十年の歳月は、その始原的な美しさを容赦なく踏みにじる。たしかに、「みんなの努力」で、ネコの国は「奇跡的な発展」をとげ、「ネコの天国」は「完成」した。だが、いざ実現したこの「天国」は、休日ごとに銀座や新宿などに出現する、おとなしい羊の群れを囲いこんだかのような「歩行者天国」と、一体どれほどの違いがあるだろう。だからこそ、にゃん太郎の述懐は続く。

……まったく大した変りようです。この国には繁栄があります。しかし、どうもわたしはその裏側に、なにか暗い影を見てしまう。あの頃の世の中は底抜けに明るかった。なにからなにまで輝いていた。（略）それがこの暗いかげり……いったい、あの明るさは……

このセリフの直後、にゃん太郎は、かつてのハラペコ時代の同志で、いまはネコの国で政治家、高級官僚、資本家などに立身出世をとげている九人の仲間たちの手で、闇のなかで無残に撲殺されてしまう。それはほとんど「少年王者」真吾の撲殺にひとしい。ユートピアとしての創世期は終わったのだ。万能の正義の味方「黄金バット」も「鉄腕アトム」ももはや登場できない時代の到来である。

だが、この劇の中で、立身出世もせず、にゃん太郎のように悲劇のヒーローとして撲殺もされずにしぶとく生き続けるたった一人、いやたった一匹のネコがいたことに注意しよう。言うまでもなく、泥棒ネコの「猫糞《ねこばば》のにゃん十一」である。彼は劇の中では徹頭徹尾、「道化」である。彼は体制のなかにいるように見えて、しかも体制を超えている。彼はにゃん太郎の撲殺死体を見つけたにもかかわらず、それに動ぜず、「変な陽気さ」で、今なおあの創世期の歌「十一匹のネコが旅に出た」を歌い続けながら、ひっそりと退場していく。

おそらくここに、現代における「戯作者見習い」を自称する作者井上ひさし独特の、決して創世期の志を忘れまいとする道化的批判者としての姿勢と覚悟のほどを見ることができる。だからこそ、この劇は決して悲劇としてではなく、あくまで「変な陽気さ」の喜劇として演じられなくてはなるまい。

（新宿コマ劇場『十一ぴきのネコ』公演パンフレット、一九七五年五月）

たわむれと救済——井上ひさしの劇世界

ことばを手品のように操るプロフェッショナルな使い手、つまり魔法使いに匹敵することば使いの名手という視点から劇作の世界をながめるとき、私には、まずだれよりも、井上ひさしの顔が浮かびあがってくる。現代における才気煥発、機知縦横の代表格ともいえる井上ひさしの劇作品ほど、鋭い才能と職人芸的なテクニックの見事な結合の例は珍しいからだ。井上ひさしの作品はしばしばエンタテインメントと呼ばれるが、人を文句なしに楽しませるところにまでなかなか行きつかない書き手が多いなかで、井上ひさしの芸はとびぬけた輝きを放っている。

初期の井上ひさしを抜群のことば使いにしたのは、何といってもその鋭敏に跳びはねる言語感覚、とくに意味よりも音を重視する聴覚型言語能力だった。

つまり、これまではしばしば品位の低いものとみなされてきた駄洒落・地口・語呂合わせといった日本語のことばの遊びを、戯曲の中心的な魅力にすえたのが、『表裏源内蛙合戦』（一九七〇年）、『道元の冒険』（七一年）をはじめとする初期の秀作戯曲における井上ひさしだった。こうした井上ひさしの姿勢は、当然、音派であるよりは圧倒的に意味派でありつづけてきた新劇の内部からの反発を呼びおこし、この劇作家のデビュー当時は「底が浅い」「志が低い」「思想哲学がない」といった批判が続出した。いいかえれば、能や歌舞伎においてはごく当たり前に多用されていた言語遊戯の伝統から遠く離れて、台詞のなかにもっぱら意味とテーマを読みとることに専念しつづけてきた新劇界は、井上ひさしのことば遊びに反発することによって、ことばで遊び、ことばを味覚で楽しむ体質のなさをあらわにしたのだった。

『表裏源内蛙合戦』のなかから、ことばの遊びを使った劇中歌の一節を引こう。

「この世は　暗く／お先は　真っ暗／土竜《もぐら》の　盲／阿呆陀羅　駱駝／喰ら喰ら　喰らえ糞喰らえ／…女の　胸倉／脹らむ　股倉／…地獄目指して驀地《まっしぐら》」

「素見千人《ひやかし》　客百人／間夫《まぶ》が十人　恋ひとり／廓の恋は　金持って恋」

さらに『日本人のへそ』（六九年）のなかから、まぎらわしい音声のつらなりが意味を離れてノンセンスな言語の領域に入りこんだ好例を次に見よう。

ヘレン　そう、椰子《やし》の実を獅子《しし》が食うの。
鉄道員　菱の実を狒々が食うんだ。（中略）
ヘレン　金が仇《かたき》の世の中に？
鉄道員　姉が裸足《はだし》で野の中に。
ヘレン　金に恨みは数々よ。
鉄道員　派手に上着は数々あるけど。

だが、「意味より音を」という井上ひさしの主張は、実は曲者である。つまり彼は、たしかにこの方針にもとづいて初期戯曲のほとんどを華麗な言語遊戯でいろどりつつ、しかし肝心の主題の展開の部分では、言語遊戯の影もないごく生真面目な主張をやってのけた。『表裏源内蛙合戦』でも『道元の冒険』でも、これは同じだった。いいかえれば、井上ひさしは表層においては断固とした音派でありながら、深層においてはこれまた断固とした意味派だった。そして無償の言語遊戯と深い思いをこめたシリアスなことばが渦をまいて混在しているという点で、井上ひさしの初期戯曲は、日本のドラマには珍しく多声的な豊かさをもっている。

その後の井上ひさしの歩みは、意味派がしだいに優先するという形で進行した。むろん彼が、奇抜で卓抜な趣向を通して思想を伝達するという趣向派の劇作家であることはこれまでと変わりはない。しかし、少くとも、初期の戯曲に見られた華麗でノンセンスな、いわば無償の言語遊戯はしだいに後退していった。

その転換点を井上ひさし自身が語っているのは、高橋康也の著書『ノンセンス大全』について書いた書評である（『朝日ジャーナル』一九七七年五月十三日号、『風景はなみだにゆすれ』所収、中央公論社、一九七九年）。彼はそのなかで、「意味ではなく音が似通った単語への置きかえ」に没入する「コトバの遊び人たち」の行く手を次のように描いた。


かくして彼らの、意味を失ったコトバは「秘教的な念誦言語、あるいはいわゆる《グロッソラリー》（異言伝授、霊媒や意識不明者が発する言語）」へと限りなく接近していき、ついには狂人言語に衝突し、そこに吸収されてしまう。つまり職業的コトバ遊び人の精進は、やがて観客の反感を買うか、狂人世界への通行券を手に入れるか、このどちらかにしか行き先がない……（略）

こうして、言語遊戯という方向でことば職人の世界をひた走っていた井上ひさしは、目前の危険を察知することによって有意味の方向へと転換をとげた。つまり彼は、無意味な遊戯に狂奔することば職人から、有意義なことば職人へと成長したのである。いま井上ひさしが戯曲、小説、評論の各部門を通して開きつつある一種大きな世界は、こうして立ち現れた。明らかにそれは意味ある成熟だし、またこの作家の資質にかなったことでもある。ノンセンスの狭い鋭さに没入しきるには、この世界はあまりに広くゆたかだ、とこの多面的なことば使い師には思われたにちがいないのだ。私自身は、ノンセンスの遊びが減ったことを残念に思うが、しかし作家の成熟のべクトルを考えれば、それ以上を求めるのは、所詮、ないものねだりにすぎないだろう。

だが、同時に考える必要があるのは、井上ひさしの作品の底を流れる祈りである。井上ひさしは一九五〇年、十五歳でカトリックの洗礼を受けた。彼はいわゆるカトリック作家的な言動をすることは少ないし、キリスト教的な主題や素材を選ぶこともほとんどないが、その作品の底に神への沈潜した思いを読みとることは、多くの場合、可能である。戯曲『珍訳聖書』（七三年）は、登場人物がすべて犬であるという「犬の芝居」を次々にどんでん返しにしていく構造をとっていたが、この劇の隠れた主役は神だった。つまり、犬＝DOGを、どんでん返し＝転倒したところに現われるもの、それはGODである。

そして私には、井上ひさしの劇作を特徴づける多彩な言語遊戯、今なお奇抜な仕かけで観客を驚かせる大胆な趣向好みを支えるのは、この神への視点ではないかと思われてならないのだ。

つまり、井上ひさしがかつて限度をこえたことば遊びに没入し、そしていまなお鬼面人を驚かす劇的仕かけに思いのままに専念できるのは、神という不動の視座があるからだと思われるからだ。井上ひさしの戯曲を特徴づけるのは、悪ふざけと生真面目、猥雑と禁欲、過剰と節度、俗と聖といった二律背反の混在だが、こうした両極への揺れ動きが存分に、過剰にできるのも、そこに神の許しがあるからだということができる。つまり、ここで私たちは、井上ひさしの精神の構図を、こうした背反的な二項の対立を底辺としそのはるか上方に位置する神の視座を頂点とする一つの大きな三角形として思い描くことができるのではないだろうか。

いいかえれば、すべては神の許しと凝視のもとにある遊びであり、趣向なのだ。遊びは無限に許されると同時に、無限に厳しいものにならざるをえない。ことば職人としての井上ひさしの仕事を特徴づけるあの奔放な生真面目さ、あるいは生真面目な奔放さも、おそらくはこの神の相のもとから発している。

(『短歌研究』一九八〇年七月号、短歌研究社発行)

井上ひさしと五月舎――『イーハトーボの劇列車』への道

井上ひさしの劇と五月舎との関係は深い。切っても切れない関係にあるといってもよい。一九七三年初演の『藪原検校』からここ八年余、井上ひさし氏の代表的な戯曲の多くは、木村光一の演出による五月舎のプロデュース公演として上演されてきたからである。

井上ひさしの戯曲は、処女作の『うかうか三十、ちょろちょろ四十』(一九五八年発表)から今回再演される『イーハトーボの劇列車』（八〇年）まで、これまでのところ合わせて十九作を数える。このうち初期作品のほとんどは熊倉一雄演出による劇団テアトル・エコーで上演された。『日本人のへそ』（六九年）に始まり、『表裏源内蛙合戦』『道元の冒険』『珍訳聖書』を経て、『それからのブンとフン』（七五年）に至る六本である。

だが、やがて井上と、氏自身が一時期文芸部員でもあったテアトル・エコーとの関係がうまくいかなくなり、それにつれて井上戯曲の多くは五月舎のプロデュース公演として上演されるようになった。その区切りをはっきりと示すのが前述の『藪原検校』で、この作品はテアトル・エコー上演のどの芝居とも違っている。増殖しつづけることば遊び、大衆劇風のコントの洪水といった趣向が影をひそめ、抑制のきいた暗いグロテスク喜劇に大きく傾いた作品だ。こうして『藪原検校』から『雨』（七六年）、『小林一茶』（七九年）に至るいわゆる「江戸三部作」は、井上戯曲の中期を代表する秀作として声価を高め、いずれも五月舎公演として初演された。このほか『たいこどんどん』（七五年）、『花子さん』（七八年）、そして八〇年に初演され、今回再演となった『イーハトーボの劇列車』を含めて、これまでに五月舎で上演された井上戯曲は合計六本になる。

周知の通り、五月舎はベテランの演劇プロデューサー、本田延三郎《えんざぶろう》（一九〇七年生まれ）が木村光一の協力を得て、一九七一年五月につくった演劇の自主プロデュースのための核である。戦前は左翼劇場、新協劇団に所属して、日本プロレタリア劇場同盟（プロット）の書記長も務め、戦後は独立プロ映画のプロデューサー、劇団青俳の制作部長として知られた本田が、青俳を退団（七一年春）してつくったこのプロデュース体は、世帯こそ小さいものの、七〇年代から八〇年代にかけての演劇界で実に大きな役割を果たすことになった。

劇団制によらずに、適役のスタッフ、キャストを広い範囲から集めて舞台をつくるいわゆるプローデュサー・システムは、一九六〇年代以降、劇団制が揺らぐにつれて、さまざまな形で試みられ、同時に論議されてきた。かつての日生劇場のプロデュース公演や、金井彰久制作による矢代静一作『浮世絵師』三部作の上演などは、その好例である。

だが、ブロードウェイのようなロングラン・システムがなく、興行資本や劇団制にも頼らない個人プロデュースの場合、経済的な危険度はきわめて高い。これまで試みられたプロデュース公演がほとんど長続きしなかったのも、同じ理由による。そのなかでほとんど唯一持続しているのが本田の五月舎だ。水準の高い芝居を年間数本欠かさず打ち、もう十年も持続させてきた本田のしたたかな執念と才腕には感嘆しないわけにはいかない。

五月舎の成功の理由ははっきりしている。劇作の中心に井上ひさし、演出の中心に木村光一を置いたことだ。この鬼才二人とベテランの本田が出会う限り、そこにはおもしろい俳優たちが引き寄せられてきて、それらが合体する舞台はにぎやかな生気と才気に富むものに決まっているからである。初演の評判がいいから、ある期間をおいて必ず再演が実現する。再演で舞台に磨きがかかれば、さらに観客がふえる。こうして再演を重ねる形での日本式ロングランが実現する。

『イーハトーボの劇列車』も、こうした形で再演される最近の秀作だ。宮沢賢治とその作品を劇化した作品はすでにかなりある。三十人会や東京演劇アンサンブルの舞台がすぐに思い出される。

三越・五月舎提携公演『イーハトーボの劇列車』(木村光一演出)の(左から)宮沢政次郎(佐藤慶)、稲垣未亡人(中村たつ)、賢治(矢崎滋)= 1980年10月、東京・呉服橋三越劇場。

だが、それらの先行戯曲に比べて、『イーハトーボの劇列車』は格段に奥行きが深い。痛切で、おかしく、感動的で、美しく、しかもぎくりとするほどリアルである。同じ東北で生まれ育った宮沢賢治に寄せる作者の深い共感と慈しみと、しかし同時に加えられる強い批判とが、井上戯曲独特のひと筋縄ではいかない凝った卓抜な劇構成のなかで、見事に重層化されて描かれている。だから、これはユニークな視点からの鋭い賢治論であるとともに、『銀河鉄道の夜』のひさし流変奏曲でもあり、同時に大作『吉里吉里人』と共通する真っ向からの現代日本批判でもある。ことに『小林一茶』の末尾にもあらわに描かれた大都市批判は、『イーハトーボの劇列車』ではさらに切迫したトーンを奏でている。都市に生きる私たちは、この劇の問いかけに、それぞれ時間をかけた答えを出さなければならないだろう。感銘を受けた、というだけではすまないものが、この劇にはある。

（『京都労演』機関誌第二百八十七号、一九八三年一月）

【注】五月舎は一九九一年に解散。本田延三郎氏は九五年、八十七歳で死去した。本田氏の長女、青木笙子《しょうこ》氏が著書『父の贈り物』（翰林書房、二〇〇一年）と『沈黙の川——本田延三郎　点綴《てんてい》』（河出書房新社、二〇一一年）で父の思い出とその足跡を書いている。

井上ひさしの分身の術

だいぶ以前になるが、作家の水上勉氏から氏自身の離人症体験のエピソードを聞いたことがある。離人症とは、自分の分身が出現する症状のことである。

水上氏がある日、執筆のために仕事部屋に入ると、もう机に向かって一心に書いている男がいた。背中を丸めた後姿から判断しても、それはまぎれもなく水上氏自身だった。しかし、これでは自分は仕事ができない。「おい、どけよ」といって、もう一人の自分を脇にどかし、そのあとに坐って執筆を始めた、というのである。

水上氏のどういう精神状態の時にこの分身が出現したのかは聞きもらしたが、一般的にいって、こうした分身が心の深い不安から立ち現れることは間違いあるまい。自分のうちに本来の自分とは違うもう一人の自分＝他者を強く意識するとき、あるいは現在の自分を超える、もう一人のありうべき自分をあまりにも痛切に願うとき、内なるもう一人の自分は実体化し、自分から独立して生きはじめることがある。いわゆるドッペルゲンガー（二重身）の出現だ。

井上ひさしは、この分身のドラマのすぐれた創り手である。氏の言語遊戯の華麗な才能、奇抜な劇構成の趣向はすでによく論じられるところだが、氏のあざやかな〝分身の術〟についても、もっと多くのことが語られていいように思われる。

たとえば、井上の初期の小説『ブンとフン』（一九七〇年）である。この稀有な幸福感とのびやかな躍動感にあふれた作品では、ベストセラー小説『ブン』のなかから飛びだした四次元の大泥棒ブンは、小説の発行部数分だけ、つまりなんと十二万人もの分身となって全世界に散り、地球を「おかしな世界」に変えていくのだ。

同じ初期の秀作劇『表裏源内蛙合戦』（七〇年）も、完全な分身のドラマである。ここでは、理想家肌で建前主義の「表」の平賀源内と、冷徹な本音を体現する現実主義者の「裏」の平賀源内の二人が、絶えずかけ合い形式で対立・抗争しながら、源内の一代記劇を展開していく。統一した自己同一性のうちにある「私」はすでにここにはない。分極化した自分たちがそれぞれ互いを相手役として演ずる場としてしか成立しないような、すぐれて演劇的な「私」が提出されているのである。

これに続く戯曲『道元の冒険』（七一年）も、実にユニークな、奇抜で多彩な趣向を駆使した分身の劇である。この劇で道元は、絶えず夢のなかで、二十世紀の現代日本に生きるしがない新興宗教の教祖を夢見る。公害を呪い、人々を救うはずの「男女合体血清教」という怪しげな教義を実践して婦女暴行の疑いで逮捕され、いまは精神病院でロボトミーの手術まで受けるこのみじめたらしい教祖の方も、夢のなかにくり返し現れる道元を自分の分身として感ずる。歴史を画するすぐれた宗教家とダメな教祖、七百年を隔てる時代と状況の違いをこえ、二人は似た「法難」を受けつつ、夢を回路として、はるかに呼びかけあい、切実に感応しあう。婦女暴行するダメな教祖もまた、道元のなかに棲むもう一人のありうべき自分なのである。

つまり、これは、人間を救おうとしたために狂人あつかいされ、道なかばで倒れていった無数のしがない宗教者と同じ地平のうちで道元を喜劇的に、しかし深い心をこめてとらえ直そうとする試みのドラマなのだ。そしてなんと、二人の分身はついに時間をのりこえて接近遭遇し、互いに相手の頬をつねり合う!

その後の井上ドラマにも、分身の影は執拗につきまとう。『藪原検校』(七三年)の杉の市と塙保己市、『小林一茶』(七九年)の一茶と竹里という相反する二人組は、いわば互いに相手を照らしあう鏡像的分身同士と見てさしつかえない。『雨』(七六年)で、紅花問屋の当主になりかわろうと悪戦苦闘する主人公・徳の物語は、いわば分身がもう一人の分身に合体しようとして、より深いたくらみのワナに転落していく話として要約することができる。いや、そもそも井上ドラマが劇中劇の方法を愛用するのも、それが分身の術をより精密な入れ子構造にする方法であるためかもしれない。

そしてなによりも見逃せないのは、井上ひさしが分身の術を、不安の病理を描く方法であるにとどまらず、人間を複眼の批評性でとらえ直すための卓抜な方法にきたえあげてきたということである。

(五月舎『新・道元の冒険』公演パンフレット、一九八二年六月)

往還する精神のドラマ——地方と中央の力学

多彩な趣向と多様な主題によって編みあげられた井上ひさしの作品は、さまざまな読みとり方が可能である。言語遊戯の面からも、ユートピア論の観点からも、神と人間の関わりの視点からも、あるいは警世的精神の系譜からも、それぞれに刺激的な作家論、作品論が生まれることは間違いない。かつて私自身も、井上氏の戯曲の多くが並はずれた才能をそなえた主人公の受難の一代記の形式をとっていることに注目し、これはキリスト受難劇の道化的変奏曲であるとする視点から井上ひさし論を書いたことがある（『神ある道化』、本書所収）。

だが、井上ひさしという作家を語る上でどうしても欠くことのできないもう一つの主題がある。つまり、主人公の受難の一代記形式をとる井上戯曲の多くが、同時に、つねに中央と地方の間を往還する精神を描く劇でもあるという点である。これについて、私はすでに別のところで部分的に触れたことがあるが（五月舎公演『小林一茶』パンフレット、一九八一年）、ここではこの問題をもう少し突っこんだ形で考えてみたい。

中央と地方の関係とは、唐木順三流の言い方では「都《みやこ》」と「鄙《ひな》」だし（『歴史の言ひ残したこと』新潮社、一九七八年）、山口昌男の用語では「中心」と「周縁」である。現在の国際政治・

経済の場で言い直せば、「北」（先進国）と「南」（発展途上国）の関係である。要するに、政治経済文化が集中し、多くの人々の意識を否応なくそこを中心・上位と見るように駆りたてる力学の働く場が「中央」であり、そこから排除される部分が「地方」である。

井上ひさしの一代記劇の主人公たちの多くは「地方」出身者である。才能と野心にあふれた彼らは成長して「中央」におもむき、身を立てるが、結局そこでは心満たされず、再び「地方」、あるいは「地方」的なものに向かいはじめる。これが彼らの多くに共通する生涯のパターンである。彼ら主人公たちは、精神的にも、実生活においても、「地方」と「中央」の両極をダイナミックに往還することで波乱の一生を送るのだ。特定の一地点で静かに生涯を終えるといった定住型、隠棲型の人物が主人公に選ばれることはまずない。これは魅力的な人物を形象化する際にこの作家の想像力が採るほとんど定型といってよい。それはおそらく、井上自身がこれまでの実人生で「地方」と「中央」の差異と関係性を強く切実に意識して生きてきたことの反映でもあるはずだ。

井上戯曲の事実上のデビュー作といっていい『日本人のへそ』（一九六九年）もその典型である。これは劇中劇をトリッキーな形で重層化した作品だが、その中核をなすのは浅草の人気ストリッパーだったヘレン天津の半生記だ。東北の岩手県出身で、「すばらしいオッパイ」の持ち主である彼女は、「しあわせ」を求めて集団就職で上京し、店員、ホステス、トルコ嬢、ストリッパー、やくざの情婦、右翼の二号、そして保守党の代議士の東京妻へと、「死物狂いで……攀《よ》じ登り、這《は》い上って」いく。「地方」から「中央」への上昇を最も素朴な姿で体現するヒロインである。

『表裏源内蛙合戦』（七〇年）の主人公、平賀源内は郷里の高松を出発し、当時の世界の「中央」＝ヨーロッパへの窓であった長崎に留学し、さらに日本の「中央」＝江戸におもむく。あふれる多面的な才能と新しい学問の知識を駆使して、彼は幕府に仕官することを願い、立身出世のために悪戦苦闘を重ねる。しかも彼のうちでは、いつも二つの自己が対立・抗争をくり返している。建前としての理想主義を掲げようとする「表の源内」に対して、「裏の源内」は徹底して抜け目のない実利主義を体現する。「世のため、人のため」になることを願う「表の源内」は、時として反「中央」的＝「地方」的であることをもいとわないが、本音の欲望を体現する「裏の源内」はあくなき「中央」志向者だ。つまり、この作品における源内は、終生その精神のうちで「地方」対「中央」の闘いをくりひろげた人物として設定されている。これは作者自身をも含めた日本の知識人の多くにとって、あまりにも親しい自画像である。だからこそ終幕、挫折した源内が獄中で「朽木のように床にのめって倒れ」死ぬとき、にわかに「舞台に明るい光が溢れ」、劇中人物の「青茶」は「表の源内をやさしく見ながら」、メインテーマの歌を歌いはじめるのだ（傍点＝引用者）。

『道元の冒険』（七一年）の主人公、道元は「まことの道」を求めて、「地方」としての日本から、当時の「中央」としての中国＝宋へおもむく。帰国後の彼は「中央」の既成仏教＝天台教学と闘わなくてはならない。

『珍訳聖書』（七三年）は、入れ子箱のように劇中劇を何重にもはめこんだ奇想天外な仕かけの戯曲だが、この複雑な仕かけは最後に「浅草のキリスト」を顕現させる。しかも、この「男」＝キリストは、「地方廻りの大衆演劇一座」（傍点＝引用者）の出身である。決して「中央」の商業演劇の出身ではなく、新劇、前衛劇の出身でもない。このキリストは、いまや東京の「地方」的盛り場でしかなくなった「さびれ果てた浅草を救う」ために闘おうとする。「地方」から立ち現れ、「地方」が甦るために立ち上がる孤独なヒーローだ。そのために彼は無惨に殺されてしまうのだが、そのような彼の死のために発せられる祈りのことばが、「アーメン！」をいわば「地方」的ギャグへと反転した「ラーメン！」であることは、いかにも似つかわしい。

『藪原検校』（七三年）の東北出身の主人公、盲目の杉の市は、『日本人のへそ』におけるヘレン天津のグロテスクな江戸悪漢版といっていい。江戸にのぼって血まみれの出世階段を駆けのぼる杉の市につきまとい、彼に殺されても殺されてもくり返しよみがえり、「梅毒《かさ》かき」のさらに醜くなった姿で彼への愛と怨みを語りつづける東北時代の情婦のお市は、ことに重要な存在だ。お市はすでにリアリスティックな一個人の生命を超えている。それはいわば、杉の市が切り捨てたい、忘れてしまいたいと願う、彼自身を生み育てた東北＝「地方」そのものの象徴でもあるのだ。

このように「地方」から「中央」に進出してくる主人公たちは、いずれも過剰なまでの活力とあくことない渇望、そして善の方向に進むか、悪の方向に突き進むかはさまざまだが、ともかく抜群の才能をそなえた、きわめてあくの強い魅力的な人物たちだ。平凡、平穏ほど彼らから縁遠いことばはない。

対照的に、このコースを逆に、つまり「中央」から「地方」へとたどる井上戯曲の人物たちには、この種の並はずれた活力はまるで欠けている。『たいこどんどん』（七五年）の若旦那の清之助と幇間の桃八は、偶然のことから「中央」＝江戸から「地方」＝みちのくに流されるのだが、都会人の彼らにあるのは、ただひたすら「中央」＝江戸にもどりたいという回帰願望と、数奇な運命にもてあそばれるのにふさわしい喜劇的に透明な性格だけだ。

『雨』（七六年）の主人公、江戸のしょぼくれた金物拾いの徳は、一攫《いっかく》千金を夢見て江戸から東北におもむく。だが、彼がそなえているのは、異なった言語と環境にひたすら順応する才能だけだ。新しい世界を切り拓く野心も力量も、彼にはない。やがて物語は、この劇の本当の主人公は、実は下層都会人の徳を不気味なトリックの檻に誘いこむしたたかな「地方」＝東北の人間たちであることを明らかにしていく。

要するに、井上戯曲の主人公たちは、基本的には、異界から立ち現れ、「地方」的な活力をふんだんにそなえたヒーローたちなのだ。井上戯曲とは、「地方」と「中央」とがつねに食うか食われるかの、決して果てることのない凄絶な闘いをくりひろげている場のことである。

当然、「地方」から「中央」に移り住んだ主人公たちは、そのまま「中央」には安住できない。さまざまな「受難」が彼らを襲う。「中央」は彼らの才能をつまみ食いはするが、そこに根をおろすことをなかなか許さない。『藪原検校』のように、切り捨てたはずの「地方」が女性の形をとって出現し、絶頂を極める直前の主人公の足を払って死へ追いやることもある。

だが、ことに彼らを悩ますのは、この「中央」では彼らはいつも自分が中心から外れていると感じることだ。彼らのずばぬけた才能は「地方」では発揮できない。だから彼らはひたすら「中央」をめざした。だが、ようやく才能の根を下しかけた「中央」では、彼らは肝心の自分の精神の根を下す場がみつからないことに深い不安を覚える。こうして彼らの精神は再び、「中央」から「地方」へと向かいはじめる。

この精神の往還の軌跡を典型的に示すのが、『小林一茶』（七九年）であり、『イーハトーボの劇列車』（八〇年）である。

信濃の柏原村から出て、江戸でプロフェッショナルな俳人、つまり業俳になることをめざす小林一茶は、越後の高田出身のライバル竹里《ちくり》とともに滑稽で無残な悪戦苦闘を重ねる。「地方」対「中央」の闘いに、ここではさらに「地方」対「地方」の競合の闘いがつけ加わる。だが、「中央」の栄光はなかなか一茶にも竹里にも輝かない。竹里は脱落して上総富津の大地主の老僕として身を埋めた。そして挫折した一茶も、柏原村に舞いもどり、連句ではなく発句に専念し、「座を捨てて、自分ひとりになる」道に活路を見出すことを暗示して、劇は終わる。「中央」への放浪の果て、「地方」はついに「地方」に回帰し、そこに意味ある深い根を下した。ここから劇の最後に、根そのものを持たず、「地方」から収奪することばかりを事とする表層的な「中央」＝大都市の生活への激しい糾弾のことばが噴き出してくる。

宮沢賢治を主人公とし、彼の生涯の転機となった四回の上京、つまりは「地方」と「中央」との間の文字通りの往還に焦点を絞って描いた『イーハトーボの劇列車』も、井上の精神の往還劇の集約的表現と見ることができる。この劇のラストシーンで語られるいらだちをこめた反都会宣言のことば、「百姓よ、都会に背を向けろ」「もう都会を相手にするな」「農村ッ、自給自足しろ」「兵隊と女郎と米、それから工員、これを村はいつも中央へ提供しておった。もう、やめた方がいい」は、前作『小林一茶』の大詰めで一茶の影が呟いた「江戸は反吐《へど》、江戸は反吐……」の台詞につらなるものだ。

この反都会＝反中央志向は、長編小説の大作『吉里吉里人』（八一年）で集大成的な姿をとった。東北に出現した独立共和国「吉里吉里国」は、『イーハトーボの劇列車』における「どんな村もそれぞれが世界の中心になればいいのだわ」という女車掌の台詞が奇想天外な形で実体化したものということができる。

ところで、作中でのこのような精神の往還は、当然、井上ひさし自身の生活の軌跡に重なりあう部分がかなり大きい。東北で育ち、東京で作家としての地位を確立した井上にとって、「地方」出身で「中央」で奮闘する劇の主人公たちの多くは、文字通り精神的兄弟であったはずだ。東北弁と標準語の間で悩み、上京して大学に入ったころは吃音症にもなった経験は、やがて『吉里吉里人』全編を吉里吉里語でおおいつくす執拗さにつながっていく。山本容朗によるインタビュー「方言とわが結婚」（『素敵な女性』八一年十一月号）を読めば、井上が、東北の母と東京下町育ちの妻という、生活と愛情の面における「地方」と「中央」の間をも往き来したことがよくわかる。

「地方」と「中央」をダイナミックに往還して、つねに人間の「ひろば」（『イーハトーボの劇列車』）をみつけようとするこのような井上ひさしの作品を高く評価しつつ、しかし同時に私はそこに若干の注文をつけたいとも思う。「中央」への集中を拒否し、「どんな村もそれぞれが世界の中心になればいい」方向それ自体は、まぎれもなく正しい。だが、問題は、「地方」が実際に自立したとき、それは多くの場合、いつしか自動的にその内部に「中央」をつくりだしてしまうということだ。「中央」の解体をめざし、そのための「地方」的抵抗のコミューンになるはずだった連合赤軍が、その内部にすさまじい「中央」＝上部と「地方」＝下部の階層秩序をつくりあげてしまい、仲間たちを処刑していった無残なパラドックスは、決して例外的事態ではないはずだ。『吉里吉里人』の吉里吉里国は不幸にしてわずか四十時間で崩壊した。だが、万一、さらに相当の年月を持ちこたえたとしたら、作者は否応なしにこのユートピア国のうちにさえはぐくまれる「中央」と「地方」の権力関係を描かなければならない事態になったかもしれない。

現実の場では、「中央」のうちに無数の「地方」があり、「地方」のうちにも強固な「中央」とそこから排除されるさらなる「地方」がある。「中央」と「地方」は必ずしも二項対立ではなく、互いに入りこみ、侵しあう複雑な入れ子細工をなしている。「吉里吉里国」内部の矛盾とパラドックス、その光と影、栄光と悲惨が浮かびあがるほどにこのユートピア国が持続していたら、この大作はさらに私たちを深いところで撃つおそるべき作品になっていたかもしれない。ないものねだりと知りつつ、この大作の後半部分に私がやや物足りなさを覚えるのは、そのような意味あいにおいてである。

井上の劇には、『藪原検校』（七三年）や『天保十二年のシェイクスピア』（七四年）のような、いわゆる悪の系譜に属するすぐれた作品もある。多くを占める井上劇の光の系譜と、これまでは少数派だった闇の系譜がより成長して合体するとき、私たちは井上作品がさらに亭々たる樹木となってそびえる姿を期待することができるかもしれない。太い幹とゆたかな葉叢は高く太陽をめざし、しかし根はどこまでも深い闇を下降し、そのとき樹木は一種の世界樹のように見えるだろう。

（『國文學　解釈と教材の研究』一九八二年三月号、學燈社発行）

ふり蛙井上劇役者合戦

中身も形式も奔放多彩な井上ひさしの戯曲には、多彩な上演形態が似合っている。一人の劇作家（あるいは演出家）の作品をひたむきに持続的に上演する特定の一劇団というのが、ここ十数年来、多くの突出した舞台を生み出してきた上演スタイルだが、どうも井上ひさしの戯曲には、この禁欲的な形を大幅にはみ出してしまうものがある。

井上戯曲の過剰な魅力、その広がりのある内容は、プロデューサーたちと演出家たちの食欲をそそらずにはいない。ある作品についてすでに定評のある舞台が生まれたあとも、さらにそれを超える演出と上演形態を構想できる自由さが、井上劇にはある。それはたとえば、唐十郎の劇がなんといっても状況劇場という集団の体質と紅テントの空間と切っても切れない関係にあるのと対照的である。むろん、紅テント以外でも、唐十郎のドラマのすぐれた上演例はあったし、これからもありうる。しかしそれでもなお、決定版の舞台はやはり唐十郎演出による状況劇場のそれだろう。あるいは、鈴木忠志演出の舞台である。早稲田小劇場以外の場でも鈴木演出のすぐれた成果はありうる。しかし、鈴木演出の最上の輝きは、やはり白石加代子が出演する舞台だろう。

こうした特定の集団との、ほとんど肉化した結びつきに比べると、井上ひさしの戯曲はより自由な表現に向かって開かれている。特定の演出家や特定の俳優から切り離しても流通しうる自立性と幅の広さをそなえている。唐十郎、鈴木忠志らの劇は、なによりも生活史を基盤とした俳優たちの身体のために書かれたいわばコミューン的なことばだが、井上ひさしの劇ははるかに幅広い演技陣とより多くの観客層のために書かれたことばである。そして実に逆説的なことに、コミューン的な演劇のことばのにない手である唐十郎、鈴木忠志らがコミューン的な言説にはほとんど沈黙を守るのに対し、そうした基盤に立たない井上ひさしの劇はむしろはっきりとコミューン的な志向を主題として語るドラマなのだ。ここには興味深い対照と乖離《かいり》がある。

むろん、それはまずなによりも作者の資質の違いである。つねに太陽の方向をめざす井上ひさしの向日性と、たえず地下茎に目を向ける唐十郎、鈴木忠志との違いである。だが同時に、井上ひさしの劇ののびやかな主張性、その奔放な魅力が、ゆるやかで開放的な上演スタイルに似合うという一点は押さえておいていいことではないかと私には思える。

要するに、事実上のデビュー戯曲『日本人のへそ』が、劇団テアトル・エコーの、改築前の

「屋根裏劇場」（東京・恵比寿）で初演された一九六九年以来十三年の間に、井上ひさしの戯曲はさまざまに異なる形で上演を重ねてきた。初演と異なる形態で再演された作品もある。別の言い方をすれば、観客はさまざまな料理長と異なった料理店で、〝井上ひさし料理〟を楽しむ機会を持つことができたわけだ。

例えば、井上ひさしが座付き作者として、もっとも集団に密着した形で活動したテアトル・エコーの時代。一九八二年の現在も続いている五月舎との協同作業。小沢昭一の芸能座への持続的執筆。さらに東宝（東京宝塚劇場）、松竹（歌舞伎座）、四季（こどものミュージカル）、阿部義弘事務所、東京放送児童劇団、新宿コマ劇場、文学座、ＮＨＫ（テレビ文楽）などでの上演がある。今年（一九八二年）は小沢昭一のしゃぼん玉座での上演（『国語事件殺人辞典』）、地人会での上演（『化粧』）が加わる。

当然、こうした多様な舞台に出演した俳優たちの数はきわめて多くにのぼる。顔ぶれの幅の広さも特筆していい。ことに五月舎を中心として、プロデューサー・システムによる上演が多かったため、普通の劇団の公演では考えられないような顔ぶれがそろったこともある。

そこで、いま、多様な井上劇の舞台の、多彩な俳優陣のなかから、忘れがたい演技を見せてくれた俳優たちの顔を振り返り、その主な人たちをピックアップしてみたいと思う。当然、主演回数の比較的多かった俳優たち、いわば〝井上劇派〟と呼んで差しつかえない役者たちが中心になる。だが、むろん出演回数の多さがすべてを決するわけではない。一本しか出ていなくても、井上ドラマの大きな「顔」として挙げたくなる才能もある。私自身の好みも当然反映する。つまり、ここにあげるのは、あくまで極私的な選択による、井上劇の舞台の「忘れ得ぬ人々」である。

すでに部分的に述べた通り、井上ひさしのテアトル・エコーとの協同時代は、一九六九年二月初演の『日本人のへそ』に始まる。『表裏源内蛙合戦』（七〇年）、『十一ぴきのネコ』（七一年）、『道元の冒険』（同）、『珍訳聖書』（七三年）といった、過剰なエネルギーにあふれた初期の代表作がたてつづけに書き下され、いずれも熊倉一雄演出で舞台にかけられた。井上戯曲がまばゆい脚光を浴びるにつれて、テアトル・エコーの活動自体も演劇界の前面に押しだされるという相乗効果が働いた。その後、井上ひさしとテアトル・エコーの関係はスムーズでなくなり、七五年の『それからのブンとフン』以後、井上戯曲の提供は停止された。

だが、いま思い返してみても、実質四年、のべ六年にわたったテアトル・エコーの時代は、作者自身も、俳優たちも、野放図といっていいほどの異様な熱気と活力にあふれていた。私たち観客も、この新しい突出した才能に驚きと興奮を抑えきれなかった。少なくとも私には、これら一連の舞台については実に鮮明で幸福感にあふれた思い出がある。ことに井上劇が、大手劇団を中心とする〝正統〟新劇や前衛的な小劇場系の劇団からではなく、軽演劇タッチのテアトル・エコーから登場したのは新鮮だった。

この時期に忘れ得ぬ俳優といえば、まず山田康雄である。この頃の井上劇を代表する男優の「顔」といって差しつかえない。

とにかくむやみに調子がよくて、軽薄型の演技で突っ走り、一見二枚目風でありながら三枚目にもなり、ずうずうしくて、計算高く、一瞬も油断できない。にもかかわらず、小才が利きすぎて大成できず、失敗また失敗――こんな役柄をやらせたら、山田康雄の右に出る俳優はちょっといない。『日本人のへそ』では「会社員」の役だったが、劇中劇で演じたチンピラの「やくざ」が実によかった。浅草の街頭であやしげな英語記憶術のパンフレットを田舎出の娘に調子よく売りつけようとするものの、相手が金を持っていないとわかったとたん、酷薄そのものに一変して「芋娘！」と罵る切り換えの見事さは水際立ってさえいた。こうした役柄は、『十一ぴきのネコ』における「猫糞《ねこばば》のにゃん十一」の好演にも通いあう。怠け者で、義務感が薄く、あらゆる理想主義的なことばを嘲笑する生来の野良猫。熊倉一雄が演じた正義派の「にゃん太郎」と、それはあざやかな表裏の対照をなした。

この表と裏の関係がさらにくっきりと、より効果的に描かれたのは言うまでもなく『表裏源内蛙合戦』で、山田康雄が扮した「表の源内」の演技は彼の代表作に数えることができる。源内の鼻柱の強い才気、遠慮を知らぬ野心が山田康雄の演技の質にぴったりだった。しかも、この「表」の役は正義派的立場の代弁者でもあるのだが、山田康雄が演じると、ふしぎに正義派的な嫌味が消えたのである。

エコー時代の井上劇上演の中心だった熊倉一雄の存在も特筆しなければならない。井上戯曲の奇抜な奔放さを演出の場で受けとめるには相当な才能が必要だが、熊倉一雄はそれを器用に、しかも細部まで工夫して仕上げながら、しばしばみずからも大きな役で舞台に立って光る演技を見

テアトル・エコー公演『珍訳聖書』（熊倉一雄演出）の稽古場での（左から）熊倉一雄、平井道子、井上ひさし＝1973年3月、東京・恵比寿のテアトル・エコーで

せた。同じ喜劇型の演技でありながら、山田康雄の逸脱型の鋭さとは対照的に、熊倉一雄のそれは包容力のある指導者型、肯定型の役柄を得意とした。『日本人のへそ』の「教授」、『表裏源内蛙合戦』のしたたかな「裏の源内」、『十一ぴきのネコ』の「にゃん太郎」、『珍訳聖書』の「犬丸博士犬」、『それからのブンとフン』の「フン」などの演技がすぐに思い浮かぶ。緻密な三角型よりは、おおらかな円型を連想させるあたたかな感触の演技で、井上ドラマの向日性を体現した主演者の一人である。役柄のなかでは『表裏源内蛙合戦』の現実主義者「裏の源内」が異色だが、熊倉が演じると、そこには突き離した冷たさはなく、むしろ世故たけた親父が生硬な息子＝「表の源内」を諄々と説得するような親密感が漂った。

一方、テアトル・エコー時代の女優の「顔」の代表は、なんといっても平井道子だ。『日本人のへそ』でのストリッパー「ヘレン天津」のみずみずしいエロティシズムとコケトリーあふれる演技は、たちまちこの女優を井上劇のヒロイン格にすえた。周知の通り、ここでは劇中劇としてストリッパーの半生記が演じられるのだが、東北から集団就職してきた初心《うぶ》な少女の土のにおいが漂うような素朴さから、浅草のストリッパーとしての官能の放射力、そして出世の裏階段を懸命に駆けのぼってきた女の凄味と陰影までの幅を、観客が思わず身を乗り出したくなるような魅力で演じて見せたのである。あけっぴろげな愛嬌と品のよさがこの女優には同居している。

彼女の、続く大役は『珍訳聖書』で、役柄は再び浅草のストリッパー「マリア犬櫛《いぬぐし》」だった。作者は『日本人のへそ』でこの女優の強い魅力を十分に認識し、その官能性を台詞のうちでくり返し強調する。平井道子自身もなかなかの力演だった。にもかかわらず、その魅力をそいだのは、彼女をはじめとするストリッパーたちが、生身の肌をまるでさらさず、なぜか全身を時代錯誤的な肌色のタイツでおおっていたことで、これでは「ずいぶんとエロ」な「ぶちかまし」の迫力など生まれるはずもなかった。

その二年後、『それからのブンとフン』で平井道子は神出鬼没の大泥棒「ブン」に扮した。全世界をいたずら心によるおかしな世界に変え、「悪魔」（天地総子）と対決するこのブンが、意外にもつつましい奥様風の「地味な和服に束ね髪」というスタイルで活躍する趣向がおもしろかった。

井上ひさしにおけるテアトル・エコー時代が過ぎたあとも持続的に井上ドラマに出演している一風変わった個性が、二見忠男だ。いつも妙に老成した、間のびしたマスクで、一見いかにも善良そうに見えながら、不意に偏執的な情熱をむきだしにしてぎくりとさせるといったタイプの演技である。テアトル・エコーで上演された『日本人のへそ』では「鉄道員」を演じたが、第二幕で女ことばで教授に言いよる同性愛の代議士秘書になったのが不気味だった。猫撫で声のやわらかな女ことばなのだが、あの年齢以上に老けて見える顔にぎろっとむいた大きな目が異様な冷たい光りを放ち、ぬめっとした感触で男に手を伸ばしてくる。

おだやかさが一変して異様さがあらわにせりあがってくる二見忠男の演技は、『珍訳聖書』でもっとも印象的に輝いた。戦争中の屈辱を晴らすため、軍の関係者を一堂に集めて「犬芝居」を強制する偏執的な元陸軍一等兵「犬飼信道」。そして後半では複雑な劇中劇を作・演出した「男」、実は「浅草のキリスト」。この二見忠男の「キリスト」が一向に二枚目風ではなく、昂然としてはいてもどこかうらぶれた生活のにおいを漂わせていたのが実によかった。だからこそ、この「キリスト」が屋台で注文ができあがるのを待っているところを背中にナイフを突き立てられ、「ラーメン！」というギャグ的祈りのことばに送られてあっけなく死んでいくラストシーンは、いっそう滑稽に、いっそう無残に浮かびあがったのだった。

さらに『表裏源内蛙合戦』の大久保一学・乞食僧・入墨者、『十一ぴきのネコ』の旅廻《どさ》りのにゃん蔵、五月舎『花子さん』でのまちがい男、五月舎『雨』再演での親孝行屋・藩士、『小林一茶』での雲水・雲龍へと、二見忠男の出演は続く。

文学座、四季を脱退してフリーの演出家になった演出家出口典雄（劇団シェイクスピア・シアターをつくるのはその後の一九七五年である）が、同じように文学座、四季をともにしたプロデューサーの阿部義弘と組んで、井上劇を二本連続で演出したことがある。一九七四年のことだ。

このとき、一本目の新作『天保十二年のシェイクスピア』（西武劇場＝現・パルコ劇場）で小見川の花平・佐吉を演じ、二本目の『表裏源内蛙合戦』（紀伊國屋ホール）では一躍主役の「表の源内」に抜擢されたのが、当時、四季を辞めたばかりの喜劇志望の気鋭の俳優、矢崎滋だった。彼は四季時代の一九七二年に、井上ひさしが脚本を書いた子どものためのミュージカル『どうぶつ会議』（エーリッヒ・ケストナー原作）に出ていた。七五年、新宿コマ劇場で、テアトル・エコーとはまったく違う配役で上演された『十一ぴきのネコ』でも矢崎滋は、「軍隊嫌いのにゃん吾」を演じている。

たしかに矢崎滋の演技の資質は井上劇の肌合いに向いている。心理主義や写実主義ではなく、人物の性格も役柄もまるでスイッチを入れ換えるように、あるいはパズルの変換のようにめまぐるしく変わっていく井上ひさしの戯曲を演ずるには、多次元にわたる演技の切り換えのすばやさが必要であり、さらにそれを支える笑いの精神が何より必要になる。矢崎滋の演技の明るさは人情や善意の明るさにとどまらない。それはさまざまに切り換えのきく、精密で知的な装置を思わせる。

五月舎公演『たいこどんどん』のあばた侍・文吉、『花子さん』の不当配列男、『雨』の金七も好演だったが、なんといっても代表作は『小林一茶』（七九年）の一茶、『イーハトーボの劇列車』（八〇年）の宮沢賢治である。一代記ものの主役という格好の役柄に恵まれて、その喜劇的演技には奥行きと陰影が加わった。

矢崎滋が出たからには、『小林一茶』で一茶の終生のライバル「竹里《ちくり》」を見事に演じ切った塩島昭彦について語りたくなる。実際、小器用ではあるがいつも脇道に入りこみ、屈折に屈折を重ねて巷に埋もれてしまうこのしがない俳人竹里の傲慢と卑屈を、塩島昭彦はまるで手品のカードのようにあざやかに入れ換えながら、切なく、おかしく演じてのけた。矢崎滋との芸の競い合いが一段と舞台に活気を与えた。すでに『雨』の男娼「釜六」で塩島昭彦は出色の異能ぶりを見せていた。今年（八二年）、五月舎で改訂再演された『新・道元の冒険』でも、運動会的早替わりの連続のうちにその大ぶりの演技は際立って見えた。

塩島と同じく文学座の役者の役者で、より控え目ながら、渋くてコクのある演技で忘れられないのは金内喜久夫である。『たいこどんどん』の片目侍・喜平・雷の大五郎、文学座公演『日の浦姫物語』の説経聖もおもしろかったが、やはり決定的な役は『藪原検校』で全編の語り手となった「盲大夫」だろう。作者井上ひさしの実兄、井上滋の暗いギターの伴奏を背に舞台上手に端座し、ちょっと癖のある口跡で陰々たるユーモアをこめて語りだしたとき、このグロテスクな残酷喜劇の扉はすでに大きく開かれていた。

主役格でかなりの本数の井上劇の舞台に出て特異な個性を見せているのは高橋長英だ。井上作品への初登場は『藪原検校』（七三年）で、悪の道を死へ向かってひた走るその粗暴な気迫と暗い魅力が見る者に衝撃を与えた。しかもこの悪の姿は、決然としたさわやかさを放っていた。決して善に回収されない、血まみれの凶器そのもののような鋭く暴力的な演技は鮮明によみがえる。その後も高橋長英は、『たいこどんどん』でなべおさみのたいこもち「桃八」を相手に若旦那「清之助」を演じ、『花子さん』では赤尾小吉、『イーハトーボの劇列車』（再演）では宮沢賢治を演じた。〝井上劇派〟の主力俳優の一人である。

出演本数は極端に少ないのに、どうにも忘れがたい印象を私たちの心に刻みこんでしまう役者がいる。たとえば、『藪原検校』に出演した財津一郎だ。

この舞台で財津一郎は、小悪党の七兵衛と学者の塙保己市を演じたのだが、ともに出色の演技だった。アクの強い、幾分誇張気味に節々が際立つように工夫した緻密な演技。しかも陽性の笑いの演技が台詞のひとつひとつに仕かけられている。ことに後半、塙保己市に扮して、体制外に逸脱しつつ悪の階段をのぼろうとはかる藪原検校の高橋長英と、いんぎんに、しかしきっぱりと対立する場面がよかった。何事もこまかく整然と計算して、体制内学者としての道を着実に歩みつづける塙保己市が、好物の里芋を横あいから杉の市に盗み食いされ、なにもない小鉢の上をうろたえて箸で突っつき回すシーンのおかしさはことに冴えていた。

『藪原検校』といえば、太地喜和子を逸するわけにはいかない。杉の市に捨てられても慕い寄り、殺されたはずなのに生き返り、梅毒姿のすさまじい姿で彼にまつわりつくこのお市の演技には、太地特有のいとおしい女のエッセンスに加えて、まるで無限反復する悪夢のような不気味な戦慄感があった。このお市の造型には、どんなに都会に逃れても必ずどこまでも追いかけてくる、人間にとっての故郷のイメージが重ね合わされているはずだ。『たいこどんどん』での袖ヶ浦・おとき・お熊役の好演も思い合わせると、太地喜和子はやはり井上劇の大きな「顔」の一人である。

財津一郎と同じように出演が少なくても、鮮明な像を結んで高い評価を得たのは、『雨』で主役の拾い屋の「徳」を演じた名古屋章である。この劇では、この俳優の、新劇出身者には珍しい〝これぞ庶民！〟といった風貌が実に効果的に生きた。自分そっくりと言われる他人になり変わろうとして滑稽なほど勤勉な悪戦苦闘を重ね、そのあげくに自分の本体を失って滅びていく「徳」の姿が、いつしか日本人そのものの似姿として切なく、痛ましく見えてきたからである。ことにラストシーン、なにがなんだかわからないままに死の白装束を着せられ、自害を強いられる「徳」の哀れにも無残なうろたえぶりの演技は絶品だった。

『雨』といえば、「徳」をおとしいれる重要な女房「おたか」役をみずみずしくくっきりとした色気で好演した木の実ナナが思い浮かぶ。この役はのちの再演で新橋耐子、有馬稲子が演じ、それぞれに達者な演技を見せたが、ういういしい気迫という点では木の実ナナが輝いていた。これに先立つ『天保十二年のシェイクスピア』のお光・おさち役も新鮮だった。

女優陣では、渡辺美佐子を落とすわけにはいかない。『小林一茶』で彼女がはじめて井上劇に登場したその成果を見て、私は実にうれしかった。木村光一演出の舞台、矢崎滋、塩島昭彦の演技の切れ味にもまして、渡辺美佐子がまるでよみがえったような好演を見せたからである。

周知の通り、一九六〇年代から七〇年代はじめにかけ、渡辺美佐子はもっともまばゆい輝きを放つ新劇女優だった。『真田風雲録』から『魔女伝説』へ、福田善之の活躍とともに渡辺美佐子の舞台を私たちは追いつづけた。だが、七〇年代、福田善之が新作劇を書きあぐむにつれて、渡辺美佐子が出演する新劇の舞台はめっきり少なくなり、活動の主体はテレビ・ドラマに移ったかに見えた。

それが七九年十一月、『小林一茶』で再び大きな花を開いたのだ。井上ひさし自身、渡辺美佐子の演技力に挑戦するかのように、「お園」「女」「およね」「花嬌《かきょう》」の四役を用意したのも成功だった。あどけない娘時代から色っぽい年増になるまでの「およね」、そして老年のうちに静かに恋の炎を燃やす「花嬌」の品格まで、いわば一本の芝居のなかで女の一生を演じてしまうような課題を、渡辺美佐子は知的なつややかさでこなし切った。八二年七月には、一人芝居『化粧』がさらに加わる。

五月舎のプロデュース公演の間にはさまるような形で、七五年から始まったのが、小沢昭一を中心とする劇団芸能座との協同作業だ。井上ひさしはこれまで芸能座に三本の芝居を書きおろし

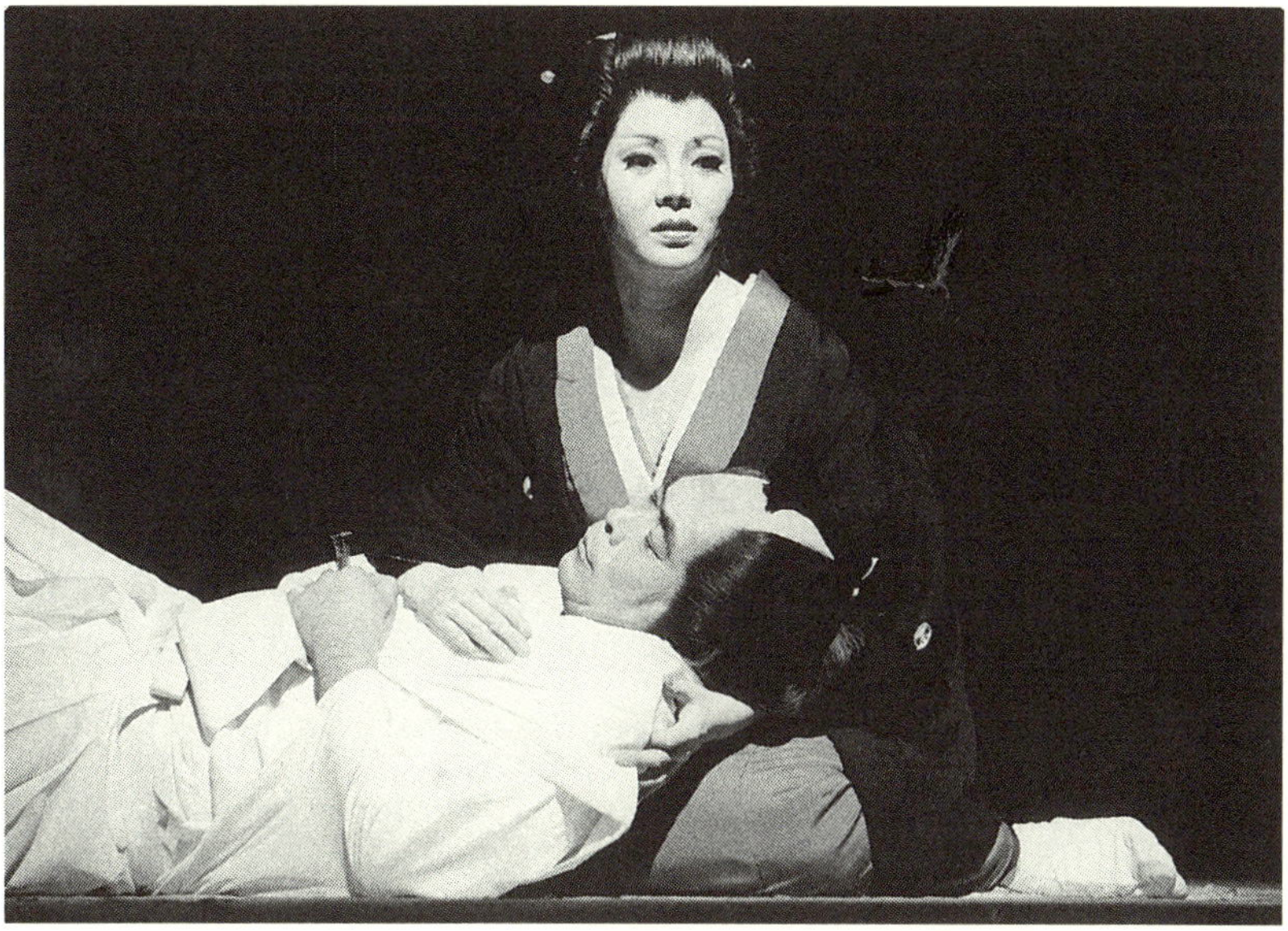

五月舎・西武劇場提携公演『雨』（木村光一演出）のおたか（木の実ナナ）と徳（名古屋章＝手前）＝1976年7月、東京・西武劇場（現・パルコ劇場）

た。『四谷諧談』『浅草キヨシ伝』『しみじみ日本・乃木大将』の三本である。いよいよこれらの舞台でキャストの中心となった小沢昭一について語る番である。三本のうち、小沢は『四谷諧談』の演出も手がけた。

　演劇界全般を見渡しても、小沢昭一ほど多面的な才能に恵まれ、頭の回転の早い俳優はちょっと思い浮かばない。どんな片言隻句も個性の魅力でつつんでしまう話術、かろやかなウィット、人柄自体で人々の関心を惹きつける放射力、そして都会的な洒落っ気。三つの舞台では、こうした小沢昭一の多彩な魅力が見事に輝いた。そこには何よりも井上ひさしの芝居に入れこむ小沢昭一の情熱がある。

　ことに『しみじみ日本・乃木大将』で乃木希典《まれすけ》と馬の壽號《ことぶきごう》の前足部分「こと」の二役を演じた小沢昭一は冴えていた。天皇の道化として「あっぱれ武人の型を演じ尽」くした乃木大将を、いわゆる熱演とは無縁の、まるで作者の指定に忠実で律儀な喜劇役者を思わせる軽みで演じたのである。国家によって与えられるこの国民の「型」の滑稽さを際立たせるため、そのパロディとして「日本の軍馬の型を完成させる」ことを願う馬たちを登場させたのは井上ひさしの卓抜なアイデアだが、この滅私奉公の前足「こと」に扮した小沢もおかしかった。

　自己分析が先廻りしがちなため、どうしても没入型の演技になじまない小沢昭一にとって、批評性をふんだんに織りこむ井上ひさしの劇はとても資質に合っているのだ。新しく出発した「しゃぼん玉座」が、こうした小沢の長所をさらに拡大、成熟させる場となることを望みたい。そして同時に、さらに演技の幅をひろげ、私たちが見知っている小沢昭一像をくつがえすような変身の演技もぜひ見せて欲しい。その時、この多彩な才能はよりおそるべきものとして浮かび上がるはずである。

（『井上ひさしの世界』所収、白水社、一九八二年）

人間に回帰する古典

古典文学をはじめとする先行テキストを踏まえて作品を書く点では、井上ひさしは人後に落ちない。それどころかもっとも頻繁に古典のテキストを使用する作家と言ってさしつかえない。とくに時間と手間をたっぷりかけて膨大な資料を集め、徹底的に読みこんでいく井上ひさしの偏執的とも言える資料好きは有名だ。

代表作のひとつと言っていい戯曲『小林一茶』（一九七九年）を書いたときも、井上ひさしは「信濃新聞社発行の『一茶全集』（全八巻）を何回となく通読し、一茶の評伝を何十冊も集めて机上に積み上げ赤鉛筆片手に精読をなし、正鵠を期した」と書いた（「作者の前口上」、五月舎初演パンフレット）。古典的資料を渉猟し、それを踏まえて作品を書くことに無上の快楽を覚えるタイプの作家なのだ。

戯曲『しみじみ日本・乃木大将』（七九年）の執筆に、井上ひさしは十数年の時間をかけた。

集めた歴史的資料もおびただしく、初演の四年前の時点で、買いこんだ資料は「八段ぐらいの本棚が三つです」とインタビューで語っている（『悲劇喜劇』一九七四年六月号）。当然、戯曲完成までには、さらに多くの資料が収集されたに違いない。井上ひさしが買い漁ったために、乃木将軍関係の資料が東京・神保町の古本屋街に見当たらなくなったという噂が流れたほどである。

その井上ひさしが古典（近代古典を含む）をはじめとする先行テキストを踏まえて戯曲や小説を書く場合、一貫して際立つ特色が少なくとも三つある。

第一は、先行テキストに必ず奇抜な異化や喜劇的な変換を加えずにはいられないこの作家独特の姿勢である。

その好例は、柳田国男の名著『遠野物語』を下敷きにして井上ひさしが書いた連作短編集『新釈 遠野物語』（一九七六年）だ。

山形県生まれの井上ひさしは、若いころから『遠野物語』に親しんだ。上智大学を休学して岩手県釜石市の国立釜石療養所の医事係をしていたころは、不払いの医療費請求のために遠野に出かけることも多く、遠野に対する思い入れには並々ならぬものがあった。

だが、『新釈 遠野物語』で井上ひさしは柳田国男の高い達成を踏まえながらも、それを大胆に喜劇的、演劇的な方向に転換してみせた。柳田の凝縮した詩的、文学的文体のかわりに、井上は語り手と聞き手のやりとりの中でストーリーがおもむろに展開する昔話本来の構造、つまり演劇的な構造をよみがえらせたのである

『遠野物語』にはほとんどない、のびやかな笑いの要素を大量に加えたのも、井上版『新釈 遠

野物語』の特色である。有名な「平地人を戦慄せしめよ」(柳田)のかわりに、「平地人の腹の皮を……よじらせる」(井上)という目標が掲げられた。それは東北出身の作家・井上ひさしにとって、中央の文化に「収奪された」(井上)感のある遠野の物語を、東北のもとに取りもどす作業を意味してもいた。

連作短編集『不忠臣蔵』(八五年)も、日本人の倫理観や美意識に多大な影響をあたえてきた古典劇『忠臣蔵』を批判的に異化した井上ひさしのすぐれた成果である。討ち入りに加わらず、そのために「義挙」を賛美する当時の社会からつまはじきにあったマイナーな赤穂浪士たちの肖像を仕かけのある手法で描くことによって、作者はむしろ不参加者のうちに逸材がいたことを強調する。

古典的なテキストを使用する際の井上ひさしの第二の特色は、大半の作品が実在の人物を描く評伝劇のスタイルをとることである。

これはこの作家のユニークな特色で、とくに戯曲はその傾向が強い。すでに触れた『しみじみ日本・乃木大将』『小林一茶』をはじめとして、これまでの井上戯曲の大半は歴史的人物の半生記または一代記の形式をとる。

たとえば、平賀源内の趣向をこらした一代記『表裏源内蛙合戦』(七〇年)。道元の生涯を現代の新興宗教の教祖と連動させて描く『道元の冒険』(七一年)。宮沢賢治の半生を現代の農民と交錯させた『イーハトーボの劇列車』(八〇年)。「修善寺の大患」で人事不省に陥った漱石の意識下で展開する夢幻劇を描く『吾輩は漱石である』(八二年)。歌仙にちなんで三十六景から構成される芭蕉の一代記『芭蕉通夜舟』（八三年）。幽霊も加わった五人の女性がつむぎだす『頭痛肩こり樋口一葉』（八四年）。日記に寄りそう形で晩年の啄木を描く『泣き虫なまいき石川啄木』（八六年）。近作の戯曲も、太宰治の屈折を描く『人間合格』、地下潜行中の魯迅と日本人の交流を中心とする『シャンハイムーン』とやはり評伝劇が多い。

しかも興味深いことは、井上ひさしの場合、実在の人物ではない、虚構の人物を扱う作品でも、しばしば一代記や半生記の形をとることである。

たとえば、井上ひさしにおける黒い笑いを代表する戯曲『藪原検校』（七三年）。『定本講談名作全集』（七一年、講談社）のうちの一項目「藪原検校」をもとに執筆した、評伝形式の純粋のフィクションで、享保年間に東北の塩釜に生まれて座頭になった盲人の杉の市が、痛快なまでに悪事を重ねて三代目藪原検校に出世するものの、最後に残酷に処刑されるまでを活写する。

この戯曲に先立ち、井上ひさしは評伝めかした同名のフィクション「藪原検校」を発表したが、掲載されたのが雑誌『歴史と人物』（『中央公論』臨時増刊、七一年六月）だったために、これを読んだある研究者が実在の人物の評伝と勘違いし、「自分は盲人史を専攻しているが、藪原検校という人物は聞いたことがない。ご使用になった歴史資料を是非教えていただきたい」と、井上ひさしに手紙を寄こしたというエピソードがある。

兄と妹、母と息子の二重の近親相姦を描く戯曲『日の浦姫物語』（七八年）も一代記の形をとる虚構のドラマである。作者が作品の末尾に明記しているように、これは教皇グレゴリウス一世の聖人伝、トーマス・マンの小説『選ばれし人』、田毎月丸《たごとつきまる》の『今昔説話抄』などをつきまぜ、悲劇的材料を笑いで味つけして仕上げた作品である。

つまり、古典的テキストを使用する井上ひさしに特徴的なのは、多くの作家が採用する古典文学の現代的再生や脚色という方向をとらず、多くの場合、伝記スタイルで人物を再構成する方向をめざすということである。

具体的にいえば、井上ひさしは、三島由紀夫が能楽の現代化として『近代能楽集』を書き、野田秀樹がシェイクスピアを現代的に潤色して『野田秀樹の十二夜』『三代目りちゃあど』『野田秀樹の真夏の夜の夢』などを執筆したような形では古典文学に向き合わないということである。つまり古典の物語を、同じ次元で別の新しい物語に変換するやり方を井上ひさしはほとんどとらない。

井上ひさしの世界においては、古典をはじめとする先行テキストは、まるで強い磁石に吸い寄せられる鉄の砂のように、「物語」の方向よりも、「人間」の再構成に奉仕する方角に向けて、つまり「人間」に回帰する方向をめざして整列させられるのだ。

第三の特色は、井上ひさしが選ぶ伝記劇、評伝劇の主人公の多くが作家や著作家だという事実である。

陸軍大将・乃木希典を描く『しみじみ日本・乃木大将』のような例もあるが、平賀源内、道元、小林一茶、宮沢賢治、夏目漱石、松尾芭蕉、樋口一葉、石川啄木、太宰治、魯迅という具合に、圧倒的に文筆に携わる人物の評伝劇が多い。井上はテキストを生む作家の現場にとりわけ強い関心があるのだ。賢治、啄木、太宰と東北出身の作家が目立つのは、同じ東北出身者としての共感からだろう。

矢代静一、宮本研、福田善之など、伝記劇に取り組む劇作家はほかにもいるが、現代の日本で井上ひさしほど作家の肖像に過剰な情熱を傾けてきた劇作家は見当たらない。

では、なぜ井上ひさしは、「物語」よりも「人間」に、それもとりわけ「作家」の肖像に関心を寄せるのだろうか。

同業者として過去の優れた作家に関心があるのは当然だろう。同業者だからこそ、先行する表現者たちの苦闘と内面の機微を切実に想像できる利点もある。

だがそれだけでは、ことばの表現者としての作家の現場にこれだけ執着する理由は見えてこない。

この点については、ことばの問題に並外れた関心を寄せ、『私家版日本語文法』(八一年)、『自家製文章読本』(八四年)、ことばそのものを主題にした戯曲『国語事件殺人辞典』(八二年)、『國語元年』(八六年)などもある「ことば論者」としての井上ひさしの側面に目をむける必要がある。

井上ひさしの場合、ことばは言語学や国語学の対象である以上に、ことばと人間、ことばと社会、さらにことばと世界の関係を鋭敏に、時には過敏に反映するものとしてあらわれる。もっと正確に言えば、井上ひさしにおいては、ことばは人間と社会との危機的な関係を等身大に反映するだけでなく、人間と社会の不幸な関係を癒す非等身大のきわめて大きな役割をも与えられているのである。

これは若いころに、吃音症に苦しんだ井上ひさし自身の経験に負うところが大きい。父の病死、家の困窮、母の仕事などが重なって、彼の家庭は崩壊し、中学三年のときは、青森県、岩手県、宮城県と半年の間に三回も住所を転々とした。「状況の変化は言語の変化と同義」(「恐怖症者の自己形成史」『世界』一九七七年七月号)で、級友たちの「もの笑いの種」になった少年は、ついに「進退きわまり」、「吃音という逃げ道」に入りこんでしまった。

仙台のカトリックの養護施設を出て東京の上智大学に入学してからも、井上ひさしは「状況との齟齬感《そごかん》」に悩み、ぶり返した吃音症に苦しんだ。「世界は僕と対立し、同時に世界との共感的結合が切れる。そして言いようのない淋しさ、おそろしさに襲われた」(同)のである。前述の学生時代の二年半にもおよぶ休学は、それを克服するための期間でもあった。

ことばの病による「恐怖症」にあえいだからこそ、井上ひさしは『日本人のへそ』『花子さん』『国語事件殺人辞典』『國語元年』で、まるで強迫観念のように、繰り返しことばの病者を登場させた。ここでは人間の不幸な状態の典型はことばの病なのだ。こうした地点から、ことばを通して、人間と社会の背理した関係を治癒し、「世界との共感的結合」を回復する道を探ろうという、作家・井上ひさしを貫くモチーフが生まれた。ことばを癒すことを介して、なんとか人間と社会を癒す手だてを見出そうというのである。

このように見てくると、ことばを生む作家の現場にとりわけ強い関心を寄せる井上ひさしの動機も、いくぶん理解できるものになるはずだ。

生活に苦しみ、傷つきながら、懸命にことばを生む先行作家たちの軌跡を追うことは、ことばを通して人間と世界を修復する道を探ることにつながるはずだからである。

こうして、井上ひさしが使う数々の古典的テキストは、それを踏まえて新しい物語を編む方向に行くよりも、それらのテキストを生んだ作家自身の肖像を再構成する方向へとUターンする。いわば「はじめに作家ありき」の世界。使われた古典テキストは、それを生んだ作家というテキストに回帰するのだ。


（『国文学　解釈と鑑賞』一九八二年十月号、至文堂発行）

劇中劇が意味するもの――『珍訳聖書』を中心に

井上ひさしの戯曲を読みつづけ、その舞台を見つづけるうちに、私たちはひとつの疑問がしだいに大きくふくれあがっていくのを感じる。すなわち、「なぜ、作者はこうも劇中劇の方法にこだわりつづけるのか？」という問いかけである。

そういう疑問を発せざるをえないほど、井上ひさしの劇作品では劇中劇が数多く、ほとんど偏執的なまでに使われている。

思いつくままに列挙するだけでも、出世作となった『日本人のへそ』（一九六九年）。道元の半生記を二重の劇中劇スタイルで描く『道元の冒険』（七一年）。劇中劇によるどんでん返しを徹底的に駆使した『珍訳聖書』（七三年）。劇中劇の一種としての引用の方法で全編を貫いた『浅草キヨシ伝』（七七年）。精神病の患者・元患者たちが彼らを抑圧する社会に向けて放つ、トリッキーな入れ子芝居『花子さん』（七八年）。入れ子構造による近親相姦のドラマ『日の浦姫物語』（七八年）。馬たちが演じる乃木将軍の一代記『しみじみ日本・乃木大将』（七九年）。江戸の享楽的な市民たちによって演じられる、劇中劇形式による、一茶の半生記『小林一茶』（七九年）。現代の農民たちがこの世に別れを告げる直前に演じてみせる宮沢賢治の評伝劇『イーハトーボの劇列車』（八〇年）。さらに、解体寸前の芝居小屋の楽屋で一人の狂女によって懸命に演じられる大衆演劇の女座長の一代記『化粧』（二幕劇、八二年）……といった具合である。井上ドラマの主要作が、ほとんどここに網羅されていることからも、この作者における劇中劇形式の重要性は分かるはずである。

一人の作家が特定の方法を使いつづける理由を、本人以外の者が理解することはむずかしい。それは多分に作者自身の好みと性格、才能の方向性といったものから来るからである。だが、その方法が具体的にどのような効果と成長をあげたかという点から、遠回りしてこの疑問に近づくことはできるかも知れない。

井上ひさしの戯曲が主人公的な人物の一代記、あるは半生記の形をとることが多いのは周知の通りだが、この作家が使う劇中劇の効用としてまず挙げられるのは、この方法によって、精妙で奥行きと広がりのある構造のうちに、共感と批判をともども十分にこめて、主人公の姿が浮かびあがっている、ということである。つまり、劇中劇を複雑に仕かけた井上ひさしの評伝劇においては、普通の一元的な伝記劇とは違い、主人公はきわめて多元的な劇構造のうちに位置づけられるのであり、多様な角度からの照明＝批評を浴びることになるのである。

前述の『イーハトーボの劇列車』を例にとれば、失意のうちに死んでいく現代の農民たちが心をこめて宮沢賢治の一代記を演じることで、農民になることをめざし、農民芸術を唱え、実践しながらも、彼自身は農民になり切ることのなかった賢治の肖像は、慈しみと醒めた距離感をおいて、複雑に精妙に造型されたのである。しかも、この劇全体を、賢治の『銀河鉄道の夜』の世界で包みこむことによって、この作品が賢治の作品の美しく切実な変奏曲であるかのような印象を与える。賢治の伝記劇でありながら、現代の農民論のドラマであり、しかも全編を賢治の作品の大気が満たしているという三重構造の趣向が、劇中劇を仕かけることで実現したのである。

劇中劇の第二の効果として考えられるのは、第一の効用とも関連することだが、現実をきわめて多元的な、重層的な構造のうちに描きだすことができる、ということだ。世界を複眼で見ることが可能になる、と言ってもよい。ここでは世界は何よりも入れ子の構造で現れる。

これは、世界に対する謙虚な姿勢の表明である。入れ子的、劇中劇的な世界観からすれば、私たちは何重にもなった入れ子の箱のどれか一つのなかで生きているにすぎず、これこそが真実だと思いこんでいる私たちの考えも、私たちを包む箱の空間に限定されたものかもしれない。さらに微細な物の見方（箱）があり、さらに巨視的な見方（箱）がある。果てしなくつらなる階梯《かいてい》のなかの一つに位置づけられている私たちの姿が、入れ子としての劇中劇を反復するなかで浮かびでる。

このような特性をもつ劇中劇の方法を、極限的といえるほど多用した特異な例として、戯曲『珍訳聖書』は重要である。一九七三年二月、新潮社の「書下ろし新潮劇場」シリーズの一冊として刊行され、同年三〜四月、熊倉一雄演出による劇団テアトル・エコー公演として初演された。八二年一月には、新潮文庫にもなった。

開巻冒頭、表題『珍訳聖書』の脇に、「一幕、あるいは六幕」と書かれているのが、読者をまず当惑させる。普通の戯曲では、このようなことはありえない。二幕劇、三幕劇という具合に、幕の指定ははっきりしている。

つまり、「一幕、あるいは六幕」とは、この劇は六つの部分から構成されているが、実はたった一幕の芝居だということを暗示する。全体が六重の入れ子構造になっているのである。

しかも、この複雑な入れ子の仕かけは読者（観客）にははじめのうち注意深く隠されているから、劇の進行につれて、私たちがやがてどんでん返しの大洪水に見舞われることになる。つまり読者（観客）としての私たちは、開演早々は、六重の入れ子箱の一番の中心、最も小さな箱に入れられている。劇の展開につれ、不意に私たちを囲んでいた壁や天井が崩れ落ち、私たちがこれまで住んでいたのは実は虚構の部屋であり、崩壊した壁の向こうに現れた新しい部屋こそ真の現実だ、と告げられる。が、驚くべきことに、ほどなくこの新しい部屋も実はからくりの部屋と判明して崩壊していき、さらに大きい第三の部屋に私たちは茫然として歩み出る。

この過程は執拗に反復され、私たちが実に五回目のどんでん返しに仰天して、いささか薄気味悪くなったところで、劇中劇全体の仕かけ人である「男」が、締めくくりをつける。六重構造の入れ子構造の的確な要約である。

犬の芝居、じつは意外や帰還兵士の復讐劇、だと思ったらまた意外や浅草ラック座のショー、ところがまたまた意外や浅草警察署の署長と保安係刑事の深夜の検証劇、しかしここで四度目の意外、以上すべては演劇コンクールに参加する警察官の演劇サークルのお芝居だった、というのも真ッ赤な嘘で、本当はやはり全部ショーだった。どうですか、意外の連続でしょう。

どんでん返しを多用した『日本人のへそ』でさえ、劇構造の逆転によるどんでん返しが三回だったことを思えば、五回の大逆転、六重の入れ子構造からなる『珍訳聖書』の方法が、どれほど過剰で偏執的であるかは明らかだろう。この過剰さはエンタテインメント劇としてのどんでん返しの程度を超えている。最後は無限循環の悪夢をさまようにも似た印象を与えるこの劇中劇の迷宮のなかで私たちが否応なく感じさせられるのは、もし世界がこのように重層的でトリッキーな構造でできているとすれば、私たちが知り得る真実の層はきわめて限定されたものであるに違いないということである。

その思いは私たちをつつましい存在にする。だが、絶望的な無気力に追いやることはない。むしろ井上ひさしの戯曲そのものがそうであるように、工夫をこらした多元的な思考の枠組みを開くことで、少しでも世界の隠された構造に近づくように、私たちはうながされ、励まされるのである。

六つの入れ子の箱を次々に内側から解体する「意外の連続」の果てに、ようやく作品の土台となる現実が現れ、劇中劇の役者が姿を見せる。すなわち、舞台は盛り場としての地盤沈下が進む浅草のストリップ劇場であり、大衆演劇出身の作者＝「男」は、おちぶれた「浅草を救う」ために登場した「浅草のキリスト」として自らの正体を明らかにする。浅草版キリストの顕現である。劇中劇のなかで、この「男」が川越（埼玉県）の「大工」出身という設定になっているのも、大工の出であるキリストに符合する。

キリストはつねに待たれている。だが、本当にキリストが顕現したとき、人々が彼を迎えることばは、劇中の「支配人」が言う通り、「おまえはおれたちの求めていたような救世主じゃなかったんだな」である。こうして「男」は受難しなければならない。彼とともに長い劇中劇を演じつづけた十二人の仲間（使徒）たちさえ、「男」の殺害計画に「微かに頷」く。「ラーメン！」というギャグに変形された祈りのことばに送られつつ、彼は背中にナイフを突き立てられ、息絶える。こうして「六幕」の連続逆転型劇中劇は、ただ「一幕」のキリスト受難劇のうちに統合されたのである。

ここに来て、この逆転のドラマが、なぜ登場人物すべてが犬という設定の犬芝居で始まらなければならなかったかが明らかになる。犬＝ＤＯＧを逆転＝倒置して顕れるもの、それは言うまでもなく、神＝ＧＯＤである。

井上ひさしのドラマの多くは、キリストの受難劇の道化的変奏だと言ってさしつかえない。必ずしも救世主的人物ではないにしても、主人公たちの多くは、常人を超えた才能、野心、情熱、あるいは不具、貧困、近親相姦といった一種の聖痕を与えられており、ほとんどは凄絶な闘いのうちに受難の生涯を送る。平賀源内（『表裏源内蛙合戦』）、にゃん太郎（『十一ぴきのネコ』）、道元（『道元の冒険』）、杉の市（『藪原検校』）、佐渡の三世次（『天保十二年のシェイクスピア』）、魚菜（日の浦姫物語』）、一茶（『小林一茶』）、宮沢賢治（『イーハトーボの劇列車』）、花見万太郎（『国語事件殺人辞典』）、一葉（『頭痛肩こり樋口一葉』）……彼らはいずれも道化的キリスト、あるいは正負の符合を反転した裏返しのキリストのイメージを背負っている。

だが、受難劇の変奏曲が数多くあるなかでも、カトリック作家としての井上ひさしが「キリスト」ということばをあらわに使って、キリスト受難劇を書いたのは、これまでのところ『珍訳聖書』ただ一作である。むろん「浅草のキリスト」というパロディ風の限定つきではあるが、この作者にとって直接法で書かれた稀な「キリスト」受難劇であることを忘れるわけにはいかない。

とすれば、なぜ作者が、例外的なまでに重層的な劇中劇の鎧でこの劇全体をおおったのかも、ほぼ推測がつくような気がする。おそらく作者にとってはきわめて大切な、多くの場合、心の奥底に秘めてきたキリスト像を最終場面で直接法で顕現させなければならないからこそ、作者は実に六重もの入れ子で中心の核＝主題を包みこんだのであり、神（ＧＯＤ）を卑俗な犬（ＤＯＧ）に転倒させる凝った仕かけを施したに違いない。

カトリックの信仰をもつ日本の作家のうちでも、井上ひさしは神や信仰について積極的に語ることは少ない。他のカトリック作家のように、信仰告白をもろに作品やエッセイに盛りこむことも稀である。この直接的な信仰吐露の慎ましさと、作者の過剰なまでに凝った方法意識とはどこかでつながっているように私には思われる。内に秘された信仰心と、重層的な入れ子の構造をとらざるをえない方法意識との間に何か連動するものがあるように感じられるのだ。

『珍訳聖書』の「キリスト」がなぜ現代の浅草に顕現するのか、についても触れておきたい。

それはおそらく、浅草がもはや東京の「中心」ではなく、東京のうちの「地方」にすぎないからである。井上ひさしの劇の主人公の多くは、「地方」出身者である。彼らは「地方」を背負って「中央」に赴くが、やがて精神的な回心を経て、再び「地方」的なものに向かい始める。『珍訳聖書』の「キリスト」＝「男」も東京周辺の「地方」出身で、東京の知的「中心」である新劇で役者を十年続けたあげく、そこを脱けだし、「地方廻りの大衆演劇一座」に入った人物である。そして、いまは東京の「地方」に格下げされそうな浅草を救うために闘おうとする。だが、彼を待っていたのは、「地方」（浅草）そのものからの拒絶だった。いまや「地方」は、「自分と闘う」ことをやめ、「自分で自分をお目こぼし」しようとしているからである。「地方」と「中央」との対立・葛藤という主題がくり返し現れる井上戯曲群のなかでも、これは「地方」を愛する作者から発せられた痛烈な「地方」の現状批判論である。

数年後、作者は、浅草論を別の方法で展開することになる。劇中劇の一種としての引用の方法を全面的に使った実験精神あふれる劇『浅草キヨシ伝』である。ここでは、東京の中心的な盛り場から周辺的なそれへと格下げされていく浅草の軌跡と、そのような動きをもたらした明治から現代までの日本の歴史とが、多くの資料を引用しながら重ね合わされた。

『珍訳聖書』に現れた「地方」志向と「中心」批判は、さらに『小林一茶』や『イーハトーボの劇列車』、あるいは長編小説『吉里吉里人』でいっそう語調を強めていく。

劇中劇という方法の極限的な達成であるとともに、直接法による例外的なキリスト受難劇であること、その後の井上戯曲の源流をなす要素を多く含む点など、『珍訳聖書』は今なお私たちの熱い関心を集めつづけるユニークな作品である。

（『国文学　解釈と鑑賞』一九八四年八月号、至文堂発行）

馴れあわないキャッチボール――井上戯曲と木村演出

井上ひさしの『藪原検校』が初演の幕をあけた十一年前の夜の興奮はいまもあざやかに思い出すことができる。一九七三年七月三日、渋谷の西武劇場（現・パルコ劇場）。深い闇を切り裂いて、上手に陣どったギター奏者（井上の実兄、井上滋。劇中の音楽の作曲も手がけた）が不気味な「藪原検校のテーマ」を陰々と奏でるのに誘われて、舞台はそれまでの井上戯曲の上演スタイルとはおよそ違った世界を描きだしていった。

それはいわば表現の多重構造だった。笑いのなかに悲しみが噴きだし、猥雑さが聖なるものとせめぎあい、素朴な切なさがグロテスクな残酷さへと反転した。喜劇でありながら同時に悲劇で

五月舎・西武劇場提携公演『藪原検校』（木村光一演出）の（左から）杉の市（高橋長英）、お市（太地喜和子）、琴の市（立原博）＝1973年7月、東京・西武劇場（現・パルコ劇場）

もあるもの、悪漢の痛快な一代記でありながら、しかも裏返しの宗教劇でもあるもの――それが凝縮した、きりっと引き締まった演出で見事に造型されていた。井上戯曲と木村光一演出との、初めての実り多い出会いだった。

「これからは井上―木村組の仕事が続くかもしれないな」

その夜、観劇直後の高揚した心で私はそう感じたものだが、それは何よりも二人自身が痛切に嚙みしめた思いだったかもしれない。以後、井上戯曲は最も多く、木村演出によって舞台化されることになったのである。

『藪原検校』以降、二人の共同作業の跡を振り返れば――『たいこどんどん』（七五年）、『雨』（七六年）、『花子さん』（七八年）、『日の浦姫物語』（七八年）、『しみじみ日本・乃木大将』（七九年）、『小林一茶』（七九年）、『イーハトーボの劇列車』（八〇年）、『国語事件殺人辞典』（八二年）、『吾輩は漱石である』（八二年）、『化粧』（八二年）、『もとの黙阿弥』（八三年）、『芭蕉通夜舟』（八三年）、『頭痛肩こり樋口一葉』（八四年）。

八四年までに合わせて十四本。新潮社から刊行された『井上ひさし全芝居』第三巻までに収められた舞台上演用の戯曲は二十五本（放送台本は除く）だから、これまでのところ井上戯曲の半分以上が木村演出にゆだねられてきたことになる。しかも、そのなかには、井上戯曲の代表作であるとともに、現代日本の演劇界の最も優れた成果に数えられる戯曲と舞台がいくつも含まれる。二人の共同作業の見事な水位の高さである。

では、二人の共同作業とはどのようなものなのか。それを、二人がお互いをどのように見、どう意識しているかを通して浮かびあがらせてみよう。

二人の出会いのはじめのころ、つまり『藪原検校』の初演の翌年、井上はインタビューに答えて、こう語った（河地四郎「井上ひさし大いに語る」、『悲劇喜劇』一九七四年六月号）。

……一時期、やっぱり演出家とか役者さんとか信用できなくなっちゃったことあるんですよ。（中略）そういうのをみてると、やっぱり小説の方が全部一人で、良いも悪いも自分で背負えるんで、いいんじゃないかなって思ったんです。ところが木村光一さんと『藪原検校』をやりましてね、いやそうじゃないと思ったんです。やっぱり芝居ってのは決してそうじゃなくて、作者が思っていなかったことまで演出家や役者さんに伝わるもんだって思ったんです。思って自信を取戻したんです。

つまり、作者の井上は、木村演出に出会うことによって、「書いた人間が全然思いつかなかったことまで表現してもらえるようなチャンス」（同）にめぐりあったのである。活字として表現された戯曲を、忠実に、いわば平行移動式に舞台に転写するのではなく、戯曲のうちにまるで下意識のように沈んでいるもの、可能態として含みこまれているものにまで光を浴びせ、舞台のうえに実体化してしまう演出家の読解力と想像力と技量にめぐりあった、と言ってもよい。

しかも興味深いのは、木村自身、そのようなタイプの、つまり戯曲がはらむ可能性の領域に着目するタイプの演出家だということだ。『藪原検校』の再演（七四年十二月）の公演パンフレットに木村はこう書いた。

戯曲という活字の連なりからは、その意図を構造を把みとることは出来ても、それ以上のものがなかなか見えてこない場合――そして、その暗闇にかくされた部分こそ一番大切なものですが――僕は作家の内奥の暗黒の洞穴を勝手に想像して創り上げ、その仮説を手がかりに作品に入ってゆこうとします。(傍点=引用者)

最近も、井上戯曲の演出にふれて木村光一は次のように語った。

「あなた(=井上氏)は気がついていないはずだけど、あなたが考えついたことは、実はこういうことだったんじゃないですか」という言い方ができる、そういうのを見つけたい、という感じがあるのね。(『ｔｈｅ座』創刊号、八四年五月)

しかも、これだけ数多く井上作品を手がけながら、木村は井上戯曲の扱いにくさ、演出のむずかしさを今に至るまでくり返し語る。最近これまでの井上劇の公演パンフレットを通読して、私が驚いたのはそれである。いわく、「無力感にさいなまれる破目」、「非常な敗北感」、「僕らを困らせ、混乱させる井上さん」、「やりにくい。ぶつかるたびに『お手あげ』って感じ。(笑)」……。

考えれば、これはすばらしいことである。決して馴れあわないこと。一回一回の送球と返球がいつも新鮮で、危険で、不安と期待に満ちたものであること。これまでの二人の共同作業の質の高さは、馴染むことを拒絶する緊張感、つまり二つの才能が拮抗する中から生まれてきたのだ。

（新橋演舞場『藪原検校』公演パンフレット、一九八四年九月）

「演出家」になった井上ひさし

井上ひさしが自作を初めて演出した「こまつ座」公演、『きらめく星座――昭和オデオン堂物語』は大変な人気で、初日が開く前にもう東京公演の切符はほとんど全部売り切れになる盛況だった（一九八五年九月五日―二十一日、東京・紀伊國屋ホール）。

だが、正直に言って、井上劇に親しんできた私はかなり心配だった。演出という仕事には、純粋な舞台づくりの才能に加えて、スタッフとキャストを駆りたて、操る政治学の技術が欠かせないが、井上氏がそんな権謀術数にたけた人とは思いにくい。しかも戯曲の仕上がりが予定よりかなり遅れ、稽古の期間が短くなった。

しかし、稽古も追い込みに入った八月末、井上から私に届いた葉書の一節には、こうあった。「初演出の感想、世の中にこれほど楽しい仕事があったとは！」。

〝井上さん、すごく乗っているな。稽古がうまく行っていなければ、こんなウキウキした文句が出るはずがない〟。そう思って、私はだいぶ気持ちが楽になった。

いよいよ初日である。緊張して待つうちに幕があいて、そこにはいかにも初演出らしい、ういういしい劇世界が開けていた。

ひと口で言えば、実に素直な、すれていない演出なのだ。前衛風の奇手を弄さず、いかにもベテランといった手なれた紋切り型の処理もなく、一球、一球、真剣に、誠実に、直球を投げこむ投手のひたむきさが好感を呼ぶといった類の演出だった。これまで井上戯曲を多く手がけてきた木村光一の演出なら、この辺で演出の切れ味がぎらっと光る場をつくるだろうな、とか、熊倉一雄の演出なら、このあたりでもっと過剰に遊ぶのではないか、などと思った個所はいくつもある。

だが、演出のテクニックを際立たせない、このいわば無私の精神に支えられたともいうべき演出は、第二次大戦直前の庶民の生態を、宇宙的な眼の広がりをも混じえて活写するこのドラマを、静かに、ゆっくりとふくらませ、感動の波をおしひろげていった。そして私自身も、その波に包みこまれ、ゆすぶられながら、この剛速球のドラマには直球型の演出がふさわしい、と思ったのだった。おそらく作者は、変化球を多用しなくても舞台として成立するドラマを、計算の上で書いたのだろう。

初日の公演のあとにパーティーがあり、パーティー嫌いの井上氏は、隅の柱のかげに隠れていた。私が感想をのべると、井上氏は、「演出の麻薬のような魅力がよく分かりました。これは、引きずりこまれますね。あまり足を踏み入れないようにしなければ」と言った。
井上氏は一度知った劇的麻薬の誘惑に、本当に抗し切れるだろうか。

（『小説新潮』一九八五年十二月号）

【追記】井上ひさしは一九八五年初演の『きらめく星座』（八七年に井上演出で再演）に続いて、八六年にも『花よりタンゴ—銀座ラッキーダンスホール物語』（こまつ座）と『キネマの天地』（松竹製作）を演出した。いずれも自作の演出で、『きらめく星座』と『キネマの天地』の演出助手は栗山民也だった。その後、井上は演出していない。

世界救済のドンキ方程式に挑むハムレット
——井上ひさしの〈芝居共和国〉を探る

井上ひさし、好子夫妻が主宰する「こまつ座」公演、井上ひさし作、栗山民也演出『國語元年』（一九八六年）を一月の東京・紀伊國屋ホールに見に行って、あらためて驚かされたのは、客席のすさまじいばかりの盛況ぶり、過密ぶりだった。
前売り券は初日の幕が上がるまでに完全に売り切れ、立ち見客も殺到するこのにぎわいは、今回の第五回公演だけのことではない。一九八四年の旗揚げ公演から、すでにこれに近い現象が起きていた。若手の人気劇団、野田秀樹の「夢の遊眠社」に匹敵する入りである。この活気は、一九七〇年代のつかこうへいの絶頂期をも思い起こさせる。

しかも、「こまつ座」の満員の客席が、野田秀樹やかつてのつかこうへいのそれと違うのは、客層の世代がかなり多様だということだ。野田秀樹の「夢の遊眠社」も、鴻上尚史の「第三舞台」もそうだが、人気の高い若手劇団の客席を占めるのは、そのほとんどが十代後半から二十代半ばくらいまでの若者たちで、私のような中年世代はあまり見られない。いわば世代的一元論の世界である。一九六〇年代に小劇場運動が始まって以来、演じ手と受け手が世代的にほぼ同じ層、つまり若者世代の枠内に限られ、そのために演劇自体がなかなか成熟しないという限界は繰り返し指摘されてきたが、この「伝統」は一九八〇年代の若手人気劇団によっても、なかなか破られる気配がない。

その点、「こまつ座」の井上ひさしの芝居に集まる客の層はなかなか多彩である。若者がやはり多いが、中年世代も相当目立つし、六十代、七十代の男女の客も見られる。固定的な世代の枠組みからかなり自由で、複層的な、その分だけ成熟した感じのする客席の光景である。日本の劇場に特徴的な世代別輪切り現象から一歩踏み出した姿と言ってもいい。この光景は、幅広い年齢層の関心を呼び起こしうる井上ひさしのドラマの特質に見合ったものだ。

ことば病みへの偏執的な情熱

井上ひさしの芝居は、従来の日本の演劇の区分にはなかなか納まらない。それは出世作となった『日本人のへそ』（六九年）、『表裏源内蛙合戦』（七〇年）から、『道元の冒険』（七一年）、『藪原検校』（七三年）、『雨』（七六年）を経て、『しみじみ日本・乃木大将』（七九年）、『小林一茶』（七九年）、『化粧』（八二年）、『頭痛肩こり樋口一葉』（八四年）へと続く井上戯曲の系列を振り返ってみればよい。

アングラ・小劇場？　前衛劇？　新劇？　それとも大衆劇？　それらのどの要素をも含むが、しかしそのいずれにも属さない。演劇を新しい姿でよみがえらせようとするその実験精神は、アングラ・小劇場のにない手たちと共有するが、井上ひさしが唐十郎、鈴木忠志、佐藤信らに代表される小劇場運動に身を置いたことは一度もない。そのドラマには知的な仕かけが巧妙に張りめぐらされ、前衛劇さながらの複雑な劇構造もしばしば見られるが、にもかかわらず作品の間口が広く、だれもが楽しめる娯楽劇に仕上がっている点は一貫している。上質のエンタテインメントとして味わうこともできるし、深い読み込みが可能な硬派の知的ドラマとして受けとめることもできるという二枚腰、三枚腰の重層的な仕かけが成立している。このしたたかなたくらみが、多様な観客の波を「こまつ座」の公演に引き寄せるのだ。

こうした劇作術のたくらみは、当然、それに見合う長い準備と熟成の時間に支えられている。異常なまでの読書家で、執筆のための資料調べに大変な手間をかけることで知られる井上ひさしだが、彼が、つかこうへいとの対談集『国ゆたかにして義を忘れ』（角川書店、一九八五年）で、才能の登場の仕方について、こう語っているのは注目に値する。

仕込みの期間と、人気が出て落ちていく期間の長さが同じという一般法則があるんじゃないでしょうか。急に人気の出た人は、すぐに変質する。ゆっくり伸びてきた人は、なかなか変質しない。（中略）つかさんにしろ僕にしろ、いい仕事をしながらじりじりと頭角をあらわして行くことが大切なんです。一年でのしあがろうとすると、一年で奈落《ならく》へ落ちる。五年をかけて、ゆっくりと目立とうとすればいいのでしょうが。

ここでは、「仕込みの期間」とブームから凋落までの期間がほぼ同じだという、才能大量使い捨て時代の本質をついた「一般法則」が興味深く語られているだけではない。「一般法則」の対極にあるものとして、自負をこめて示されているのは、語り手の井上ひさし自身の行き方である。「仕込み」にたっぷり手間と時間をかけたうえで、「じりじりと頭角をあらわし」て、しかも移り気な時代の変動に合わせるような形で「変質しない」姿勢。そのような歩みをデビュー以来、ほぼ維持してきたという誇りと自信が、この発言にあふれている。

では、そのように多様な関心を集め、自分自身の志向にも自覚的な井上ひさしの劇作に一貫するものはいったい何なのか。

私がここで注目したいのは、ことばである。ことばと人間の関係こそ、井上ひさしが並はずれた情熱、ほとんど偏執的な情熱をこめて追いつづけてきた主題だからだ。しかも井上ひさしの場合、ことばへの関心は、言語学や国語学の圏内にはとどまらない。この作家が人間と人間、人間と社会、人間と世界との関係を考えるとき、まるで強迫観念のようにいつもその中心にせりあがってくるのは、ことばと人間の主題なのだ（この点は、拙著、沖積舎刊『世界は喜劇に傾斜する』でも触れた）。
井上ひさしの劇の多くが、どれほど多くのことばの病気とことばそのものへの過剰な情熱であふれているかを考えれば、それははっきりする。身心を病む人物を描く作家は多いが、ことば病みの人間をこれほど偏執的に数多く登場させてきた作家は、ほかに例を見ない。

劇作家としての事実上の出発点となった『日本人のへそ』が、すでにそうだ。いかにも井上ひさしらしいいたずら心にあふれた才気と奇想天外な仕かけに彩られた秀作だが、この劇全体に早くも、吃音症《きつおんしょう》の患者のための治癒劇という枠組みがはめこまれていたことは、きわめて重要である。登場人物十四人のうち十三人までが吃音症で、複雑に組み立てられたこの重層的な入れ子の世界全体が、ことばの病に縁どられている。

しかも、現実との苦闘で挫折した吃音症者たちのことばの病がどんなに深刻でも、彼らによって演じられる劇中劇の世界では、ことばは現実の効用や意味の重力を逃れ、音同士の自在なはばたきと結びあいによって、幸福感ただよう言語遊戯のユートピアをかろやかにつくりだしていく。

「吃音症、吃《ども》りは、唯一の、真の人間的病気でありますから（略）」（傍点＝引用者）という劇冒頭の「教授」の台詞からも、作者がことばの病に与えた意味の過剰なまでの重さがわかる。人間の不幸の典型的な状態としてのことばの病をとらえ、それを通して、人間と社会、人間と世界との背理した関係をも治癒しようというもくろみが、早くもこの原型的な戯曲に読みとれるのである。

評伝劇貫く地方と中央の葛藤

戯曲『花子さん』（七八年）には、さらに複雑なことばの病人が登場する。ことばの順序がめちゃくちゃに乱れる「言語不当配列症」、音の似通ったことばがむやみにあふれでる「音連合症」、大事なことばを必ず言い誤る「言いまちがい症」を病む珍妙な道化三人組だ。しかも、この三人の病気の原因が、旧日本軍での高射砲の暴発事故という設定だから、道化三人組のことばの病気は、一種の聖痕の色彩すらおびる。笑いを誘う道化的な肖像が、しばしばその半面で、聖なる受難者の役割をも演じる井上ひさしの劇の特色は、ここにも明確に見てとれる。

『国語事件殺人辞典』（八二年）になると、ことばの病気の聖痕性、受難性はさらにあらわである。

「ことばに不正をはたらく邪悪で無知な連中」に「決闘を挑む」ために、言語版ドン・キホーテとして日本を遍歴する道化的な国語学者とその助手の青年は、彼ら自身も「言語不当配列症」や句読点がおかしくなる「ベンケイ症」に侵されながら、闘いつづける。学者は殺されるが、助手は彼を「ことばの聖なる巡礼」とたたえつつ、なおも闘いをやめない。

道化と受難者という両義性をそなえた人物を好んで描く井上ひさしだが、この作品では後者の受難者の面をひたむきに打ち出しすぎた点は否めない。遍歴の二人がともに高い「星をみつめ」るドン・キホーテとして設定され、サンチョ・パンサの醒めた視点をそなえていないことが、この劇の空気をいささか青ざめた窮屈なものにしているのである。

同名のNHKテレビドラマを舞台劇として改稿した最新作『國語元年』（八六年）では、この作家を貫く「地方と中央」というもうひとつの主題が、ことばの主題と交差する。『表裏源内蛙合戦』『小林一茶』『イーハトーボの劇列車』をはじめとするこの作家の評伝劇は、「地方」と「中央」を往還する精神のドラマという形式を取ることがきわめて多いのだが、『國語元年』では、生まれ出るべき明治期の標準語と方言との葛藤が、地方と中央の力学として展開する。両者の板ばさみ状態からまたしても発生するのは、「文明開化語」という珍妙なことばの病気である（この病気はすでに『国語事件殺人辞典』に「簡易日本語」として登場している）。

ことばの医師への転換

井上ひさしはなぜこれほどまでにことばの問題に熱中するのか。しかも、なぜことばの主題がことばの病気という形を多くとるのか。

動機のひとつは、はっきりしている。若いころ、井上ひさし自身が吃音症に苦しんだからである。ことばの病気の痛みは、彼自身の体験に深く根ざしている。

父の死、家の窮乏、そして母の仕事のため彼の家庭は解体状態になり、彼自身も中学三年の春から秋にかけて、青森県八戸市、岩手県一関市、宮城県仙台市と三回も住所を変えることになった。それを綴ったエッセイ「恐怖症者の自己形成史」（『さまざまな自画像』所収、中央公論社、一九七九年）によれば、相つぐ転居による「状況の変化は言葉の変化と同義」で、学校で「もの笑いの種になる」状態が続くなかで「進退きわまり」、彼は「ついに吃音という逃げ道」に入りこんでしまった。家庭の解体が心理的な傷を与えていたことも確かだろう。「世界はぼくと対立し、同時に世界との共感的統合が切れる。そして言いようのない淋しさ、おそろしさに襲われた」（同）という恐怖症のなかに、彼は立ちすくんだ。

仙台のカトリックの養護施設を出て、東京の上智大学に入学してからも、彼は「状況との齟齬感」（同）に悩まされ、治ったはずの吃音症に再び陥ってしまう。彼は当時母親が屋台の焼き鳥屋をやっていた岩手県釜石市に行き、長い休学状態を続けるうちに吃音症を克服したのだが、その経過は長編小説『花石物語《はないし》』（八〇年）が喜劇的な切実感をもって生き生きと描き出している。

こうした井上ひさしのことばの病跡を見れば、彼がなぜあれほど多くのことばの病者たちを偏執的な心優しさで登場させるのか、その理由の一端が分かるだろう。おそらく井上ひさしのうちには今なお、かつてのつらさと痛みを忘れないことばの病者が棲んでいるのだ。そしてその病者が、ことばの治癒を通して、「世界との共感的統合」を回復する方向に働きかけるよう、たえず作家を励まし、駆りたてるのである。こうしてことばの病者は、ことばの医師に転換する。ことばと人間とのありうべき関係を通して、人間と世界をともに治癒することを使命とする、患者出身の勤勉で熱心な医師の誕生である。この作家が、しばしば作品の完成度を犠牲にしてまでも、つまり時には野暮なまでに、人間と世界を向日性の方向へと再生させる志を過剰に盛りこむのも、彼に強迫観念のようにとりついているこの治癒という考えのためだろう。彼自身に即していえば、治癒は切実な使命であり、理想である。しかし、突き離した眼からすれば、それはひとつの強迫観念だ。

人間と社会をつねに治療すべきものと考える井上ひさしの「治癒」の観念をどう見るかによっ

て、彼の作品の評価も、当然、大きく分かれることになる。

ハムレットとしての井上ひさし

井上ひさしにおける道化と受難者、患者と医師という表裏一体をなす二面性に加えて、ここで私はさらに、この作家が持つもうひとつの二面性にも触れたいと思う。

前述の自伝的小説『花石物語』に、こんな一行がある。吃音症という恐怖症に悩む主人公の描写である。

> がくがくする膝をどうにか励まし引きずって交差点を渡ったが、そのとき夏夫は世界の関節が外れる音をかすかに聞いた。（傍点＝引用者）

前掲のエッセイ「恐怖症者の自己形成史」にも、これとよく似た個所がある。第二次大戦直後の学制改革に伴う作者の落胆をつづった部分である。

> そのとき世界の関節が外れた。さかのぼれば昭和二十年八月十五日にも世界の関節が外れている。（傍点＝引用者）

いうまでもなく、「いまの世のなかは関節がはずれている、浮かぬ話だ、それを正すべくおれはこの世に生を受けたのだ！」（小田島雄志訳）という名台詞を吐いたのはハムレットである。井上ひさしはここでは明らかに自分をハムレットになぞらえ、自分の恐怖症と「世界の関節が外れた」事態との間に切実な並行関係を見いだしている。「それを正すべく……生を受けた」という治療の観念の種子が、すでにここに見いだされることにも注意しよう。

思えば、恐怖症に悩んでいた少年時代、井上ひさしの状況はいささかハムレット的だった。小説家志望の尊敬すべき父親（ハムレットの場合は、父王ハムレット）の死、神聖な母親（ガートルード）の情人として父親然と居座った酒乱の浪曲師（クローディアス）の登場、家庭の空中分解……。衆人環視のうちで佯狂《ようきょう》にならざるをえなかったハムレットの状況には、他人の視線への恐怖から吃音症に陥ったかつての井上ひさしの環境に確実に響き合うものがある。井上ひさしのうちにハムレットのイメージを読みとるこうした見方は、彼を道化的な喜劇作家とのみ見なしてきた人々を当惑させるかもしれない。井上ひさしがすぐれた喜劇作家であること自体は間違いようのない事実だからだ。

喜劇を「革新陣営」のジャンルへ

だが、いま私たちは、この作家のもう一つの二重性、いわば喜劇的なドン・キホーテと悲劇に傾斜しがちなハムレットが、密接な表裏の関係をなして共存する姿を改めてみつめるべきだろう。井上ひさしの劇作品は、この両者の葛藤とバランスのなかでどちらが強く自己を主張するかで、さまざまに色合いを変えるのだ。ナンセンスな笑いが突出した作品がある一方で、警世的精神が前面に押し出された作品がある。

井上ひさしは元来が、自分のうちのこうした相反する二面性にきわめて自覚的な作家である。初期の『表裏源内蛙合戦』『道元の冒険』などはとくにそれが顕著に現れ、表と裏、俗と聖、好色と禁欲、悪ふざけと節度といった対をなす二面性が、緊迫した抗争・対立、呼びかけあいを重ねながら劇をダイナミックに展開させた。このような両義性をそなえた作家にとって、ありうべき成長とは、対をなすそれぞれの面を損なうことなく、逆にたくましく鍛え、大きくしていくことであるはずだ。

近年の井上ひさしの劇作について懸念があるとすれば、それは二面性のうちの俗の部分、つまり悪ふざけやナンセンスな笑い、無償の遊びといった部分が縮小気味になり、その分だけ聖なる部分、ひたむきな警世の精神、つまり治癒をめざす使命感が突出してきたことだろう。なかでも目立つのは、「悪」の形象がしだいに少なくなったことで、『頭痛肩こり樋口一葉』（八四年）や『きらめく星座』（八五年）では、善なる被害者の心やさしい円環だけでドラマが構成されている。悪徳、流血の殺人、ぎらつく欲望が抑制を排除してあふれだし、人間の闇の世界を拡大してみせた『藪原検校』や『天保十二年のシェイクスピア』（七四年）の世界からは、かなり遠い地点である。

だが、ここで私たちは井上ひさしが「変質しない」果敢な喜劇作家として、困難な闘いを執拗に持続している努力をもう一度見直すべきかもしれない。

ここで思い出されるのは、オルテガ・イ・ガセットの『ドン・キホーテに関する思索』が悲劇と喜劇の違いについて述べたことばである。オルテガによれば、悲劇は理想主義的な英雄を中心として展開するが、喜劇はあるがままの現実に根ざす、という。

英雄は未来を先取し、それに訴える。彼の動作はユートピア的な意味を持つ。彼はそうだ、とは言わずに、そうありたい、と言う。（中略）／喜劇は、保守陣営の文学ジャンルである。／そうありたいと望むことと、すでにそうであるということとの間に、悲劇的なものと喜劇的なものとの距離が存するのである。これこそ、崇高さとこっけいさとの距離なのだ。（アンセルモ・マタイス、佐々木孝共訳、現代思潮社、一九七五年）

オルテガの区分に従うならば、現状を肯定する「そうだ」の一言よりは、現状を変革し、治癒する「そうありたい」という発言を続ける井上ひさしは、喜劇よりはむしろ悲劇と英雄を志向する作家ということになるだろう。しかし、現実の井上ひさしは、決してそうではない。彼は理想主義的に「そうありたい」と言いつつ、「保守陣営のジャンル」としての喜劇ではなく、「革新陣営のジャンル」としての喜劇を真摯に生きようとする。英雄ではなく、庶民型の道化に強い共感を寄せる。オルテガの定義からすれば、それは本来、不可能な二律背反を生きることにほかならない。

だが、井上ひさしが元来、相反する二面性を共存させてきた劇作家であることを思い返すなら、この困難な二律背反をたくましく生き抜くことこそが、この作家にふさわしい道であることが見えてくるだろう。対立しあう二つの面のバランスは絶えずどちらかに傾くかもしれない。しかし、彼がどちらの面にも決定的には加担せず、しかもどちらの面をも過激に冷徹に育てあげていく時、私たちはそこに、世界そのものにも似た大きな怪物的な作家像を見ることになるかもしれない。少なくとも井上ひさしに寄せる私の大きな期待は、その方向にある。

（『朝日ジャーナル』一九八六年二月十四日号）

柳田国男と井上ひさし——『遠野物語』と『新釈 遠野物語』

井上ひさしの劇作家としての事実上のデビュー作となったのは、一九六九年、劇団テアトル・エコーで初演された戯曲『日本人のへそ』である。

当時、放送作家として活動していた井上ひさしは、綺想あふれる『日本人のへそ』で一挙にその才能を注目され、劇作家・小説家に転身していった。

『日本人のへそ』は、劇中劇のヒロインに東北出身のストリッパーをすえ、痛烈な批評精神と奇抜な重層的仕かけをほどこした日本論・日本人論の喜劇であり、この作家のすべてを萌芽の形で含みこんでいる。井上ひさし自身の「へそ」＝原点にあたる戯曲と言っていい。

この戯曲の核となる劇中劇の発端で、やがて人気ストリッパー「ヘレン天津」になる「岩手県の山奥」生まれの少女は中学を出て上京するのだが、その列車が「遠野《とおの》駅発車」となっていることに注意したい。

教授　あくる朝、集団就職の仲間と共に、彼女はふるさとの岩手チベットをあとに東京へ向いました。すなわち、午前五時五十四分、遠野駅発車。（傍点＝引用者）

いかにもさりげない書き方ではある。だが、ヒロインの少女の出発点が「遠野」であること、つまり劇作家・井上ひさしの事実上の出発点ともなった喜劇が、「遠野」を起点にしていることは無視できない。

なぜなら、「遠野」は決して無作為に選ばれた地名ではなく、その背後には明らかに井上ひさしが愛読した柳田国男の『遠野物語』（一九一〇年）がこだましているからだ。岩手県の遠野は井上ひさしが青年時代に足を運ぶ機会が多かった土地であり、『日本人のへそ』から数年後、彼は柳田国男への反歌ともいうべき『新釈 遠野物語』を書くことになる。

井上ひさしは山形県に生まれた（東置賜郡小松町＝現・川西町）。作家志望の薬剤師だった父親（ひさしが五歳のときに病死）の蔵書には『遠野物語』があり、彼は若いころからこの名著に親しんだ。

一九五三年、井上ひさしは仙台の高校を出て東京の上智大学文学部に入学したが、教授の神父たちに失望し、夏休みに母親が住んでいた岩手県釜石市に帰省したまま、長期にわたって大学を休学しつづけた。この年の十一月、国立釜石療養所の事務員に採用され、以後、復学するまで二年半をこの地で過ごした。

青春の彷徨期ともいうべき釜石時代を、彼はのちに自伝的エッセイ「聖母の道化師」（七三年）、小説『花石物語』（八〇年）などで描いたが、やはり釜石時代を踏まえて書いたのが『新釈遠野物語』（七六年）である。この作中で展開する物語はいずれもフィクションだが、語り手の青年「ぼく」の境遇や経歴は、前述の「聖母の道化師」と重なる部分が多く、かなりの部分、事実に即していると見ていい。

釜石は遠野の東隣に位置し、釜石療養所は釜石から遠野に向かう郊外の山の中にあった。「したがって釜石の人たちは遠野に隣町のような親しみを抱いていた。ぼくもまた同様で、釜石の市史を読むようなつもりで柳田国男の『遠野物語』に親しんでいたのである」（『新釈遠野物語』）と彼は書いている。結核療養所の医事係だった彼は、「入所患者の自己負担分の医療費の請求のために」（同）、遠野に出かける機会も多かった。私自身、井上ひさし氏から「遠野が自分を呼んでいると思うほど、遠野にのめりこんでいた時期があった」ということばを聞いたことがある。

『新釈 遠野物語』は、『遠野物語』を念頭において書かれた九編の作品からなる連作短編集である。『遠野物語』が山の神、山男山女、天狗、河童、猿、狐、狼、熊などと人間との出会いや交感を日常を超えたリアリティーで描きだしたように、『新釈 遠野物語』も山男、河童、ウナギ、馬などとの交流を、岩屋に住む犬伏《いぬぶせ》老人というふしぎな老人の思い出話という形で展開する。

たとえば、第二話「川上の家」は、『遠野物語』の「五九」がスケッチした「真っ赤なる顔」

をした河童を登場させ、それに宮沢賢治の『風の又三郎』風の趣向をそえた怪異譚である。馬と娘の哀切な交情を描いた第四話「冷やし馬」も、『遠野物語』の「六九」のエピソードをふくらませたものだ。

だが、井上作品は柳田作品のたんなる摸作でも、パロディーでもない。『新釈遠野物語』は、柳田国男の業績に敬意を払いつつも、東北出身の作家として、昔話の世界を『遠野物語』とは違う方向に転移させ、喜劇的な仕かけと笑いをたっぷり仕込んで再構成した作品である。

ふたつの作品の違いは、冒頭の部分からすでに明らかだ。

井上ひさしは、「此話はすべて遠野の人佐々木鏡石君より聞きたり。（中略）鏡石君は話上手には非ざれども誠実なる人なり。自分も亦《また》一字一句をも加減せず感じたるままを書きたり。（中略）願はくは之《これ》を語りて平地人を戦慄せしめよ」ではじまる『遠野物語』の有名な書き出し部分をまず引用し、ついで自作の書き出しを対置する。

　これから何回かにわたって語られるおはなしはすべて、遠野近くの人、犬伏《いぬぶせ》太吉老人から聞いたものである。（中略）犬伏老人は話し上手だが、ずいぶんいんちき臭いところがあり、ぼくもまた多少の誇大癖があるので、一字一句あてにならぬことばかりあると思われる。（中略）この手のはなしは、平地人の腹の皮をすこしはよじらせる働きをするだろう。

井上ひさしがまず試みたのは、正負符号の転換である。つまり、『遠野物語』の「誠実」、「一字一句加減せず」、「戦慄せしめよ」に対して、『新釈 遠野物語』は「いんちき臭い」、「誇大癖」、「一字一句あてにならぬ」、「腹の皮をよじらせる」を掲げる。原典に対する厳正忠実さのかわりに、ほら話的ないい加減さを対置し、「戦慄」を迫るきまじめ志向に対して、のびやかな笑いのつぶてを放つ。重厚に対する軽妙、悲劇に対する喜劇。

これは明らかに『遠野物語』に対する井上ひさしの批評的・喜劇的返歌である。柳田国男は『笑いの本願』『嗚滸《おこ》の文学』などで笑いの重要性を説いたが、高雅な文語体でつづられた『遠野物語』は詩的文学性が強く、笑いの要素は少ない。桑原武夫が指摘した通り、「村の人」が口にしがちな「卑猥な話、露骨な表現」もここには「一つとしてみつからない」(岩波文庫版『遠野物語』解説)。

かつて井上氏は私の問いに答えて、『遠野物語』への複雑な思いを語ったことがある。その発言の要旨は中公文庫版『新釈 遠野物語』(八〇年)の拙文解説に収めたが、ここにあらためて引用しよう。

『遠野物語』が名著であることは、むろん疑いようがない。だが、元来が語りものであった土地の昔話が活字として定着したとき、大きなものが失われてしまうことにも注意しなくてはならない。さらに東北出身である私には、どうもこの〝名著〟に収奪という感じを抱いてしまう。地方の文化が中央に召し上げられたという気がする。むろん、中央に対抗できるものが、当時地方になかったことが問題なのだが。

つまり、日本民俗学の出発点となったこの名著に親しみ、同時にこの本の舞台となった遠野を実地に知れば知るほど、井上ひさしはそこに失われた「大きなもの」を感じるようになっていった。その失われたものを回復しようという批判的作業の中から生まれたのが『新釈　遠野物語』なのである。

井上ひさしはまず、『遠野物語』では省かれた、語り手と聞き手という昔話本来の場、つまり「語りの構造」を復活させた。犬伏老人がゆるやかに物語を語り、聞き手の「ぼく」が質問したり、先を促したりしながら、話が進む。話が山場にきたところで、老人が必ずたばこを吸いつけたり、悠然と白湯を飲んだりして、「ぼく」（聞き手）をいらいらさせる趣向もある。本来の語り手につきものの間《ま》、中断や、わき道にそれるプロセスが加わったのだ。

つまり、柳田国男が緊密な詩的文体ですっきりと文学的に昇華した昔話の世界を、井上ひさしはあえて冗長な語り口や間まで導入して、より原型的な方向に、つまり文学的方向よりも演劇的な方向に転換させたのである。それは作家個人の表現以上に、語り手と聞き手が親密に向かいあい、問いかけやまぜっかえしを伴ってのびやかに展開していく説話本来の複眼的、演劇的な構造をとりもどそうという姿勢のあらわれである。

『新釈　遠野物語』が『遠野物語』に匹敵する生命力を持ちうるかどうかは、まだわからない。しかし、井上ひさしの演劇的戦略を通して、私たちは『遠野物語』が決して不動の終着点ではなく、それは別の回路に向かうゆたかな可能性をも秘めていたことを知ることができる。

音楽劇としての井上戯曲——その魅力と特質

（『国文学　解釈と鑑賞』一九九一年十二月号、至文堂発行）

井上ひさしの戯曲の多くが、ミュージカルあるいは音楽劇の形式で書かれているというのは、演劇ファンならだれでも知っている。劇中で俳優たちが歌う場面が実によく出てくるからだ。にぎやかな「笑い」、意表をつく「趣向」と並び、「歌」（あるいは「音楽」）は井上ひさしの劇の大きな特色であり、魅力である。井上劇の人気の要因のひとつが大衆性に富む音楽劇のスタイルにあるのは間違いない。

だが、音楽劇としての井上戯曲の特質については、私の知る限り、なぜかこれまでほとんど本格的な考察がなされてこなかったように思われる。

さらに興味深いのは、井上戯曲の多くが歌入りの音楽劇であるにもかかわらず、一般的に井上作品がミュージカルとして扱われることが少ないということだ。それは井上ひさしの音楽劇が東宝や劇団四季が上演するブロードウェイ流のミュージカルとはかなり違う性格を持っているからだと思われる。では、その違いとは何か。

本稿はそれらの問題を考えるためのささやかな試みである。

まず、井上ひさしの戯曲のうち、劇中で俳優たちが歌を歌う場面がある演劇作品、つまり音楽劇の形式をもつ作品がどれだけあるかを調べてみよう。

『井上ひさし全芝居』既刊五巻（新潮社、一九八四〜九四年）には、一九五八年から九三年までに発表・上演された井上の戯曲四十一本が収められている。さらに『全芝居』刊行後、二〇〇二年までに初演された井上劇は、『父と暮せば』（九四年）から『太鼓たたいて笛ふいて』（二〇〇二年）まで七本ある。これらを全部を合わせると戯曲総数は四十八本である。このうち、多寡にかかわらず歌が入っている作品（舞台上で俳優たちが歌う劇作品）を選び出すと三十四本になる。つまり、井上戯曲のうち音楽劇が実に七〇パーセントを占めていることが分かる。『日本人のへそ』『表裏源内蛙合戦』『藪原検校』『しみじみ日本・乃木大将』『小林一茶』『イーハトーボの劇列車』『頭痛肩こり樋口一葉』『きらめく星座』『國語元年』など、井上ひさしの代表作はいずれも音楽劇なのだ。

ただし、この作者には『全芝居』にも、単行本にも収録されていない戯曲がほかに四本ある。東宝の製作により東京宝塚劇場で上演された商業演劇の台本『満月祭ばやし』（七〇年）、劇団四季で上演された子供のためのミュージカル『どうぶつ会議』（エーリッヒ・ケストナー原作、七一年）、同じく四季上演の『星から来た少女』（ヘンリー・ウィンター・フェルト原作、七二年）などである。これらはいずれも歌入りの芝居なので、これを加えると、井上戯曲のうち音楽劇の比率は七三パーセントとさらに高くなる。

ミュージカル専門の脚本家ではないにもかかわらず、こんなに数多くの音楽劇を過剰とも言える情熱をもって書き続けた劇作家は、少なくとも今の日本では井上ひさし以外には見当たらない。

では、井上ひさしの音楽劇の源流とは何だろうか。この作家はどういう経緯でこれほどまでに音楽劇に情熱を注ぐことになったのか。

第一の源流は、東北で過ごした少年時代に井上ひさしが見たアメリカのミュージカル映画である。井上によれば、きっかけは中学一年の時に作曲家ジョージ・ガーシュインの伝記映画『アメリカ交響曲』（四五年）を故郷の山形県で見て夢中になったことだったという（「ブロードウェイ仕事日記」、八五年。中央公論社『遅れたものが勝ちになる』所収、八九年）。

一九五〇年代前半、仙台市での高校生時代に井上は三年間で約千本もの映画を見たが、その中から自ら選んだベストテンには、『虹の女王』『パリのアメリカ人』『踊る大紐育』『銀の靴』とミュージカル映画が四本も入っている（講談社文庫版『モッキンポット師の後始末』巻末の自筆年譜による）。「とにかく（十代の）わたしは音楽気のあるアメリカ映画を主食に育った」（「ブロードウェイ仕事日記」）と書くほどの熱中ぶりだった。

第二の源泉は、一九六〇年から七〇年にかけての放送作家時代に、『ひょっこりひょうたん島』（山元護久との共作、六四～六九年）をはじめとして、好んでミュージカル色の強い放送劇を数多く書いた体験である。

ブロードウェイ熱はあがるばかり、放送作家になってからはミュージカルのブロードウェイ初出演者《オリジナル・キャスト》レコードをせっせと集める一方で、あらゆる放送台本に歌を挿入した。(「ブロードウェイ仕事日記」)

一九六二年には、NHKラジオ第一放送で始まった子供向けのミュージカル作品『モグッチョチビッチョこんにちは』(長与孝子演出)の脚本を手掛けた。この放送劇について井上は、「自賛するようだが、ここで開発し、実験したミュージカルの手法、というより技術は、すこぶる高度、現在でも、あのころのわれわれの駆使した技術をだれも超えていない」と前記の「自筆年譜」に誇らしげに書く。この作品で息の合ったコンビを組んだのが作曲家・宇野誠一郎で、ここで生まれた井上=宇野の協同作業は後の舞台用の音楽劇に引き継がれていく。日本テレビのプロデューサーで、ブロードウェイ・ミュージカルに造詣の深い井原高忠から多くを学んだのもこの時期だ。

第三の影響は、社会性、批評性の強いベルトルト・ブレヒトの音楽劇である。第二次大戦後、ブレヒトの劇作品の上演と翻訳、演劇理論の紹介は俳優座を率いる演出家・千田是也が中心となって行われた。六二年には、ブレヒトの影響を受けた福田善之の音楽劇『真田風雲録』が千田演出によって初演され、この舞台に井上は自ら「福田ショック」と呼ぶほどの衝撃を受けた。六五年の自筆年譜には、「ブレヒトを徹底的に読みはじめた」という記述がある。

このようにさまざまな影響を受けた上で、六九年初演の『日本人のへそ』、七〇年初演の『表裏源内蛙合戦』（ともにテアトル・エコー上演）を皮切りとして、井上ひさしの劇作活動が本格化した。劇作家としてまだ新人だったが、放送作家としてすでに十年間、ミュージカルの実作と実験を十分重ねた上での演劇界進出だった。

では、こうして始まった舞台のための井上音楽劇はどういう特色を持っているか。

第一の特色は、十代からブロードウェイの影響を強く受けたにもかかわらず、井上の音楽劇がブロードウェイ・ミュージカルを手本にしていないということだ。例えば井上劇には、ブロードウェイ・ミュージカルの定型とも言える甘美なラブ・ロマンス、心地よいハッピーエンド、華やかなダンスシーンといったものがまるで見られない。

ハッピーエンドどころか、井上の音楽劇においては主人公はしばしば凄惨な最期を遂げる。『表裏源内蛙合戦』の主人公、平賀源内は牢死する。『十一ぴきのネコ』のヒーローのにゃん太郎は昔の仲間たちによって撲殺される。『珍訳聖書』のキリストめいた主人公は短刀で殺される。『藪原検校』の杉の市は「三段斬り」という残酷な極刑を受ける。『雨』の徳は武士たちに謀殺される。『國語元年』の主人公の清之輔は狂気に陥って入院する。

つまり、笑いとギャグで観客を楽しませつつも、井上劇はたいていハッピーエンドとは逆の、シリアスで重い結末にたどりつくのだ。大衆娯楽劇風のスタイルをとりつつ、最終的には娯楽劇とは言えない地点に着地する音楽劇なのだ。

ブロードウェイ・ミュージカルを手本にしない点については、前出の「ブロードウェイ仕事日記」に井上の率直な告白がある。ブロードウェイ流の台本を書いても、日本の演技陣にそれを実現するテクニックと肉体的条件がないことを痛感したからだという。

「ここでタップになる」と書いても絶対そうはならない。だれもタップが踏めないからだ。「ここで四人の登場人物の、それぞれの思いをこめた四重唱」と指定してもそうはならない。斉唱でもおぼつかないほど歌唱力がないのである。（中略）つまり、ブロードウェイのようなものは日本人にはやれないし、やろうとするやつはよほどの楽天家か、さもなければ阿呆か頓馬だ、と気づいたのである。

自分は日本国で仕事をしてゆかねばならない。ということは日本国の俳優のみなさんの肉体を借りるほかはない。となれば日本国の俳優のみなさんの肉体に可能なことを、もっといえば日本国の俳優のみなさんの肉体でなければ表現できないことを書くべきではないか。そう考えて、ブロードウェイときっぱり訣別した。

現在では日本でミュージカルを演じる俳優たちの歌唱力もダンスの技術もだいぶ上がっているが、井上ひさしが音楽劇を書き始めた一九六〇年代末から七〇年代はじめの演劇界は、歌もダンスもまだ技術的に貧しい状態にあった。当時のそうした現状を見極めた上で、井上は日本の俳優たちの肉体条件と歌唱力でも表現可能な音楽劇、さらに言えば、日本の俳優の肉体でなければ表現できない独自の音楽劇の領域を目指したのだ。

井上音楽劇の第二の特色は、第一の特色とも連動するが、その大半が批判性とメッセージ性が強い社会劇、あるいは社会批判劇だということだ。その点で、井上作品は政治的な社会変革を目指したブレヒトの音楽劇と共通する部分が多い。強いメッセージ性を音楽（劇中歌）が魅力的に和らげ、ふくらませる点も同じである。

この点でも井上作品は、娯楽劇が主流のブロードウェイ・ミュージカルとは基本的に劇の性格が違う。ブロードウェイ・ミュージカルとは違う出自から生まれたブレヒトの音楽劇は、初期の『三文オペラ』（二八年）などを除くとミュージカルとして扱われないことが多い。それと同じように、シリアスな社会性が強い井上ひさしの音楽劇も、初期の『日本人のへそ』『表裏源内蛙合戦』あたりを除くと、一般にミュージカルとして論じられることは少ない。

初期戯曲『日本人のへそ』には、「ヒロインの性の流転の小叙事詩編《バラード》」のように、明らかにブレヒトに影響された章立てが見られる。劇中でストリッパーのストライキを支援するオルグに扮する「審判員」と、スト破りのヤクザに扮する「会社員」が、ともに同じスラムの出身と分かって意気投合し、「すばらしいスラム」を歌う場面があるが、これもブレヒトの『三文オペラ』で泥棒マクヒィスと警視総監ブラウンがインドでの軍隊時代を懐かしんで歌う「大砲の歌」からヒントを得ているのは間違いない。

井上ひさしは、彼自身にとっての「最高最大の作曲家」としてのジョージ・ガーシュインとクルト・ヴァイルを挙げている（「ブロードウェイ仕事日記」）。中でもブレヒトとコンビを組んだクルト・ヴァイルへの思いは深く、全編にクルト・ヴァイルの旋律を使い、自ら歌詞を書き換えた曲を多く織り込んだ『夢の裂け目』（二〇〇一年、新国立劇場小劇場初演）のようなユニークな音楽劇も書いている。ここにも井上のブレヒト＝ヴァイル志向がうかがえる。

だが、同時に井上作品とブレヒトの音楽劇との違いもまた大きい。『小林一茶』『イーハトーボの劇列車』『頭痛肩こり樋口一葉』『黙阿弥オペラ』など、井上劇は実在の人物の一代記を批評性豊かに、凝った趣向で描く評伝劇の形を取ることが多いが、それらの主人公には井上自身の強い共感が込められていることが多い。むろん主人公への批判も描かれるのだが、それ以上に主人公の生き方と仕事への共感と敬意にあふれた作品が目立つ。その結果、井上ひさしの音楽劇は、『藪原検校』『天保十二年のシェイクスピア』のような数少ない例外はあるものの、全体に温かな笑いと涙腺を刺激する柔らかな情感にあふれていることが多い。

これに対してブレヒトの音楽劇はもっと辛口で、異化効果を駆使して登場人物を徹底的に突き放して描く。人間の悪と欲望を露悪的に描く、冷徹な感触の批評劇である。井上作品が基本的に人間を性善説で描くのに対し、ブレヒト劇には性悪説の印象がある。

つまり、ブレヒトの影響を受けつつも、井上音楽劇は作者自身の資質を反映して、ブレヒト劇とはずいぶん違う方向に進み、異なるタイプの作品群を生み出したのだ。

第三の特色は、井上音楽劇の劇中歌が、日本語の特色とおもしろさを生かした歌詞と、日本の俳優にとって歌いやすい音程と旋律を備えていることだ。初期の井上音楽劇の歌詞には、作者得意の言葉遊び（語呂合わせ）を過剰なまでに多用したものが多かった。これは英米のミュージカルの歌詞における頭韻や脚韻に相当する趣向である。日本語の特質と遊び心を最大限に生かした歌詞だった。

だが、一九八〇年代以降、こうした狂騒的とも言える言葉遊びは井上劇から消えていく。そしてもっと抑制の効いた歌詞が増えていく。

劇中劇の作曲は『日本人のへそ』以来、一貫して宇野誠一郎が手掛けて来た。宇野の音楽は日本人の感性になじみやすい印象的な旋律と、歌いやすい音程を備えている。しかも音楽劇に適した明るい機知と軽妙さがある。クラシック音楽のような高度な歌唱技術がなくても歌える劇中歌が多い。日本の演技陣の技術レベルを踏まえた作曲である。

第四の特色は、井上劇における劇中歌が、観客に違和感を与えず、しかも劇の推進力となる役割を果たしていることだ。

ミュージカルの伝統が薄い日本では、翻訳ミュージカルや和製ミュージカルの舞台で俳優が不意に踊り出したり、歌い出したりする場面で唐突な感じを受けることが少なくない。だが、私の観劇経験では井上劇でそのような違和感を覚えることはきわめて少ない。日本の観客が違和感なしに音楽劇を楽しめる仕かけを施しているからだ。

井上ひさしの新作で、作者の近年の収穫と言っていい『太鼓たたいて笛ふいて』(二〇〇二年、こまつ座初演) を例にとろう。戦時中から戦後にかけての作家・林芙美子の足跡を描いた作品である。音楽はリチャード・ロジャース、宇野誠一郎、チャイコフスキー、ベートーベンなどさまざまな作曲家の旋律を借り、その多くに新しい歌詞を巧みにはめこんだ曲が使われている。

第一幕、いきなり六人の出演者全員の歌「ドン!」で始まる設定がまず意表をつく。「昭和十年の秋」の東京を舞台に、間近に迫る日中戦争を予告するとともに、登場人物全員を要領よく紹介するこのリズミカルな歌で、観客は一気に劇中に引き込まれる。歌で始まるこのオープニングが、劇中で日常の場面から歌に移行する際の観客の抵抗感をはじめから取り除いてしまうのだ。

続いてキク、四郎、時男がにぎやかに歌う「行商隊の唄」は、彼ら三人の出自と現在を語るとともに、観客をくつろがせる大衆的娯楽性にあふれている。こま子が歌う「ひとりじゃない」は、この女性のコミューン志向を実感させると同時に、彼女の禁欲的な聖女性をも語る。これに対して、メフィストフェレス的な音楽プロデューサー、三木孝が歌う「物語にほまれあれ」は、国家が作る大きな公的「物語」（実は「戦さは儲かるという物語」）を高らかに歌い上げ、従軍作家の流れの中に林芙美子を引きずりこむ。

これらの劇中歌が、歌い手自身の性格と現状を活写すると同時に、歌自体が車輪となって劇を前へ、前へと推し進める機能を果たしていることに注目したい。和製の音楽劇では、劇中歌が単に叙情的な足踏み状態になっていることが少なくない。だが、井上音楽劇では、劇中歌は普通のセリフが語りうる以上のことを観客に語り、暗示するのだ。ここでは劇中歌が歌われる間にも、劇の時間はどんどん流れている。

以上見てきたように、井上ひさしの音楽劇は、ブロードウェイ・ミュージカルとも、ブレヒトの音楽劇とも違うきわめて独自の特質と魅力を備えている。井上作品の豊饒な成果とその位置づけは、音楽劇の面からもっと精細に考察されてしかるべきだ。

（『國文學』二〇〇三年二月号、學燈社発行）

こまつ座公演『太鼓たたいて笛ふいて』（栗山民也演出）の導入部で歌う演技陣。（左端から）島崎こま子（神野三鈴）、林キク（梅沢昌代）、三木孝（木場勝己）、林芙美子（大竹しのぶ）、加賀四郎（松本きょうじ）、土沢時男（阿南健治）＝2002年7月、東京・紀伊國屋サザンシアター（谷古宇正彦撮影、こまつ座提供）

複雑な喜劇的多面体――井上ひさし

劇作家の井上ひさし氏については、書きたいことが山ほどある。新聞社の演劇担当記者、あるいは編集者として私が井上氏とつきあった年月は相当長く、井上作品について私が書いた評論、エッセイ、文庫本解説などもかなりの量になる。だが、氏との個人的な交流については、これまでほとんど書いたことがなかった。その一端をここで披露しよう。

井上氏の戯曲を私が初めて舞台で見たのは一九六九年二月、東京の恵比寿にあった劇団「テアトル・エコー」の「屋根裏劇場」（劇団の二階にあった）で上演された『日本人のへそ』（熊倉一雄演出）だった。

井上氏はその年の三月まで五年間も続いたNHKテレビの人気連続人形劇『ひょっこりひょうたん島』（山元護久との共作）の脚本家として活躍していたが、放送界以外での知名度はまだ高いとはいえず、『日本人のへそ』が劇作家としての本格的なデビューだった。

その舞台を見ているうちに、私は作者の才気煥発ぶりに圧倒され、興奮で体が熱くなった。こんな途方もない作品を書く作者に強い興味がわいた。

「デビュー作にはその作家のすべてがある」と言われるが、『日本人のへそ』はまさにそのような作品だった。東北出身のストリッパー（女優の故・平井道子が好演した）の遍歴物語という前半部分には同じ東北出身の作者の自画像が投影されていたし、人物の一代記という伝記劇的スタイル、音楽劇的な趣向、どんでん返しを多用する奇抜な劇構造、あふれる言語遊戯と笑い、言葉そのものへの執拗なこだわり、痛烈な社会批判、猛烈なサービス精神など、ここには井上作品の道具立てがすべてそろっていた。

私が井上氏に初めて会ったのは、翌年の七〇年七月だった。テアトル・エコーが井上氏の『表裏源内蛙合戦』（熊倉演出）を、新装なった同劇団の小劇場（同じ恵比寿だが、現在のエコーの劇場とは別の場所にあった）のこけら落としに上演した時である。

インタビューのために劇団を訪ねると、井上氏は劇団が作ったハッピを着てにこやかに迎えてくれた。当時三十五歳の氏の話は抜群におもしろく、私はたちまちファンになった。マネジャー役を務める和服姿の好子夫人は無類に明るく、愛想がよかった。二人はとてもいいコンビだと私は思った。

「喜劇作家　井上ひさしの横顔」という見出しがついたこの記事で井上氏は、「天性、人を笑わせたり、ごきげんとったりすることに快感を覚えまして、昔だったら太鼓持ちになっていたかもしれない」と笑顔で語っている。これが多分、朝日新聞に載った井上氏の初めてのインタビュー記事だった。

そのときから、井上氏が人気作家になるまでは本当にあっという間だった。評判になった『表裏源内蛙合戦』のあと、翌七一年に上演された戯曲『道元の冒険』で氏は第十七回岸田戯曲賞を受賞。そのころから『オール讀物』『小説現代』などの中間小説誌から小説の依頼が殺到し始め、七二年には『手鎖心中』で第六十七回直木賞を受賞し、名声は一挙に高まった。今も続く、戯曲と小説を両輪とする多忙をきわめる執筆生活が始まった。

一九七四年に學燈社の雑誌『國文學』が臨時増刊号「野坂昭如と井上ひさし」を出した。昭和の戯作派といわれる作家二人を特集した意欲的な増刊号で、私はこの号で「井上ひさしのドラマツルギー」（加筆・改訂ののち「神ある道化」と改題、本書所収）という劇作家論を書く一方、井上氏の年譜執筆を引き受けた。

くわしい年譜を作るためには、井上氏の作品が載った雑誌などを調べる必要があり、私はある日、当時、千葉県市川市国分にあった井上家に出掛けていった。畑に囲まれたこぢんまりとした建売分譲住宅で、夫妻の許しを受け、押し入れから掲載誌の山を引っ張り出し、半日かけて、掲載された井上氏の戯曲、小説、エッセイ、対談などについて一枚一枚、カードを作った。奥の書斎では井上氏が終日、執筆に励んでいた。

そのころ、氏の多忙を承知のうえで、私は朝日新聞の文化面のため、何度もエッセイの原稿を書いてもらった。依頼を聞き、執筆可能かどうかを的確に判断するのは好子さんで、電話で夫人の明るい声を聞くのが私は好きだった。気の弱い井上氏は直接依頼されると、どんな原稿も引き受けてしまうので、仕事を調整するマネジャー役の好子夫人はなくてはならない存在だった。氏の原稿はいつも遅れたが、待ったかいのある、内容の濃い原稿が必ずもらえるので、私は氏への信頼感をますます強めた。

井上氏は酒をほとんど飲まないが、一九七〇年代半ばのある晩、原稿の打ち合わせをした後で、井上氏が知っている四谷のバーに一緒に入ったことがある。店を出て、JR四ッ谷駅の近くまで来たとき、酒を飲んで元気にしゃべっていた私の口に中から不意に挿し歯が一本飛び出し、暗い地面に落ちてしまった。

私はあわてて暗がりを探ったが、あせりと恥ずかしさで、なかなか見つからない。井上氏も親切に探してくれ、結局、見つけてくれたのは井上氏だった。私は恥ずかしさに身が縮む思いだったが、「文豪」井上氏に落ちた義歯を探してもらった記者は私だけだろう。

一九八〇年から八一年にかけ、井上氏が朝日新聞の文化面に二年間にわたって連載執筆し、私が担当の編集者を務めたユニークな「文芸時評」も忘れることができない。

そのころの朝日新聞の「文芸時評」は、文芸評論家ではなく、第一線の作家が執筆することになっていて、大江健三郎氏に続いて私が担当したのが井上氏だった。演劇記者時代から親しい仲の井上氏だから、私は張り切って毎月、井上邸に通った。その五年前の一九七五年、井上夫妻は以前の建売住宅からほど遠からぬ市川市北国分に巨大な書庫がある広壮な邸宅を建て、引っ越していた。

井上氏の「文芸時評」は、伝統的な型を大胆に破る斬新なスタイルで読者を驚かせた。それまでの「文芸時評」の対象はもっぱら純文学の小説だったが、井上氏は純文学はもちろん、大衆小説、ルポルタージュ、評論、エッセイ、戯曲、詩集、マンガ、写真集まで視野に収めて「文芸時評」を書いた。要するに、私たちが日常目にする本と雑誌のすべてが「文芸時評」の対象になったのである。

だから、文芸評論家・篠田一士《はじめ》の評論集『日本の現代小説』を論じつつ、そのコンセプトを使って、はるき悦巳のマンガ『じゃりん子チエ』を語るという知的離れ業が生まれた。篠田一士の顔写真の下に、『じゃりん子チエ』のマンガの一コマをはめこんだ紙面構成は実に刺激的だった。『群像』に載った村上春樹の小説『一九七三年のピンボール』と同列に、『ビッグコミック』に連載中の青柳裕介の劇画『土佐の一本釣り』を論じた回もある。中島みゆきの作詞を、大岡信、天沢退二郎とともに論じたのも異彩を放った。

高踏的な芸術と大衆芸術の垣根を取り払い、両者を同等に論じるやり方はいかにも井上氏らしかったが、新聞社側にとっても、ふだん文化面とは無縁の若い世代の読者が「文芸時評」を読んでくれるメリットは大きかった。この挑戦的な連載は翌八二年、『ことばを読む』(中央公論社)という本にまとめられた。

「文芸時評」を担当して分かったのは、井上氏の異常なまでの読書量である。もともと資料渉猟が大好きな氏だから、毎月上下二回の「時評」を書くためにも、氏は膨大な本をまわりに集め、片端から読破する。

しかも、一つの新しい作品を論じるため、その作家の過去の作品まであらかた読み返す徹底ぶりには驚いた。例えば、石川淳の新しい長編小説『狂風記』を批評するため、井上氏は『石川淳全集』を全巻読み返した。こんな手間をかけていては、原稿が遅れるのは当然で、原稿をもらうため、私は何度も井上邸に泊まり込んだ。

井上氏の原稿が遅いのは有名で、井上氏自身、「遅筆堂」を名乗っている。だが、編集者として接した私の経験からいうと、井上氏の執筆自体は決して遅くない。むしろ、才気あふれる氏の書くスピードは実際はかなり速い。小説などでは一晩に数十枚を一気に書く筆力も備えている。

ただし、井上氏の場合、資料を狩猟し、構想を練るのに非常に時間をかける。いったん書き出しても、途中で新しい趣向を思いつき、はじめから書き直すこともある。しかも、氏への依頼原稿はいつも多い。こうした要素が重なり、結果的には氏はかなりの「遅筆」になってしまうのだ。

当時、井上邸の一階の広い部屋には大手出版社の編集者がいつも何人もたむろし、二階の書斎にこもる井上氏の原稿が上がるのを辛抱強く待っていた。夫人の好子さんがこまやかな心遣いで相手を務めた。

麻雀ができない私は加わらなかったが、好子夫人と編集者たちが夜を徹して麻雀の卓を囲むこともよくあった。

好子さんは劇作家つかこうへいとの対談で、「私が（バーの）ホステスよりいいホステスなの（笑）」と語ったことがあるが（こまつ座発行『ｔｈｅ座』第二号、西舘好子『表裏井上ひさし協奏曲』所収、牧野出版、二〇一一年）、たしかに愛想がよく、機智に富む好子さんと話をしていると、長時間待つことも苦痛ではなかった。

だが、こうした二人三脚の作家生活の背後で、夫妻の私生活は実はしだいに危機的事態に向かっていた。私自身はじかに現場を目撃したことはなかったが、夫婦が激しい口論を繰り返し、大立ち回りを演じたという話もよく耳にした。そのころは好子さん自身もエッセイなどに文才を発揮し、何冊も本を出す有名人になっていた。

井上さんが執筆する「文芸時評」の最終回は一九八一年十二月だったが、この月は氏の多忙に加えて、夫妻の仲がさらに険悪化し、「上」の回はできたものの、「下」はついに書き上がらず、結局、最終回は異例の一回だけとなった。その原稿をもらったとき、井上氏が畳に正座し、「申し訳ない」と深々と頭を下げたのには恐縮してしまった。

一九八〇年の夏、私は井上氏に誘われて、インドネシアに一緒に旅したことがある。旅行雑誌『旅』の依頼でジャワ本島とバリ島と回る八日間の旅だった。初めは好子夫人が一緒に行く予定だったが、「虫がいる暑いところに行くのはいや」と好子さんが断り、なぜか私がカバン持ちとして、『旅』の女性編集者とともに同行することになった。井上氏も私もインドネシア行きは二度目だったが、これはとても楽しい旅だった。

一緒に旅をして驚いたのは、井上氏の猛烈なメモ魔ぶりだった。飛行機に乗っても、隣の席の井上氏は、食事のときに出たインドネシア産ビールのラベルの図柄と文字までを即座に詳細にスケッチし、ノートに書き込んでしまう。見るもの、聞くもの、要するに外界のすべてが井上氏のノートにスケッチ入りで写しとられ、克明に保存されていくのだ。

私も職業柄、旅行中にメモは取るが、井上氏の精密きわまる記録メモを見たとき、「ああ、この人にはとても敵わない」とショックを受けた。世界を細部まで正確にとらえようという井上氏の偏執的な情熱と描写の精度は、並の人間とはまるでレベルが違うのだ。

一九八四年、井上夫妻は「こまつ座」を旗揚げした。好子さんが座長兼プロデューサー、井上氏が座付き作者を務める演劇企画集団である。第一回公演『頭痛肩こり樋口一葉』（木村光一演出）は、戯曲自体が優れた作品で、渡辺美佐子、香野百合子、風間舞子、新橋耐子らが出演する舞台は感動的な出来栄えだった。

こまつ座はその後も、『きらめく星座』（八五年）、『國語元年』（八六年）などのヒット作を送り出したが、井上夫妻の仲はさらに冷却化し、八六年六月、夫妻はついに離婚を発表した。そして翌八七年、井上氏は料理研究家の米原ユリさんと再婚。住まいは市川市から神奈川県鎌倉市に移った。

同じころ、好子さんも恋人だった舞台監督の西舘督夫氏と再婚、八九年には劇団「みなと座」旗揚げし、『糸女』など合わせて十七回の公演を重ねたが、現在は解散している。九八年に好子さんは『修羅の棲む家』（はまの出版）という、離婚前後のいきさつを書いた本を出した。井上氏の「暴力」にも触れた一種衝撃的な本である。

今では別々の道を歩く二人だが、二人に親しんだ私としては、井上氏と好子さんが緊密な共同作業を続けたあの時代にやはり懐かしさを覚える。しばしば「悪妻」といわれ、日常生活で「悪役」の役回りを演じたこともある好子さんだが、作家のマネジャーとして有能だったことは間違いない。

優れた作家にふさわしく、井上氏はもともと複雑で分裂した性格の持ち主だ。知的で心優しい言動と激しい愛憎が同居している。その作品にも、聖性と猥雑、禁欲と好色、悲劇性と笑い、生真面目とナンセンス志向が一体化している。要するに、井上氏はきわめて多面的な、二律背反の作家なのだ。

「悪妻」といわれた好子さんが身近にいた時期は、井上氏がこの「二律背反」を作品の上でもっとも過激に生きた時代だったといえるだろう。シェイクスピアの『リチャード三世』を連想させる戯曲『藪原検校』（七三年）のような「悪の魅力」にあふれた傑作が生まれたのもこの時期だ。カオス的活力にあふれた血みどろの流血喜劇『天保十二年のシェイクスピア』（七四年）もこの時期の作品だ。

こうした作品に比べると、近年の井上戯曲は、「悪」の要素が際立たず、心優しい善人の登場人物が増えている。その点に不満を覚え、私はたびたび、「もっと『悪』を描いてほしい」と思った。

だが、二〇〇二年にこまつ座が初演した秀作劇『太鼓たたいて笛ふいて』（栗山民也演出）を観て、私の考えは変わった。

周知の通り、この作品は『放浪記』『浮雲』などで知られる作家・林芙美子（大竹しのぶがめざましい演技を見せた）を描いた評伝劇である。「日中戦争から太平洋戦争にかけて（中略）、軍国主義の宣伝ガールとしてバカに派手な活躍をした」（井上、『ｔｈｅ座』第四十八号）ものの、戦争末期に自分の誤りに気付いて沈黙し、戦後は「自分の責任を徹底的に追求」（同）した林芙美子の歩みを描いた作品だ。

この戯曲に「三木孝」というプロデューサーが登場する（木場勝己がこの役を明るい雰囲気で

こまつ座旗揚げ公演『頭痛肩こり樋口一葉』（木村光一演出）の樋口夏子（香野百合子＝手前）と花蛍（新橋耐子）＝1984年4月、東京・紀伊國屋ホール（こまつ座提供）

好演した）。林芙美子に、「世の中を底の方で動かしている物語」、つまり国が求める「物語」に沿って作品を書くように勧め、結果的に彼女を国策協力の道に引きずりこむ、まるでメフィストフェレスのようなアジテーターだ。

時代の動きにつれ、三木が口にする「物語」の中身はめまぐるしく変わる。しかも劇の展開につれ、彼はレコード会社の文芸部から内閣情報局へと出世していき、戦後は一転してアメリカ軍の占領政策を担う組織の「音楽民主化主任」になってしまう。

こうした変節漢は普通、嫌みな悪役として描かれることが多いが、作者の井上氏は意表をついて、この男を気さくで明るい、人情味のある善人風の人物として設定した。つまり、三木は自分の変節に疑問も抵抗感も屈折も覚えない「いい人」なのだ。そして、自分の「悪」を自覚しないこういう普通の「いい人」こそが、実はもっともおそろしい「悪」であり、それは私たちの分身かもしれないことを、この作品は暗示している。井上戯曲において「三木孝」は、新しい「悪」の形象として画期的な意味を持つといっていい。

つまり、いかにも悪漢風の「悪」ではなく、さりげない風貌をした新しい「悪」、より身近でよりおそろしい「悪」を、井上氏は鮮明に造形したのだ。

というわけで、私は「悪」の形象をめぐる注文をすぐに撤回した。そして井上氏の才能に対する賞賛の念をさらに強めたのである。

（扇田昭彦著『才能の森——現代演劇の創り手たち』所収、朝日新聞社、二〇〇五年）

喜劇的二人組の意味するもの——『たいこどんどん』をめぐって

劇作家・井上ひさしの戯曲には、初期のころから、魅力的な二人組がよく出てくる。ボケとツッコミの役柄を生きる漫才の二人組のように、彼らはコンビを組み、反発したり、争ったりしながらも、切っても切れない関係にある双子（ツイン）のような姿で珍道中を続ける。

これらの対をなす喜劇的二人組は、初期戯曲『表裏源内蛙合戦』（一九七〇年）の「表の源内」と「裏の源内」、『藪原検校』（七三年）の「杉の市」と「塙保己市」、『それからのブンとフン』（七五年）の「ブン」と「偽ブン」、『小林一茶』（七九年）の「一茶」と「竹里」に見られるように、緊張をはらんだライバル関係であることが多いが、中には『もとの黙阿弥』（八三年）の「河辺」と「久松」のように、主従関係というのもある。

この「主従関係」の、とりわけ優れた例が、『たいこどんどん』（七五年）に登場する若旦那「清之助」と幇間の「桃八」のコンビである。その原形はおそらく、放蕩者ドン・ジュアンと従僕スガナレルを描いたモリエールの古典喜劇『ドン・ジュアン』（一六六五年）だろう。

『たいこどんどん』は、井上が直木賞受賞作の小説『江戸の夕立ち』（七二年）を自ら劇化した作品で、一九七五年、五月舎のプロデュース公演として木村光一演出により東京の東横劇場で初演された。なべおさみ（桃八）、高橋長英（清之助）、太地喜和子（袖ヶ浦、おとき、お熊）という配役だった。

時代は幕末。江戸日本橋の薬種問屋の若旦那である清之助と太鼓持ちの桃八が乗った舟が嵐の海に流され、二人は東北にたどりつく。東北各地を九年間も放浪し、やっと帰ってきた時、薬種問屋はすでにつぶれ、江戸は東京に変わっていた、という物語だが、この作品の中でもっぱら受難するのは桃八である。

桃八は、わがままで好色で博打好きの清之助に何度も裏切られる。清之助によって「地獄」のような鉱山に地大工として売り飛ばされ、悲惨な歳月の中で旦那への殺意を強める。にもかかわらず、清之助に再会した時、気のいい桃八は「ぐにゃ」となって、旦那を許してしまう。江戸に帰りついた時、桃八は一本足の姿。にもかかわらず、呆然自失とする清之助を懸命に励ますのは桃八である。

『たいこどんどん』とは、ずいぶん含みのある多義的な題名だ。「たいこ」（太鼓）が威勢よく「どんどん」鳴るうちに、「たいこ」（太鼓持ち）自身は「どんどん」とんでもない所に流され、地獄巡りにも似たひどい経験をするのである。だが、気のいい忠義者の「たいこ」（幇間）は主人を恨まず、責任も追及せず、やはり主人とコンビを組んで、これからも太鼓を調子よく「どんどん」と鳴らし続ける……。

時代がどんなに変わっても、主人のために従者がどんなに被害を受けても、対をなす主従が相変わらずスクラムを組んで、「はなれられないふたり」の役割を陽気に演じ続ける光景。

ここには、日本の歴史における権力者と、主人に気に入られようと懸命に尽くす大衆の姿が、巧みに重ね合わされている。作品の基調はあくまで娯楽性の強い喜劇的音楽劇だが、一向にコンビを解消しない二人組の姿には、作者・井上ひさしの深い思いと批判が込められていると見ていい。

前進座がこの作品を高瀬精一郎演出により前進座劇場で初演したのは一九八七年。中村梅之助の桃八、嵐圭史の清之助のコンビで、八八年、九〇年と再演を重ねた。九八年は中村梅雀が桃八、河原崎國太郎が清之助を演じたが、九九年、二〇〇一年の全国巡演では藤川矢之輔が桃八、圭史と國太郎が清之助に扮した。そして今年（〇六年）は、梅雀（桃八）と圭史（清之助）の顔合わせである。

すでに前進座の財産になったと言っていい『たいこどんどん』。時代の雰囲気と日本の国情がまた妙な具合になってきた現在、この名作を再演する意義は大きい。

（前進座『たいこどんどん』南座公演パンフレット、二〇〇六年一月）

冒険する大人たちの演劇——井上ひさしと蜷川幸雄のパワー

井上ひさしと蜷川幸雄は日本の現代演劇を代表する同世代の劇作家と演出家である（井上は一

九三四年生まれ。蜷川は翌三五年生まれ）。ともに現在、七十歳代前半で、「巨匠」と言える位置にあるが、現役の創り手として第一線で精力的に活動を続けている点でも共通する。

だが、この二人が組んで仕事をするのは意外に遅かった。二〇〇五年にシアターコクーンで上演された井上作、蜷川演出の『天保十二年のシェイクスピア』が最初である。

『天保十二年のシェイクスピア』は、初期の井上ひさしの熱い過剰なエネルギーがまるで溶岩流のようにあふれ出た異様な傑作である。シェイクスピアの全戯曲三十七本の要素をすべて織り込むという趣向で書かれたこの不条理劇風の音楽劇は、作品が破天荒で長大すぎたせいもあって、一九七四年の西武劇場（現・パルコ劇場）での初演はうまく行かなかった。

だが、二〇〇五年、蜷川はこの難しい大作を実にうまく、躍動感と笑いのある舞台に仕立てた。何よりも、蜷川の舞台の特色である過剰に沸き立つエネルギーが、井上の初期作品の演出にぴったりだった。底辺の人々の視点からものを見るという井上作品の基本姿勢も蜷川演出と重なるものだった。それに蜷川はすでに数多くのシェイクスピア劇を演出して成果を上げていたから、『天保十二年のシェイクスピア』を深いレベルで、趣向豊かに演出する術を知っていた。さらに一九九四年に初めて手がけた『夏の夜の夢』以降、得意分野ではなかった喜劇でも、蜷川は経験を積んできた。

こうして蜷川自身にとって、喜劇性の強い井上戯曲を手がけるのにふさわしい条件が整った。だいぶ遅くはあったが、二人は結果的にいい時期に出会ったのだ。

そして作者の井上は、『天保十二年のシェイクスピア』の舞台成果を観て、蜷川演出への信頼を強めた。そこには、それまで井上劇を上演してきたさまざまな劇団や劇場の舞台とは明らかにスケール感と質感の違う刺激的な舞台が生まれていた。

こうして二人の間に新しい絆が生まれ、二年後の二〇〇七年、蜷川は井上作品の第二弾として『藪原検校』（一九七三年、五月舎と西武劇場の提携公演で初演）を演出した。ホリプロとＢｕｎｋａｍｕｒａの企画・製作によりシアターコクーンで上演された公演である。

この『藪原検校』の公演パンフレットに掲載されたインタビューで、蜷川は井上ひさしとの関係をこう語っている。

「お互い存在はある程度分かっていながら、演劇界における微妙な場所の違いというものがあって、なかなか出会わなかったんですよね。だけどやはり捨てられた民衆への思いという点で、ぼくは井上さんに共感するんです。通過してきた時代がほぼ同じですからね」

「これがうまくいったら、もっと井上さんの作品をやっていきたいなあ。今の日本の演劇にちょっと違う風が吹かないかなと。若者たちの演劇とは違う、冒険してる大人たちの演劇が、強い風になればね」

そして今回の、蜷川演出による井上作品の第三弾『道元の冒険』（二〇〇八年）である。これも一九七一年に劇団テアトル・エコーが初演した井上の初期戯曲で、作者はこの作品で翌七二年、岸田戯曲賞と芸術選奨文部大臣新人賞（演劇部門）をダブル受賞した。さらに同じ七二年には、小説『手鎖心中』で直木賞も受賞しており、作者は一気に劇壇、文壇の両方で人気作家となった。

井上によると、初演版の『道元の冒険』を書き上げた夜、演出家で俳優の熊倉一雄と台本完成を祝って酒を飲んだ。はじめ熊倉はニコニコと上機嫌だったが、やがて「突如、原稿を摑んで宙に撒《ま》き、『こんなもの、上演できるか』と叫んだ」という（「改稿雑感」、一九八二年。『悪党と幽霊』所収、中央公論社、八九年）。「四百字詰原稿用紙で三百六十枚。（そのまま上演すれば）上演時間は六、七時間」（同）にもなる途方もない分量の作品だったのだ。

テアトル・エコーはこの作品をかなりカットして初演したが、洪水のような過剰な言葉遊びのエネルギーと次々に繰り出される趣向の奇抜さに圧倒された記憶がある。そして一九八二年には、五月舎が改訂を加えた『新・道元の冒険』を木村光一演出で上演した。

今回の上演では作者自身がさらに改稿した台本を使うというが、やはり演出家自身に才気と趣向がないと太刀打ちできない偏執的な作品であることは間違いない。

井上と蜷川が手を組んだ「冒険する大人たちの演劇」が今後、どう展開していくのかを見守りたい。

（Ｂｕｎｋａｍｕｒａ『道元の冒険』公演パンフレット、二〇〇八年七月）

過剰な人——井上戯曲の特色と魅力

井上ひさし氏の演劇に親しんだ人なら、井上戯曲の特色と魅力として、喜劇性、音楽性、奇抜な趣向、そして温かな感触をあげるだろう。

確かに井上戯曲を貫くのは笑いで、笑いがない井上戯曲はきわめて少ない。にぎやかな笑いで観客を楽しませ、その心をときほぐすところに劇作家としての井上氏の基本姿勢がある。軽演劇風のドタバタ喜劇の手法を使った作品も数多い。

では、井上氏の喜劇が観客を楽しませることに徹した娯楽作品、あるいは巧妙な筋立てで観客をうならせるウエルメイドの喜劇かと言うと、これがそうではない。笑いとともに氏の作品を特色づけるのは強い社会批判の精神で、そのため井上劇はしばしば娯楽劇の枠組みを越えてしまうのだ。

音楽劇のスタイルを取る作品が多いのも井上戯曲の大きな特色だ。井上氏の事実上のデビュー作となった『日本人のへそ』(一九六九年)、才気渙発ぶりで観客を驚かせた『表裏源内蛙合戦』(七〇年)、岸田戯曲賞を受賞した『道元の冒険』(七一年)など、井上氏は初期から音楽劇形式の作品に取り組んできた。この傾向は『太鼓たたいて笛ふいて』(二〇〇二年)、『ロマンス』(〇七年)などの近作まで続いている。

ミュージカル専門の脚本家ではない、あくまで現代演劇の書き手である井上氏がこれだけ音楽劇に傾倒しているのは異例で、日本の劇作家では井上氏以外には見当たらない。

二〇〇三年に私は、それまで上演された全井上劇のうちで音楽劇が占める割合を調べたことがある。その結果、音楽劇(劇中で俳優たちが歌う場面が出てくる作品)が七三パーセントにも達することが分かった（拙稿「音楽劇としての井上戯曲」、本書所収）。

しかも、井上式音楽劇の特色は、ブロードウェイ・ミュージカルを手本とせず、社会批判性の強いブレヒトの音楽劇の影響を受けた上で、きわめて独自の道を進んでいることだ。

例えば、ブロードウェイ・ミュージカルの典型である甘美で叙情的なラブ・ソング、心なごむハッピーエンド、華やかなダンス・シーンといったものは井上音楽劇には見られない。

現代演劇に新しい地平を切り開いた、果敢で持続的な音楽劇の実験という点で、井上音楽劇の豊かな成果はもっと正当に評価されるべきだろう。

第三の特色である奇抜な趣向には、劇中劇構造（入れ子仕立て）、どんでん返し、ことば遊びなど、さまざまな要素がある。しかも、初期戯曲では、これらの趣向は過剰で狂騒的で、加熱しがちだった。

典型的な例が、すでに名前が出た初期戯曲『日本人のへそ』である。一九六九年、劇団テアトル・エコーが熊倉一雄演出で初演したが、この舞台で井上作品に初めて触れた私は、劇中劇、どんでん返し、語呂合わせ、音楽劇など奇抜な趣向の大盤振る舞いに呆然となり、文字通り、「お口あんぐり」状態になってしまった。前半のミュージカル形式が、後半はせりふ中心のミステリー劇になる趣向にも意表をつかれた。

一九八〇年代になると、井上戯曲からことば遊びの要素は薄れていったが、笑いと奇抜な趣向は今も健在だ。チェーホフの評伝劇『ロマンス』（二〇〇七年）では、全編の挿話が、チェーホフが愛したボードビル風の笑いでにぎやかに彩られていた。蜷川幸雄演出で初演された最新作

『ムサシ』（二〇〇九年）でも、どんでん返し、ドタバタ喜劇風の笑いなど、初期作品の趣向が復活していた。笑いと趣向に寄せる井上氏の過剰な情熱は現在も衰えていないのだ。

第四の特色の温かな感触は、向日性と言い換えることができる。暗闇を目指す地下茎ではなく、明るい日差しの方向を目指す豊かな葉と枝。等身大の人間を、上からの視線ではなく、下からの温かい目で見る姿勢である。希望をもって人間と社会を見る目、と言ってもいい。

その点、同じ喜劇の分野でも、別役実の不条理劇風の笑いや、人間と社会を凄惨な笑いでとらえる松尾スズキやケラリーノ・サンドロヴィッチらの「黒い喜劇」とはかなり立ち位置が違う。井上戯曲のこうした明るい向日性の笑いは、今なお多くの観客をひきつける要因になっている。

それにしても、七十代になっても劇作家として現場の第一線に位置する井上氏の強靱な持続力には感心する。それは若いころから井上作品にあふれていた、あらゆる意味での過剰さが今もたっぷり残っているからだろう。最近は、かつての過熱気味の過剰さが少し薄れ、ちょうどいい具合の過剰さになってきた。

（仙台文学館発行『井上ひさしの世界』、二〇〇九年三月）

井上ひさしと蜷川幸雄の共通項

昨年（二〇〇九年）春に初演されて大きな反響を呼んだ井上ひさし作、蜷川幸雄演出の『ムサシ』の再演が決まり、その稽古が行われていた二〇一〇年四月九日夜、肺がん治療中だった井上氏が七十五歳で亡くなった。

『ムサシ』は五月のロンドン公演の後、七月にニューヨークのリンカーン・センターで上演される予定で、井上氏は新作劇『木の上の軍隊』を書き上げてから、ニューヨークで『ムサシ』を観ることをとても楽しみにしていた。だが、病気のため、氏の新作劇の完成も、ニューヨークでの観劇も実現しなかった。それはまた井上ひさし、蜷川幸雄という同世代の演劇人の共同作業の中絶も意味した。


蜷川氏が井上戯曲を初めて演出したのは二〇〇五年の『天保十二年のシェイクスピア』だった。初期の井上劇特有の奇想天外な趣向と偏執的な熱いエネルギーが充満したこの異様な傑作は、同じような体質と志向を持つ蜷川にぴったりだった。躍動感と冷徹な笑いにあふれた約四時間に及ぶこの舞台は成功を収め、井上氏は蜷川演出への信頼を強めた。

以後、〇七年の『藪原検校』、〇八年の『道元の冒険』『表裏源内蛙合戦』という具合に、蜷川

ホリプロ企画制作公演『ムサシ』。五人の足をひもで縛り、〝五人六脚〟の状態になった（左端から）沢庵宗彭（辻萬長）、宮本武蔵（藤原竜也）、柳生宗矩（吉田鋼太郎）、佐々木小次郎（小栗旬）、平心（大石継太）＝2009年3月、埼玉県さいたま市の彩の国さいたま芸術劇場大ホール（渡辺孝弘撮影、ホリプロ提供）

演出による井上初期戯曲の上演が続いた。

そして、これら四本の上演成果を踏まえて、井上氏が蜷川演出のために初めて書き下ろした新作が前述の『ムサシ』だった。宮本武蔵と佐々木小次郎の決闘の後日談だが、初期の井上作品に目立った爆笑喜劇風の笑いが生き生きとよみがえった。しかも、劇中の剣豪二人の決闘は世界各地で続発する「報復の連鎖」と重ね合わされ、エンタテインメント性と切実な社会的主題が見事に融合する作品になっていた。

初演の『ムサシ』の公演パンフレットで井上氏はホリプロの堀威夫《たけお》氏と対談し、冗談めかしつつ、「遺言のつもりで書きます。（笑）」と語っている。井上氏はその後、新作『組曲虐殺』（〇九年）を書いているから、『ムサシ』は最後の作品ではないが、「遺言のつもり」と語るほどの思いを込めた作品だったのだ。


劇作家と演出家。携わる仕事は違うが、井上、蜷川両氏には共通するところが少なくない。

まず、世代。一九三四年（昭和九年）生まれの井上氏と、その一つ下の一九三五年（昭和十年）生まれの蜷川氏。まったくの同世代だ。

第二の共通項は、二人とも演劇人としては新劇畑の出身で、しかも新劇の大手劇団の出身ではないことだ。

井上氏は大学生時代から放送作家として活躍した後、一九六九年、劇団テアトル・エコーで初演された『日本人のへそ』で劇作家として本格的にデビューした。つまり、演劇界の外から来た才能である。テアトル・エコー（一九五四年創立）は熊倉一雄、納谷《なや》悟朗をはじめとする、声優を兼ねる俳優たちが作った喜劇専門の劇団で、井上氏のデビュー当時は、娯楽色の強いフランスのブールヴァール劇などをよく上演していた。

蜷川氏は一九五五年に劇団青俳（七九年解散）に入り、俳優として十数年在籍した。青俳は木村功《いさお》、岡田英次など映画、テレビで活躍する俳優が多く、安部公房や清水邦夫の初期戯曲を上演した中堅劇団だったが、文学座、俳優座、民藝のような新劇界の中心に位置する大手劇団ではなかった。やがて青俳を脱退した蜷川氏は六八年、青俳時代の仲間とともに現代人劇場を結成して本格的に演出活動を始め、アングラ演劇系の代表的な演劇人の一人になる。

このように井上氏、蜷川氏はともに新劇界の中心部分ではなく、いわば傍流から登場して、現代演劇の世界に大きな変革をもたらした。だが、これは決して偶然ではない。政治の世界でも、文化・芸術の領域でも、過激な変革をもたらす新しい才能はたいてい古い中心部分からではなく、周縁部分から登場するからだ。

第三の共通点は、二人とも精力的な多作の創り手で、しかも一貫して大衆性のある作品・舞台を作ってきたということだ。

上智大学の学生だった一九五六年、アルバイトで浅草のストリップ劇場「フランス座」の文芸部員になった井上氏は、この劇場でコメディアンの渥美清、谷幹一、長門勇、関敬六らが観客を盛大に笑わせ、楽しませる姿に強い感銘を受けた。有名な劇作家になってからも、井上氏の中にはいつもこの原像としての浅草体験があった。

放送作家時代の井上氏は脚本の中に盛んに歌を挿入した。仙台での高校生時代から井上氏はアメリカのミュージカル映画・音楽映画をよく見ていたのだ。この氏のミュージカル志向とブレヒト劇の影響が結びつき、娯楽性と社会批判性に富む井上ひさし独自の音楽劇の流れが生まれた。

蜷川氏はかつて、「演出する時はいつも、自分の母親が分かる舞台を作る」と語ったことがあるが、これは一部の知的エリート向きの舞台は作らないという態度の表明である。この演出の姿勢はつねに民衆の視点で劇を書いてきた井上氏の態度とも重なる。

第四の共通点は、二人とも方法論と作風を固定せず、絶えず新しい領域に挑戦し続けてきたということだ。

井上氏の場合、初期は抱腹絶倒型の喜劇が目立ったが、やがて笑いと奥行きのある人間像、そして社会批判が同居する優れた評伝劇を数多く執筆した。さらに時代に翻弄される庶民の群像を描く「昭和庶民伝」三部作、戦争と庶民の関係を追った「東京裁判」三部作などのシリーズも生まれた。

蜷川氏の演出活動も実に多彩だ。小劇場運動に属する現代人劇場とその後身の櫻社での演出から、一転して商業演劇の大劇場で数々の作品を演出。だが、若い俳優たちとともに結成した蜷川カンパニーでの演出も継続。九〇年代からは苦手だった喜劇の演出も手掛けるようになり、九八年からは彩の国さいたま芸術劇場でシェイクスピア全戯曲の上演という大掛かりな計画を開始した。近年は、名演出と評された作品に新しい演出で再挑戦する動きも目立つ。自ら「自己模倣」と「精神の老い」を警戒する姿勢である。さらに二〇〇六年には中高年者の劇団さいたまゴールド・シアターを立ち上げ、二〇〇九年には若者たちの劇団さいたまネクスト・シアターまで結成した。

このような二人に目立つのは、七十代半ばという年齢を忘れさせるほどの枯れないエネルギー、言い換えれば、絶えず新しい作品と舞台を創ろうとする過剰な熱い情熱である。それは年下の同業者たちに負けまいとする強い対抗意識、ライバル意識を伴ってもいる。私はかつてこうした最近の蜷川氏を「過激な晩年」と呼んだことがあるが、それは井上氏についても当てはまる。

同世代の二人の稀有な共同作業は井上氏の死で断たれた。井上氏の新作が見られなくなったのは本当に残念だ。蜷川氏には井上氏の分までがんばってほしいと願うのは私だけではないだろう。

（こまつ座＆ホリプロ『ムサシ』再演パンフレット、二〇一〇年五月）

世界を救う「笑い」——『ロマンス』をめぐって

劇作家アントン・チェーホフの生涯を描く音楽劇スタイルの評伝劇『ロマンス』は、井上ひさしの晩年の重要な作品である。チェーホフを描きつつ、同時にここで井上ひさしは喜劇作家としての彼自身の思いと覚悟を率直に語っているからだ。

『ロマンス』は二〇〇七年の八月から九月にかけ、シス・カンパニーとこまつ座の企画・製作、栗山民也演出により、東京の世田谷パブリックシアターで初演されて、高い評価を得た。人気と実力を兼ね備えた中堅・若手の俳優六人（大竹しのぶ、松たか子、段田安則、生瀬勝久、井上芳雄、木場勝己）が共演したことでも話題を集めた舞台である。この作品から三作目の『組曲虐殺』（〇九年）が井上ひさしの最後の戯曲となる。単行本『ロマンス』は〇八年に集英社から刊行された。

ここでは四つの点から、この音楽劇の魅力を探ることにする。

ボードビルとしての評伝劇

チェーホフは井上ひさしが愛した劇作家だった。初期のチェーホフは笑劇風の短編小説を数多く書いているし、『かもめ』と『桜の園』は作者によってはっきりと「喜劇」と銘打たれている。終生、喜劇を書き続けた井上ひさしと重なる部分がきわめて多い劇作家である。

『ロマンス』執筆に先立ち、井上ひさしは『図書』〇二年二月号（岩波書店）に「スクリーブの笑い」というエッセイを書いた（岩波書店『この人から受け継ぐもの』所収、一〇年）。そして、十九世紀フランスのボードビル喜劇の名手ウージェーヌ・スクリーブがチェーホフに「滋養たっぷりの笑いの素を注ぎ込んだ」と書いた。

さらに、二〇〇四年五月から六月にかけて、井上は「朝日新聞」に「私のチェーホフ」というエッセイを五回に分けて掲載した（岩波書店『井上ひさしコレクション　人間の巻』所収、〇五

こまつ座＆シス・カンパニー公演『ロマンス』の（左から）オリガ・クニッペル（大竹しのぶ）、マリヤ・チェーホワ（松たか子）、トルストイ（生瀬勝久）、チェーホフ（木場勝己）＝2007年8月、東京・世田谷パブリックシアター（谷古宇正彦撮影、シス・カンパニー提供）

年）。「滑稽小説家の登場」「笑劇の方法」「笑劇から喜劇へ」「喜劇作者の祈り」という各回のタイトルからも分かる通り、終始、笑劇、あるいは喜劇の面からチェーホフを論じた文章である。

これらの文章で井上が強調したのは、チェーホフ劇の基本には大衆性、娯楽性の強いボードビルがあること、そして「笑劇の手法を生かしながらもその（類型的な）オチを排して、（中略）チェーホフの新しい喜劇のドラマツルギーが成立した」ということである。

こうしたエッセイの視点はそのまま、井上の『ロマンス』に活かされている。井上はまさに全編ボードビルの手法を使って、必ずしも喜劇的とは言えないチェーホフの生涯を生き生きとした笑いで描いてみせたのだ。『日本人のへそ』（一九六九年）、『表裏源内蛙合戦』（七〇年）などの初期のドタバタ式の喜劇で私たちを大笑いさせた井上ひさしだからこそ出来た離れ業である。

『ロマンス』の第十三場「病床の道化師」では、『三人姉妹』は「上等のボードビル」だと言う作者チェーホフと、「美しい抒情詩」と見る演出家スタニスラフスキーが鋭く対立する。

この場面でチェーホフは、モスクワ芸術座でスタニスラフスキーが演出した『三人姉妹』はテンポが遅すぎて、「ボードビルのテンポ」ではないこと、スタニスラフスキーの演出にも演技にも「思い入れ」が多すぎると批判する。そして、二百年後、三百年後の美しい未来を夢見る軍人ヴェルシーニンと人妻マーシャはともに感傷的な「おろか者」に過ぎないと切り捨てる。「あれはボードビルです。涙はいらない」というのだ。

ここで井上が示した、「チェーホフ劇の本質は喜劇、あるいはボードビル」という解釈は、かつて日本の新劇を代表する演出家・俳優の一人だった宇野重吉（一九一四〜八八年）のチェーホフ観と真っ向から対立するものだ。宇野は著書『チェーホフの「桜の園」について』（麦秋社、一九七八年）において、チェーホフ自身が『桜の園』を「喜劇四幕」と規定したことに抵抗した。そして、チェーホフはこの戯曲を「喜劇」と呼ぶことで、「『何故これが喜劇《コメディ》なのか』と、演出者や俳優に疑問をもたせ逆らわせることで戯曲の読み取りを深めさせようとしたのではなかったか」と書いた。作者チェーホフの意図に反し、宇野は『桜の園』は悲劇、あるいは悲喜劇だと解釈したのだ。宇野の見解は『ロマンス』の中のスタニスラフスキーの立場と基本的に一致する。

つまり、井上の『ロマンス』は、チェーホフ劇の喜劇性を正面から受け止めようとせず、観客が笑えるチェーホフの舞台を作ろうとしなかった旧新劇的なチェーホフ演出に対する強い批判を込めて書かれている。『ロマンス』は一人の劇作家のチェーホフ観の提示であることを越えて、これからのチェーホフ劇の演出の方向について強い示唆と刺激を与える作品なのだ。

しかも、この緊迫した論争の場面が同時に、観客の爆笑を誘う見事なボードビルの場面にもなっているところに、喜劇作家・井上ひさしの真骨頂がある。チェーホフとスタニスラフスキーの論争に、老文豪トルストイが語る「人生の苦しみを和らげるための十二カ条」というナンセンスな処世訓が何度もからみ、真面目な討論と炸裂する笑いが珍妙な形で混じり合い、接合するのだ。初演では、トルストイ役の生瀬勝久の過剰な活力に富むコミカルな演技がにぎやかな笑いを生んだ。

この場面でのチェーホフとスタニスラフスキーの討論は真剣な対立であり、それ自体には喜劇性はない。だが、そこに喜劇性をたっぷり備えた第三者（トルストイ）が脇から加わり、論争に割り込むことによって、場面全体が笑いに包まれる。シリアスな対立の場面にあえて笑いを導入する巧みな方法である。

例えば、戯曲『兄おとうと』（〇三年）でも、井上ひさしはこの方法を使っている。箱根湯本の旅館で仲の悪いエリートの兄弟、吉野作造と吉野信次が口論する。だが、同じ場で、長く生き別れになっていた庶民の兄と妹が偶然、再会し、二人は巡り合えた喜びを素直に歌い上げる。緊迫した兄弟の対立に、喜劇性をおびた庶民の兄妹の人情の世界がからむことによって、誇り高いエリート兄弟の姿は柔らかく異化され、相対化されるのだ。

喜劇作家の「きびしい道」

「笑い」についての井上ひさしの見解が鮮明に浮かび上がるのは、『ロマンス』の第七場「十四等官の感嘆符！」である。ここで登場人物のチェーホフは次のように語る。

「ひとはもともと、あらかじめその内側に、苦しみをそなえて生まれ落ちるのです。だから、生きて、病気をして、年をとって、死んで行くという、その成り行きそのものが、苦しみなのです。したがって、苦しみというものはそのへんに、ゴロゴロといくらでも転がっているわけです」

「けれども、笑いはちがいます。笑いというものは、ひとの内側に備わってはいない。だから外から……つまりひとが自分の手で自分の外側でつくり出して、たがいに分け合い、持ち合うしかありません。もともとないものをつくるんですから、たいへんです」

つまり、人生の至るところにある苦しみを描く悲劇を書くのはそれほど難しくないが、「ひとの内側に備わってはいない」笑いを作り出し、観客を実際に笑わせる喜劇を書くのは実に「たいへん」な作業だというのだ。

このせりふを語るのは劇中のチェーホフだが、ここからは明らかに、喜劇作家として生きてきた井上ひさし自身の切実な肉声が聞こえてくる。チェーホフと井上自身が「笑い」を介して、ぴったりと重ね合わされるのだ。

しかも、井上ひさしにとって「笑い」は、観客を喜ばせる娯楽であると同時に、たんなる消費を超えた、もっと大きなものでもある。それに続く第八場で六人の俳優全員が歌う「なぜか……」の歌詞がそれを明らかにする。

やるせない世界を／すくうものはなにか／かれが　その答えを／まさに　出したところ
わらう　わらい　わらえ／それが　ひとをすくう／かれは　前へすすむ／ひとり　きびしい
道を

この歌詞が示すのは、笑いは娯楽であると同時に、苦しみの中で生きる「ひと」と「やるせない世界」を「すくう」とても大きなものでもある、ということだ。

「笑い」に関する同じような考察は、『ロマンス』の二年前に井上が書いた戯曲『円生と志ん生』（〇五年）にも登場した。この世はつらい「涙の谷」で、「もともと笑いはこの世には備わっていない」と言う女子修道院の院長に対し、落語家の円生は「（笑いが）この世にないならつくりましょう」と言い、笑いは「あたしたちは人間だぞという証《あか》し」だと語るのだ。

このように、井上ひさしは「笑い」をとびきり上位に置いた。「笑い」を、「ひと」と「世界」を「すくう」ほど大きなものとしてとらえた劇作家は世界的にもまれだろう。だからこそチェーホフ同様、井上ひさしも「ひとり　きびしい道」を歩んだ。

登場人物六人のドラマ

『ロマンス』には、それまでの井上ひさしの評伝劇には見られなかった新しい特色がある。例えば、登場人物が日本人でも日系人でもなく、全員外国人（この作品ではロシア人）というのは、井上戯曲ではこれが初めてである。

また、主人公のチェーホフを四人の男優が年代に合わせて次々と演じ変えていく趣向もユニークな試みだった（初演では、少年チェーホフを井上芳雄、青年チェーホフを生瀬勝久、壮年チェーホフを段田安則、晩年チェーホフを木場勝己が演じた）。一人の俳優が少年時代から晩年までの主人公を演じるという普通のやり方ではなく、個性の違う四人の俳優の演技を通して、多面的なチェーホフ像が浮かび上がった。これは井上がすでに初期戯曲『道元の冒険』で試みた手法である。

もう一つ、劇作術の面で見逃せないのは、『ロマンス』が六人の俳優（男優四人、女優二人）

によって演じられる劇だということだ。

一九六〇年代末から七〇年代にかけての井上の初期戯曲は、出演する俳優の数が多く、十数人が普通だった。

だが、一九八四年にこまつ座を結成し、自ら座付き作者としてプロデュース公演の台本を書くようになってからの井上の評伝劇では、俳優を六人に絞る作品が増えた。しかも俳優六人の劇には秀作が多い。

例えば、『頭痛肩こり樋口一葉』（一九八四年）、『泣き虫なまいき石川啄木』（八六年）、『人間合格』（八九年）、『シャンハイムーン』（九一年）、『貧乏物語』（九八年）、『太鼓たたいて笛ふいて』（二〇〇二年）、『円生と志ん生』（〇五年）、そして遺作『組曲虐殺』（〇九年）。このうち、『人間合格』と『シャンハイムーン』は、『ロマンス』と同様に、男優四人、女優二人の劇である。

なぜ井上ひさしは評伝劇において、俳優六人という作品のスタイルを好んだのだろうか。考えられる実務的な理由は、こまつ座のように、劇団制を取らないプロデュース公演の組織においては、出演俳優の数を六人程度に限定することによって、出演料などの制作費を抑える必要があったということである。

俳優の数を絞ることによって、その他大勢組の端役が出てこない、求心力のある優れた戯曲が多く生まれたのである。その結果、俳優たちが早替わりで何役も演じ分ける趣向の劇が多く生まれ、それが演劇的な面白さを増殖させることにもなった。

だが同時に、そこには別の要素もあったのではないかとも推測される。それは三島由紀夫の『サド侯爵夫人』（一九六五年）の影である。『サド侯爵夫人』は戦後の日本の現代劇を代表する屈指の秀作だが、この劇は女優六人だけで演じられる。

それと同じように、こまつ座の旗揚げ公演で初演された『頭痛肩こり樋口一葉』も女優六人で演じられる傑作だ。貴族階級の女性たちを中心に、華麗なレトリックを駆使した三島の劇とは対照的に、井上劇は社会の底辺近くに生きる庶民の女性たちを笑いと涙と歌で描いた。

それ以上に興味深いのは、こまつ座が一九九八年に初演した井上の『貧乏物語』である。獄中にあるマルクス経済学者・河上肇《はじめ》は舞台には登場せず、河上の家族など六人の女性が物語を担う。サド本人が登場しない『サド侯爵夫人』と、河上肇が不在の『貧乏物語』。劇の雰囲気は対照的と言っていいほど違うが、劇構造はよく似ている。井上ひさしはひそかに三島を意識し、共通する劇の形式を使いつつも、内容的にはまったく異なる民衆志向の女性六人の劇を書いたのではないか、と思われるのだ。

劇中歌の趣向

一九九〇年代後半以降、井上ひさしの音楽劇には新しい変化が生まれた。それは長年、井上とコンビを組んできた作曲家・宇野誠一郎の目が悪くなり、新しい作曲が難しくなったためだった。その結果、井上の音楽劇には、内外の既成の曲のメロディーだけを使い、そこに井上が新し

い歌詞をはめこむという替え歌方式の劇中歌が増えることになった

しかも、興味深いのは、これらの後期の井上の音楽劇では、ブレヒトと組んだクルト・ヴァイルの曲とともに、第二次大戦前のブロードウェイ・ミュージカルの劇中歌がよく使われたことである。

『ロマンス』では七曲の劇中歌が歌われるが、そのうちの三曲は、チェーホフが好んだチャイコフスキー作曲のロマンスだ（ロマンスとは、甘美な調べを持つ自由な形式の楽曲のこと）。井上が好んだジョージ・ガーシュインのブロードウェイ・ミュージカル『オー、ケイ！』の劇中歌も一曲使われている。

特に注目されるのは、ブロードウェイ・ミュージカルの黄金時代を担った作曲家リチャード・ロジャース（一九〇二〜七九年）の曲も『ロマンス』に二曲登場することだ。第六場でチェーホフが歌う「サハリン」の原曲は、ロジャース作曲のブロードウェイ・ミュージカル『オン・ユア・トウズ』（一九三六年）の劇中歌「小さなホテル」。妹マリアが第十場で歌う「どうしてかしら」の原曲も、ロジャース作曲の初期のブロードェイ・ミュージカル『シラキュースから来た男たち』（一九三八年、原作はシェイクスピアの喜劇『間違いの喜劇』）の劇中歌「夕食時に会いましょう」である。

しかも、ロジャースの曲はこの『ロマンス』だけでなく、井上の晩年の戯曲『夢の泪』『太鼓たたいて笛ふいて』『夢の痂』『円生と志ん生』『箱根強羅ホテル』『私はだれでしょう』にも登場する。宇野誠一郎、ヴァイル、ガーシュインと並び、ロジャースも井上ひさしが好んだ作曲家だったのだ。

ただし、注意すべきは、井上が自作の音楽劇に取り入れたロジャースの曲が、どれも彼が作詞家ロレンツ・ハート（一八九五〜四三年）と組んだ初期のミュージカルの曲だったということだ。都会的で、皮肉なウィットに富んだ曲が多い。ハートが酒の飲み過ぎで若くして世を去った後、ロジャースが一九四三年以降、作詞家・脚本家オスカー・ハマースタイン二世と組んでからの、『オクラホマ！』『回転木馬』『南太平洋』『王様と私』『サウンド・オブ・ミュージック』などの、甘美な旋律に彩られた有名作品の曲を、井上はまったく使っていないのだ。

これはあまりポピュラーな曲は自作には使いにくい、という井上の配慮があったからかもしれないが、それ以外の理由も考えられる。

例えば、喜志哲雄著『ミュージカルが《最高》であった頃』（晶文社、二〇〇六年）によれば、英国の著名な劇評家ケネス・タイナンは『ウエストサイド物語』のロンドン公演の劇評の中で、アメリカのミュージカルを「二つの相反するカテゴリー」に分類して見せた。「田園的オプティミズム」（ロジャースとハマースタイン）と「都会的シニシズム」（ロジャースとハート）の対立である（この劇評は、一九六四年にペリカン・ブックスから出たタイナンの劇評集『タイナン・オン・シアター』に収められている）。

ロジャースは二つの分類のどちらにも入っているが、井上が好んで自作に使ったのは、「都会的シニシズム」の曲を多く作曲した時代（つまり作詞家ロレンツ・ハートと組んだ初期）のロジャースだった。一見、「田園的オプティミズム」派に属するかと思われがちな井上ひさしだが、ケネス・タイナンの分類に従うなら、後期の井上が音楽面で心を寄せたのは、クルト・ヴァイルの音楽と同様に、ロレンツ・ハートの初期の、辛辣な機知と笑いに富む「都会的シニシズム」の曲だった。井上ひさしの音楽劇は、このような劇中歌の面からもさらに詳しく検討する必要がある。

(『国文学　解釈と観賞』二〇一一年二月号、至文堂編集、ぎょうせい発行)

江戸から東北へ——『雨』の劇世界

東北の山形県に生まれた井上ひさしは自作の劇で、東北出身の主人公を何人も登場させた。初期戯曲『日本人のへそ』のヒロイン、ヘレン天津は岩手の出身だし、『藪原検校』の杉の市は江戸時代の塩竈(宮城県)の生まれである。実在の人物を描く評伝劇でも、岩手出身の宮沢賢治(『イーハトーボの劇列車』)、同じ岩手生まれの石川啄木(『泣き虫なまいき石川啄木』)、青森出身の太宰治(『人間合格』)、宮城出身の吉野作造(『兄おとうと』)という具合に、東北出身の文学者・学者が活躍する。

強い個性と才能を持ち、大志を抱く彼ら東北出身者は江戸/東京に出てきて、さまざまな困難と試練に遭う。つまり、井上ひさしが描いたのは決して成功者の物語ではない。豊かな喜劇性で彩ってはいるが、井上ひさしが描いたのはどれも、東北出身者、あるいは地方出身者の受難の一代記だ。

そしてそこに常にあるのは、「中央」と「地方」との対立・葛藤というテーマである。『小林一茶』の一茶のように、江戸での孤軍奮闘を経て、精神的にも故郷の信濃＝「地方」に回帰する人物もいる。

どうして主人公の一代記の多くが受難劇のスタイルを取るのかという私の問いに対し、かつて井上ひさしは、中学から高校にかけて彼が仙台のカトリックの児童養護施設で体験した「カトリック教育のせい」だと答えている。中でも、十字架で処刑されるまでの「キリストの体験を、自分たちでも体験」する「十字架の道行」という、彼自身がとても好きだった勤行の影響が強いという（『文学界』一九八六年十二月号掲載のインタビュー「物語と笑い・方法序説」。扇田昭彦責任編集『日本の演劇人　井上ひさし』に収録、白水社、二〇一一年）。

このように、井上劇に多く見られるのは、「地方」から「中央」を目指す主人公だが、中には、数は少ないものの、逆のコースをたどる登場人物もいる。「中央」から「地方」に向かう主人公たちである。

その一例が、『たいこどんどん』（一九七五年）に登場する、江戸の若旦那・清之助と太鼓持ちの桃八のコンビだ。二人は品川沖で小舟に乗っているところを嵐で流され、東北各地を九年間も放浪する。ただし、自分の意志で東北に来た訳ではない彼ら二人には、「地方」出身者のような野心も根性もなく、願うのは江戸に帰り着くことだけ。だが、逆のコースをたどっても、彼らを襲うのはやはり「受難」だ。特に桃八は鉱山で過酷な労働を強いられたり、片足を失ったりするなど、散々な目に遭う。

だが、同じ初期に書かれた戯曲でも、『雨』（一九七六年、五月舎初演）の主人公・徳は、清之助、桃八のコンビとはだいぶ違う。徳も「中央」（江戸）から「地方」（羽前＝今の山形県）に向かうのだが、江戸でしがない金物拾いをしていた徳を突き動かしているのは、自分とそっくりだという、失踪中の紅花問屋の主人になりすまし、安定した地位と、美貌の妻おたかを手に入れようという強い野心と欲望である。なかなか頭がよく、勤勉な徳は、短期間で羽前の平畠の言葉を習得しようと日夜努力する。江戸の言葉しか知らなかった徳が東北の言葉を一気に身につけ、別人になりすまそうというのだから大変である。

だが、紅花問屋の主人への道を突き進む徳を最後に待ち受けていたのは「地方」が仕掛けた意外な罠だった。劇は徳を主人公として進行するが、大詰めになると、物語の本当の主人公は実は平畠藩の人々だったことが明らかになる。「中央」の権力と対等に渡り合うしたたかな「地方」の浮上である。

しかも、言葉を通して他人になりすまそうと奮闘する中で、徳はいつしか自分自身、つまりアイデンティティーを失ってしまう。金物拾いのプロだった徳が、皮肉にもここでは「自分自身」を取り落としてしまうのだ。

いる。

だが、徳のこの涙ぐましい言葉修業には、実は井上ひさし自身の切実な体験が二重に反映している。

第一は、井上の十代のころのつらい体験である。彼が五歳の時に父親が病死した井上家はやがて窮乏し、家庭は解体状態になった。そのため井上は中学三年の春から秋にかけの短期間に、青森県三沢市、岩手県一関市、宮城県仙台市と三カ所も住まいを変える破目になった。それを綴った彼のエッセイ「恐怖症者の自己形成史」（『さまざまな自画像』所収）によれば、「状況の変化は言葉の変化と同義」で、「ちょっとした言い損ないが学級の爆笑の導火線」となった。進退きわまった彼は「ついに吃音という逃げ道」に入りこんでしまう。異なる言葉との遭遇によって、十代の彼は深刻な「恐怖症《フォビア》」に陥ったのだ。

第二の体験は、戯曲『雨』が執筆された時のことである。

井上作品としては珍しく、『雨』は日本ではなく、オーストラリアの首都キャンベラで執筆された。一九七六年の三月から七月にかけ、井上ひさしがオーストラリア国立大学日本語科で客員教授を務めた時期である。

これは井上にとって初めての海外生活だったが、日夜英語を使うことに彼は疲労困憊し、「日本人としての人格（中略）がばらばらにこわれてしまうような感じ」（「なぜ方言でなければならないか」、『パロディ志願』所収）に襲われた。そして「ついには、英語という怪物にまる呑みされる夢なども見るようになった」（同）という。

このように異なる言葉と格闘した井上自身のリアルな体験が、平畠方言に「まる呑み」にされていく劇中の徳の姿に反映している。徳は井上ひさしが自分の体験から生み出した、彼自身の想像上の分身なのだ。

『藪原検校』『天保十二年のシェイクスピア』と同様、井上ひさしのこの初期戯曲『雨』には、心優しいヒューマニストの作家とは別の顔をした井上ひさしがいる。人間を「善」の側よりも、「悪」と「欲望」の側からとらえる冷徹な劇作家の顔、いわばシェイクスピアや鶴屋南北やブレヒトに近い劇作家の顔である。

（新国立劇場『雨』公演パンフレット、二〇一一年六月）

『十一ぴきのネコ』の二つの台本——テアトル・エコー版とこまつ座版

長塚圭史が井上ひさしの『十一ぴきのネコ』を演出すると聞いて、最初、意外な感じがした。劇作家としての長塚の作品、そして彼が演出家として手掛けてきた作品の傾向から見て、「子どもとその付添のためのミュージカル」という副題のあるこの音楽劇が、果たして彼の資質に合うのだろうかと思ったのだ。

だが、すぐに、戯曲のエピローグ、つまり原作となった馬場のぼるの同名の絵本にはない物語の結末部分が思い浮かんだ。野良ネコたちが建設した「野良ネコ共和国」が高度成長を遂げたものの、草創期の明るさが消え、不気味な「暗いかげり」が拡大しているというエピローグである。そして長塚圭史はたぶん、この個所に魅力を覚えて演出を引き受けたのではないかと思った。

その後、雑誌のインタビューで長塚と話す機会があり、私の想像が見当違いではなかったことを確認することができた。

一九七一年に劇団テアトル・エコーが熊倉一雄演出、宇野誠一郎音楽で初演した井上ひさしの『十一ぴきのネコ』はなかなか刺激的な舞台だった。会場は東京・恵比寿を本拠とするこの劇団の、その前年に改築されて開場したばかりの定員百人ほどの小劇場（現在のエコー劇場とは別の場所にあった）。

演出の熊倉が主役格のにゃん太郎を演じ、アニメなどの声優として活躍していた山田康雄がにゃん十一を軽妙に演じた。

実はこの初演には私自身にも忘れ難い思い出がある。当時、私は朝日新聞学芸部で演劇を担当する駆け出しの記者だったが、『十一ぴきのネコ』は私がほとんど最初に書いた新聞劇評だったからだ。演劇記者になったのはその二年前で、すでに『日本人のへそ』『表裏源内蛙合戦』で井上劇の魅力に夢中になっていたから、私は勢いこみ、「児童劇仕立てでありながら、その実、戦後民主主義の崩壊への悲歌ともいうべき異色のミュージカルである」という書き出しで劇評を書いた。作者が「痛切な怒りをこめた」エピローグに私も深く共感したのだ。

『十一ぴきのネコ』の初演は好評で、テアトル・エコーは七三年に再演。全国労演の例会にも取り上げられ、テアトル・エコーは北海道から九州まで長い旅をした。

今回、長塚圭史がこまつ座&ホリプロ公演で演出するのは、このテアトル・エコーが初演した台本である。

意外だったのは一九七五年五月に、新宿コマ劇場が『十一ぴきのネコ』を上演したことだった。美空ひばり、江利チエミ、島倉千代子といった人気歌手を主役にした、いわゆる歌手芝居の公演が多かったこの大劇場に、井上ひさしの社会性の強い音楽劇が登場したのだ。

演出は同じ熊倉一雄だったが、百人ほどの小劇場で初演した芝居を二千四百人も入る商業劇場に移したのだから、演出の苦労は大変だった。新宿コマ劇場の公演パンフレットに熊倉は、「ホットになったりブルーになったり訳も判らず取り乱して、演出というよりはこれはもう半狂人」と書いている。

新宿コマ劇場公演では配役も変わり、にゃん太郎はフランキー堺、にゃん蔵は立原博、にゃん吾は矢崎滋、にゃん八は山城新伍、にゃん十一は小池朝雄が演じたが、にゃん作老人だけは初演と同じ沖恂一郎(当時は順一郎)だった。私もこの舞台を観て、それなりに面白いと思ったが、やはりこの作品に大劇場の空間は大きすぎた。

初演から十八年後の一九八九年、井上ひさしはこの戯曲を大幅に書き直し、こまつ座が『決定

版　十一ぴきのネコ』と銘打って上演した（会場は紀伊國屋ホール）。演出は文学座の高瀬久男で、演技陣は嵯峨周平（にゃん太郎）、たかお鷹（にゃん次）、仲恭司（にゃん十一）など、すべてオーディションで選ばれた男優たちだった。

大幅に改稿した理由について、井上ひさしはこう書いた（新潮社『決定版　十一ぴきのネコ』あとがき、一九九〇年）。

「七一年版は、その成立時期の風俗を取り入れすぎている。もっと普遍的な戯曲にしたい。（中略）もう一つ、骨太のテーマで全体を貫きたい。今回の九〇年版では、いやもう書き直しをするつもりはないから決定版と言うことにするが、ぼくの望みはほぼ叶ったと思う」

本稿では、この決定版をこまつ座版と呼ぶことにするが、確かにエコー版にあった時事的な要素はこまつ座版では削除されている。例えば、初演の前年（一九七〇年）に起きた「ある高名な文学者が腹かき切って自決」（三島由紀夫の自決のこと）という台詞は省かれている。

野良ネコたちの出自も変わった。にゃん太郎はエコー版では、シェイクスピア学者に飼われていたネコという設定だったが、こまつ座版では大学病院の解剖実習室から脱走したネコに変化した。また初演当時の日本では、泥沼化していたベトナム戦争の影響が強く、アメリカ軍基地の米兵に可愛がられていた二匹のネコは「徴兵逃れのにゃん四郎」「軍隊嫌いのにゃん吾」という名前だったが、こまつ座版ではそれぞれ「保健所嫌いのにゃん四郎」「招き猫のにゃん吾」という名前に変わった。

野良ネコたちに「大きな湖」に棲む「大きな魚」の話をするにゃん作老人の扱いにも違いがあ

った。エコー版では、ネコたちが旅立った後、老人は穴に入り、自分の上に土をかけて孤独に死んで行くのだが、こまつ座版ではネコたちが引き返して来て、老人を連れて一緒に旅に出る。だから題名とも劇中歌の歌詞とも違い、こまつ座版では何と十二匹（！）のネコが旅に出ることになる。

つまり、作者がこまつ座版で特に強調したのは、仲間を見殺しにしない野良ネコたちの連帯感である。追加されたにゃん太郎の歌、「もう――／おわるんだ／ひとりぼっちの／悲しい夜は／もう――／ともだちとあえたから」も絆の大切さを歌い上げる。

しかも、旅の仲間に哲学的なにゃん作老人が加わることによって、「世界はキでできておる」というにゃん作老人のユニークな生命観、世界観が提示される。キとは「空気の気、大気の気」で、気が濃く固まればネコ、ヒト、サカナ、樹木などの生命体になる。「すべては、この、めぐりめぐる気でできているがゆえに万物は一体じゃ」という世界観である。

それと同時にこまつ座版では、環境汚染に対する作者の怒りと危機感も強調された。劇の後半、ネコたちが大きな魚を捕獲して食べた後、みんなで「野良猫天国」を作ろうと決意するまでの物語の流れはほぼエコー版と同じである。だが、その後の「エピローグ」がこまつ座版ではまったく違うものになった。

大きな湖の水は実は汚染された「毒水」で、大きな魚を食べたネコたちは全員、公害病に侵され、もだえ苦しみながら無惨に死んでいくのだ。日本社会の現状と将来に対する井上ひさしの危機感を凝縮したような、何とも暗澹たる幕切れである。東日本大震災と福島の原発事故が起きた現在では、この恐ろしい幕切れはいっそうリアルに感じられるかもしれない。

当然、このこまつ座版の冷徹な幕切れには、私たち観客を慰撫するようなカタルシスはない。ただし、残念に思うのは、こまつ座版には、最後に道化役のにゃん十一が出て来る、私の好きな場面がないことだ。にゃん十一はかつての仲間たちに殺されたにゃん太郎の死を悲しみながらも、主題歌とも言える「十一ぴきのネコが旅に出た」を「変な陽気さ」で歌い続けながら去っていく。その姿にはどんな抑圧的な体制をもすり抜けて、ずる賢く、だがしたたかに生き抜いていく道化の原像が見てとれる。しかし、こまつ座版の悪化した世界では、そのにゃん十一さえ生き延びることを許されないのだ。

繰り返すが、今回の長塚演出はこまつ座版ではなく、テアトル・エコー版の台本を選んだ。その選択を踏まえた、新しい舞台成果が待たれる。

（こまつ座&ホリプロ『十一ぴきのネコ』公演パンフレット、二〇一二年一月）

第二部　井上ひさし氏追悼

笑いの底に不条理への怒り——井上ひさし氏を悼む

井上ひさし氏が昨年（二〇〇九年）秋から肺がんで治療中だったことは知っていたが、これほど早く亡くなるとは思わなかった。氏とは個人的にも長いつきあいがあり、強い衝撃を受けている。

井上氏は放送劇、小説、戯曲、エッセイなどで多面的に活動したが、氏はいつも笑い、あるいは喜劇という方法を使って日本の社会と歴史と人間に正面から向き合う書き手だった。

こういう作家はたいていシリアス一方の作風になるものだが、井上氏の場合、喜劇という方法論で一貫していたのがユニークだった。『手鎖心中』『吉里吉里人』をはじめとする数々の小説、『藪原検校』『化粧』『頭痛肩こり樋口一葉』『父と暮せば』などの多くの戯曲は、時間の風化に耐えていつまでも残るだろう。

喜劇とは複眼の思考である。描く対象を喜劇化すると同時に、自分自身をも相対化する。だから深刻な問題を扱う場合でも、氏の表現にはいつも笑いの感覚があり、それが私たちをくつろがせた。ただし、氏の笑いの底には不条理な現実に対する黒い怒りが潜んでいたように思われる。

社会批判性が強い作品を多く書いた点で、井上氏は新劇を継承する劇作家の一人だったと言える。ただし、初期作品に目立った氏の過剰で破天荒な言語遊戯、複雑で奇抜な劇構造などは従来の新劇からは大きく外れていて、むしろ実験的な小劇場演劇に近いものを私は感じていた。

小説でも戯曲でも氏は一部のエリートのための作品は書かなかった。氏の作品はどれも分かりやすく、面白く、ユーモアがあり、観客を驚かせる趣向を凝らしていた。『表裏源内蛙合戦』『太鼓たたいて笛ふいて』のような優れた音楽劇も多かった。つまり、大衆的娯楽性と豊かな知性の融合。その点で井上氏の作品は、庶民から貴族まであらゆる階層の観客を楽しませたシェイクスピア劇の幅広さに通じるところがある。

三十年前になるが、私は井上氏と一緒にインドネシアを旅したことがある。同行して驚いたのは井上氏の猛烈なメモ魔ぶりだった。飛行場でもホテルでも遺跡でも、氏は目にしたものをすばやく手帳に克明にメモする。ビール瓶のラベルの図柄まであっという間にスケッチしてしまう。世界を丸ごと、細部まで描こうとするかのような氏のほとんど偏執的な情熱に圧倒されたのだった。

一九六〇年代から晩年まで、井上氏が劇作家として常に第一線であり続けてきたのも特筆に値する。日本の劇作家の多くは若いころに代表作を書いてしまうが、井上氏はまるで元気な活火山のように、七十代に入ってからも、『ムサシ』『組曲虐殺』のような意欲的な秀作を発表し続けた。

作家チェーホフの生涯を描いた井上氏の晩年の音楽劇『ロマンス』（二〇〇七年）に、主人公が語る印象的なせりふがある。人間は「あらかじめその内側に、苦しみをそなえて生まれ落ちる」。だが、笑いは違う。笑いは「ひとが自分の手で自分の外側でつくり出して」いかなければならない。「もともとないものをつくる」のだから「たいへん」なのだ、と。

井上ひさし氏は、私たち観客に生きる喜びを与える笑いを作り出すための「たいへん」な作業を最期まで続けたのだ。

（『朝日新聞』二〇一〇年四月十三日）

「遅筆」の背後にあったもの

昨年（二〇〇九年）秋から肺がん治療を受けていた井上ひさし氏の病状が軽くないという噂は耳にしていた。だが、井上氏が強い体力の持ち主であることを私は昔から知っていたし、氏が準備していた新作劇『木の上の軍隊』の完成を心待ちにしてもいた。

要するに、井上氏に迫る死の影を私は信じたくなかった。だから実際に死の知らせを聞いた時は、うろたえた。理不尽な、早すぎる死だと思った。井上氏は七十五歳の時点でも旺盛な筆力を維持し、レベルの高い新作劇を書き続けていたからだ。それは昨年初演された氏の二本の新作劇、『ムサシ』と『組曲虐殺』ののびやかな筆致を見れば分かる。

井上氏の死後、新聞、週刊誌などに多くの死亡関連の追悼文が掲載された（私も朝日新聞に追悼文を寄せた）。

それらの追悼原稿の多くに登場したのは「遅筆」という言葉である。確かに井上氏の原稿が遅いのは有名で、多くの編集者が遅れに悩まされたし、井上氏の新作劇の初日は何度も延期された。氏自身、「遅筆堂」を公然と名乗ってもいた。

だが、新聞社の演劇担当記者および編集者として長年にわたって井上氏に接した私の経験から言うと、氏は単純な「筆が遅い人」ではなかった。確かに結果的に原稿が締め切りに間に合わないことが多かったのだが、氏の筆力自体は相当なもので、私自身はかなり速く書ける人だったという印象を持っている。そのあたりのことを書いてみよう。

一九六〇年代、ＮＨＫの連続人形劇『ひょっこりひょうたん島』がヒットしていた頃の井上氏は売れっ子の放送作家だった。後に氏から聞いたところ、「当時、多い月は執筆量が（四百字詰め原稿用紙で）月千五百枚を超えた」と言っていた。千五百枚と言えば、一晩に平均五十枚。仕事量から言えば、遅筆どころか、猛烈な速筆である。

一九七二年に戯曲『道元の冒険』で岸田戯曲賞、『手鎖心中』で直木賞を受賞してからの井上氏は一躍、中間小説誌で活躍する流行作家になり、千葉県市川市に新築した邸宅では毎日、何人もの編集者が寝泊まりして原稿が出来るのを待つ状態になった。当時の氏の執筆量はおそらく月産数百枚にもなったと思われる。小説では一晩に数十枚を書くこともあった。氏は純文学畑ではなく、中間・大衆小説畑の出身だから、多くの分量をこなす能力ははじめから備わっていたのだ。

では、速く書く筆力を持ちながら、氏が「遅筆堂」になった理由は何か。

第一の理由は、人気が出て、あまりにも多くの原稿依頼を受けていたため、一本一本の執筆に時間がかかり、原稿がどうしても遅れがちになったからだ。

第二は、氏の場合、アイデアを練ったり、周到な資料調べをしたりする準備期間がきわめて長く、実際に書き出すのは、いつも締め切り直前になったためだ。これでは原稿の完成が遅くなるのは当然である。だが、氏のこの「悪癖」は最期まで直らなかった。

私は一九八〇年から八一年にかけて、井上氏が朝日新聞文化面に連載した「文芸時評」を編集者として担当したが、井上氏がある小説を論じるため、その作家の過去の小説を何作も読み返す徹底した資料渉猟ぶりに驚いた。例えば、石川淳の新しい長編小説『狂風記』の批評を書くために、井上氏は『石川淳全集』を全巻読んでしまった。大の読書家だった井上氏らしい入念な作業だが、これでは原稿が締め切りに間に合わない。原稿をもらうため、私は何度も井上邸に泊まりこんだ。

第三は、奇抜なアイデアと大胆な趣向に凝る井上氏が、新しい案が浮かぶと、途中まで書いた戯曲を書き直してしまうことがよくあったからだ。いい作品を作るための、氏のほとんど偏執的なこだわりである。台本が届かないため稽古場では演出家や俳優たちが大いに困り、公演の初日が何度も遅れた。だが、結果的にとてもいい舞台が生まれると、演劇人たちの困惑と不満も作者・井上氏への称賛と感謝に変わることが多かった。

要するに、井上氏は、原稿の締め切りが契約書によって厳密に義務づけられるような現代社会のシステムには適応できない作家だった。だが、その「遅筆」から多くの傑作が生まれたことを忘れてはならないだろう。

（『週刊読書人』二〇一〇年四月三十日号、読書人発行）

「時間のユートピア」としての演劇を目指して

井上ひさし氏が亡くなって、いま、私たちの周りには大きな空洞が広がっている。日本の演劇界におけるこの劇作家の存在はきわめて大きく、氏の代わりになる人は見当たらない。

井上氏の知名度は抜群だった。若いころに放送作家としてヒット作を出し、小説家として『吉里吉里人』のようなベストセラーを書いたこともあって、国民の多くが氏の親しみやすい風貌を知っていた。国民的な劇作家として、井上氏は稀有な存在だった。

そして何よりも井上氏の戯曲の魅力だった大衆性と喜劇性と音楽性、そして鋭い社会批判性の共存。それらの要素が一体となったスケールの大きい演劇を、これ以後、井上氏以外のだれが継承できるだろうか。

井上氏の発言として、私が今も忘れられない言葉がある。こまつ座の旗揚げから間もない、一九八四年十月に出た機関誌『ｔｈｅ座』第二号の「ユートピア特集」である。巻頭に「ｔｈｅ座同人」三人（井上ひさし、三留理男、小田豊二）に、井上好子（当時『ｔｈｅ座』編集長）が加わった四人の座談会「ユートピアは夢のネットワーク」が掲載されたが、この座談会での井上氏（Ｉという略名で登場する）の発言を並べてみよう。

「世界にまだ未知の場所があった時代には『場所のユートピア』というのが成立したと思うんですね。桃源郷とか、ユートピア島とか。ところが、交通機関とか伝達方法の発達によって地球が狭くなった瞬間から『場所のユートピア』という考え方は機能しなくなったと思いますね」

「僕はどうも（子どものころから）ユートピアというのは『時間』で成立しているんじゃないかという気はしてましたね」

「映画館でもそうですね。観客が一緒になってハラハラしたり、笑ったりしているその瞬間も『ユートピア』なんですね。芝居もそうだし、いい友だちと話している時もそう」

「ですから、何度もいうように、見知った人同士が小さいスクラムを組み、そのスクラムが連鎖をなして世界を覆うのがいいと思います」

「奇蹟は起こり得ると信じていますよ。ただし、その確率は何百万分の一ぐらいでしょうか。でも、その『あるかもしれない』奇蹟に賭けています。そのためにも、みんなで『夢のネットワーク』をはりめぐらそうということですね。それがつまり『ユートピア』じゃないでしょうか」

このような井上氏の発言から見えてくるのは、井上氏が、演劇を「時間のユートピア」として構想していたことだ。政治的な変革によってユートピア社会やユートピア空間を実現することが不可能なら、演劇を「時間のユートピア」を作るための拠点にしよう、というのだ。

そして舞台を観て「観客が一緒になってハラハラしたり、笑ったりして」、無類に楽しいユートピア的な時間を過ごす。その結果、舞台に共感した人たちがいつしか「小さいスクラムを組み、そのスクラムが連鎖をなして」、しだいに世界を変えていく。そのような「奇蹟」が起きる確率はきわめて低いかもしれないが、その「『あるかもしれない』奇蹟に賭けて」いこう、というのである。

このような井上氏の考えによれば、演劇は何よりも、観客が「時間を忘れる」ほど楽しいものでなくてはならない。だが、大衆性、娯楽性に富むその舞台は単なる消費の演劇ではない。舞台に刺激を受けた人々が、自ら積極的に「小さいスクラムを組み、そのスクラムが連鎖をなす」ほどのパワーと浸透力を持つ演劇でなければならないのだ。それはむろん井上氏の夢想だが、まさにそのような遠大な夢想を原動力として、七十本近い井上戯曲は生まれたのだ。

演劇の力によって社会を変えるという理想を抱いた演劇人は戦前から数多くいた。だが、井上氏がそれらの理想家たちの大半と違うのは、井上氏が自分の演劇の中心に、たくさんの観客の心をつかむ笑いと音楽を据え、それによってだれもが楽しめる間口の広い喜劇と音楽劇を数多く、最期まで書き続けたことだ。いまのわが国の演劇界を見渡しても、社会性のある「ユートピア」の観点から脚本を書き続ける人はほとんどいないのではないか。

井上氏の死から一カ月ほどたったが、空洞感と寂しさは収まりそうもない。

（『シアターアーツ』二〇一〇年夏号、二〇一〇年六月、晩成書房発行）

独創的な音楽劇の創り手

　井上ひさし氏が亡くなって、氏の歩みと多彩な劇作を再評価する試みが行われているが、その中でも特に大切なのは、氏の独創的な音楽劇を正当に評価し、検証することだと私は考えている。

　氏の台詞劇についてはすでにかなり多くのことが書かれてきた。だが、井上劇の大半を占める音楽劇についての本格的検討は、なぜかこれまであまりなされてこなかった。

　私は七年前に「音楽劇としての井上戯曲――その魅力と特質」という小論を『國文學』二〇〇三年二月号（學燈社、本書所収）に書いた。その中で私は初期から二〇〇二年までに発表・上演された井上戯曲の中で、多少にかかわらず歌入りの戯曲がどれだけあるかを調べた。今回、それ以後の戯曲、つまり『兄おとうと』（二〇〇三年）から遺作『組曲虐殺』（〇九年）に至る十一本を加えて調べ直したところ、井上ひさしが生涯に書いた全戯曲六十四本のうち、歌入りの劇は四十九本、七六パーセントに上ることが分かった（注＝その後の調べで、未上演の作品を含め、井上戯曲の総数は六十九本に増えた）。中には劇中歌が一曲だけという作品もあるから、歌入り芝居イコール音楽劇とは言えないが、井上劇全体の七割程度は確実に音楽劇なのだ。音楽劇に寄せる実に過剰な情熱である。しかも、晩年になるほど音楽劇への傾斜は強くなった。

井上ひさしは一部の知的エリートのための劇を書かなかった。彼の劇はいつも普通の生活者を対象とし、観客を面白がらせ、楽しませつつ、大事なテーマを語る演劇だった。そのためにも、娯楽性に富む笑いと歌と奇抜な趣向は井上劇にとって不可欠の要素だった。

井上ひさしの音楽劇にはいくつもの源泉がある。第一は仙台での高校時代にむさぼるように見たアメリカのミュージカル映画・音楽映画の影響。第二は社会批判性の強いブレヒトの音楽劇の影響。第三は一九六〇年代はじめ、NHKの子供向きラジオ番組で井上がさまざまに試みたミュージカル手法の実験。第四は放送作家時代に始まった作曲家・宇野誠一郎との共同作業である。

中でも宇野の存在と果たした役割は大きい。宇野の音楽がなかったら、井上がこれほど音楽劇に熱中することはなかったろう。宇野の音楽の特色は親しみやすい和風系の旋律だが、同時にその活気あるきびきびしたリズムは井上の喜劇精神にぴったり合った。宇野自身、CD『こまつ座の音楽』(キングレコード)のライナーノートのインタビューで、彼自身はメロディには関心がなく、音楽家になった動機も「リズムの探求への関心」だったと語っている。そして「秩序と混沌を往来することによって、そこから湧き起こる〈波動〉を音楽に置換することが僕の課題なんです」と言う。宇野の音楽は「秩序と混乱を往来」し、そこに笑いと感動の「波動」を巻き起こす井上劇によく似合うのだ。

二〇〇〇年以降、井上は音楽劇に新しい方法を導入した。古今東西の既成の曲の旋律に井上が書いた新しい歌詞をはめこむ、いわば替え歌方式の劇中歌をよく使うようになったのだ。原曲の

新国立劇場公演『夢の裂け目』（栗山民也演出）の田中天声（角野卓造＝左）と川口ミドリ（三田和代）=2001年5月、東京・新国立劇場小劇場（谷古宇正彦撮影、新国立劇場提供）

旋律を生かしつつ、そこに原曲とはまるで違う歌詞を乗せる。それは過去の音楽の魅力を援用するとともに、原曲との間に批評的なズレを生むきわめて知的な行為でもあった。

例えば、劇中歌のほとんどにクルト・ヴァイルの曲の旋律を使った『夢の裂け目』（〇一年）は、井上劇の面白さにブレヒトとヴァイルの魅力が加わり、複雑な味わいのある優れた音楽劇となった。

この劇中で紙芝居屋の天声とその岳父がノスタルジックに歌う「スラバヤジェニィ」の歌を例に上げよう。原曲はヴァイル作曲の音楽劇『ハッピーエンド』の中の「スラバヤ・ジョニー」で、スラバヤ・ジョニーという海賊に誘惑され、ひどい目に遭った女性を歌っている。だが、井上版の歌は、戦時中、南方の島の慰安所で日本軍兵士の相手をさせられた現地の女性のことを男の側から歌っている。題名は一字違いでよく似ていて、旋律も同じだが、歌の中身はまるで違う、ほとんど正反対のものに変わっているのだ。井上ひさしらしい見事な異化作用である。

こうした仕かけを詳しく知れば、井上式音楽劇の魅力はさらに増すに違いない。

（『テアトロ』二〇一〇年七月号、カモミール社発行）

井上ひさしとつかこうへいの時代

最近（二〇一〇年）、日本の演劇界を代表する劇作家が二人、相次いで世を去った。井上ひさし氏が四月九日、七十五歳で死去。つかこうへい氏は七月十日、六十二歳で亡くなった。死因はともに肺がんである。私は両氏が劇作家としてデビューしたころからの知り合いで、二氏について書くことも多かったから、強い喪失感を覚えている（以下、敬称略で書くことにする）。

戦前の一九三四年（昭和九年）生まれの井上ひさしと、戦後の一九四八年（昭和二十三年）生まれのつかこうへいの間には十四年の年齢差があり、作品の傾向もずいぶん違っていたが、二人には確実に共通する部分もあった。

第一の共通項は、ともに「笑い」を軸として新しい演劇の領域を切り開いたことである。第二は、二人とも一部の知的エリートのための演劇ではなく、幅広い観客層に受け入れられる大衆性、娯楽性のある作品を作り続けたことである。ただし、言うまでもなく、二人とも普通の意味での大衆劇、娯楽劇の書き手ではなかった。

一九七〇年代以降、この二人の精力的な活躍によって、シリアスな色彩が強かった日本の現代劇の中に、「笑いのある演劇」という大きな流れが形成された。二人はこの国の現代演劇の方向を急激に変えたのだ。

井上の笑いの「大河」

もっとも二人が作る笑いには大きな違いがあった。放送作家としての活躍を経て、『日本人のへそ』（一九六九年）、『表裏源内蛙合戦』（七〇年）で演劇界に本格的に登場した井上は生涯に七十本近い戯曲を書いたが、その戯曲群はいわば笑いの大河で、ナンセンスな笑い、言葉遊びの笑いから、批評的な笑い、ブレヒト的な社会批判の笑い、悲劇的な笑い、聖なる笑いまで、何でも豊かにそろっている。せりふ劇に積極的に歌と音楽を取り入れ、戯曲全体の約七割を音楽劇が占めるのもこの劇作家の大きな特色だ。

私は一九六九年に劇団テアトル・エコーで初演された井上ひさしの『日本人のへそ』を観て、驚くべき才気と奇想にあふれた劇作術に仰天し、たちまち井上ファンになった。翌年、テアトル・エコーが『表裏源内蛙合戦』を初演した時は、新聞社の演劇記者として井上にインタビューし、その謙虚で飾らない人柄が好きになった。

私は編集者として井上にエッセイや「文芸時評」などの連載を書いてもらったこともある。七〇年代半ばの井上はすでに人気作家で、原稿依頼はきわめて多く、原稿はいつも遅かったから、私は当時、市川市にあった井上邸に何度も泊まりこんだ。だが、締め切りを大幅に過ぎても、最終的には、待ったかいのあるとてもいい原稿を書いてくれるので、大変さを承知の上で、また原稿を頼みたくなるのだった。

つかの「内出血する」笑い

一方、『熱海殺人事件』（七三年）、『蒲田行進曲』（八〇年）などの戯曲でつかが描いたのは、明るい笑いではなく、心の空洞感から生まれる過剰で悲痛で切ない笑い、アイロニーの笑い、露悪的な笑いだった。私の言い方では、笑う表皮の下でひそかに血を流す「内出血する笑い」である。つかは自分の作品が「喜劇」と呼ばれるのを嫌い、「私はコメディなど書いたことありません」というエッセイ(角川書店『あえてブス殺しの汚名をきて』所収、一九七七年)まで書いているが、それは彼が笑いの底にあるシリアスな人間の状況を見てほしかったからだろう。

一九七〇年代は、全共闘運動が収束し、連合赤軍事件のリンチ殺人事件、新左翼セクト同士の内ゲバなどで、変革志向のイデオロギーと情熱が行き先を失った時代だった。こうした屈折した時代に、つかが繰り出すアイロニーの苦い笑いは、若い観客の心に痛切に響いた。

例えば、一九七三年に初演された『革命初級講座 飛龍伝』は新左翼の闘士たちの末路を黒い笑いで描いた作品だが、学園闘争の記憶も生々しい若者たちに衝撃を与えた。

つかと同世代で、広島大学で全共闘運動に参加した経験を持つ劇作家・山崎哲は、八〇年代のはじめ、私のインタビューに答えて、こう語っている。

「昔は(つかが)きらいだったんですけどね(笑)。(中略)ただぼくは、彼のアイロニーが成立する時代っていうのはあったと思うんです。(中略)ただ、こっちがアイロニーの対象にされてるような気がして、いやだった部分はありますけどね(笑)」(扇田昭彦編『劇的ルネッサンス』、リブロポート、一九八三年)

後続世代への影響

私がつかと知り合ったのは、彼が劇作家としてデビューした直後の一九七二年で、場所は早稲田にあった劇団早稲田小劇場の稽古場だった。当時、彼は演出家・鈴木忠志の稽古を見に日参していたのだ。会ってすぐに、「僕は韓国籍なんです」と打ち明けられたのを覚えている。初期のつか作品には早稲田小劇場の座付き作者だった別役実の影響が色濃い。

そのころの早稲田小劇場には白石加代子をはじめとして個性的な俳優たちが多く、鈴木は『劇的なるものをめぐってⅡ』（七〇年）などで俳優たちの演技と存在感を極端に強調する演出方法を取っていた。

舞台作りの中心に俳優をすえる当時の鈴木忠志の演出姿勢は、確実につかに受け継がれた。そしてつかこうへい事務所が活動を開始した七四年から八〇年代はじめにかけ、つかの舞台からは、三浦洋一、平田満、風間杜夫、加藤健一、根岸季衣《としえ》、井上加奈子、石丸謙二郎、柄本明らの個性的な実力派の俳優たちが育っていった。つかの演劇は何よりも俳優たちの魅力と個性を過剰なまでに前面に押し出すタイプの演劇なのだ。演劇の舞台を華やかなショー風に仕立てる趣向も観客を喜ばせた。

こうしたつかの劇が一九八〇年代に活動を始めた後続世代の劇作家、演出家たちに圧倒的とも言える強い影響力を及ぼしたことも忘れてはならない。お行儀のいい建前ではなく、人間の本音から出てくる露悪的で攻撃的な笑いが若者たちに解放感を与えた。

そんな「つか体験」を持つ劇作家・演出家には、扉座の横内謙介、演劇集団キャラメルボックスの成井豊、劇団離風霊船《りぶれせん》の大橋泰彦、自転車キンクリートの飯島早苗、ラッパ屋の鈴木聡といった顔ぶれがいる。関西で活動を始めた劇団M．O．P．のマキノノゾミと、劇団☆新感線のいのうえひでのりは、ともに学生時代につか作品に出会い、劇団の旗揚げ当時はつか作品ばかり上演していた。

例えば、人気劇団に成長した新感線を率い、松竹などの商業演劇でも活躍する演出家いのうえひでのりは、「つか芝居」の衝撃をこう書いている。

「当時のアンダーグラウンドの雄、状況劇場や天井桟敷でさえ舞台独自のセリフ回しをしていたときに、（つかさんが）普通の若者が使っていた日常のしゃべり言葉をそのまま舞台にのせた功績は大きい。（中略）／それまで堅苦しくて貧乏くさいイメージのあった小演劇をカッコイイと思わせたのもつかさんだ。（中略）演劇はやり方ひとつでいくらでもおもしろくなる。観客へのハッタリのかませ方も含めて鮮やかで、シビれた」（「つか作品の登場は、演劇の革命だった」、『つかこうへいの新世界』所収、メディアアート出版、二〇〇五年）

スタンスの違い

あまり知られていないようだが、井上ひさしとつかこうへいの間には親しい交流があった。二人は『国ゆたかにして義を忘れ』（角川書店、一九八五年）という対談集も出している。八四年に『月刊カドカワ』に五回にわたって掲載された対談を一冊にまとめたものである。

二人が雑誌で対談したのは、ちょうど日本経済がバブルの大波を受け始めたころで、対談ではいわゆる「ロス疑惑」の三浦和義も話題になっている。

この時期の井上は、井上作品を専門に上演する「こまつ座」を創立して座付き作者となり、八四年の旗揚げ公演では『頭痛肩こり樋口一葉』という評伝劇の傑作を送り出していた。

他方、一九七〇年代に「つかこうへいブーム」を巻き起こしたつかは八二年に小説版『蒲田行進曲』で直木賞を受賞し、人気の頂点に立っていた。しかし、その年の秋にはつか事務所を解散して演劇活動を休止し、小説執筆に専念していた。

この対談集を最近、再読して暗示的だと思ったのは、現実社会とフィクションとの関係について、井上に比べ、年下のつかがかなり気弱な発言をしていることだ。

例えば、つかは「物語が、ドキュメントとかノンフィクションを超えられない時代になったんじゃないか」と語っている。また、つかは、「現代の犯罪は、どの芸術より一歩先を歩いています。（中略）井上さん、一人の作家の力ではもう現実をとらえることはできないんじゃないですかね」と、実に素直に問いかけている。

これに対して井上は、物語の力で変化する時代を描くことは可能だ、という立場を取る。

「現実全体をとらえるのはとても不可能でも、ある小さな物語の中に、現実の基本的な部分を埋め込むことはできるんじゃないか、物語作家としてはそう信じています」

また井上はこの発言より少し前の個所でこう語ってもいる。

「世の中が変わってきたという見方をしなきゃいけないと同時に、人間のやることだから、そう変わってたまるかと、こっちも居直る必要があると思う。物語の祖型を楯《たて》にとって、事件から非常に基本的な構造を取り出せれば、事件を突き離せる」

現在の時点で振り返ると、この対談での二人の立場と姿勢は、その後の彼らの活動をかなり予見するものだった。

「物語」の有効性を信じる井上ひさしはその後も充実した劇作活動を続け、八七年には「昭和庶民伝」三部作（『きらめく星座』『闇に咲く花』『雪やこんこん』）を完結させる。九〇年代以降も、綿密な資料調査と奇抜な発想に支えられたその筆力は衰えず、上海時代の魯迅を描く『シャンハイムーン』（九一年）、広島で被爆した娘とその父を描く名作劇『父と暮せば』（九四年）、戦中・戦後の庶民の群像を音楽劇として描く「東京裁判」三部作（『夢の裂け目』『夢の泪』『夢の痂』、〇一年〜〇六年）、軍国主義に協力した作家・林芙美子の戦中と戦後を描く秀作『太鼓たたいて笛ふいて』（〇二年）という具合に、とぎれずに意欲的な新作を書き続けた。

その劇作は、晩年の『ロマンス』（〇七年）、『ムサシ』（〇八年）を経て、小林多喜二を描く遺作『組曲虐殺』（〇九年）まで、終始高いレベルを維持し、最期まで秀作を連打し続けた。中年以後、代表作を生むのがとても難しい劇作家の世界では、これは稀有なことである。井上ひさしは間違いなく、戦後日本を代表するもっとも優れた劇作家だった。

「つか歌舞伎」への道

これに対し、つかこうへいは演劇活動休止宣言から七年後の一九八九年に演劇活動を再開し、演劇界に復帰した。そして岸田今日子主演の『今日子』（八九年）、平栗あつみ主演の『幕末純情伝』（同）という新作二本を作・演出した。

だが、軽やかな浮遊感が漂うバブル経済の時代とつかとの演劇の間には、すでにかなりのズレが生じていた。おそらく前述の対談でつかが口にした、「一人の作家の力ではもう現実をとらえることはできないんじゃないですかね」という危機感が現実化したのである。

そのため、その後のつかの演劇活動は、『熱海殺人事件』『寝盗られ宗介』『蒲田行進曲』などの過去の代表作の改訂版や新バージョンの上演が大半を占めるようになり、旧作の設定から完全に離れた新作はあまり見当たらなくなった。彼は新作を書くよりも、過去のヒット作の主題と人物設定を多彩に、しぶとく変奏し続ける特異な劇作家・演出家になったのだ。

同時につかは地方自治体と組んで、東京都の北区がバックアップする北区つかこうへい劇団（九四年結成）と、大分市つかこうへい劇団（九五年〜二〇〇〇年）を立ち上げ、新しい俳優たちの発掘・養成に力を入れるようになった。書斎よりも演劇の現場が好きだったつかは、若い俳優たちを育て、独自の口立て稽古で彼らの個性に合わせて新しい舞台を作ることに情熱を注いだのだ。

だが、一九九〇年代以降、こうしたつかの演劇活動のうちに注目すべき変化があった。つかは自分の演出方法と俳優の演技スタイルをほぼ固定化したのだ。それはつまり、伝統演劇に通じる舞台作りの様式化であり、いわば一種の「古典化」でもある。演出家いのうえひでのりは前述の発言に続き、

「特に最近は、つか歌舞伎とも呼ぶべきものになっていて、若い役者さんがその様式を踏襲し過ぎているような印象がある」と語っている。

具体的に言えば、俳優たちが正面を向いて、切れ目なく、早口の大声で、まるで叫ぶようにセリフを語る演技術である。舞台進行もきわめて速く、時折、大音量のポップな音楽を加えた躍動

的なダンスシーンが入る。一口で言えば、フォルテ、フォルテで攻めるノリのいい「にぎやかな」演劇である。それは大劇場での上演に向いたスタイルだ。

一九九〇年代以降、つかの演劇を見るようになった世代は、こうしたつか様式＝つか演劇、と思うかもしれない。

だが、一九七〇年代から八〇年代はじめにかけてのピーク時のつか演劇の表現は、全体にもっと精妙で細やかで、フォルテからピアニッシモまでの振幅を含むものだった。極端に劇的なセリフと、生活感のあるリアルなセリフが同居する演劇だった。いのうえひでのりが指摘する通り、「普通の若者が使っていた日常のしゃべり言葉をそのまま舞台にのせた」リアルで切実な演劇だったのだ。

だから私は、これからは従来のつか様式とは違う演出と演技で、オリジナルのつか戯曲が持つ、リアルな奥深い魅力をぜひ再発掘、再発見してほしいと考えている。

（『東京人』二〇一〇年十月号、都市出版発行）

第三部　井上ひさし劇の劇評

牧歌的物語を風刺劇に逆転

劇団テアトル・エコー公演『十一ぴきのネコ』劇評（一九七一年）

熊倉一雄演出／宇野誠一郎音楽／孫副剛久装置／岩崎令児照明／キノトール衣裳／砂川啓介振付／藤村俊二雑芸／四月二十三日〜五月九日、東京・恵比寿、テアトル・エコー。

児童劇仕立てでありながら、その実、戦後民主主義の崩壊への悲歌ともいうべき異色のミュージカルである。ただし、前回公演で秀作『表裏源内蛙合戦』（一九七〇年）をものした才人作家井上ひさしとテアトル・エコーにしては、作品も舞台も、まず中ぐらいの出来である（熊倉一雄演出、宇野誠一郎音楽）。

マンガ家・馬場のぼるの絵本が原作になっていて、遠い湖にすむ巨大な魚をつかまえに旅に出る十一ぴきのネコの愉快な冒険譚。作者はこの十一ぴきに、指導者のにゃん太郎（熊倉一雄）をはじめとして、それぞれ独自のおいたちと性格を与え、さらに原作にはない「エピローグ」をつけ加えることによって、この話を牧歌的な物語から、痛切な怒りをこめた風刺劇に逆転させた。

だから、登場する大魚は、ある理想の象徴性を帯びる。世界中の腹をすかせた野良ネコたちにわけ与えられるべきこの大魚を、十一ぴきが一夜にしてむさぼりくってしまうエピソードは、不安な終末の暗示である。そして十年後——ユートピアの建設を夢みた、かつてのしがない野良ネコたちが、いまやそうそうたる政治家、資本家に〝成長〟し、現状を否認するかつての仲間を容赦なく〝警棒〟で撲殺するシーンに至って、ネコの国はそのまま戦後日本に重なりあい、作者の怒りと悲しみは黒い渦となってふき出してくる。そしてこのネコ部隊が、にゃん太郎をリーダーとして理想の実現をめざす一種の〝前衛組織〟であると見れば、この作品の風刺が、反体制勢力の現状とも無縁ではないことがわかるはずだ。

「あの頃の世の中は底抜けに明るかった。(略) それがこの暗いかげり……」——ラストシーンでにゃん太郎がつぶやくセリフは、戦後を生きた者のだれもがいま胸にする感慨であるにちがいない。

だが舞台の上で、この感慨はあくまで感慨であるにとどまる。「暗いかげり」を生んだ真因はぼやけたままだ。作者の怒りが焦点を結び、説得力をもつためには、にゃん太郎の「指導性」さえもが批判と検討の対象になる必要があるだろう。

(『朝日新聞』一九七一年四月二十七日)

文句なしに笑える

劇団テアトル・エコー公演『日本人のへそ』（再演）劇評（一九七二年）

熊倉一雄演出／服部公一音楽／孫副剛久美術／岩崎令児照明／十月十七日～十一月五日、東京・恵比寿、テアトル・エコー。

三年半ぶりに劇団テアトル・エコーによって再演された井上ひさしの実質的な処女戯曲（一九六九年初演）だが、一種の怪作であると同時に快作であり、文句なく笑える点では近来まれな舞台である。

初演当時は、演じる側にも観客の側にも、確実にあるとまどいがあった。あふれ出る笑いと作者の才気は疑いようもないが、しかし、いわゆる「新劇」でもなく、「軽演劇」でもないこうした作品をどう受けとめたらいいものか、それが率直な気持ちだったろう。だが、その後、この劇団が『表裏源内蛙合戦』をはじめとする井上戯曲を次々に上演し、〝井上喜劇〟ともいうべき独自の新分野を切りひらきつつある現在、この再演の舞台には、熊倉一雄の演出にも演技陣にも確かな自信がみなぎっている。舞台表現も、素朴な感じが強かった初演よりは、はるかにはなやかだ。

どもりの〝患者〟たちが、新しい吃音《きつおん》治療法として、与えられた劇中劇を必死に演じるという重層化した劇構造そのものは、ペーター・ヴァイスの『マラー／サド』にも通じるものだが、井上作品の場合、それがもっぱら「面白さ」を重層化し、増幅するためにおこなわれているのが特色である。劇中劇も、東北出身の貧農の娘が浅草のストリッパーを経て、代議士の「東京妻」に〝出世〟するまでの一代記というポピュラーなものだが、前半は作者得意の語呂合わせを多用したにぎやかなミュージカル仕立て。後半は一転して推理劇風になり、劇構造そのものを何回となくどんでん返ししていく作者のサービス精神は一種すさまじいほどだ。あまりに多くの趣向を盛り込んで雑然としすぎたきらいはあるが、少なくともここには、素材の重みとの格闘があらわに目立つ『道元の冒険』などの最近作にはみられない井上戯曲の軽やかな「原点」がある。

主演のストリッパー「ヘレン天津」の平井道子は、初演に劣らない好演で、ますますスター的な雰囲気が出てきた。山田康雄、二見忠男、梶哲也らの演技陣もよくやっているが、総体的にもう一つ歌唱力がほしい。音楽・服部公一。

（『朝日新聞』一九七二年十一月六日）

快作〝地獄図の喜劇〟

五月舎公演『藪原検校』新聞劇評（一九七三年）

木村光一演出／朝倉摂美術／古川幸夫照明／関矢幸雄振付／深川定次効果／井上滋音楽・ギター演奏／本田延三郎制作／七月三日～十五日、東京、西武劇場（現・パルコ劇場）。七月二十三日、二十四日、同・平河町、砂防会館ホール。

いささか奇妙な言い方だが、これは陰々滅々たる快作である。従来、もっぱら抱腹絶倒型の喜劇の作者として知られてきた井上ひさしは、この作品によってどす黒い喜劇にユニークな一ページを開いた。舞台も力感にあふれている。演出の手ごたえが一向に感じられない舞台が横行する最近の演劇界にあって、木村光一演出のこの舞台は収穫である。

江戸中期を壮絶に生きて刑死した一人の盲人の物語である。東北の塩釜に生まれた杉の市（高橋長英）は、目あきと対等の地位を獲得しようと、悪業の限りをつくし、母（阿部寿美子）も情婦（太地喜和子）も師匠（立原博）もことごとく殺害して、「藪原検校」への階段を必死にかけのぼっていく。全場面の大半を殺しのシーンが占める陰惨な物語だが、全体に井上戯曲独特のことば遊びや乾いた笑いに彩られてグロテスクな喜劇になっている。

ほぼ同じ題材を扱った戯曲として、過去に宇野信夫の『沖津《おきつ》浪《なみ》闇《やみ》不知火《のしらぬい》』があるが、作品の雰囲気はかなり異なる。宇野作品の座頭の主人公が、一種の悪のヒーロー的な爽快さを漂わせていたのに対し、この「杉の市」はただ無残なだけであり、この世の不条理な地獄図にさらに血みどろの一ページをつけ加えるにすぎない。この暗澹たる地獄図の極限のなかにこそ本当の喜劇を見ようとする志向において、作者と演出者の呼吸は見事に一致したと言える。

高橋長英はよくやっていて、太地喜和子の喜劇性も注目されるが、なかでも、主人公とは対照的な、学問という〝合法的〟な出世の道を選んだ「塙保己市《はなわほきいち》」などを演じる財津一郎のユーモラスな演技が抜群に面白い。これくらい達者な役者が何人かいれば、「新劇」の舞台もだいぶ楽しくなるのだが。

朝倉摂の美術、古川幸夫の照明は、ギター演奏の井上滋とともに舞台をよく盛り上げている。

（『朝日新聞』一九七三年七月七日）

黒い志向見せた凄惨な傑作

『藪原検校』雑誌劇評（一九七三年）

木村光一演出／朝倉摂美術／古川幸夫照明／関矢幸雄振付／深川定次効果／井上滋音楽・ギター演奏／本田延三郎制作／七月三日〜十五日、東京・西武劇場（現・パルコ劇場）。七月二十三日、二十四日、同・砂防会館ホール。

五月舎のプロデュース公演として西武劇場で上演された井上ひさし作、木村光一演出の『藪原検校』は実に面白い舞台だった。おそらくは唐十郎作・演出の『ベンガルの虎』（状況劇場）と並んで、一九七三年を代表する舞台のひとつになることは間違いない。ここ数年の木村光一の演出作品のなかでも最高の成果だったと言える。

だが『藪原検校』の、終始深い闇に閉ざされた舞台の上を、杖を突き突き血まみれの終末に向かって突き進む盲目の主人公、杉の市（のちの藪原検校＝高橋長英）を見ながら、私の心のなかでは、もう一人の座頭が同じように杖をつきながら凄惨な末期をめざして歩いていた。二人の座頭はよく似ていた。生まれも育ちも、その成りあがり方も、その最期も。

そのとき私が思い浮かべていたのは、宇野信夫の戯曲『不知火検校《しらぬいけんぎょう》』（一九六〇年歌舞伎座初演。七〇年に改稿されて『沖津浪闇不知火』）である。この相似の座頭を主人公にすえながら、しかし同時に明らかに認められる両者の違いが、井上ひさしという劇作家の特質の一端を物語っているように思われたのだ。

この『藪原検校』ものには種本がある。順序からいえば、まず初代古今亭志ん生の読物があり、ついでこれをもとにした秦々斎桃葉《しんしんさいとうよう》の講談があり、さらにこれに基づいて三世河竹新七が五世尾上菊五郎のために書いた歌舞伎の世話物『成田道初音藪原《なりたみちはつねのやぶはら》』（通称『藪原検校』、明治三十三年＝一九〇〇年、歌舞伎座初演）がある。井上作品はこのうちおそらく講談にヒントを得ていると思われるが、結果的にはかなり類似点の多い二つの戯曲が生まれたことになる。

たとえば、両編とも主人公の父親は貧しい魚売りであり、父親が按摩を殺し、その直後に生まれた主人公が盲目であったという因果噺じみた趣向も同じである（ただし改作『沖津浪闇不知火』ではこの部分がカットされている）。主人公がずば抜けた悪知恵と出世欲の持ち主であるという設定、急病で苦しむ旅人を鍼で殺して懐中物を盗むエピソード、手下を使って師を殺し、二代目検校を襲うが、ささいなことから悪事が露見して刑死する顚末《てんまつ》も両者はほぼ同じである。

にもかかわらず、『藪原検校』と『不知火検校』はまるで別のドラマである。同じ素材を使いながら、二人の劇作家の資質の違いが二つの作品を遠く隔たる道に引きこんだ。

一口に言って、宇野信夫の『不知火検校』は合理の世界である。世界の正常さそのものはついに疑われることがない。主人公の富の市は、この常識的な世界にまぎれこんだ異端者、水際立った悪の華麗な天才であり、グロテスクな存在だが、彼はあくまで単独でグロテスクなのであって、世界全体は依然として整合性のうちにある。富の市は、この整然とした、しかしやや退屈な世界に、魅力的な悪の爽快さを残して去っていくヒーローであって、彼の捕縛によって世界は再び静けさと均衡をとりもどす。作者のこうした合理的な姿勢は、富の市の出生にまつわる因果噺を改作稿『沖津浪闇不知火』ではあえて完全に削除し、主人公に近代的な独立した悪の人格を与えたことからもうかがえる。

これに対し、井上ひさしの陰々滅々たる『藪原検校』をつらぬくのは、世界はグロテスクな血みどろの地獄図であるという暗い認識であって、主人公の座頭杉の市は個的にグロテスクなのではなく、この世の本質を一身に体現してグロテスクなのである。だから富の市が知的で明晰な悪の権化であるのに対し、杉の市はどこまでも狂暴で無残であり、必ずしも悪の具現者ではない。すべてが不条理な地獄の世界にあっては、善と悪、価値と無価値の境界も消えうせてしまうからだ。だからこそ、悲劇はどこにも存在せず、この世のすべては笑うべきものとなり、ただ無残な喜劇だけが残る。

この地獄と喜劇の同一性を最も端的に示すのが、杉の市に殺されるたびに醜悪滑稽な姿で生き返ってきて、杉の市にまつわりつくかつての情婦、お市（太地喜和子）である。これは杉の市にとっても地獄だが、殺されるたびに醜くなって男に言い寄らねばならない運命を与えられたお市にとってもいっそうの地獄である。

では、井上ひさしは、この『藪原検校』において突然変異したのだろうか。人々をかろやかで上機嫌な笑いに誘った抱腹絶倒喜劇の才人作家、心やさしいほのぼの『ムーミン』の作詞者、「武器をとりなさい／明日を美しくしたいなら」（『表裏源内蛙合戦』）と歌った反体制的アジテーターは突如、ペシミストに変貌したのだろうか。

そうではあるまいと私は思う。井上ひさしは一貫して井上ひさしでありつづけてきた。ただし彼は、これまで作中においてほとんど全面的な自己表白をしないまれな作家の一人だったのだ。なぜなら、その道化的資質から言って、井上ひさしは多極的に分裂した作家だからであり、これまで彼の劇中にあらわれた「思想」的部分も、たいていは彼の一面をあらわすにすぎない。『表裏源内蛙合戦』で「美しい明日を／みんなは持っているか」と歌いながら、その半面で、「美しい明日」の到来に人一倍疑問を持っていたのは作者だったはずである。

つまり、同じカトリックの劇作家でありながら、井上ひさしは、自己の全面的な信仰告白（しばしば故意に偽悪的なスタイルをとるが）をもって劇のメインテーマとする矢代静一とは、対照的な作家だと言うことができるだろう。心の底には神による救済をひそませつつも、井上ひさしの内部には、同時に、空漠観がひろがり、黒い炎が燃えあがる。

だからこそ、彼は駄洒落・地口・語呂合わせで埋めつくした一種華麗な文体の鎧をまとった。極度に肥大した細部で全体をおおいつくすマニエリスムの演劇を書きつづけた。

おそらく『藪原検校』において、井上ひさしは初めて彼の内部にひそむ黒い志向と原光景の一端をちらりと垣間見せたに違いない。


（『東宝』一九七三年八月号、東宝発行）

楽しいが物足りず

『天保十二年のシェイクスピア』新聞劇評（一九七四年）

出口典雄演出／粟津潔美術／宇野誠一郎音楽／西田堯・アキコカンダ振付／古川幸夫照明／西武劇場・阿部義弘事務所制作／一月五日〜二月三日、東京・西武劇場（現・パルコ劇場）。


講談の『天保水滸伝』の世界に、シェイクスピアの数多くの名場面をないまぜにして放りこみ、しかも劇中にはシェークスピアの全戯曲三十七編のセリフが部分的にせよすべて織りこんであるという大変奇抜な趣向の井上ひさしの新作喜劇である。

いかにもこの作者らしい才気にとんだ劇展開はなかなか楽しい。例えば、鰤《ぶり》の十兵衛（中村伸郎）が財産を三人の娘（根岸明美、稲野和子、木の実ナナ）に譲る幕あきは「リア王」のパロディー仕立て。そこに登場する二人の用心棒は「ハムレット」の王クローディアスならぬ蝮《まむし》の九郎治（高木均）と、オセロ的であるとともにマクベス的な運命をたどる尾瀬の幕兵衛（勝部演之《のぶゆき》）。姉娘の息子が、王子ハムレットを連想させるきじるしの王次（金森勢）で、彼らすべてをペテンにかけて殺していくせむしの陰謀家がリチャード三世そっくりの佐渡の三世次（峰岸隆之介）……という具合である。

出口典雄の演出は奮闘しているが、この膨大な戯曲（上演時間約四時間）を追うのに懸命のあまり、演出家独自の解釈や視点がぼやけ、結果的には、この作品を根本で支えるグロテスクで血みどろの地獄絵図を描きそこなった観がある。

ことに問題があるのは演技陣で、ミュージカル仕立ての芝居でありながら、木の実ナナなど一部の俳優をのぞけば歌唱力が弱い。このため劇中歌の多くは、テープ録音に俳優たちが声を合わせるという最近のミュージカルとしてはさびしい光景となった。美術・粟津潔、音楽・宇野誠一郎。

（『朝日新聞』一九七四年一月二十一日）

芝居は趣向

『天保十二年のシェイクスピア』雑誌劇評（一九七四年）

出口典雄演出／栗津潔美術／宇野誠一郎音楽／西田堯・アキコカンダ振付／古川幸夫照明／西武劇場・阿部義弘事務所制作／一月五日〜二月三日、東京・西武劇場（現・パルコ劇場）。

井上ひさしは多面的な作家だが、昨年（七三年）の秀作劇『藪原検校』（木村光一演出）から、西武劇場がプロデュースした彼の一番新しい喜劇『天保十二年のシェイクスピア』（出口典雄演出）に至って、彼はその多面性を急速にある方向へと収斂させ始めたように思われる。

むろん、この方向をもって、変転つねなきこの作家の全貌をうんぬんすることはできないが、彼がいま目指しているのが彼のやみがたい衝動と嗜好に基づくかなり決定的な方角であることは想像がつく。

ひと口に言って、それは暗澹たる地獄志向の情念と、人工性を最大限におし進めるからくりの結合である。ここにおいて井上ひさしは、『迷宮としての世界』でG・R・ホッケが言う「情動と計算の混合というマニエリスムの原―原理」を確実に指し示している。

まず、これまでの井上ひさしの世界には、自我がない。実に多種多様な人物がにぎやかに登場するが、よく見ると、彼らの内部はがらんどうで、うつろであり、まるで無機的な記号のように個的な顔を持たない。彼らはつねに置き換え可能である。

それは、登場人物の自我が最もよくあらわれているかに思える井上ひさしの自伝的小説、例えば『モッキンポット師の後始末』や『四十一番の少年』においてすら、そうである。『モッキンポット師』の主人公であるユーモラスな貧乏学生たちは、個的な身体描写や性格規定を欠いており、彼らは「空腹」と「欲望」を変数とする透明な函数のようにメカニックに動き回り、乾いた笑いをふりまく。彼らはどことなく、白塗りの無表情な顔をしたまま、驚異的なメカニックな動作をくりひろげるバスター・キートンの喜劇の主人公に似ている。

こうした井上ひさしの世界の特徴が最もよくあらわれるのは、むろん劇作である。劇作において、彼はほとんど完璧なまでに心情表白の扉を閉め切ってしまい、徹頭徹尾、ことばの遊びと新たなからくりを使った人工的な「趣向」の世界に閉じこもる。

思えば、わが国の「新劇」は、多かれ少なかれ、作者自身による決意表明を中心軸としたドラマだった。その最も良質の部分を代表するのが宮本研であり、福田善之であり、だからこそ状況と鋭く相渉る機会を失ったとき、彼らのドラマはしばしば現実との緊張関係が薄れて、宮本の『聖グレゴリーの殉教』（一九七二年）のような詠嘆のドラマとなるか、あるいは福田のように新生への方途を「大衆演劇」に求めるという苦渋の回路をたどることになる。

現在までのところ、井上ひさしは、このような決意表明のドラマから最も遠い地点に立つ作家である。というよりは、そのような決意表明は自分の柄に合わぬとはじめから決めこみ、そこから極力離れて慎重に身を持しているといってもよい。この慎重さは自分の性向を心得た賢明さともいえるが、同時にこの作家を本質的に永遠のマイナー・ポエットにしてしまう危険性をもはらんでいる。

そのような彼にとって、当然、「芝居は趣向」（『天保十二年のシェイクスピア』公演パンフレット。『パロディ志願』所収、中央公論社、七九年）である。そればかりか、彼は、「芝居においては、一が趣向で二も趣向、思想などは百番目か百一番ぐらいにこっそり顔を出す程度でいい。……趣向がぴしゃっと嵌《はま》っていれば思想などは自然に湧き出てくる」（同）とまで断言するのだ。

要するに、彼は自分の内なる「思想」の実体を信じていないし、信じられもしない。だからこそ、このマニエリストは筋立ての奇想天外なからくりに、無数の駄洒落・地口・語呂合わせをはめこんだ華麗な「趣向」の鎧を身にまとったのだ。『天保十二年のシェイクスピア』の主人公の一人、佐渡の三世次はこう歌っている。

すべての値打を　ごちゃまぜにする／そのときはじめて、おれは生きられる／すべてを相対化したとき／おれははじめて行くのだ！

では、そのような数々の「趣向」＝からくりの組み合わせから浮かび上がってくる井上ひさしの「世界」とは何だろうか。それが最もよくうかがえるのは、彼が登場人物を扱う手つきである。例えば、『天保十二年……』において、劇中人物たちは江戸時代の天保年間に生きながら、理不尽にも、彼らのまったくあずかり知らないシェイクスピア劇のパロディーとして無残な生を送らなければならない。一例が「よだれ牛の紋太」だ。

紋太　おれはよだれ牛の紋太。言い方をちょっと変えれば紋太牛《モンタギュー》。けっ、これがどういう意味か、いまのところ、このおれ自身にもわからねぇのだ。（傍点＝引用者）

にもかかわらず、彼はその名が「紋太牛」であることによって、キャピュレット家ならぬ、「花平一家」と抗争し、訳のわからぬまま血まみれの死を遂げなくてはならない。こうして、この舞台は、シェイクスピア劇を上回るまでの血みどろの大量殺人劇となる。五十人もの登場人物は、目に見えぬシェイクスピア劇のメカニズムに操られるまま、単なる偶然のいたずらや束の間の間違い、あるいは愚かなペテンにかかって、何の意味なく死に絶える。作者はこのモチーフを一言で説明した。「人間の死に説明が要《い》るか」（「趣向を追う」、『波』一九七四年一月号。『パロディ志願』所収）。

ここに現れてくるのは、この世を論理では説明のつかないグロテスクで血まみれの地獄図とみる主情的な見方である。すべてが相対化されたこの地獄においては、善と悪、悲劇と喜劇の区別はもはや存在せず、すべては不条理で笑うべき悲劇的喜劇になるほかはない。

ただし、西武劇場の舞台は成功したとは言いがたい。それは出口演出がこの戯曲と拮抗する独自の視点を持たなかったせいもあるが、俳優たちの非力も大きい。ミュージカル仕立てでありながら、歌や合唱の部分がほとんどテープ録音で、俳優たちはただ録音に口を合わせるだけ、というのでは、まるでぬいぐるみ芝居ではないか。

（『美術手帖』一九七四年三月号、美術出版社発行）

テーマソングへの違和感

阿部義弘事務所プロデュース公演『表裏源内蛙合戦』劇評（一九七四年）

出口典雄演出／朝倉摂美術／宇野誠一郎音楽／西田堯振付／阿部義弘事務所＝制作／二月二十八日〜三月十九日、東京・新宿、紀伊國屋ホール）。

いまから四年前の一九七〇年七月、東京・恵比寿に完成したばかりの小劇場「テアトル・エコー」の柿落としとして上演された井上ひさしの『表裏源内蛙合戦』（熊倉一雄演出）の初日の夜の興奮を私はあざやかに思い出す。それはその前年、『日本人のへそ』という怪作をものした新進劇作家が、突如として『表裏源内蛙合戦』というまったく新しいナンセンス喜劇の傑作を送り出したという驚きであり、喜びだった。

熊倉一雄の演出もまたあざやかな切れ味を見せていた。ひと言で言えば、それはきわめて入念で細心な、しかもいわば江戸前の洒脱さにあふれた演出であり、さらに言うなら、「劇《プレイ》は遊び《プレイ》である」（ピーター・ブルック）という宣言を実にさりげなく、小粋に実践した演出だった。

だが、このドラマの面白さを存分に楽しみ、作者の言語的才能に舌をまきながらも、私にはついていけない、というよりは最後まで強い違和感を覚える部分がこの作品にはあった。他でもない、劇中二度繰り返されるこの芝居のテーマソングである。少し長いけれど、引用しよう。

楽しい明日を／お前は持っているか／美しい明日を／心のどこかに／尻尾を振りなさい／出世が望みなら／高みの見物もいい／弥次馬は傷つかない／わるだくみをなさい／権力がほしいなら／武器を捨てなさい／明日が醜くてもいいなら（略）くらやみに光を／やさしさにやさしさを／ちからにはちからを／武器をとりなさい／明日を美しくしたいなら

これはそれ自身、実に美しいアジテーション・ソングである。作者がこの歌詞に込めようとした真情を、私たちはほぼ間違いなく受けとめることができる。

にもかかわらず、この歌を読むたびに、私は率直にいって、かなり照れる。作者が言っていることに誤りはない。しかし、この戯曲が初演された一九七〇年当時もそうだったし、今でもそうだが、こうまで素朴に、おおらかに「明日を美しくしたいなら」「武器をとりなさい」と歌いあげることができる点に、私はかなり抵抗感を覚える。より正確に言えば、ある種のウソっぽさを覚える。「人々は内に深く包むもののあるとき、多くを語りたがらない」とは、最近私が読んだ秋元松代の著書『菅江真澄——常民の発見』（淡交社、七三年）の一節だが、もし作者が本当に「武器」をとって闘いの現場に身を置いていたなら、決してこのようにのびやかで美しく雄弁なアジテーションはできなかったにちがいないと思わざるをえない。急進的な若者たちの闘争の側に積極的に身を置いたここ数年間の清水邦夫の劇作が、『真情あふるる軽薄さ』の甘美なのびやかさから、一転して『ぼくらが非情の大河をくだる時』や『泣かないのか? 泣かないのか一九七三年のために?』のような暗澹とした絶望のうめきと没理論の決意表明にたどりつかざるをえなかった道筋を考え合わせるとき、このテーマソングの「上空飛翔的思考」(メルロ゠ポンティ)はほぼ明らかだといえるだろう。

にもかかわらず、この歌は厳然として『表裏源内蛙合戦』のテーマソングをなしている。そしてこの歌は、この戯曲の他の部分——つまり作者がその機知の真骨頂を存分に発揮するあざといまでに奇抜な趣向や、地口・駄洒落・語呂合わせなどの「表層的言語」の面白さに対して、鋭い、不調和な対照をなしている。そして、本草学者として幕府に仕官する道を閉ざされ、むなしく戯作者として、いわば時代の道化として生きざるをえなかった平賀源内の苦渋の一代記が、なぜ晴れやかな「新劇的」アジテーションで終わらざるをえなかったかは、今もって私たちには明らかではない。むろん、このような明確なアジテーション・ソングが登場するのは、これまでの井上作品のなかではこれ一回きりであり、その後の彼の劇作品は、『藪原検校』や『天保十二年のシェイクスピア』のように、一種凄絶な主情的な地獄志向へと一気に傾斜していくのだが。

いずれにせよ、この作品を舞台化する場合、演出家は二つのうちどちらか一つの選択を迫られる。徹底したナンセンス世界を主とするか、それともこのテーマ・ソングを主調旋律として打ち出すか。初演の熊倉一雄演出は明らかに前者をとり、そして今度の四年後の再演(阿部義弘事務所プロデュース公演）で、出口典雄の演出は後者を選んだ。

その結果、出口演出は、このテーマソングを中心にすえつつも、それを晴れやかなトーンではなく、あくまでかなり陰鬱に歌いこみながら、源内のグロテスクでナンセンスな一生をたどるという方法をとった。

しかし、その舞台が努力の大きさに比べて案外冴えないのは（といっても、前回の出口演出の『天保十二年のシェイクスピア』よりは数段いいが）、舞台全般の活気やダイナミズムは別としても、初演の熊倉演出に比べて演出に入念さと、戯曲に拮抗しうるだけの趣向が不足しているからである。

本人自身が明言しているように、井上ひさしのドラマは徹底して「趣向」の芝居である。だからこそ、それを舞台化するためには、戯曲の多彩な趣向そのものまでもその中に包みこんでしまう演出上の大がかりな「趣向」が必要なはずなのである。その「趣向」を欠く限り、井上戯曲は永久に、舞台で見るよりも活字で読む方が面白いという事態を続けるのではないか。

矢崎滋、加藤武、伊佐山ひろ子、藤田弓子、中村信郎、小松方正らが出演。

（『美術手帖』一九七四年五月号）

風刺のきいた舞台

テアトル・エコー公演『それからのブンとフン』劇評（一九七五年）

熊倉一雄演出／宇野誠一郎音楽／藤村俊二雑芸／孫副剛久美術／岩崎令児照明／一月十六日～二月五日、東京・恵比寿、テアトル・エコー。

井上ひさしのナンセンス小説の秀作『ブンとフン』をもとに、作者みずからが脚色し、熊倉一雄が演出した最新劇である。のびやかな想像力と痛烈な風刺が、作者とはなじみの深い劇団テアトル・エコーの演技陣と効果的に結びつき、はつらつとした小劇場空間をつくり出している。

ドラマの前半部分は、ほぼ原作の小説通りである。売れない貧乏作家フン先生（熊倉）の小説の中から現実世界へと飛び出した、不可能なことは何ひとつない四次元の大泥棒ブン（平井道子）が、ありとあらゆる大いたずらをやってのけたあげく、人間の権威や常識まで盗み回り、ついにはこの世をおかしな、おかしな新世界に変革していく物語だ。

だが後半に入って、筋書きはがらりと変わる。〝愛の革命〟のにない手だったはずの世界のブンたちは、左翼セクトさながら無残な内ゲバに突入し、総討ち死に。世界はすっかり元に復し、地下牢の底でフン先生は、新しいブンを生むために、十本の指をペンに血文字で壁に小説を書くことを決意する……。〝革命不在〟の時代状況に向かって、深い嘆息とともに、必死に何事かを語りかけようとする作者の息づかいが伝わってくる幕切れである。

舞台という制約上、ブンの奇想天外ないたずらが小説ほど自由奔放に展開されないのは残念だが、それでも熊倉演出は小劇場の機構をフルに使って、弾みと笑いのある舞台をつくっている。警察長官（沖順一郎＝現・沖恂一郎）に雇われる悪魔の役で客演している天地総子が面白い味を見せるほか、山田康雄、二見忠男、村越伊知郎、牧野和子らが出演。宇野誠一郎・音楽、孫副剛久・美術。

（『朝日新聞』一九七五年一月二十九日）

芯の通った井上戯曲

五月舎公演『たいこどんどん』劇評（一九七五年）

木村光一演出／宇野誠一郎音楽／高田一郎装置／古川幸夫照明／朝倉摂衣裳／堀内完振付／本田延三郎・井上好子・田中千絵子・三浦寛子制作／九月八日〜二十三日、東京・渋谷、東横劇場。

井上ひさしが自作の小説「江戸の夕立ち」をみずから劇化し、木村光一が演出した新作である。巧みな娯楽劇仕立てのなかに一本芯《しん》がぴしりと通った充実した舞台だ。

しばしば奇抜な趣向の大洪水の感を与える井上戯曲のなかでは、この作品はむしろ趣向を抑制した部類に属する。だが、江戸に帰ろうと幕末の東北を九年間もかかって転々とする二人組——若旦那の清之助（高橋長英）とたいこもちの桃八《ももはち》（なべおさみ）の波乱にとんだ物語の面白さは、趣向の抑制を十分に補ってあきさせない。威勢のいい二人の江戸者のみちのく流浪が、文字通りの〝道の苦〟と変わり、二人がすさまじい勢いでおちぶれていく過程を、木村演出は滑稽味に得意の無残なグロテスク趣味をまじえて描いていく。

ことに二人がようやく江戸に帰りついたとき、江戸はすでに東京と改称され、ぼうぜんとたたずむ二人の前で、残りの全登場人物が熱狂的に文明開化を謳歌《おうか》する終景では、状況に即応しての変わり身ばかりが早く、その本質は一向に変わることのない近代日本の歴史に対する作者の強い憤りと悲しみがふき出してくる。

同じ井上―木村コンビによる「藪原検校」ほどの完成度には欠けるにせよ、井上戯曲の上演としてはまず成功した舞台といえよう。

演技陣では、桃八のなべおさみがいい。洒脱《しゃだつ》さには欠けるが、庶民の典型ともいうべきたいこもちのしがなさと哀しさを軽妙に表現して、この起用は成功した。遊女「袖ケ浦」など六役を演じる太地喜和子もコミカルな持ち味で面白い。ただし高橋長英は、大問屋の若だんならしい雰囲気に欠けるのが難。このほか生井健夫、金内喜久夫、矢崎滋、三宅康夫らが出演。音楽・宇野誠一郎。装置・高田一郎。

(『朝日新聞』一九七五年九月十九日)

再演の成果示した舞台

五月舎公演『雨』（再演）劇評（一九七七年）

木村光一演出／宇野誠一郎音楽／綾部郁郎美術／氏伸介照明／小森安雄振付／パルコ・本田延三郎制作／八月四日〜十二日、東京・六本木、俳優座劇場。

五月舎のプロデュース公演として、八月上旬、東京・俳優座劇場で上演された井上ひさし作、木村光一演出の『雨』は、充実した見ごたえある舞台だった。昨年（七六年）七月、東京・西武劇場で初演された作品の再演だが、演技、演出ともに磨きがかかり、再演の舞台とはかくありたしと思うほどの出来ばえだった。今年の収穫のひとつに数えられる舞台である。

とくに注目していいのは、名古屋章の拾い屋「徳」とともに主役を演じた女房「おたか」の新橋耐子（文学座）の演技である。去年の初演では、木の実ナナが力演して好評だった役だが、新橋耐子が演じることによって、この役に新しい光が当たり、元来が喜劇として書かれているこのドラマのコミカルな面がいっそうあざやかに際立つ結果となった。

もともと新橋耐子はグロテスクなユーモアを表現できる得がたい女優である。『華岡青洲の妻』のようなシリアスな役もできるが、それ以上に、その生真面目さが突然反転して、妖婦的な淫蕩さ、ことにユーモアに裏打ちされた不気味なエロティシズムがほとばしる役を得意とする。文学座で上演された『短剣と墓掘り』『あわれ彼女は娼婦』『チェインジリング』『マクベット』

『ハムレット』などは、この女優の特質がよく浮き出た舞台で、いわゆる二枚目とも三枚目とも違うユニークな領域を切りひらきつつある。

とくに今度の『雨』では、表面では貞潔な紅花問屋の女房でありつづけながら、裏ではそのこぼれるような色気で江戸者の「徳」を思いのままにあやつり、ペテンにかけて殺害する共同体の黒い陰謀の主犯格を、巧みにあでやかに演じて、舞台を盛りあげた。この女優にとっても、大きな開花となる舞台である。

井上ひさしのこの戯曲も再演に耐える深さをもった作品である。表向きは、推理小説仕立てのどんでん返しを中心にした巧みな娯楽劇だが、同時に、自分とは別の文化圏に必死に同化しようとしておのれを失っていく主人公の「徳」に仮託して、日本人のアイデンティティを問い直している。この自己喪失の姿には、作者の体験に根ざした共感と怒りがあるが、筆者には、おのれの姿を見失った新劇への痛烈な診断とも見受けられた。

（『朝日ジャーナル』一九七七年八月二十六日号）

知的な批評の面白さ

芸能座公演『浅草キヨシ伝』劇評（一九七七年）

小沢昭一演出／高田一郎美術／神津善行音楽／浅沼貢照明／竹邑類振付／小川洋三制作／十月二十二日〜三十一日、東京・紀伊國屋ホール。十一月二日〜六日、東京・有楽町、読売ホール。

小沢昭一が主宰する劇団芸能座のために井上ひさしが一風変わった芝居を書きおろした。小沢昭一演出による『浅草キヨシ伝・強いばかりが男じゃないといつか教えてくれた男』で、ひと口でいえば、徹底した〝引用のドラマ〟。波乱万丈の筋立てとは無縁だが、その代わり知的で批評的な面白さは楽しめる。

タイトルにあるように、浅草名物の実在の乞食、キヨシ（小沢昭一）を一応主人公にはしているが、本当の主役は庶民の町・浅草で、結局は浅草を通して見た近代日本批判へとドラマは展開する。

この批評的な劇のほとんどすべてを、作者は、〝資料魔〟らしい本領を発揮して、多くの文献、資料からの引用で構成した。作者のオリジナルな部分は劇中で寸劇風に演じられるいくつかの愉快なコントだが、これも元来は井上がてんぷくトリオのために書いたコントだから、いわば作者自身からの引用である。しかも出典係（加藤武）まで舞台に登場して、いちいち資料の出所を明らかにするという念の入れようだ。

こうして多くの実在の人物が浅草をめぐって現れては消える。永井荷風（山口崇）、高村光太郎（山谷初男）、高見順（大原武樹）、さらに川端康成、王貞治、黒川紀章、あるいはその大勢順応的な転向ぶりで痛烈に批判される詩人の壺井繁治……。

ことに「今上天皇裕仁」を演じる客演の小島秀哉がいい。声の抑揚をまねたり、戯画化したりするのではなく、誠実に演じながらその本質に鋭く、ユーモラスに迫ろうとしている。芸能座の面々にも、芸能的な雰囲気（芸とまではいかないまでも）が出てきた。
　幕切れ、荷風とキヨシがカツ丼を食べながらしんみり問答しているところに、「今上天皇」が記者会見用のことばを語りながら同席するシーンがいい。カツ丼と浅草と近代日本のかかわりについての荷風のことばに、「天皇」はまったく関心を示さず、「そういう言葉のアヤについてはお答えできません」と言い放つ。引用が並列的な組み合わせにとどまらず、こうしたコラージュの手法を多用していたら、この劇はもっと面白くなっていたはずだ。高田一郎・美術。

（『朝日新聞』一九七七年十一月二日）

社会批判がナマに

五月舎公演『花子さん』劇評（一九七八年）

木村光一演出／宇野誠一郎音楽／石井強司美術／古川幸夫照明／岸井克己衣裳／二月四日〜二十四日、東京・紀伊國屋ホール。

　井上ひさしが書き下ろし、木村光一が演出した五月舎のプロデュース公演『花子さん』。
　参院選全国区に一人の無名の〃バカ〃（高橋長英）が立候補する。「利口者が世の中をダメにした。いまこそ、世の大多数を占める善良な軽いバカの出番」がキャッチフレーズ。親孝行な盲目の娘（榊原るみ）との婚約というでっちあげのロマンスも人気を呼んで、ついに史上空前の得票数で当選。ところが、当選が決定した瞬間、この〃バカ〃の態度ががらりと変わり、むき出しの権力者の顔に……。が、その瞬間、さらに大きなどんでん返し、芝居の構造全体が一変する。作者得意の巧妙な劇作術である。

この作者のなかにはいつも、奇想とナンセンスへの志向と、ヒューマニズムと常識に立つ警世家の側面が共存している。この劇の場合、ナンセンスなことば使いばかりするおかしくも悲しい三人男（矢崎滋、中台祥浩、二見忠男）や最後のどんでん返しが前者に当たり、これは大変面白い。だが、劇全体としては生まじめな社会批判調が強く、しかもその批判が私たちの社会常識から案外近い地点でなされているあたりが、喜劇のスケールをかえって小さくしている。

初期作品と同じように破天荒な喜劇を書くためには、最近のこの作者は、あまりにストレートに、誠実に社会の現状を怒りすぎているようなところがある。

（『朝日新聞』一九七八年二月十三日）

共感と批判の賢治解読

五月舎公演『イーハトーボの劇列車』劇評（一九八〇年）

木村光一演出／宇野誠一郎音楽／高田一郎美術／沢田祐二照明／岸井克己衣裳／本田延三郎制作／十月三日～二十三日、東京・呉服橋三越劇場（後に三越ロイヤル・シアターと改称）。

この夏（一九八〇年）、機会があって井上ひさし氏とインドネシアを旅した。ちょうど、井上氏が戯曲『イーハトーボの劇列車』の前半部分を書き出したころである。

国内、国外を問わず、私が井上氏と旅をしたのはこれが初めてのことだった。ジャワ本島のジャカルタ、ジョグジャカルタ、ソロをまわってからバリ島へ飛び、連日舞踊劇を見、ガムラン音楽を聞き、遺跡や寺院をたずねて、すこぶる高揚した愉快な日々を過ごした。井上氏も私もインドネシア行きは二度目だったが、目下二人がともに取り憑かれている東南アジア熱がますます高じる日々だった。

だが、ともに旅をして私が一番驚いたのは、井上氏のすさまじいメモ魔ぶりだった。空港でもホテルでも、舞踊や音楽に接しているときも、遺跡を見て歩くときも、井上氏は飽きることなく手帳におびただしい克明なメモを取り続ける。見るもの、聞くもの、外界のすべては瞬時のうちに膨大なメモの流れに変じて手帳のうちに定着される。

メモを補強するためのスケッチも井上氏の得意とするところで、ボロブドールやプランバナンの壮大な遺跡はたちまち的確なデッサンで手帳のなかにとらえられ、インドネシア産のビール壜のラベルの図柄までもがあっという間に写しとられる。要するに、自分が接する現実のすべてを、紙のうえに網羅しつくそうとする過剰な、ほとんど偏執的な意思がこの作家を衝き動かしていることを私は感じたのだ。井上氏は奔放な想像力に恵まれた作家だが、しかし氏の想像力は現実の細部に対する抜きさしならぬ関心・執着と必ず並行して進むタイプのもので、現実の地面を離れて一方的に高みに舞いあがることはない。

こうした資質と姿勢は、五月舎のプロデュース、木村光一演出で上演された井上ひさしの新作劇『イーハトーボの劇列車』でも鮮やかに読みとれた。『表裏源内蛙合戦』『道元の冒険』『しみじみ日本・乃木大将』『小林一茶』といった井上戯曲の系譜を見ればわかるように、井上ひさしの戯曲には実在の人物をめぐる評伝的な作品が大変多い。この新作も宮沢賢治の生涯を素材にした点で、その例外ではない。つまり、賢治の伝記的な事実の細部に徹底的にこだわりつつ、しかしそれを奇抜な趣向と仕かけで構造化する点で、いかにも井上作品らしい世界なのだ。私自身愛読する賢治にユニークな光を当てた作品として、これは忘れがたい感銘を受けた舞台である。『小林一茶』（七九年）とともに、最近の井上戯曲のすぐれた成果と言っていい。

ここで井上ひさしが用意した第一の仕かけは、賢治（矢崎滋）の上京と東京滞在のうちに賢治の生涯を集約してしまうという奇抜な趣向だった。その短い生涯のうちに賢治は合わせて九回上京したが、そのうち彼にとって重大な転機となった四回の上京が、東北から上野へ向かう夜行列車の車内を中心にして、生き生きとコミカルに描きだされる。ことに賢治の父親と刑事の二役を演じる佐藤慶の演技が冴える。

第二の趣向は、こうした夜行列車を主な舞台とする賢治の一代記が、実はこの世に別れを告げてあの世に旅立つ現代の農民の亡霊たちが、あの世行きの列車を待つ間に演じた一場の即興劇であるという構成をとっていることだ。農民たちが賢治を演じることで、農民をめざし、農民芸術を唱えながら、結局彼自身は農民となることがなかった賢治の像はいつくしみと批判をこめて対象化されることになった。賢治を論じるとき、多くの評者がおちいりがちな一方的な称賛と一方的な論難といったワナを、作者はこうした劇中劇の構造をとることによって見事に切りぬけ、深い共感と醒めた批判精神にみちた筆致で、多くの弱点をもった巨きな人物・賢治の造形に成功した。

第三の仕かけは、宮沢賢治を演じるあの世行きの夜行列車の農民たちという劇構造が、さらに大きな枠組みとして、賢治の『銀河鉄道の夜』の世界のなかに位置づけられていることだ。この劇全体の狂言回しとして活躍する「赤い帽子をかぶったせいの高い車掌」（松熊信義）は、ジョバンニとカンパネルラを天空のかなたへ運ぶあの銀河鉄道の車掌そのままである。演じ終わった死者の農民たちを乗せた長距離夜行列車が、満天にまたたく星々を背景に、ゆるやかに巡りながら「銀河鉄道」となって出発していくラストシーンは、この劇のなかでももっとも美しい瞬間だ。

そして、この世の現実に徹底的にかかわる作者が、おそらくこの劇のなかで一番伝えたかったにちがいないメッセージは、みたされぬ思いを残しながら死へと旅立つ農民たちに託して最後に発せられる。それは「日本人はもう農村を必要としない」ということばに続いて、こう語られる――「百姓よ、都会に背を向けろ」「もう都会を相手にするな」「農村ッ、自給自足しろ」「兵隊と女郎と米、これを村はいつも中央へ提供しておった。もう、やめた方がいい」。

昨年（一九七九年）の『小林一茶』に続くこの作者の痛烈な反都会宣言である。都会で育ち、都会のなかだけで生活してきた私にとって、この詰問は答えられぬほどに、重かった。

（『美術手帖』一九八〇年十二月号）

現代のユニークな殉教者伝の作者

しゃぼん玉座公演『国語事件殺人辞典』劇評（一九八二年）

木村光一演出／宇野誠一郎音楽／妹尾河童美術／服部基照明／深川定次効果／中村久美振付／津島滋人制作／六月二十七日〜七月七日、東京・紀伊國屋ホール。

小沢昭一の〝ひとり劇団〟「しゃぼん玉座」がようやく空を飛んだ。旗揚げ公演の作者はむろん、小沢の盟友、井上ひさし。例によって難産の末に書きおろされ、木村光一が演出した『国語事件殺人辞典』が、東京・紀伊國屋ホールで幕をあけた。

立ち見も出る満員の客席に座り、ふとプログラムをめくって驚いた。こんな奇抜なプログラムは見たことがない。『国語事件殺人辞典』という標題にふさわしく、プログラム全体が辞典の形式で出来ているのだ。小沢昭一の「結成御挨拶」から、作者のことば、配役名、俳優紹介。スタッフ名、地方公演の都市名、日程、パンフレットの印刷所名、編集後記まで、すべて「あいうえお」順に同じ大きさの活字で組まれている。しかも心にくいことに、誤植とそれを訂正する朱の書き文字まで意図的に随所に刷りこんであって、校正進行中の辞典さながらの手づくりの活気が伝わってくる。宣伝美術を手がけた安野光雅のアイディアによるこの秀逸なプログラムは、ことば論のドラマにふさわしい才気ある導入部となった。

この劇を見て私は、現代のユニークな殉教者伝の作者としての井上ひさしをあらためて確認した。別の言い方をすれば、そのドラマの多くが、ごく自然に主人公の成長と試練、そして受難という形式をとるこの作者の発想の根深さを再認識した。

実際、井上ひさしの劇の大半は、主要な登場人物の受難の一代記または半生記という形をとる。これは「聖母の道化師」としてのこの作家にふさわしい、キリスト受難劇の道化的変奏曲だとかつて私は書いたことがあるが、今度の新作もこの発想の回路を忠実にたどっている。「日本語の正しい継承」を頑固に主張する独学の国語学者、花見万次郎（小沢昭一）は全国を巡歴するうちに、その日本語観の狭さを次々に論破される。そして最後に彼は、ドン・キホーテさながら、人間に「いいえ」を言わせない現代の超管理社会に挑み、殺される。その受難の死をみとりながら、弟子の青年（高橋長英）は、「ことばの聖なる巡礼」だった師を称える。

前半の日本語論は、エッセイ的なおもしろさで観客を惹きつける。ことに「そうであるますたか。許すませ」といった珍妙な言葉を語る沢村花代（中村たつ）の「簡易日本語の文法」の趣向のおかしさは無類だ。後半、「言語不当配列症」という奇病にかかった主人公が、これまた珍妙なことばを駆使しつつ、懸命に「いいえ」を圧殺する社会に抗議する場面もなかなかおもしろい。普通のことばを語られたら、ちょっと白けてしまうところを、このふしぎなことばの病が笑いの浮力で救いあげるのだ。だが、それにしても後半、作者はその警世家ぶりをいささか生真面目にあらわにしすぎたように思われる。

警世とは、要するに常識の主張である。批判する相手側にももっと奔放でしたたかな非常識を設定することで、警世はさらに緊迫したドラマになるだろう。

（『海』一九八二年九月号、中央公論社発行）

ものみな入れ子におわる

新橋演舞場公演『もとの黙阿弥』劇評（一九八三年）

木村光一演出／高田一郎美術／吉井澄雄照明／宇野誠一郎音楽／深川定次効果／渡辺園子衣裳／花若春秋振付／九月二日〜二十六日、東京・新橋演舞場。

こども時代に接したさまざまな本のなかでもきわだっておもしろく、夢中になってくり返し読んだ小説にマーク・トゥエーンの『王子と乞食』がある。乞食のトムが英国の王子に、王子がみじめな乞食へと入れ替わるこの物語のスリリングな魅力はおそろしいほどで、何回くり返しページを繰っても興奮で胸がドキドキした。上層が下層へ、下層が上層へと逆転することで世界はそれまでとはおよそ違った異様な姿で迫ってくる。乞食のトムが突然王子を演じなければならない場面では、まるで私自身が宙高く綱渡りをしているような気分になった。

エーリッヒ・ケストナーの『ふたりのロッテ』にも夢中になった。これも入れ替わりの物語で、『王子と乞食』ほど上層、下層の落差は激しくないにしても、引き離されていた双子の姉妹が互いの役をとり替えてまったく異なる生活環境を生きはじめる展開には思わず息をのんだ。

こうしたとりかえばや物語、つまり転身の物語は今もふしぎにくっきりと、細部まであざやかに思い出すことができる。それだけ熱中して、心に刻むほどくり返し読んだからだろう。子ども心にも、入れ替わりや転身以上に劇的な事態はめったにないことに気づいていたのかもしれない。

こうしたとりかえばや物語の魅力を久しぶりに思い出させてくれたのが、井上ひさしの新作、木村光一演出による新橋演舞場の九月公演『もとの黙阿弥――浅草七軒町界隈』である。すでに作者は、『雨』（一九七六年）という、緊密ですぐれた入れ替わりの劇をものしているが、同じ入れ替わりでも今回の趣向はかなり違う。

つまり、『雨』で私たちが見たような、薄氷を一歩一歩踏みしめながら進むにも似た入れ替わりの緊迫感と戦慄がこの劇の中心軸をなしているわけではない。むしろ、この劇で作者が最も心を砕いたのは、劇全体をいかに多くの入れ替え＝とり替えという劇的要素で満たすことができるか、いわばいかに入れ替え＝とり替え尽くしの劇を書くことができるかということだったように思われる。『もとの黙阿弥』というタイトル自体が、入れ替えの再入れ替えという意味だし、事実、舞台が展開するにつれて、この劇全体が入念に仕組まれた多くの入れ替えととり替えの入れ子箱から成り立っていることが明らかになって、私たちは愉快な驚きで満たされるのである。

劇の時代設定は、鹿鳴館が隆盛だった明治二十年だが、まず何よりも選ばれた時代そのものが、外来の新しいものと伝統的なものとが激しいぶつかりあいと大がかりな入れ替わり＝とり替えを演じていた時代である。

場所は東京・七軒町のなつかしい「埃の匂い」のする古い芝居小屋「大和座」。名前からしても、ここは日本の庶民の生活感と感性が寄りそう一種象徴的な場であり、ここに居丈高に乗りこんでくる演劇改良主義者の男爵未亡人（有馬稲子）に従えば、「不衛生な」「ほんとうに開化《ひらけ》てない」ところである。時代ばかりでなく、場所そのものもとり替えの大波をかぶりつつある場なのだ。

薄暗くしっとりして、奥行きが深く、精神的なものさえ感じさせるこの古い「大和座」の装置（高田一郎）がとてもいい。

つまり私たち観客は、「東洋一」の機能と設備を誇る新橋演舞場の大舞台にはめこまれた、もうひとつ別の古い芝居小屋を見るわけで、芝居小屋のなかの芝居小屋という、この劇を特色づける入れ子づくしの構造が早くも提示される。

入れ替えを演じるのは二組の主従とこれも大盤振舞い。成り上がりの政商・長崎屋新五郎（名古屋章）の一人娘お琴（大竹しのぶ）と女中お繁（水谷良重）、さらに河辺男爵家相続人の隆次（片岡孝夫＝現・片岡仁左衛門）と書生の久松菊雄（古今亭志ん朝）の主従四人である。親や姉の一存で強制的に結婚させられるのはお断りと、偶然にも見合いの相手同士が相手に秘したまま、主従入れ替わって見合いの席に臨む作戦を立てる。

入れ替わった演技を、懸命に続けるおかしさと、誤解のまま生まれた恋の切ないもつれ、そのもつれをほぐしての大団円、というのがこの劇の中心的な流れである。

言うまでもなく、入れ替わりとは演技である。自分の実体を別の人物の形象あるいは役割でおおう行為を意味する。とすれば、入れ替わりの演技とは、構造としては一種の入れ子にほかならない。入れ替わりが頻出し、劇中劇が多出するこの芝居全体が入れ子劇中劇のオンパレードなのだ。

　しかもおもしろいのは、入れ替わりを演じる主人公たちの状況と、後半で彼ら自身が演じる劇中劇の中身とが密接に重なりあう、あるいは呼応しあうことである。

　みずからの内に入れ替え＝演技という入れ子＝劇中劇を抱えた登場人物たちが、さらに劇中劇のなかで自分たちによく似た入れ替わりの行為を演じる。からくりを信じがたいほど何重にも仕組んだ凝った笑いの入れ子箱である。

　具体的に言えば、黙阿弥の『三人吉三《さんにんきちさ》廓初買《くるわのはつがい》』を下敷きにして、書生が「フロックの吉三」、女中が「羽織のお吉」を演じ、それぞれが巧みに変装したうえで正体が露見するオペレッタ風劇中劇「探偵うどん」。あるいは、演劇改良令の男爵未亡人がみずから主演する、どこか『父帰る』風で、しかもどこか男爵未亡人のかつての夫婦生活の姿が反映していると思われる新劇風劇中劇。

　さらに、黙阿弥の『都鳥廓白浪《みやこどりながれのしらなみ》』を踏まえて、闇のなかで食事をしながら大竹しのぶと孝夫によって奇想天外な立ち廻りが演じられ、最後にこれも変装の正体があらわれる歌舞伎パロディ風劇中劇「おマンマの立ち廻り」（ここでは、大竹しのぶの名が、下敷きとなった黙阿弥劇の通称『忍ぶの惣太』に掛けてあるのだろう）。

　主人公たちの行為と状況が、劇中劇のなかにまるで鏡のように二重映しになり、それを演じることで相手の入れ替わりの真実を理解する。この入れ子の構造はじつによく出来ている。『日本人のへそ』『道元の冒険』『珍訳聖書』など、複雑きわまるからくり箱のドラマをつくりだした、構造に強いこの作者ならではの計算力の冴える作劇術である。入れ替わりの仕かけが明らかになり、すべてがもと通りに戻るかと見せて、お繁が一人だけ、すばらしい劇中劇に没入しすぎて、しながい女中の現実に帰ることができなくなってしまう苦いひねりを効かせた設定もうまい。

公演パンフレットで作者自身が書いている通り、近代劇が切り捨ててきた同一人物における入れ替わり「ナンのダレソレ、じつは、ナンノダレガシ」という、ギリシア悲劇からシェイクスピア、モリエール、歌舞伎まで、演劇が古来本道としてきた劇的方法をおおらかによみがえらせようとしたのも確かなところだろう。

ただし、あえて難点を言えば、作者はあまりにも入れ替わり＝入れ子の構造に心を傾けすぎたきらいがある。構造の巧みさに比べて、人間たちの魅力と陰影が入念に描きこまれたとは言えないのである。

井上ひさしの芝居をこれまで特徴づけてきたのは、構造の過剰さと同時に、人物たちの内的な過剰さだが、この芝居の場合、過剰なエネルギーの大半は劇構造の側に引っ越していった感じがする。

「大和座」の座主を演じる渡辺美佐子（なかなか魅力的だ）のせりふが張りきり座主といういわば表側のせりふだけに終始しているのもその一例である。

片岡孝夫は、役の育ちのよさに嫌味にならないユーモアを溶かしこんで好演。名古屋章の長崎屋も成り上がる活力を放ってよかった。

木村光一の演出は、回り舞台を活用し、広い舞台空間をうまく処理して、例によって手際のいい展開を見せた。ただし、私が観た初日、舞台の後半でやや緊密さに欠ける場面が見られたのは、やはり台本の仕上がりと初日の間が少なすぎたからだろうか。事情はよくわかるが、やはりプレビューではない本来の初日を望みたいものだ。

（『演劇界』一九八三年十月号、演劇出版社発行）

大劇場の空間生かし切れず燃焼不足

新橋演舞場公演『藪原検校』劇評（一九八四年）

木村光一演出／朝倉摂美術／吉井澄雄照明／宇野誠一郎音楽／松竹製作／九月一日～二十七日、東京・新橋演舞場。

劇場の大きさが変わると、こうも作品の印象が変わるものか。名作のほまれ高い井上ひさしの劇『藪原検校』が東京・新橋演舞場で上演されているが、中村勘九郎（現・勘三郎）、岡田茉莉子、中村勘三郎、財津一郎、新橋耐子ら多彩な演技陣をそろえ、初演（一九七三年）以来のベテラン木村光一が演出しているにもかかわらず、大劇場の空間を生かし切れず、燃焼不足の舞台になっている。

十一年前の初演は、こぢんまりとした東京・西武劇場（現・パルコ劇場）。井上作品を初めて手がけた木村光一の演出が冴え、舞台の縦横に綱を張りめぐらした朝倉摂の装置も斬新で、喜劇的でグロテスクで批評性のある、見事な舞台に仕上がっていた。

今回もその演出方針はほぼ踏襲されたが、綱で仕切っただけの装置は大きな舞台をさらに巨大に見せ、結果として役者を小さく見せることになった。ジュディ・オングの登場場面など、作者が新しく書き足した部分があり、演出の比較的ゆったりしたテンポも手伝って、上演時間は休憩を入れて、なんと四時間二十分。もっと凝縮する必要があるだろう。

盲目の杉の市を主演する中村勘九郎は若々しいエネルギーにあふれ、ことに第一幕で「早物語」を語る軽妙さは見事だ。ただし、全体に陽気で朗らかな演技なので、この役に必要な殺気のある凄みといったものが足りない。金内喜久夫、財津一郎の好演が目立つ。

井上戯曲はこれまでほとんど中小劇場で、手づくりの感覚で上演されて成功してきた。その小回りのきく才気と面白さがそのままでは必ずしも大劇場では生きないことを、今度の再演の舞台は語っている。優れた作品だけに残念でならない。

（『週刊朝日』一九八四年九月二十八日号）

帰ってきた和製ミュージカルの秀作

こまつ座公演『日本人のへそ』劇評（一九八五年）

栗山民也演出／宇野誠一郎音楽／妹尾河童美術／勝柴次朗照明／謝珠栄振付／渡辺園子衣裳／井上好子（現・西舘好子）制作／一月十二日～三十一日、東京・紀伊國屋ホール。

井上ひさしの十六年前の秀作『日本人のへそ』が、井上ひさし・好子夫妻が主宰する「こまつ座」で栗山民也の新演出により再演された。その初日を見て、私はこの作品が日本の土壌に根をおろした音楽劇の秀作であることを再確認し、新キャストによる舞台を心から楽しんだ。

『日本人のへそ』が初めて上演されたのは一九六九年二月、東京・恵比寿の劇団テアトル・エコーの小劇場「屋根裏劇場」だった（現在のテアトル・エコーは、同じ恵比寿の別の場所に移転している）。井上ひさしの演劇界への事実上のデビュー作と言っていい作品である。

作者のミュージカル好みが随所に顔を出す愉快な歌の数々、軽演劇のスタイルを駆使した驚くべき才気煥発ぶり、そして熊倉一雄演出の楽しさに私は幸福な茫然自失状態におちいったものだ。平井道子、熊倉一雄、山田康雄、二見忠男らの演技陣も弾んでいた。三年後の一九七二年、同じテアトル・エコーが再演した。だがその後、作者とテアトル・エコーの関係がしっくりいか

こまつ座公演『日本人のへそ』(栗山民也演出)の(左端から)塩島昭彦、下馬二五七、(一人おいて)石田えり、平田満(右端)=1985年1月、東京・紀伊國屋ホール(こまつ座提供)

なくなったせいもあって、この作品は上演されないままになっていた。

今度の上演では、演出が若手の栗山民也に変わり、作曲は初演の服部公一（舞台ではピアニストも演じた）から宇野誠一郎に、美術は孫福剛久から妹尾河童に、振付は藤村俊二から謝珠栄に変更になり、出演者もすっかり新しくなった。戯曲以外はすべて仕立て直された新装版である。

この戯曲を私は何度も読み返してきたので、中身はわかっているつもりだったが、舞台を見て、これが日本のミュージカル・コメディーとしてまことによく出来た作品であることに新鮮な驚きを覚えた。

日本の土壌に深く根をおろしながら、日本の風土そのものへの批判精神をしたたかにそなえ、しかも私たちを文句なしに楽しませるエンターテインメントになりえているという、演劇の一つの理想形を実現しているのだ。娯楽色の濃い楽しめる和製ブレヒト劇とでも言おうか。

何よりも、この作品には第二次大戦後の、一九六〇年代までの日本の現実と社会構造が生き生きと反映している。そうした和製ミュージカルが今でもあまりに少ないことを考えれば、これは『日本人のへそ』の得がたい美質である。演技のスタイル、音楽と振付の感性、寸劇をつなげていく軽演劇スタイルも、翻訳ミュージカルと違って私たちの心身にごく自然にしみこんでくる。

日本の社会構造と精神風土に対する作者の批判は痛烈だが、劇中劇の手法を巧みにひねることによって、最後にはシリアスな重みを一挙にナンセンスな冗談に反転してしまう離れ業がすばらしい。さめた批判精神と喜劇的な幸福感が実にうまく同居しているのだ。

吃音症患者の集団治療のために、教授（すまけい）の指導で患者たちが名ストリッパー、ヘレン天津《あまつ》（石田えり）の半生記を演じてみせる、という劇中劇スタイルで舞台は始まる。これはペーター・ヴァイスの『マラー／サド』（一九六四年）が使った劇中劇スタイルの喜劇的応用だろう。

劇中劇のヒロインは、東北の盛岡から上京し、クリーニング屋の店員からキャバレーのホステス、トルコ嬢、浅草のストリッパー、ヤクザの情婦、そして代議士の東京妻へと必死に上昇の階段をかけのぼっていく。このかわいい女の姿は、同じ東北出身の作者の切実な思いをこめたもう一つの自画像であるとともに、経済成長の急階段を必死でかけあがってきた戦後日本の大衆の分身でもある。

とくにかつての浅草のにぎわいとアナーキーな活力を描くシーンでは、ストリップ小屋のフランス座の文芸部でアルバイトをしていた作者自身の浅草体験を反映して、ノスタルジックで祝祭的な幸福感がいっぱいにあふれでた。

前半はミュージカル仕立てで進むが、第二幕に入ると一転して推理コメディー風のせりふ劇となり、天皇制と同性愛の関係というきわどい地点まで突き進む。だが、大詰めでどんでん返しですべてがナンセンスな笑いに転化する趣向が粋である。

使われる楽器がピアニスト（村山俊哉）によるピアノ一台だけという簡素な形式も効果的だ。しかも、劇中でひと言もしゃべらないピアニストが、劇の最後で意外な役割を果たす構成もうまい。

宇野誠一郎作曲の、童謡風の味わいを残し、私たちになじみやすい音楽は、文字通り、「日本人のへそ」（原点）をめぐるこのミュージカル・コメディーの体質によく合っている。

ことにクリーニング屋で男たちが白い洗濯物を干したロープを手にしながら、「女の匂い／火遊びの匂い／煙草くさいきものの匂い……」と歌う「いろいろな匂いの唄」がいい。

ヒロインが転々と職業を変えるいきさつを艶笑こばなし風につづる「ヒロインの性の流転のバラード」の場面も愉快だ。松金よね子、島田歌穂、大城えりか、塩島昭彦、下馬二五七ら十人の男女の合唱隊が小学生姿の制服を着て一列に並び、「ウンパパ！　ウンパパ！」とあどけない童謡風のことばを前後にはさみながら歌いはじめる。だが意外にも、「髪結いの　御亭主が／夜這いに来　裾まくり／息荒く　乗りかかる」といった凄い歌詞を連発し、小学生姿とのずれで観客席を爆笑させる趣向である。

ストリッパーのストライキの応援に来た組合オルグ（沖恂一郎）とスト破りに来たヤクザ（平田満）が、実は同じスラム出身と分かって意気投合し、「すばらしいスラム」を二人で歌う場面もすぐれている。ここには明らかにブレヒトの『三文オペラ』で元戦友同士の警視総監と泥棒メッキーが歌う「大砲の歌」の影響が見てとれる。ブレヒトと井上ひさしの関係を考える上でもおもしろい場面である。

一九六〇年代から七〇年代はじめにかけてのアングラ演劇全盛期に「新宿の名優」として私のような小劇場ファンの血を熱くしたすまけいが、実に十三年ぶりに教授役で舞台にもどってきた点でも、これは記念すべき舞台だった。

すまけいは「すまけいとその仲間」という小さなグループで、『贋作・動物園物語』（オルビー原作）、『コンニチハそしてサヨウナラ』（イヨネスコ原作）などを上演し、エネルギッシュであくの強い魅力を放射する演技で人気を集めた。だが一九七二年、彼はなぜか三十七歳の若さで俳優を廃業し、演劇の世界から忽然と姿を消していたのである。いまから何カ月か前、こまつ座の井上好子（現・西舘好子）座長から私に電話があり、「すまけいさんにぜひ出演を頼みたいが、消息が分からない。あなたは知らないだろうか」と言われた。すまけいが俳優をやめてからも、私は渋谷に住み、品川の印刷会社に勤める彼とはつきあいがあったから、すぐに彼の電話番号を教えた。

こうしてすまけいは十三年間の俳優休業状態から抜け出し、『日本人のへそ』で久々に舞台に立った。

初日のすまけいは、緊張感からか、まだ遠慮がちの、どちらかというと端正で成熟感のある演技を見せた。だが、目がぎょろっと大きい、ふてぶてしい容貌から分厚いユーモアを漂わせる演技はかつてのままである。際限もなく逸脱し、私たちを機知と奔放なエネルギーで笑撃したあの姿をぜひ復活してほしいと思う。

それにしても、実力と個性のある役者がこれほど集まった舞台も珍しい。栗山民也の演出も、このむずかしい多重構造の舞台を軽やかにまとめあげていた。

（『ミュージカル』第十一号、一九八五年三月、ミュージカル出版社発行）

無言のギタリストが語ること　こまつ座公演『闇に咲く花』劇評（一九八七年）

栗山民也演出／宇野誠一郎音楽／石井強司美術／服部基照明／増田恵美子衣裳／井上都制作／十月九日〜十四日、東京・紀伊國屋ホール。十七日、十八日、同・浅草公会堂。

客席が暗くなると、ギターをかかえた男がひとり、舞台に現れた。おや、俳優にしては無造作な登場の仕方だな、と思っていると、男は幕の前、舞台の下手端に陣どり、静かに叙情的なメロディを奏ではじめた。ははあ、舞台の伴奏者なのか、と納得しかけたところで、暗い紗幕があがり、空襲で神楽堂だけが焼け残ったらしい東京・駿河台の荒れた神社が正面に浮かびあがる――作者の執筆遅れのため、初日が延びたことでも話題になったこまつ座公演、井上ひさし作、栗山民也演出『闇に咲く花――愛敬稲荷神社物語』の開幕シーンである。井上ひさしの「昭和庶民伝」三部作の第二作にあたる新作だ。

冒頭に登場した、劇中では「ギター弾きの加藤さん」と呼ばれる男（ギター奏者、水村直也）は、「なにかたいへんな心願」のために連日、神社に来ているという設定になっていて、終盤までひとことの台詞もなく、表情も変えず、ただ黙々とギターを奏でつづける。その情感と思い入れをこめた調べ（宇野誠一郎作曲）は、舞台で展開する敗戦間もない庶民の悲喜劇を、終始、やわらかな風のように、抱きしめ、慰撫するかのようだ。

ドラマは、こうして、共感に浸されたギターと協奏するかたちで進んでいく。戦争中のいきさつを早目に忘れようとする、ちょっといい加減な神主（松熊信義）のコミカルな姿。せっかく父親の神主のもとに復員したのに、戦争中、ピッチングの練習でグアム島の住民を「虐待」したと誤解され、C級戦犯として処刑されてしまう元プロ野球投手の健太郎（河原崎建三）の悲劇。境内のお面工場で働き、買い出しに精を出す、ギリシャ劇のコロスにも似た陽気な五人組の戦争未亡人たち（大橋芳枝、檜よしえ、一柳みる、小田かおる、久保里美）。記憶喪失に陥る健太郎の回復をはかる親友の神経科医（浜田光夫）、混血の捨て子を育てようとする気のいい巡査（坂本あきら）……。

いかにもこの作者の「昭和庶民伝」らしい、愛すべき愚かさにあふれ、心やさしく、どこか〝庶民の正義派〟的な面の強い清潔な善意の群像。戦争がもたらした重い現実を、深刻がらずに努めて軽く、喜劇的なタッチで描くドラマ。しかしもちろん、「過去の失敗を記憶していない人間の未来は暗いよ」（健太郎）とか、時代の権力と結びつく神社のあり方への批判といった、これまたこの作者らしい警世のメッセージの薬味をきかせた舞台展開。

登場人物が次々にひくおみくじが、どれも「大吉」、いいことが続いて起こり、全員舞いあがっているところで、最後に健太郎のひいたおみくじは「凶」、一転して、彼の不運な将来を暗示するといった、この作家の劇作術は見事だ。五人の未亡人の演技に個性的なおもしろさが見られないのに対し、松熊信義、坂本あきらがひょうひょうとした、いい持ち味を見せた。

ただし、井上ひさしのすぐれた特質であるはずの綺想の想像力の出番が少な目になっていることは気になる。主要な人物がみんないい人たちで、舞台に劇的な「他者」が見られなくなっているのも気がかりだ。

だが、私がこの舞台で最も興味をひかれたのは、冒頭でふれた「ギター弾きの加藤さん」だった。「加藤さん」はたしかに登場人物の一人ではあるが、つねに舞台の端、幕の外に位置している点では、劇からはみ出してもいる。いわば、ドラマの内と外にまたがる不思議な人物。

ここで気がつくのは、井上ひさしの芝居には、この種の、終始無言のミュージシャンがくり返し登場していたことである。

たとえば、初期の『日本人のへそ』（一九六九年）のピアノ伴奏者。『藪原検校』（七三年）の、これも無言のギター奏者。近作『きらめく星座』（八五年）、『花よりタンゴ』（八六年）の、台詞のないピアノ奏者。開演中、ほとんどすべての事件に立ち会い、しかも終始無言でつつましく、観客の目が素通りしてしまう存在。劇の中にいて、同時に劇を超えているメタレベルの存在。

とすれば、劇中＝劇外人物である彼らミュージシャンは、実は劇のすべてを見通す作者ときわめて近い位置にいることになる。井上ひさしの劇は、劇中のさまざまなコミカルな現象と、その光景の全貌を見通す作者の超越的な視点＝批評という二つの要素から成り立っていることが多いが、彼ら物言わぬミュージシャンたちは、端役に見えて、実は作者の超越的視点のひそかな代理人なのかもしれない。

特にこの『闇に咲く花』のギター奏者が、これまでの控え目な役柄から一歩踏みだし、ドラマへの積極的な応援者のような役割を演じているのを見ると、いま、作者自身の超越的社会批判の姿勢は一段と強まっていると見ていいだろう。だが、その積極的な姿勢が、驚異をもたらす綺想の想像力とナンセンスな笑いに反比例する形であらわれているとすれば、井上ひさしのドラマは、微妙な分岐点にさしかかっているように思われる。

（『テアトロ』一九八七年十二月号、テアトロ社（現・カモミール社）発行）

「忠臣蔵」像変換へ思いこもる

こまつ座公演『イヌの仇討』新聞劇評（一九八八年）

木村光一演出／宇野誠一郎音楽／石井強司美術／服部基照明／中村洋一衣裳／井上都制作／九月二十六日〜十月九日、東京・紀伊國屋ホール。

またもや作者の遅筆のため、初日をずらして幕をあけたこまつ座公演、井上ひさし作、木村光一演出の『イヌの仇討《あだうち》』は東京公演を終え、全国を巡演中だが、いささか理屈過多とはいえ、「忠臣蔵」像の変換をめざす作者の思いがこもる興味深い舞台だった。

井上ひさしには、すでに『不忠臣蔵』（一九八五年）というすぐれた連作短編集がある。「忠臣蔵」の「義挙」に参加しなかった英雄ならざる「不義士」ばかりを描いた作品で、右へならえ式に「義挙」に熱狂して、非参加者に石を投げる世間を通して、共同体としての日本を趣向豊かに浮かびあがらせた。

今回の『イヌの仇討ち』もこれと表裏一体をなす作品だ。討ち入りにあって、邸内の物置に隠れた吉良上野介（すまけい）は、側室（江波杏子）、女中頭（菅井きん）、盗賊（小野武彦）らと語り合い、赤穂側の動きを聞くうちに、大石内蔵助の討ち入りの本当の目的が上野介の首ではなく、「お上《かみ》への挑戦」であると察し、あえて「悪役」として討たれることを引き受ける……。

吉良上野介の人物像の変換を通して「忠臣蔵」像をひっくりかえそうというのだから、勢い理詰めの議論が多くなり、笑いはいつもより少なめで、吉良側の人物たちはみなきれいな善人になって、最後の場面での上野介はほとんどヒロイックですらある。

このへんは、「不義士」たちをたんなる被害者にせず、いんちきな逆ＰＲを使って生き延びようとするしたたかな「不義士」まで登場させた小説『不忠臣蔵』のような多面性にはとぼしい。だが、共同体がつくりだす大きな「物語」をつねに相対化する盛んな批評精神において、井上ひさしはやはり得がたい同時代作家である。すまけい、菅井きんが好演。茶道修業の坊主「春斎」をかろやかに演じた「夢の遊眠社」の段田安則も新鮮だった。

（『朝日新聞』一九八八年十月十三日）

戯曲に圧倒的な魅力

こまつ座公演『小林一茶』劇評（一九九〇年）

木村光一演出／宇野誠一郎音楽／高田一郎美術／服部基照明／九月九日～二十二日、東京・紀伊國屋ホール。

井上ひさしの評伝劇シリーズのなかでも屈指の作品といっていい『小林一茶』（一九七九年初演、八一年再演）が、主演クラスの顔ぶれを一新し、こまつ座により九年ぶりに再演されている。才気と趣向に富む戯曲を、初演以来の木村光一の演出がゆたかにふくらませ、笑いのなかに奥行きのある舞台が生まれた。

金持ちの俳人・夏目成美（穂積隆信）の金を盗んだ疑いをかけられた俳人・一茶の背景を探るため、関係者が一茶の半生を即席の芝居に仕組み、劇中劇として上演するという凝ったスタイルで舞台が進む。

陰謀を秘めた重層的な推理劇仕立て、にぎやかなことば遊び、俳句から見た日本人論、農民を軽視する消費都市批判など、この劇に注ぎこんだ作者のアイデアとエネルギーはいま見ても圧倒的だ。お説教めいた個所もあるが、これだけ趣向が多彩だと、それだけが目立つこともない。

特に、わずか十七文字の世界に命をかけ、職業俳人としての成功をめざし、エゴと業をむきだしにして、抜きつ抜かれつのすさまじい競り合いを演じる劇中劇の一茶（清水明彦）と竹里（すまけい）の姿はおかしく、かなしく、感動的だ。そのようにしか生きられない芸術家に寄せる作者の深い思いがにじむ。

腰痛で役をおりた北見敏之に代わり、急きょ一茶役に起用された文学座の新人・清水明彦は、初演の矢崎滋のような軽妙さはないが、大ぶりの実直な味わいがあり、好感のもてる演技を見せる。ライバルの竹里役のすまけいは、はじめのうち清水に比べて中年風すぎる感じがするが、やがてベテランらしい達者な演技で舞台を引っ張っていく。

一茶、竹里、成美と四角関係を結ぶ女性およねを演じる三田和代がとてもいい。ういういしい娘時代の澄んだ声の響き。女盛りのあでやかさ。さらに後半の年配の未亡人役で見せる抑制と気品。初演の渡辺美佐子とはまた違う見事な演技だ。

金井大、蔵一彦、嵯峨周平、坂元貞美、有福正志はじめ脇役陣も充実している。宇野誠一郎・音楽。高田一郎・美術。

（『朝日新聞』一九九〇年九月十四日）

時代の強制力を風刺

こまつ座公演『しみじみ日本・乃木大将』劇評（一九九一年）

木村光一演出／宇野誠一郎音楽／高田一郎美術／服部基照明／九月四日～二十三日、東京・紀伊國屋ホール。

こまつ座が井上ひさしの代表作の一つ、『しみじみ日本・乃木大将』を十二年ぶりに再演している。キャストは一新したが、演出は初演と同じ木村光一。痛烈な批評精神と笑いにあふれた、見ごたえのある舞台だ。

井上ひさしの評伝劇には、いつも観客をびっくりさせる奇抜な趣向が仕かけてあるが、とくに『しみじみ日本…』の凝り方はすごい。舞台は一九一二年、明治天皇のあとを追って自刃《じじん》した乃木将軍の死の直前。将軍の愛馬三頭が、馬の目から見た将軍の半生のエピソードを喜劇的な劇中劇として演じていく。

しかも馬たち自身が、エリート的な前足部分と下積みの後足部分にそれぞれ「馬格分裂」してしまう。こうして劇全体は複眼的、多元的なディスカッションドラマになる。

そこから浮かびあがるのは、将軍個人の人間像よりも、乃木将軍に武人の「型」を愚直なまでに演じさせた明治という時代の強制力である。しかも、馬たちまでそれをまねして、「メス馬の型」を完成させようとがんばる姿を見せることで、この舞台は人々を「型」に駆り立てる時代のイデオロギーをかろやかに相対化してしまう。

木村光一の演出は入念で巧妙。前足と、劇中劇で乃木将軍を演じるすまけいが、愛きょうのあるとぼけた演技で魅力的だ。後足役の辻萬長も、輪郭のきりっとした演技でさえる。メス馬の前足と乃木将軍夫人にふんする川口敦子には、もう少し喜劇的な演技がほしい。ほかに山本亘、神保共子、外山誠二、森山潤久らが出演。

（『朝日新聞』一九九一年九月十一日）

微妙な陰影巧みに

こまつ座公演『きらめく星座』（一九九二年、三演目）劇評

木村光一演出／宇野誠一郎音楽／石井強司美術／服部基照明／深川定次音響／謝珠栄振付／岸井克己衣裳／二月二十日〜三月十日、東京・紀伊國屋ホール。七月まで東海、関東、東北、北海道、大阪などを巡演。

演出の仕方によって舞台はこうも変わるものか。こまつ座が上演中の井上ひさし作『きらめく星座』を見て、そう思った。作者自身が演出を手がけた初演（一九八五年）、再演（八七年）に対し、三演目の今回はベテランの木村光一が演出したのだが、実にきめのこまかい趣向に富む舞台作りだ。

舞台は、太平洋戦争前夜の昭和十五、六年の東京・浅草のレコード店。井上ひさしの「昭和庶民伝」三部作の第一部である。

初演の演出を手がけた作者は、技巧を弄さず、すなおに素材を提示した。いわば誠実な家庭料理。これに対して、井上戯曲の世界を知りつくしている木村光一は熟練のシェフさながら、細部を微妙な陰影で味つけし、個々の人物にも精彩あるタッチとふくらみを与えて、奥行きの深い舞台に仕上げた。

「非国民」呼ばわりされながら、「敵性音楽」のジャズを愛してやまない気のいい夫婦（沖恂一郎、河内桃子）を軸にした悲喜こもごもの物語。「青空」「月光値千金」など、劇中で数多く歌われる当時の流行歌がとても楽しい。

軍隊から脱走中の身でありながら、さまざまに変装してぬけぬけと家に帰ってくる長男（木場克己）と、しつこく逮捕をねらう憲兵（前川哲男）の追跡劇も愉快だ。

傷病兵役の辻萬長は、初演の名古屋章より庶民性は薄いものの、軍国主義の信条を疑いはじめる実直な男の心の危機を端正に演じて印象的だ。

ただし、妻のふじ役の河内桃子は、元歌手という設定だから、もっとうまく歌ってほしい。すまけい、山本郁子らが共演。石井強司・美術。宇野誠一郎・音楽。

（『朝日新聞』一九九二年二月二十九日）

遊び心と実直さ、井上ひさしの原点を実感

テアトル・エコー公演『表裏源内蛙合戦』劇評（一九九二年）

熊倉一雄演出／服部公一音楽／孫副剛久美術／四月十七日～五月七日、東京・恵比寿、エコー劇場。

井上ひさしの出世作『裏表源内蛙合戦』を、テアトル・エコーが熊倉一雄演出で二十二年ぶりに再演している。初期の井上ひさしのまばゆい才気を実感する舞台だ。

「抱腹絶倒ミュージカル」と銘打つこの戯曲は一九七〇年、旧テアトル・エコー劇場のこけら落としに上演された。ふしぎな因縁で、今度も移転・新築したテアトル・エコーの新劇場（百六席）の開場記念公演である。作者は冒頭の「口上」を書き改め、ことば遊びをちりばめた愉快な魚づくしの「口上」にしている。

初期作品には作家のすべてが含まれていると言われるが、この舞台を見ると、『裏表源内蛙合戦』が途方もなく豊かな原点だったことがわかる。ここにある多くの要素が分化・発展して、その後の井上劇を生みだしていった道筋が見えるのだ。『藪原検校』そっくりの場面があるし、江戸期の才人・平賀源内の一代記を「表の源内」と「裏の源内」とのかけあいで描く優れた方法は、その後の井上劇に頻出する双子風の二人組の原型となる。遊び心と奇抜な趣向がふんだんにある半面、テーマソングとも言える「美しい明日を」では作者のひどくきまじめな世直し志向が顔を出す。

今回は劇中歌の大半を服部公一が作曲しなおした。とくに死体を解剖しながら表の源内（安原義人）と裏の源内（熊倉一雄）がオペラ風の節回しで「素晴らしき人体模造」と歌いあげる場面はブラックユーモアにあふれ、秀逸。二百十もの役を演じわける三十四人の演技陣も健闘している。

だが、初演で感じた混沌とした圧倒的なエネルギーが、今度の舞台にあまり感じられないのも事実である。軽演劇風のスタイルは確かにこの劇団の体質に合っているが、再演ではもう少し奥行きのある舞台作りにも踏みこんでほしかった。約三時間かかる舞台も、もっと演出のテンポをあげられるのではないか。孫副剛久・美術。

（『朝日新聞』一九九二年四月二十七日）

軽演劇タッチの舞台展開　井上流太宰治伝

こまつ座公演『人間合格』劇評（一九九二年）

鵜山仁演出／宇野誠一郎音楽／石井強司美術／服部基照明／中村洋一衣裳／井上都制作／一九九二年九月十八日～十月七日、東京・紀伊國屋ホール。

太宰治とその仲間たちの群像を描いた井上ひさしの『人間合格』を、こまつ座が鵜山仁《ひとし》の演出で再演している。

三年前（一九八九年）の初演は、作者の原稿の遅れのために初日が延びた。今回も初演と同じ配役だが、演技・演出ともによく練られ、見ごたえのある舞台になっている。

一般に知られている伝記的事実とはかなり違う、喜劇的色調と虚構の度合いが強い太宰治の世界が展開する。

津島修治（太宰治の本名＝風間杜夫）を囲んで、三人の男が昭和五年から太宰が自殺する二十三年までの時代をめまぐるしく駆け抜けていく。共産主義を信奉して地下に潜行する佐藤浩蔵（辻萬長）。左翼の演劇青年から軽演劇へ、さらに軍事劇のスターになる山田定一（原康義）。ふてぶてしく陽気な津島家の番頭・中北芳吉（すまけい）。

初期の井上ひさしを連想させる軽演劇タッチの舞台展開がおもしろい。太宰のお坊ちゃんぶりから左右両翼の「かくあるべし主義」までが、軽妙に相対化される。とくに逃亡中の佐藤をめぐるドタバタ式の二つの場面が笑いを誘う。

風間杜夫の誇張と陰影に富む二枚目ぶりが魅力的で、すまけいが圧倒的な活力を放つ。男たちをめぐる女性たちを達者に演じわける中村たつ、岡本麗も愉快だ。

だが、敗戦後の日本に怒りをほとばしらせる第七場の主人公は、ややシリアスな正義派になりすぎたのではないか。

屋台に突っぷした太宰がひと言も口をきかない幕切れも、観客の生理としては今ひとつもの足りない。

それにしても、太宰治の「人間失格」を「人間合格」へと転調してみせるあたり、これはいかにも井上ひさし的な太宰伝である。石井強司・美術、宇野誠一郎・音楽。


（『朝日新聞』一九九二年十月五日）

こまつ座公演『人間合格』（鵜山仁演出）の（左から）中北芳吉（すまけい）、山田定一（原康義）、津島修治（風間杜夫）、佐藤浩蔵（辻萬長）＝1996年8月、東京・紀伊國屋ホール（谷古宇正彦撮影、こまつ座提供）

ミュージカル「入超」時代と『日本人のへそ』

こまつ座公演『日本人のへそ』劇評（一九九三年）

栗山民也演出／宇野誠一郎音楽／妹尾河童美術／謝珠栄振付／勝柴次朗照明／渡辺園子衣裳／十一月二十六日〜十二月十五日、東京・紀伊國屋ホール。九四年三月まで地方公演。

日本の演技陣と、英米から招かれた来日演出家――という組み合わせの演劇・ミュージカル公演が、最近むやみに多い。東京の主な劇場は、軒なみ来日演出家に「占拠」されているような光景さえ生まれている。

気になった私は、朝日新聞の記事ために「来日演出家ラッシュ」の取材をしてみたのだが、予想をこえた数の多さに驚いた。

一九九二年の東京の主な演劇公演だけでも十九人の外国人演出家が起用され、彼らが合計二十二もの翻訳ものを手がけているのだ（『朝日新聞』九二年十二月五日）。グレン・ウォルフォード、テリー・シュライバーなど、一人で二本も演出している演出家が三人もいた。

数年前までは、来日演出家は年に数人というのが普通だったから、十九人、二十二本という数は空前のものだろう。円高で、外国のヒット作や古典劇の紹介に熱心な日本の演劇界・ミュージカル界が、英米の演出家たちにとって格好のマーケットになっていることがわかる。

外国から演出家を招くとなれば、演出料に、飛行機代、滞在費、通訳料が加算され、演出家の経費はそうとう割高になる。しかし、プロデューサー側にとっては、外国から「本場」の演出家を招くことで公演に付加価値がつき、それだけ協賛企業から資金を引き出しやすくなる利点もあるわけだ。

関係者によると、来日演出家はたいてい熱心に仕事をする。俳優たちとの対応もソフトで柔軟で、脚本の読み込みも深い。日本の一部の演出家のように、稽古場で高圧的、感情的になることも少ないという。「来日演出家の場合、日本の売れっ子演出家のように、ほかの公演との掛け持ち演出がない。そこも気分がいいんです」と打ち明けてくれたプロデューサーもいた。

こうした来日演出家によって日本の舞台水準が上がり、外部からの文化的刺激が加わることはいいことだ。舞台成果という点で、外来演出家導入による「国際化」の芸術的メリットは大きいと私は思う。

しかし、来日演出家の急増は、半面、優れた日本の演出家の少なさ、日本のオリジナル作品の未成熟を物語るものでもある。とくにミュージカルでは、海外のヒット作に対抗しうる上質のオリジナル作品が少なく、質の高い舞台を作る演出家の数も限られている。来日演出家の役割を評価しつつ、同時に、オリジナルものを活性化する別の流れをじっくりと時間をかけて作りだしていく必要性を、取材を通して実感したのだった。

そんな折に私は「こまつ座」が七年ぶりに再上演した井上ひさし作、栗山民也演出、宇野誠一郎音楽、謝珠栄振付の『日本人のへそ』を見て、和製ミュージカル・コメディーの古典ともいうべきこの作品の見事さ、しぶとい生命力に感嘆した。

一九六九年に劇団テアトル・エコーが熊倉一雄演出で初演した『日本人のへそ』は、井上ひさしの出世作であり、演劇界への実質的なデビュー作である。いまはない東京・恵比寿のテアトル・エコーの上階にあった小さな「屋根裏劇場」で初演を見た夜の驚きと興奮と幸福感がなつかしい。あれが、いまもつづく私の井上ひさし熱の発端だった。

その後、テアトル・エコーは一九七三年に再演。こまつ座は一九八五年に栗山演出で上演し、これが二度目の上演だ。つまり、初演から数えて今回は四演目の舞台である。

若い日の井上ひさしが、あふれる才能と趣向のありったけを注ぎこんだだけに、ここには井上式劇世界の道具立てがすべて出そろっている。過剰なことば遊びと笑い。推理劇と評伝劇をミックスした独特のスタイル。複雑な劇中劇構造と奇抜などんでん返し。鋭い現実批判精神。前半はストリッパー「ヘレン天津」の半生を描くミュージカル仕立て、後半は一転して風刺喜劇風のストレート・プレイになる変化も楽しい。伴奏は舞台上手のピアノ一台だけの簡潔さ。そのピアニストにも最後に大きな役割を振る心づかいがうれしい。何よりも、全編にあふれる陽気な幸福感が好きだ。

ことに今度の再演で強い印象を受けたのは、つぶさに描かれる保守党の政治家と右翼のヤクザの緊密な関係である。ここでは代議士の邸宅に右翼とヤクザが出入りし、一緒に仲よく劇中劇を演じもする。最近、竹下元首相に対する「ほめ殺し」事件で政治家と右翼と暴力団の関係が浮上して国会で大きな問題となったが、『日本人のへそ』はすでに二十数年前、薄気味が悪いほどのリアリティーでこの関係を描き切っているのだ。

前回の八五年に比べ、配役は沖恂一郎、下馬二五七を除いて新しいキャストに変わっている。ヘレン役は江波杏子。二幕で和服を着て代議士の愛人になるときは濃い味わいの風格があって見事なのだが、一幕で若いストリッパーを演じる場面は、演技的にやや無理がある。歌ももっとうまくこなしてほしい。前回の石田えりが、歌、踊りを含めてヘレンをはつらつと好演しただけに、差が目立つのである。

会社員、ヤクザ、助教授などを柔軟に演じる大高洋夫がおもしろい。沖恂一郎、斎藤暁の軽演劇的な軽みのある演技もうまくはまっていた。二幕でレズビアンを演じる西山水木がひどくおかしい。小田豊の「教授」は厚みのある演技だが、一幕の導入部の語りにはもっとユーモラスな味わいがあるべきだろう。口調が硬いので、観客の心がほぐれにくいのだ。前回同様、妹尾河童の美術が優れている。

それにしても、ここには日本の土壌に根ざし、戯曲の骨格が実にしっかりとしたユニークなミュージカル・コメディーの領域が開かれている。『日本人のへそ』と『上海バンスキング』（斎藤憐作）につづくオリジナルの音楽劇の秀作がもっと現れてほしいと心から思う。

（『ミュージカル』一九九三年一月号、ミュージカル出版社発行）

浮かびあがる「失敗者」の賢治像

こまつ座公演『イーハトーボの劇列車』劇評（一九九三年）

木村光一演出／宇野誠一郎音楽／高田一郎美術／沢田祐二照明／岸井克己衣裳／四月三日〜十八日、東京・紀伊國屋ホール。

宮沢賢治の半生を描く井上ひさしの代表作の『イーハトーボの劇列車』をこまつ座が木村光一の演出で再演している。初演（一九八〇年）以来、四回目。七年ぶりの上演だが、今回は作者が部分的に手を加えた「改稿決定版」。笑いと感動があるいい舞台だ。

宮沢賢治に寄せる作者の思いには並々ならぬものがあるが、この劇の成功は賢治へのストレートな共感を避け、批判的な距離をおいて賢治を相対化した点にある。そこに浮かびあがるのは、いかにも人間的な「失敗者」としての賢治像だ。

賢治（清水明彦）は繰り返し論敵に批判される。商事会社のエリート（仲恭司）とは対立し、信仰問題では父親に論破され、親がかりの生き方を刑事に痛烈にやりこめられる。

この父親と刑事の二役をやるすまけいが、おかしみとすごみが共存する演技で実に魅力的だ。過去三回、この役を好演した佐藤慶とはまた違う味わいがある。賢治役に初挑戦の清水明彦は実直なおおらかさがいい。初演以来のベテラン、中村たつもうまい。

どの場面にも、『銀河鉄道の夜』を連想させる車掌（松熊信義）が登場し、無名の死者から託された「思い残し切符」を登場人物に手渡す。この劇自体が、果たされずに終わった人々の願いを受け継いでいくための中継点なのだろう。高田一郎・美術。

（『朝日新聞』一九九三年四月八日）

役者の幸福感あふれる舞台

地人会公演『化粧』劇評（一九九六年）

木村光一演出／石井強司美術／室伏生大照明／宇野誠一郎音楽／九月二十四日～十月四日、東京・森下、ベニサン・ピット。

「代表作を持った俳優はこんなにも魅力的なのか！」――一九八二年の初演以来、全国巡演、海外二十二都市での公演を含めて上演回数が今回で五百回になるという一人芝居『化粧』を見てそう思った。渡辺美佐子の独演の魅力がもう圧倒的なのである。

井上ひさしの戯曲のよさ、木村光一の演出の力がその魅力を支えているのは言うまでもない。東京の下町の小劇場「ベニサン・ピット」の親密な空間がこの劇の雰囲気にぴったりはまっていたのもよかった。

だが、何といっても渡辺美佐子の陰影とユーモアのある緩急自在な演技、細部にまで工夫をこらした演技の入念な磨きあげ方がすごかった。私はもうずいぶん長い間、『化粧』を見ていなかった。だから、このベテラン女優が演技をここまで練りあげていたことを知らなかった。その分だけ、今回受けた感動は大きく、深いものがあった。

『化粧』は、大衆演劇一座の女座長が楽屋で化粧をし、衣装をつけながら、自分の過去を語り、一座の現状を明らかにする笑いと涙の物語である。しかも物語にはどんでん返し的な仕かけがあって、最後にはこの劇がなぜ「一人芝居」として演じられたのかが切ない形で見えてくる構造になっている。つまり、長谷川伸の『瞼の母』に似た通俗的な類型をふんだんに使いながら、なかなか知的な趣向を盛り込んだ作品なのだ。

この構造が、「新劇」出身の渡辺美佐子の演技の質感に実によく合っていた。大衆演劇の濃厚な演技の型と肌合いで私たちを笑わせ、共感させながら、同時にそこから自在に出入りしてみせる知的戦略のある演技なのだ。現実の大衆演劇の座長や商業演劇の女優が演じたら、こうまで洗練された切れ味のある演技はできなかったろう。

カーテンコールで舞台に正座したまま、客の熱い拍手にこたえる渡辺美佐子の笑顔の美しさは忘れられない。それは何とも言えず、味わいのある笑いだった。演じ終わった解放感と同時に、ここまで観客と親密に交流できる舞台をもちえた役者の幸福感が静かにあふれているように思われたのである。

（『ザ・テレビジョン』一九九六年十月二日、角川書店発行）

地人会公演『化粧』（木村光一演出）で大衆演劇の女座長を演じる渡辺美佐子
＝1996年9月、東京・ベニサン・ピット（谷古宇正彦撮影）

「昭和庶民伝」の集大成

新国立劇場公演『紙屋町さくらホテル』劇評（一九九七年）

渡辺浩子演出／宇野誠一郎音楽／堀尾幸男美術／緒方規矩子衣裳／謝珠栄振付／服部基照明／十月二十二日〜十一月十二日、東京・新国立劇場中劇場。

新国立劇場に新作を提供するに当たって、作者の井上ひさしはたぶん次の二点を強く意識したものと思われる。

第一は、新劇の本格的出発となった築地小劇場から戦中の移動演劇に至る、過去の新劇の軌跡を総ざらいして、現代の演劇につなげること。

第二は、多くの国民を死に追いやり、演劇を弾圧した戦時中の国家指導者の責任を浮き彫りにすることを通して、これまでとは違う演劇と国との関係を探ること。

だからこそ、この新作は笑いの中にもかなり重い主題をもつ作品となった。

舞台は、昭和二十年五月の広島。移動演劇隊「さくら隊」の先発隊として、「新劇の団十郎」と言われた丸山定夫（辻萬長）と宝塚出身のスター・園井恵子（三田和代）が、米国籍の日系二世・淳子（森光子）が経営するホテルに宿泊し、方言研究の言語学者（井川比佐志）らに出会う。そこにやってきた天皇の密使（大滝秀治）、彼を追う陸軍中佐（小野武彦）、淳子を監視する特高刑事（松本きょうじ）も次々と移動演劇隊に加わり、『無法松の一生』のけいこに励むことになる。「すみれの花咲く頃」の調べが劇全体を情感豊かに彩る。

ここには「昭和庶民伝」シリーズなどに重なる要素が見られる。淳子を執拗に監視する特高刑事は『きらめく星座』の憲兵を連想させるし、淳子が語るアメリカの日系人収容所の話は、『マンザナ、わが町』の中心的な主題だった。また、特高刑事らが芝居に熱中していく過程は、三谷幸喜の劇『笑の大学』を連想させる。

とくにこの新作の特質は、新劇場に開場にふさわしい演劇賛歌のドラマでもあるということだろう。やがて原爆死する丸山定夫が、演技を通してあらゆる人間を創造する「宝石」のような俳優たちをたたえる場面には、作者の深い思いが込められている。

井上作品を初めて手掛けた渡辺浩子の演出は、戯曲の完成が遅れた影響はやや残るものの、誠実に舞台をまとめた。中でも芝居のけいこの場面が面白い。園井恵子役の三田和代が、過剰な情熱を込めて青山杉作をまねた指揮者式演出術を披露したり、宝塚の演技のパターンを実演したりして見せるシーンは爆笑もの。

演技陣は多彩だ。ベテランの大滝秀治は重厚で中身の濃い演技。森光子は商業演劇のスターという顔を抑えた演技だが、しっとりした味わいはさすが。小野武彦は抜け目なく変わり身の早いエリート軍人を巧みに演じる。演劇にのめりこむ刑事役の松本きょうじ、広島弁を操る梅沢昌代にもコミカルな活気がある。

宇野誠一郎・音楽、堀尾幸男・美術、緒方規矩子・衣裳、謝珠栄・振付、服部基・照明。

（『朝日新聞』一九九七年十月二十三日）

ブレヒト＝ヴァイル仕かけの音楽劇

『夢の裂け目』劇評（二〇〇一年）

栗山民也演出／クルト・ヴァイル、宇野誠一郎音楽／久米大作編曲／石井強司美術／服部基照明／前田文子衣裳／五月八日〜三十一日、東京・新国立劇場小劇場。

私はブレヒトの音楽劇『三文オペラ』（一九二八年）が大好きで、その上演はなるべく見逃さないようにしている。この作品はブレヒトのクールな社会批評性に富む戯曲も見事だが、クルト・ヴァイル作曲の劇中歌もすばらしい。一度聞いたら忘れられないノリのいい旋律、都市の雑踏にも似た活力、甘美な頽廃感などが渾然一体となった実に複雑な魅力にあふれた音楽だ。

それほど心をそそる旋律なら、それをブレヒトの原作から引き離し、別の音楽劇に転用してみたいという人が現れても不思議はない。すでに劇作家の佐藤信《まこと》がそれを試み、彼が作・演出した『喜劇阿部定』（一九七三年）、『阿部定の犬』（七五年）という二つの優れた舞台が生まれた。二・二六事件で戒厳令下にある東京を舞台に、情痴事件を起こして逃走を続ける女性「阿部定」をめぐる物語が、『三文オペラ』のメロディーに乗って展開したのである。ヴァイルの曲に佐藤信が新しくつけた歌詞も才気にあふれていた。

井上ひさしも音楽劇のスタイルを愛用する劇作家である。『日本人のへそ』『頭痛肩こり樋口一葉』『きらめく星座』など、井上ドラマはもともと音楽劇的色彩が強い。

その井上ひさしが『三文オペラ』などクルト・ヴァイルの旋律をふんだんに使って新国立劇場小劇場のために書き下ろした新作『夢の裂け目』が栗山民也の演出、石井強司の舞台美術で上演された。東京裁判の過程が、ある紙芝居屋の戦中・戦後体験とからんで展開する意欲作である。ヴァイル好きにとってはこたえられない舞台だ。

ここではまず、この作品の音楽劇としての趣向について語り、次いで作品の内容に触れることにする。

『夢の裂け目』には、歌だけでなく、劇構成でも『三文オペラ』を踏まえた部分がある。劇の冒頭が主人公の半生期を語る歌で始まるのもその一つだ。『三文オペラ』は街頭歌手が歌う有名な「マック・ザ・ナイフ」で幕をあける。『夢の裂け目』でも、紙芝居屋「田中天声《てんせい》」（角野卓造）の半生期が藤谷美紀、熊谷真実、キムラ緑子、大高洋夫など八人の俳優たちが歌う「しゃべる男」で語られる。ただし、ここでだれもが予想する「マック・ザ・ナイフ」はあえて使わず、同じクルト・ヴァイル作曲のブロードウェイ・ミュージカル『レディー・イン・ザ・ダーク』（一九四一年）の中の「ジェニーの物語」のメロディーを使った趣向が意表をつく。これは一九九六年に安寿ミラ主演で日本でも上演された作品だ。

この歌が終わるころ、自転車に乗って当の天声が舞台を横切るが、これも『三文オペラ』で「マック・ザ・ナイフ」が歌われた直後に主役メッキースが舞台を横切る趣向を踏まえている。

もぐりで紙芝居をやっていた関谷三郎（高橋克実）が紙芝居の貸元の事務所に連れてこられ、紙芝居業界の仕組みを教えられる場面も、『三文オペラ』で乞食衣装店の経営者ピーチャムが新入りに物乞いの仕組みを説く筋立てと符合する。

愉快なのは、天声と紙芝居の絵師の清風（犬塚弘）が日本軍占領時代のインドネシアを懐かしんで、「スラバヤジェニィ」を歌う場面だ。これはブレヒトがエリザベス・ハウプトマンと共作した音楽劇『ハッピーエンド』（一九二九年）の中の「スラバヤ・ジョニー」の替え歌である。『ハッピーエンド』では、スラバヤ・ジョニーという海賊に誘惑され、金を巻き上げられて捨てられた女をその女性自身の視点から歌った曲だが、ここではジャワの慰安所で日本軍の兵士たちのセックスの相手をさせられていた美しいジャワ娘を男たちが懐かしんで歌う歌に変形している。二つの曲は題名はよく似ているが、歌の中味はまったく違う。痛烈な異化作用を加えた批判的変形である。

という具合に、これは井上ひさしのブレヒト＝ヴァイルへの造詣の深さがよく分かる、いわばブレヒト＝ヴァイル仕かけの音楽劇だ。ただし、ヴァイルの曲だけでなく、井上ひさしと縁の深い作曲家・宇野誠一郎の曲も二曲入っている。

だが、初日を観た限りでは、総じて出演者たちはもっと歌をうまく歌ってほしかった。ヴァイルの曲を聴かせるためには、全体に歌唱力をもっと上げる必要がある。

では、劇の中身はどうかと言えば、これもブレヒト＝ヴァイル流の実に硬派の作品だ。何しろ、「東京裁判はテンノーに戦争責任をとらせないための日米合作」だったことを明らかにしようという作品なのだ。

講釈師、無声映画の活弁士を経て紙芝居屋として成功した田中天声は、戦争中は軍国主義を鼓舞するための紙芝居を盛んにやり、アジア各地で戦地慰問もした。

敗戦後、彼は東京裁判に検察側の証人として出廷するが、やがて彼は、東京裁判は「東条大将と陸軍」にあらゆる罪をかぶせ、「テンノーとその周り（の戦争責任）をキレイにする」ための仕かけであることを見抜く。しかも、その見解を公表したため、彼は「占領目的妨害罪」で占領軍に逮捕されてしまう。

田中天声は戦争中も小狡く立ち回り、したたかに生き延びた庶民の典型だが、この男が戦後は一転して、柄にもなく受難者の役割を演じることになる。この役を角野卓造が軽妙に、愛嬌たっぷりに好演した。

東京裁判の「骨組み」に関するこの作品の解釈は、作者が膨大な資料を読み込んだ上で下した大胆な結論なのだろうが、門外漢の私にはかなりの説得力をもって迫ってきた。

キリスト教の伝道師の娘で、東京裁判の検事の秘書、川口ミドリ役の三田和代もコミカルでおもしろい演技を見せた。地味なスーツと眼鏡、禁欲的な硬直した姿勢で「伝道師の娘のワルツ」（『三文オペラ』の「ソロモン・ソング」の替え歌）を歌って天声に迫る場面は、歌もうまく、精彩があった。

という訳で、娯楽色の豊かなスタイルの中にも硬い批判の芯があるこの音楽劇の趣向を私は楽しんだのだが、同時に感じたのはブレヒトと井上ひさしの資質の違いである。ブレヒトの酷薄とも言える容赦ない人間描写（つまり、善人がほとんど登場しない）に比べると、この井上作品は、小狡い庶民は大勢出てきても、彼らは基本的には親しみを覚えるいい人たちで、悪人が出てこない。その分、ヴァイルの音楽も、ブレヒト作品で感じるような冷徹さが薄れ、心温かな肌合いの音楽に変化していた。あくまでも井上流に料理されたクルト・ヴァイルなのだ。
フィナーレでようやく「マック・ザ・ナイフ」の旋律が歌われ、舞台を楽しく盛りあげた。冒頭ではなく、この名曲を終幕に持ってきたのもうまい趣向である。

（『ミュージカル』二〇〇一年六月号、ミュージカル出版社発行）

あふれる趣向と猥雑な活力

日本劇団協議会主催公演『天保十二年のシェイクスピア』劇評（二〇〇二年）

いのうえひでのり演出／岡崎司音楽／堀尾幸男美術／原田保照明／小峰リリー衣裳／川崎悦子振付／三月五日〜二十四日、東京・赤坂ＡＣＴシアター。大阪厚生年金会館でも上演。

井上ひさしの戯曲は繰り返し上演されることが多いが、七四年に上演された『天保十二年のシェイクスピア』は例外的に再演が珍しい作品だ。シェイクスピア全戯曲の要素を織り込み、講談「天保水滸伝」の世界と合体させたこの長大で奇抜な作品を造形化するのが容易ではないというのが敬遠の理由だろう。
この難物に劇団☆新感線を率いる演出家いのうえひでのりが挑んだ。日本劇団協議会の十周年記念公演だ。

いのうえ演出は戯曲を相当大胆に刈り込み、ナンセンスな笑いと視覚性と躍動感を重視して舞台を展開するが、それでも私が観た初日は休憩を含め約三時間五十分かかった。

マイクを使うセリフに聞き取りにくい個所があり、言葉遊びを駆使した劇中歌の歌詞の面白さが伝わりにくいなど、注文をつけたい部分も多い。

だが、井上の初期戯曲に特有の過剰で猥雑で混沌としたエネルギーは伝わってくる。ある部分、松尾スズキやケラリーノ・サンドロヴィッチの劇世界との共通性さえ感じる。

とにかくシェイクスピアづくしの趣向があきれるほど大量に盛り込まれている。下総国の宿場を支配する侠客、鰤《ぶり》の十兵衛（小林勝也）と三人の娘（村木よし子、西牟田恵、沢口靖子）から始まる物語は『リア王』に重ねられ、さらに『ロミオとジュリエット』『ハムレット』『ジュリアス・シーザー』『間違いの喜劇』などの趣向が次々に挿入される。

活気ある演技陣の中でも、リチャード三世のイメージを帯びた「佐渡の三世次」役の上川隆也がいい。上川が映像や舞台で見せる正義派風の役柄とはずいぶん違う冷徹な悪漢ぶりがさえる。ふてぶてしい役を得意とする古田新太が、悪に操られるマクベス兼オセローの役柄を演じているのも新鮮だ。堀尾幸男・美術。岡崎司・音楽。


（『朝日新聞』二〇〇二年三月十五日）

林芙美子と戦争協力

こまつ座公演『太鼓たたいて笛ふいて』劇評（二〇〇二年）

栗山民也演出／宇野誠一郎音楽／石井強司美術／服部基照明／宮本宣子衣裳／西祐子振付／七月二十五日〜八月七日、東京・紀伊國屋サザンシアター。

作家・林芙美子を主人公にした舞台と言えば、演劇ファンならだれでも森光子主演の『放浪記』（菊田一夫作）を連想する。確かに哀歓に富む林芙美子の個人史を濃やかに描いた名作である。私も何度となく芸術座で森光子の名演技を楽しんできたが、あの作品が光を当てなかった林芙美子の世界があるのも事実である。

井上ひさしが書き下ろし、栗山民也が演出したこまつ座の新作『太鼓たたいて笛ふいて』は、まさに菊田作品が描かなかった部分、つまり林芙美子と戦争協力の問題を浮き彫りにした刺激的な作品だった。しかも、舞台を観てうれしい驚きを覚えたのは、これが劇中歌が十一曲もある、ほとんどミュージカルと言っていい作品だったことだ。

もともと井上ひさしの戯曲は音楽劇の形をとるものが多い。二〇〇一年に新国立劇場が初演した『夢の裂け目』もその一つで、クルト・ヴァイルの旋律を使った曲を中心に十数曲もの歌が登場した。

今回の新作も似た趣向だが、前作のようなクルト・ヴァイル尽くしではない。リチャード・ロジャース、宇野誠一郎（四曲）、チャイコフスキー、ベートーベンなど、さまざまな作曲家の旋律に新しい歌詞をはめこみ、これを劇の展開につれて俳優たちが、ピアノの伴奏（朴勝哲）でにぎやかに歌い上げる。大竹しのぶ、木場勝己など、演技陣に歌える俳優たちがそろっているので、歌の部分がなかなか楽しい。

この作品で井上ひさしが描いたのは、日中戦争から太平洋戦争にかけて、第一線の従軍作家として活躍したものの、やがて戦争の無残さを痛感して、戦争末期には特高からにらまれる要注意人物になり、戦後は贖罪の思いを込めて「戦さの影」が色濃い作品を懸命に書き続けた林芙美子である。

こう書くと、いかにもシリアスで暗い舞台を思い浮かべるかもしれないが、実際は愛嬌のある広島弁の母親キク（梅沢昌代）、島崎藤村の姪で元左翼のこま子（神野三鈴）、行商人から憲兵、さらに特高刑事へと転身していく四郎（松本きょうじ）など、さまざまな立場の人物が登場し、次々に歌われる歌と相まって、笑いのある弾んだ舞台を作り出した。特にコミカルな「行商隊の唄」（宇野作曲）がいい。

その中心にいるのは、時勢に乗りやすい才能とエネルギーをもつ林芙美子（大竹しのぶが好演）。そして、この作家をまるでメフィストフェレスのように、「戦さは儲かるという物語」、つまり国家の物語へと導いていく音楽プロデューサーの三木孝（木場勝己）だ。レコード会社の社員から日本放送協会の音楽部員、さらに内閣情報局のメンバーへと出世していくこのしたたかな男を悪人風ではなく、むしろ気のいい善人風に描いたところに不気味なリアリティーがある。

今から十六年前、私は作家の小林信彦と対談したことがある。その時、小林氏が「太平洋戦争の開戦から半年余り、破竹の勢いで南方に進出した日本人たちの多くは戦争の〈たのしさ〉を味わったはずだが、それをちゃんと書いた男性の作家はいない。唯一の例外が林芙美子の戦後の小説『浮雲』だ」と語ったのが印象的だった。今、『浮雲』は私の愛読書の一つである。

（『ミュージカル』二〇〇二年九月号、ミュージカル出版社発行）

戦争責任を娯楽で問う離れ業

新国立劇場公演『夢の泪』劇評（二〇〇三年）

栗山民也演出／宇野誠一郎音楽／久米大作編曲／石井強司美術／服部基照明／前田文子衣裳／十月九日〜十一月三日、東京・新国立劇場小劇場。

東京裁判（極東軍事裁判）という重い題材を、娯楽色の強い音楽劇として描く——こんな離れ業ができる劇作家がほかにいるだろうか。井上ひさしが新国立劇場のために書き下ろす「東京裁判三部作」の第二部、栗山民也演出の新作『夢の泪《なみだ》』（石井強司美術）は、二年前の第一部『夢の裂け目』よりも、東京裁判の中心部分にもっと迫った形で話が展開する。

敗戦の翌年、東京・新橋で開業する弁護士夫婦（角野卓造、三田和代）のもとに、東京裁判のA級戦犯、松岡洋右・元外相の補佐弁護人となる話が舞いこむ。夫婦の娘（藤谷美紀）に好意を寄せる在日朝鮮人のヤクザの息子（福本伸一）、米軍将校クラブで歌う二人の歌手（熊谷真実、キムラ緑子）らも登場する。

やがて劇は、日本人が権力者から庶民まで、東京裁判の被告たちに罪をすべて負わせ、自分たち自身の戦争責任からひたすら「逃げている」姿を浮かび上がらせる。

日本の戦後史に強い批判を込めた作品だけに、硬派の「論」の部分が多く、その分、紙芝居屋を主人公にした『夢の裂け目』のような物語の奇抜な面白さには欠ける。

それを補っているのは、性格が対照的に違う弁護士夫婦の造形だ。角野は女好きの恐妻家を愛嬌たっぷりに演じ、三田はちょっとこわい雰囲気のある知的な女性を演じて精彩がある。

劇中で歌われる十五の曲が舞台を弾ませる。クルト・ヴァイル、リチャード・ロジャース、宇野誠一郎らの既成の曲に新しい歌詞をつけた歌で、音楽劇に造詣の深い作者のマニア的趣向は相当なものだ。ただし、演技陣は全体にもっと歌をうまく歌ってほしい。

（『朝日新聞』二〇〇三年十月十五日）

井上ひさしの喜劇作家再宣言

こまつ座公演『円生と志ん生』劇評（二〇〇五年）

鵜山仁演出／宇野誠一郎音楽／石井強司美術／服部基照明／黒須はな子衣裳／西祐子振付／二月五日〜二十七日、東京・紀伊國屋ホール。鎌倉、山形県川西町でも上演。

井上ひさしとこまつ座がまた新しいヒット作を送り出した。井上作、鵜山仁演出『円生と志ん生』（石井強司美術）である。六人の魅力的な演技陣による、笑いと感動のある舞台が展開する。

一九四五年、落語家の五代目古今亭志ん生と六代目三遊亭円生が旧満州への慰問旅行に出た。だが、ソ連軍の侵攻に続く終戦。二人は封鎖された大連に足止めされ、地獄巡りにも似た六百日を過ごす。二人の満州時代については円生の回想録『寄せ育ち』などに出てくるが、井上は大胆な虚構を交えて、それを趣向豊かにふくらませた。

酒とバクチが大好きな志ん生（角野卓造）と、きちっとした性格の円生（辻萬長）。芸風も性格も対照的な二人が繰り広げる珍道中が笑いを呼ぶ。角野の奔放な演技がいい。特に落語「火焔太鼓」にちなむ古道具屋に、残留孤児の母親たちの幽霊が現れる場面が切なく胸に迫る。

共演する四人の女優（久世星佳、宮地雅子、神野三鈴、ひらたよーこ）が、旅館、娼妓置屋な

こまつ座公演『円生と志ん生』（鵜山仁演出）の（左端から）角野卓造、辻萬長、ひらたよーこ、神野三鈴、久世星佳、宮地雅子＝2005年2月、東京・紀伊國屋ホール（谷古宇正彦撮影、こまつ座提供）

ど、場面ごとに役を変え、なかなか達者な演技を披露する。意表をつくこの趣向も面白い。
最近の井上作品と同様、この新作でもピアノの伴奏（朴勝哲）で俳優たちが次々に歌を歌い、舞台を柔らかな情感で包む。宇野誠一郎からリチャード・ロジャース、ベートーベンまで、既成の曲の旋律を使い、そこに新しい歌詞をはめこむ手法が鮮やかだ。
劇の大詰め、女子修道院の場面で劇はさらに意外な方向をたどり、「涙の谷」としてのこの世における笑いの効用が強調される。つまり、この作品は井上ひさし自身の軽やかな喜劇作家再宣言なのだ。その点、ここには喜劇作家の闘いを描く三谷幸喜の秀作『笑の大学』と確実に呼応するものがある。

（『朝日新聞』二〇〇五年二月十二日）

戦争を笑いと音楽で描く　**新国立劇場公演『箱根強羅ホテル』劇評（二〇〇五年）**

栗山民也演出／宇野誠一郎音楽／久米大作編曲／堀尾幸男美術／勝柴次朗照明／前田文子衣裳／五月十九日～六月八日、東京・新国立劇場中劇場。

重いテーマの作品を、あえて軽やかな喜劇、それも趣向をこらした音楽劇に仕立てる。新国立劇場の上演中の井上ひさしの新作、栗山民也演出『箱根強羅ホテル』は、そんな作者の特色がよく出た舞台だ。井上が情熱的に書き続ける「戦争」もの連作の一つである。

第二次大戦末期、一九四五年四月から五月にかけての箱根のホテル。外務省参事官の加藤（辻萬長）はここにソ連大使館を移し、ソ連を仲介役として戦争を終結させる和平交渉の準備を始める。管理人（梅沢昌代）の下で働くひとクセありげな従業員たち（内野聖陽、段田安則、藤木孝、酒向芳、大鷹明良ら）。その中に和平に反対する軍部のスパイが潜入していた……。

舞台美術（堀尾幸男）は中劇場の舞台を前方に大きく張り出し、解放感のある広い演技空間を作った。栗山演出は俳優たちを自在に動かし、活気ある舞台を作っている。歌もうまい内野が魅力的で、大鷹、段田、酒向らの個性的演技が面白い。

スパイの正体をめぐる展開がスリリングだ。遠回しに言えば、G・K・チェスタトンの小説『木曜の男』に通じる趣向である。ロシア人学校の教師（麻実れい）とその弟との意外な再会など、柔らかな情感をそそる挿話もある。

日本の指導部がもっと早く和平交渉を進めていれば、広島、長崎への原爆投下などの惨劇は避けられたのではないか。作者のそんな思いがまっすぐに伝わってくる。

筆者は開幕から二日目に見たが、台本完成が遅れたため、演技と歌はまだ十分な仕上がりとは言えなかった。作者の才能と力量には敬意を覚えるが、やはりこうした事態は改善してほしい。

宇野誠一郎・音楽、前田文子・衣裳。

（『朝日新聞』二〇〇五年五月二十八日）

カーニバル的な活力を放つ

Bunkamura公演『天保十二年のシェイクスピア』劇評（二〇〇五年）

蜷川幸雄演出／宇崎竜童音楽／中越司美術／原田保照明／前田文子衣裳／前田清実振付／Bunkamura制作／九月九日～十月二十二日、東京・BunkamuraシアターコクーンS。大阪・シアターBRAVA!でも上演。

卑俗で猥雑で混沌としたエネルギーにあふれた音楽劇が登場した。二〇〇五年十月で古希を迎えた蜷川幸雄が東京・シアターコクーンで演出した井上ひさし作、宇崎竜童音楽の大作『天保十二年のシェイクスピア』である。

この作品は、舞台を江戸時代の下総国の宿場に移すとともに、シェイクスピアの全戯曲三十七本の要素をすべて盛り込むという趣向で書かれた。初演は一九七四年の西武劇場（現・パルコ劇場）。演出は出口典雄で、音楽は宇野誠一郎だった。何しろ作品が長大で、劇中歌も多く、私の記憶では初日の上演時間は四時間を超えた（作者の井上氏によれば約五時間）。二〇〇二年には、日本劇団協議会主催公演として、いのうえひでのり演出で再演されている。

今回の蜷川演出は出演者の華やかさでも話題を呼んだ。唐沢寿明、藤原竜也、篠原涼子、夏木マリ、高橋惠子、勝村政信、毬谷友子、吉田綱太郎、西岡徳馬、白石加代子……らが顔をそろえたのだ。

開幕の趣向がまず意表を突いた。舞台上には、一九九七年にロンドンに再建された、シェイクスピア劇の殿堂であるシェイクスピア・グローブ座そっくりの舞台とバルコニーが組まれ、洋風の衣裳を着た俳優たちが行き交っている。

「江戸時代の劇のはずなのに？」と不審に思っていると、やがて肥桶をかついだ純日本風の農民たちが客席から舞台に上がり、西洋風の舞台をあっという間に解体していく。その結果、舞台に現れたのは、グローブ座の柱などを部分的に残しながら、全体としては日本風の宿場の装置である。シェイクスピア作品の翻案劇であり、解体劇でもある井上戯曲の精神を巧みに体現した装置（中越司）だった。

蜷川と何度もコンビを組んできた宇崎竜童が新たに作曲した音楽が冴えていた。全体にポップで喜劇的な躍動感があり、くっきりした旋律が印象に残る。

曲調も多彩だった。夏木マリと壌晴彦が歌う往年のロックンロール風の曲、唐沢寿明がソロで歌うフォークソングのような曲、悪女役の夏木と高橋惠子が歌うタンゴ、コロス役の百姓隊が歌うボサノバ調、藤原竜也が女郎たちとの掛け合いでワイセツな動作を交えて歌う歌、歌手出身の篠原涼子が歌い上げるロマンチックなラブソングなど、個々の歌が充実しているので、今回は歌入り芝居というより、音楽劇として成立する舞台になっていた。言葉遊びが多い劇中歌の歌詞を、電光表示板で表示する工夫も効果的だった。まるで退屈せず、約四時間の上演時間も長いとは思えなかった。

一種カーニバル的な活力を放つ作品だが、この作品は後半に入ると、不気味な黒い笑いが増え、登場人物はばたばたと死んでいく。初演当時、井上ひさしは公害などで「人が何の理由もなく次々に死んで行かねばならぬご時勢」（初演の公演パンフレットでの井上の文章）に怒り、この作品を「血の色に似た赤インク」で書いたという。今回の蜷川演出は、そのような不条理感が世界的にますます強まっている二十一世紀初頭にふさわしい再演だった。

（『ミュージカル』二〇〇五年十一月号、ミュージカル出版社発行）

あくまでも笑える「喜劇」として

こまつ座&シス・カンパニー公演『ロマンス』劇評（二〇〇七年）

栗山民也演出／宇野誠一郎音楽／石井強司美術／服部基照明／前田文子衣裳／井手茂太振付／北村明子・井上都＝プロデューサー／八月三日〜九月三十日、東京・世田谷パブリックシアター。

小説家に比べ、劇作家の最盛期はあまり長くないようだ。特に高齢になってから代表作を送り出す劇作家は珍しい。日本の現代劇の世界でも、代表作を書いたのは青春時代から、せいぜい中年期までという書き手が多い。

その点、井上ひさしの衰えを知らない劇作活動は注目に値する。井上は今年（二〇〇七年）の十一月で七十三歳になるが、この夏、こまつ座とシス・カンパニーの共同制作で上演された井上の新作『ロマンス』（栗山民也演出、宇野誠一郎音楽、石井強司美術）は、チェーホフの生涯を、いかにもこの作家らしい喜劇的視点から描いた見事な音楽劇だった。個性と実力のある俳優六人の演技と歌にも精彩があった。

井上の遅筆ぶりは有名だ。今回も戯曲が書き上がったのは初日の直前で、演出家サイドからは初日延期の案も出たという。こうした執筆遅れに対しては、当然、作者の「甘え」を批判する意見が毎回出るが、『ロマンス』のような秀作を目にしてしまうと、非難の声も小さくなってしまう。

『ロマンス』には、これまでの井上作品になかった新しい趣向がいくつかある。例えば、井上には『表裏源内蛙合戦』『小林一茶』『頭痛肩こり樋口一葉』といった評伝劇が多いが、登場人物が全員、外国人（この作品の場合はロシア人）というのは『ロマンス』が初めてだ。

さらに、主人公のチェーホフを一人の俳優が演じるのではなく、四人の男優（井上芳雄、生瀬勝久、段田安則、木場勝己）がチェーホフの年代に応じて次々に演じ替えていく趣向も面白い。その結果、演劇的多面体としてのチェーホフ像が魅力的に浮かび上がった。女優オリガ役の大竹しのぶと、チェーホフの妹マリヤ役の松たか子も、場面に応じてそれぞれ別の役を演じる。

『ロマンス』は、井上が敬愛する作家チェーホフに捧げたオマージュであり、一種の伝記劇でもあるが、同時に、危険な綱渡りにも似た、実にアクロバティックな作品だ。

「チェーホフ劇の本質は喜劇、それも娯楽性に富むボードビルにある」というのが、チェーホフ劇に対する井上の見方だが、ここには明らかに喜劇作家としての井上自身とチェーホフとの意識的で切実な重ね合わせがある。しかも、感心したのは井上がこの劇自体をボードビルのスタイルで書いてみせたことである。つまり、ボードビル風寸劇の連鎖。これは「抱腹絶倒」の喜劇作家として出発した井上ひさしだからこそ出来たことで、しかもその挑戦はかなり成功している。

劇は南ロシアの港町で始まる。少年時代のチェーホフ（井上芳雄）は、未成年者の入場が禁止されていたボードビル、つまり「バカバカしいだけの唄入りのドタバタ芝居」に熱中する。そして、「一生に一本でいい、うんとおもしろいボードビルが書きたい」と願う。

モスクワ大学の医学部を卒業したチェーホフは、滑稽小説の書き手として人気を集めるが、やがて「ブンガクブンガクした小説」で評価を高め、「ロシア最高の短篇小説家」と呼ばれるようになる。

だが、諦めかけていたボードビルへの愛を、「舞台で叶える」ように薦めたのは女優オリガ・クニッペル（大竹）だった。こうしてチェーホフは「辛味のきいたボードビル」としての傑作『三人姉妹』を書き上げ、オリガと結婚する。

劇中でチェーホフはこう言う。

「ひとはもともと、あらかじめその内側に、苦しみをそなえて生まれ落ちる」。だが、「笑いはちがいます。笑いというものは、ひとの内側に備わってはいない。だから外から……つまりひとが自分の手で自分の外側でつくり出して、たがいに分け合い、持ち合うしかありません。もともとないものをつくるんですから、たいへんです」

このセリフには、チェーホフの、そして井上ひさしの、笑いを生み出すための「たいへん」な苦闘の体験がたっぷりと込められている。だから劇で弾ける笑いは明るい幸福感を伴って、深く私たち観客の胸にしみこんでくる。

劇の後半、晩年のチェーホフ（木場勝己）が自作の『三人姉妹』を「上等なボードビル」と呼び、これに対して演出家スタニスラフスキー（井上芳雄）が「この戯曲の本質そのものは美しい抒情詩」と主張して、激しく対立する場面がある。

激高する二人の間に割って入るのが老作家トルストイ（生瀬勝久）で、「苦しみを和らげるための「十二ヵ条」と称して、「指にトゲが刺さったら、『よかった、これが目じゃなくて』とおもうこと」などという珍妙な、同じようなことを繰り返すだけの処世訓を大真面目に延々と語って、客席の爆笑を誘う。シリアスな雰囲気を一気にボードビルに変換してしまう愉快な場面である。

この場面を見ながら思い出したのは、劇団民藝の演出家・俳優だった故・宇野重吉（一九八八年死去）の著書『チェーホフの『桜の園』について』（麦秋社、一九七八年）である。これはチェーホフ最後の戯曲『桜の園』（一九〇四年）を、リアリズム演劇の立場から、ロシアでの現地調査も含めて綿密に解釈した著書で、新劇人の「勉強好き」が存分に発揮された本だった。

チェーホフは『桜の園』について、「喜劇四幕」と明記している。だが、約三十年前、宇野の本を読んで私が違和感を覚えたのは、宇野が「喜劇」というチェーホフの規定にかなり抵抗していることだった。宇野はまず、ゴーリキーがこの劇を「悲喜劇」と呼んだ例を挙げる。そしてチエーホフは「喜劇」と書き添えることで、「『何故これが喜劇《コメディ》なのか』と、演出家や俳優に疑問をもたせ、逆らわせることで戯曲の読みとりを深めさせようとしたのではなかったか」と書く。

これはチェーホフの指定をあえて曲解してみせる不思議な文章だ。『桜の園』＝「喜劇」というチェーホフ自身の規定に反し、この戯曲の本質は実は「悲劇」、あるいは「悲喜劇」なのだ、と宇野は示唆しているのだから。

つまり、宇野の立場は、『ロマンス』の中で、『三人姉妹』を「ボードビル」と呼ぶ作者チェーホフに抵抗するスタニスラフスキーの「悲劇」志向の姿勢と基本的に一致している。『桜の園』では名家の没落、男女のすれ違いなど、さまざまな出来事が起きるが、それらをあえて冷徹に相対化し、すべては私たちと同じ等身大の「おろか者」たちが引き起こす、おかしな「喜劇」として見るべきだとしたチェーホフの意図（二十世紀の演劇はここから始まった）を、宇野は結局、感受性として理解できなかったのだろう。

劇中では、チャイコフスキー作曲のロマンス集など、多彩な劇中歌が俳優たちにより、ピアノの伴奏（演奏・後藤浩明）で次々に歌われ、舞台を楽しく盛り上げた。最近の井上の音楽劇と同じように、原曲の旋律だけを使い、井上ひさしが新しく歌詞を付けた曲である。しかも、チェーホフとほぼ同時代のチャイコフスキーの曲だけでなく、ガーシュイン作曲のミュージカル『オー、ケイ！』の劇中歌や、リチャード・ロジャース作曲のミュージカル『オン・ユア・トウズ』『シラキュースから来た男たち』の劇中歌を転用するなど、音楽面でも意表をつく趣向がいっぱいだ。チェーホフとガーシュイン、ロジャースの組み合わせなど、井上ひさし以外、だれが考えつくだろうか。ここにもブロードウェイ・ミュージカルに対する井上の並々ならぬ造詣の深さがうかがえる。

芸達者がそろった六人の演技陣はいずれも好演した。中でも女優オリガを魅力的に演じ、さらにチェーホフをペテンにかけるしたたかな老女役をまさにボードビル風に演じた大竹しのぶのうまさに私は惚れ惚れした。持ち前の張りのあるいい声を生かし、大作家トルストイを馬鹿馬鹿しいほどコミカルに演じた生瀬勝久も出色だった。軽妙な鋭さと温かみを合わせ持つ段田安則の演技、渋い味わいと深い人間味を漂わせるベテラン・木場勝己の演技も忘れがたい。兄思いの妹をひたむきに演じた松たか子は歌もよかった。主にミュージカル畑で活躍する気鋭の井上芳雄は初めての井上劇出演だったが、優れた歌唱力を示し、舞台にさわやかな風を吹き込んでいた。

（『遊歩人』二〇〇七年十月号、文源庫発行）

過剰な世界、趣向豊かに

Bunkamura公演『表裏源内蛙合戦』劇評（二〇〇八年）

蜷川幸雄演出／中越司美術／朝比奈尚行音楽／室伏生大照明／鹿野英之音響／小峰リリー衣裳／広崎うらん振付／井上尊晶演出補／Bunkamura主催・企画・製作／十一月九日～十二月四日、東京・Bunkamuraシアターコクーン。十二月九日～十四日、大阪・シアターBRAVA！

蜷川幸雄が演出する、井上ひさしの初期戯曲シリーズの第四弾は、江戸中期の鬼才・平賀源内を描く喜劇的音楽劇の大作『表裏源内蛙合戦』（一九七〇年初演）。過剰な活力にあふれたこの劇世界を蜷川演出は正面から受けとめ、四十人に及ぶ演技陣の健闘も加わって、熱くわきたつ舞台が生まれた。休憩を入れて約四時間十分と、上演時間もかなり過剰である。

主人公の源内は、理想家肌の「表の源内」（上川隆也）と現実主義者の「裏の源内」（勝村政信）に分裂し、二人が同調・対立する中で劇が進行する。中越司の舞台美術は、舞台後方を大きな鏡張りにし、そこに舞台上と観客席を映し出して、多層性を視覚的にも増幅した。

言葉遊びと猥雑な用語の氾濫、膨大な登場人物と四十曲近い劇中歌など、ここでは何もかもが過剰だ。そしてやはり過剰な演出家である蜷川は、シェイクスピア劇にも通じるこの途方もなさ

Ｂｕｎｋａｍｕｒａ製作公演『表裏源内蛙合戦』（蜷川幸雄演出）で「腑分」をする（手前左から）表の源内（上川隆也）と裏の源内（勝村政信）＝2008年11月、東京・Ｂｕｎｋａｍｕｒａシアターコクーン（谷古宇正彦撮影、Ｂｕｎｋａｍｕｒａ提供）

を楽しんでいるように見える。

源内を中心にしつつ、ここでは彼が生きた社会が多層的に描かれる。そして「民衆の生活」に結びつかなかった知識人・源内の限界が指摘されるのだが、印象的なのはこの作品の強い社会変革志向だ。特に、「美しい明日を／（心の中に）お前は持っているか」という劇中歌の問いかけは、現在の私たちにほとんど痛覚をもって響く。

二人の源内を軽妙にエネルギッシュに演じる上川と勝村に精彩がある。ただし、勝村の歌はもっとレベルを上げてほしい。朝比奈尚行の作曲には多彩で混沌とした魅力がある。高岡早紀、六《む》平《さか》直政、豊原功補、高橋務、篠原ともえ、立石涼子、大石継太らが共演。

（『朝日新聞』二〇〇八年十一月十四日）

爆笑に潜む「報復の連鎖」　ホリプロ企画制作公演『ムサシ』劇評（二〇〇九年）

蜷川幸雄演出／中越司美術／宮川彬良音楽／勝柴次朗照明／小峰リリー衣裳／井上正弘音響／國井正廣殺陣／広崎うらん・花柳錦之輔振付／三月四日〜四月十九日、埼玉県さいたま市・彩の国さいたま芸術劇場。四月二十五日〜五月十日、大阪・梅田芸術劇場シアター・ドラマシティ。

もともと『ムサシ』は一九八〇年代に、ブロードウェイで上演するミュージカルとして企画された。だが、肝心の井上ひさしの脚本が出来上がらず、計画は流れた。

それから二十数年。演出の蜷川幸雄とのコンビで、往年の企画が構想も新たにようやく実現した。せりふ劇としての新作『ムサシ』である。

三月四日の初日、約三時間半に及ぶ舞台を見て、長く待ったかいがあったと私は思った。例によって戯曲の完成は大幅に遅れたが、井上作品は見事な出来栄えだ。蜷川が井上の新作を演出するのはこれが初めてだが、作品が持つ喜劇性と重厚なテーマを精妙に生かしていた。

風に揺れる竹林、屋外の能舞台風の建物など、視覚的に美しい舞台だ（中越司・舞台美術、勝柴次朗・照明）。藤原竜也と小栗旬を中心とする演技陣も、まだ練り上げの必要はあるものの、精彩があった。

幕開けは巌流島で宮本武蔵（藤原）と佐々木小次郎（小栗）が決闘し、小次郎が敗れる有名な場面。だが、実は小次郎はその後も生きていた。六年後、彼は沢庵宗彭《たくあんそうほう》（辻萬長）、柳生宗矩《むねのり》（吉田鋼太郎）らが集う鎌倉の禅寺に現れ、再び武蔵に闘いを挑む。

吉川英治の長編小説『宮本武蔵』の末尾では、「手当に依《よ》っては」小次郎の命が助かることが暗示されている。その記述に基づく、いかにも井上らしい奇抜な後日談だ。

この作品の第一の特色は、初期の井上劇を彩っていた爆笑喜劇風の笑い、どんでん返しなどの趣向が復活していることだ。しかも見逃せないのは、剣豪二人の再度の決闘が、世界各地で頻発するテロ、民族紛争などに見られる「報復の連鎖」という深刻で切実な問題と緊密に結びついて描かれていることだ。

例えば喜劇的な趣向では、いがみあう武蔵と小次郎を隔てるため、この二人を含む男五人の足をひもで縛ってしまう〝五人六脚〟が巻き起こす珍妙な笑い。敵打ちに備えるためのけいこが、途中からなぜかタンゴ風のダンスになってしまう場面もおかしい（宮川彬良・音楽、広崎うらん、花柳錦之輔・振付）。

決闘を懸命に止めようとするのは、禅寺を支援する筆屋乙女（鈴木杏）と木屋《きや》まい（白石加代子）の女性二人。だが、彼女たちも、乙女の父を殺した犯人が分かると、たちまち仇討ちに着手。理想としての平和論が、自分たちに関わる現実問題になると、報復戦に早変わりするこの展開には不気味なリアリティーがある。

後半、この劇は一種のミステリー仕立てになるので、物語にこれ以上立ち入るのは控えるが、七十四歳でなおもこれだけ優れた作品を書いた井上ひさしの劇作の力に改めて心を動かされた。

主演の藤原と小栗はともに若々しい魅力を放つ。異常な能楽好きで、どこでも謡曲を始めてしまう宗矩役の吉田の喜劇性が面白い。大量のせりふを変幻自在にこなす白石のベテランらしい演技も見応えがある。

（『朝日新聞』二〇〇九年三月十一日）

「都会派」多喜二描く音楽劇

こまつ座&ホリプロ公演『組曲虐殺』劇評（二〇〇九年）

栗山民也演出／小曽根真音楽・演奏／伊藤雅子美術／服部基照明／前田文子衣裳／山本浩一音響／井手茂太振付／十月三日～二十五日、東京・天王洲銀河劇場。十月二十八日～三十日、兵庫県立芸術文化センター阪急中ホール。十一月一日、二日、山形県川西町フレンドリープラザ。

『蟹工船』『党生活者』などの作品を書き、警察の拷問を受けて殺された作家・小林多喜二の生涯を描く井上ひさしの新しい評伝劇であり、意欲的な音楽劇である。作者の積年の思いがこもった作品は感動的で、喜劇性もある。

少年時代の多喜二（井上芳雄）は小樽のパン屋で仕事をする中で、だれかが貧しい人々から「カネをくすねている」ことを実感する。作家となった彼は特高に追われながら活動家の道を歩むが、この舞台から浮かび上がるのは、音楽や映画を愛する明るい都会派の青年としての多喜二像だ。同志で妻のふじ子（神野三鈴）、姉チマ（高畑淳子）、彼が身請けした元酌婦の瀧子（石原さとみ）が彼を支える。

多喜二自身には喜劇性はあまりないが、その分、彼を追う二人組の特高刑事、古橋（山本龍二）と山本（山崎一《はじめ》）が笑いを担う。ともに貧しい境遇に育った彼らがしだいに多喜二に理解を示していく展開が意表をつく。特に、ともにチャップリンに変装した多喜二と山本が鉢合わせする場面が愉快だ。

多喜二は自分の創作過程に触れ、胸にある「映写機のようなものが、カタカタと動き出して」、「かけがえのない光景」を写し出していくと語り、歌う。視覚性の強い多喜二の小説の原点が映画にあることを示唆する刺激的な場面だ。

特筆していいのは小曽根《おぞね》真《まこと》が手がけた音楽とピアノの生演奏。ジャズ的な要素は少ないが、心にしみる旋律が次々に登場し、井上音楽劇に新しい展開をもたらした。栗山民也の端正で描写力のある演出、高い壁面で囲んだ閉塞感のある装置（伊藤雅子）も効果的だ。

井上芳雄はあまりプロレタリア作家らしくないが、ピュアな演技は新鮮で、歌唱力が冴《さ》える。高畑の喜劇性のある演技、神野の細やかな表現もいい。石原は素直な演技だが、もう少し歌唱力がほしい。

（『朝日新聞』二〇〇九年十月二十日）

井上ひさしの遺作となったこまつ座＆ホリプロ公演『組曲虐殺』の（左から）
小林多喜二（井上芳雄）、佐藤チマ　（高畑淳子）、田口瀧子（石原さとみ）＝
2009年10月、東京・天王洲 銀河劇場（落合高仁撮影、ホリプロ提供）

公演中に思いがけない作者の死

新国立劇場公演『夢の裂け目』（再演）劇評（二〇一〇年）

栗山民也演出／クルト・ヴァイル、宇野誠一郎音楽／久米大作音楽監督・編曲／石井強司美術／服部基照明／黒野尚音響／前田文子衣裳／四月八日〜二十八日、東京・新国立劇場小劇場。

『日本人のへそ』『表裏源内蛙合戦』『太鼓たたいて笛ふいて』『組曲虐殺』など、優れた音楽劇を数多く書いた劇作家の井上ひさし氏が四月九日夜、肺がんのため七十五歳で亡くなった。

ちょうどこの時期、新国立劇場の小劇場は井上ひさし作、栗山民也演出の音楽劇『夢の裂け目』を再演中だった（石井強司美術、久米大作音楽監督・編曲）。私が観た初日（四月八日）はとてもいい舞台だったが、いつもなら客席にいるはずの井上氏の姿が見えないのが寂しかった。しかも、その翌日に氏が亡くなってしまうとは思いもよらなかった。

『夢の裂け目』は井上ひさしの「東京裁判」三部作の第一作で、二〇〇一年に初演された。角野卓造、藤谷美紀、熊谷真実、キムラ緑子、高橋克実は初演以来のキャストだが、今回はミュージカル畑の土居裕子と石井一孝が新しく加わり、歌唱力が強化された。舞台中央の四角い切り穴の中で四人のミュージシャンが演奏するスタイルがユニークだ。

これは第二次大戦直後、戦犯を裁く東京裁判に検察側の証人として出廷した紙芝居屋の田中天声（角野）を軸に、庶民と戦争の関係を問い、東京裁判の隠れた意図を浮き彫りにする硬派の音楽劇である。

だが、重いテーマを持ちながら、多くの劇中劇に『三文オペラ』（ブレヒト作）で有名なクルト・ヴァイル作曲のさまざまな歌の旋律を使い、そこに意表をつく作詞をはめ込んだ井上ひさしの遊び心あふれる趣向が、私のようなブレヒト＝ヴァイル好きには実に楽しい。主人公の半生を説明する冒頭の部分も『三文オペラ』を踏まえた展開だ。

演技陣の中では、検事の秘書・川口ミドリを演じた土居裕子の歌が出色だった。土居が禁欲的な表情で歌う「伝道師の娘のワルツ」（原曲は『三文オペラ』の中の「ソロモン・ソング」）では、この女優の高い澄んだ歌声が美しく響きわたり、この舞台にこれまでにない新しい魅力を付け加えた。石井一孝の歌もよかった。角野の庶民的で愛嬌のある演技はこの役にぴったりだが、主役である以上、歌唱力はもっと鍛えてほしい。

（『ミュージカル』二〇一〇年五月号、ミュージカル出版社発行）

井上劇の要素、勢ぞろい

テアトル・エコー公演『日本人のへそ』新聞劇評（二〇一〇年）

熊倉一雄演出／服部公一音楽／大田創装置／水野司朗照明／山田靖子衣裳／山崎哲也音響／三浦亨振付／九月十八日～十月三日、東京・恵比寿、エコー劇場。

『日本人のへそ』は、二〇一〇年四月に亡くなった井上ひさしの出世作となった音楽劇の秀作で、劇団テアトル・エコーが一九六九に初演した（七二年に再演）。その古巣のエコーが追悼公演として三十八年ぶりに熊倉一雄の演出で上演中だ。

この作品はその後、こまつ座が上演したが（栗山民也演出。八五年、九二年）、今回の舞台を観て、軽演劇スタイルとブレヒト的趣向を融合させたこの初期作品が、喜劇を得意とするエコーの体質に合っていることを改めて実感した。演出と演技に娯楽劇風の軽みがあり、にぎやかな笑いが先導する中から作者の社会批判精神が現れる。

劇の前半では、教授（熊倉）の指導で吃音《きつおん》症の男女たちが、東北出身のストリッパーのヘレン天津（きっかわ佳代）の一代記を音楽劇形式で演じるが、後半は一転して推理劇仕立てのせりふ劇になる。

言葉遊び、どんでん返し、劇中劇構造、ナンセンスな笑い、大胆な社会風刺など、ここには井上劇の道具立てが早くも勢ぞろいしている。しかも面白いのは、この作品が一九五〇年代から六〇年代にかけての日本社会の騒然としたエネルギーを活写していることだ。盛り場としての浅草の「最後の黄金時代」(井上)を描く場面には幸福感も漂う。

舞台上に劇中劇用の小舞台を設けたすっきりした装置(大田創)を使い、熊倉は小劇場の特性を生かした演出を見せる。熊倉の、初演以来の教授役の演技にはやや老いも感じるが、健闘である。ヒロインを演じる若手のきっかわ佳代は長身でスタイルがよく、さわやかな魅力がある。落合弘治、永井寛孝、根本泰彦らの達者な演技も楽しい。

作曲は初演と同じ服部公一。既成曲のパロディーも目立つ、クールで活気ある音楽だ。ピアノ演奏は斎藤淳一郎。

(『朝日新聞』二〇一〇年十月一日)

軽演劇の感覚

テアトル・エコー公演『日本人のへそ』雑誌劇評(二〇一〇年)

熊倉一雄演出/服部公一音楽/大田創装置/水野司朗照明/山田靖子衣裳/山崎哲也音響/三浦亨振付/九月十八日~十月四日、東京・恵比寿、エコー劇場。

一九五〇年代半ば、後に大劇作家になる井上ひさしは上智大学の学生で、アルバイトで浅草のストリップ劇場の文芸部員をやっていた。その浅草体験を踏まえて井上が書いたのが彼の初期の優れた音楽劇『日本人のへそ』で、一九六九年に劇団テアトル・エコーが熊倉一雄演出で初演して評判になり、七二年に再演された。

　井上ひさしが今年（二〇一〇年）四月に亡くなってから五カ月たち、彼の古巣のテアトル・エコーが追悼公演として、『日本人のへそ』を同じ熊倉演出で再演した。

　六九年の初演で私は初めて井上劇に触れ、過剰なまでの才気煥発ぶりに驚いた。以後、井上は『表裏源内蛙合戦』（七〇年）、『十一ぴきのネコ』（七一年）、『道元の冒険』（同）、『珍訳聖書』（七三年）、『それからのブンとフン』（七五年）まで合わせて六本の音楽劇をこの劇団のために書き下ろした。今回の『日本人のへそ』はエコーでは実に三十八年ぶりの上演である。

　この公演がとても楽しかった。『日本人のへそ』は現在では、井上が座付き作者を務めたこまつ座のレパートリーになっていて、栗山民也が一九八五年に演出し、九二年に再演している。このため私たちは今ではこの作品をこまつ座の舞台を軸に考える傾向があるのだが、エコーの舞台を観て、改めて井上劇の原点に触れた気がした。

　それは初期の井上劇が濃厚に漂わせていた軽演劇の感覚である。井上がストリップ劇場の専属コメディアンだった渥美清、谷幹一、長門勇らから学んだ大衆的な笑劇とコントの感覚と言ってもいい。重いテーマを強調するよりも、とにかく観客を愉快に笑わせ、楽しませることに徹する娯楽本位の演技・演出である。喜劇を専門にするテアトル・エコーの俳優たちの演技には、その芸能的な雰囲気が確かに感じられた。

　この劇の前半は吃音症の男女たちを治療するための音楽劇で、岩手から集団就職で上京した娘が浅草のストリッパーを経て国会議員の東京妻に〝出世〟するまでの物語が劇中劇として演じられる。後半は一転してせりふ劇、それも推理劇風になるが、やがて奇抜などんでん返しが起きる、という凝った仕かけの芝居だ。

前半では寸劇風、コント風の場面がいくつも出てくるが、落合弘治、永井寛孝、根本泰彦らの芸達者な俳優たちの軽みのある演技が面白く、歌も結構うまい。中でも、ストリッパー「ヘレン天津」役の若手・きっかわ佳代はスリムな長身でスタイルがよく、魅力的なオーラもあった。

八十三歳の熊倉一雄は演出を手掛けるだけでなく、初演同様に狂言回しを兼ねる教授役としても出演。演技面ではやや老いが見られるものの、元気に歌も歌い、健在だ。

伴奏はピアノ一台で、作曲は服部公一。初演では服部自身がピアニストを努めたが、今回は斎藤淳一郎の演奏だった。

この服部作曲のクールで、既成曲をパロディーにするなど笑いの感覚のある音楽が楽しかった。こまつ座の舞台を彩る宇野誠一郎の音楽との違いも興味深い。

もし井上ひさしとテアトル・エコーの共同作業が一九七〇年代後半以降も継続していたら、井上ひさしの劇世界はかなり違うものになっていたのではないか——そんな思いにも駆られた舞台だった。

（『ミュージカル』二〇一〇年十月号、ミュージカル出版社発行）

井上の作劇「祈り」の境地に

シス・カンパニー公演「泣き虫なまいき石川啄木」劇評（二〇一一年）

段田安則演出／二村周作美術／小川幾雄照明／前田文子衣裳／加藤温音響／北村明子＝プロデューサー／十月七日〜三十日、東京・紀伊國屋サザンシアター。

井上ひさしのこの評伝劇は一九八六年、井上自身の離婚騒ぎの中で書かれ、こまつ座で初演された（二〇〇一年再演）。井上自身が認めたこともあって、この劇は作者の家庭内トラブルを反映した作品という面から語られがちだった。

だが、段田安則がシス・カンパニーで新演出した今回の舞台を見ると、これはこれ自体で自立した優れた作品であることが分かる。井上の劇作術が個人的体験を越えた領域、いわば「祈り」の境地にまで達しているからだ。

二十六歳で早世した歌人・石川啄木の晩年の三年間が描かれる。啄木（稲垣吾郎）の死後、千葉の海岸で静養する妻・節子（貫地谷しほり）が啄木の日記を読むと、東京・本郷の貸間で暮らした啄木一家の波乱の日々がよみがえる（二村周作・美術）。

母カツ（渡辺えり）と節子の不和。家の大事な物を質入れして酒を飲む父・一禎《いってい》（段田）。特に妻の不倫疑惑。そうした「実人生の白兵戦」に苦しみながら、啄木は人生の暗いトンネルの向こうに光を見ようとする。

親友・金田一京助（鈴木浩介）の好意に甘えて金をせびる啄木、啄木と同じ疑惑に悩む金田一の狂おしいジタバタぶりなど、深刻で辛い事態をあえて笑いに転調してしまう作者の喜劇精神は驚くほど強靭《きょうじん》だ。一禎役を兼ねる段田の演出も作品の喜劇性をよく生かしている。

啄木役と節子役以外の俳優四人は一人二役を演じる設定だが、これは人間のうちに潜む「鬼」と「仏」の二面性を暗示する趣向だろう。対照的に違う女性二人を演じ分ける渡辺えりがうまい。啄木の妹役の西尾まりと鈴木浩介も好演。稲垣は明るいオーラを放つが、もう少し演技に切ない生活感がほしい。

（『朝日新聞』二〇一一年十月二十日）

第四部　作品評・解説・書評

愛と救済のナンセンス——『ブンとフン』解説〔文庫版〕

のっけから断定してしまうのも、いささか気がひけるが、井上ひさしの小説『ブンとフン』は日本のナンセンス文学の傑作である。

もしこの小説を開き、第二章の「次から次へと奇ッ怪千万」の半ばくらいまで読み進んで、笑いころげない人がいるとすれば、いや少なくとも心のなかでクスリともしない人がもしいるとすれば、それはとても不幸な、すごくサビシイ人にちがいない。

この作品は、はじめ一九七〇年一月、朝日ソノラマから書きおろし小説として出版された。作者は当時三十五歳、放送作家としてすでに『ひょっこりひょうたん島』などのヒット作をものし、作者年来の望みでもあった劇作の分野でも『日本人のへそ』（六九年二月、劇団テアトル・エコー初演）というユニークな喜劇を発表して一部の評者から注目を浴びてはいたものの、文壇、劇壇一般ではいぜん無名にひとしい新人であった。事実、この本の「あとがき」で井上ひさしみずからが明らかにしているように、彼は当時まだ一冊の単行本も出してはいなかったし、小説『手鎖心中』で第六十七回直木賞（七二年上半期）を受賞するまでには、さらに二年間の年月が必要だった。

そうした作者が、書きおろし小説の依頼を受け、あふれるばかりの才能とたぎりたつ意欲のままに一気呵成《かせい》に書きあげたのが、この『ブンとフン』である。「生まれてはじめての活字の仕事にあたっては、いらざる張切り方をし、結末部分七十枚などは一晩で書きあげたほどだった」という「あとがき」の一節からも、作者の若々しい熱気と興奮のほどがまざまざと伝わってくる。そして作者が「ありとあらゆる常識や作法をひっくりかえそう」（同）とし、「もっとも小説作法から外れていると思われる」（同）方法をとったことによって、私たちは、この『ブンとフン』という稀代のナンセンス文学の秀作を手中にすることができたのである。『ブンとフン』以後、短い年月の間に、井上ひさしは驚くほど多くの仕事をし、その多面的な才能を謳われるようになった。だが、そのまばゆいまでに乱反射する彼の諸作品の光源を注意深くたどってみるとき、井上ひさしが真骨頂を発揮するのは、何といってもナンセンス作家、もしくは綺想の作家としての才能ではないかと私は考える。

ここでナンセンスというとき、それはその昔、「エロ・グロ・ナンセンス」と三位一体で蔑称された意味とはかなり違う文脈においてである。ナンセンスは、想像力の自由で反抗的な形であり、フロイト風の言い方をするなら、現実原則に対立する根源的な快楽原則へとつながるはずのものである。ナンセンスはまた、ユーモアとも近い関係にあるが、厳密には両者は異なるものと考えるべきだろう。ユーモアはあくまでセンスの世界にとどまるが、ナンセンスはむしろシュルレアリストのいう「驚異」の領域に属しているからである。

実際、『ブンとフン』はナンセンスの宝庫である。

物語の発端そのものは、まことにさりげない。東京近郊の畑の真中のオンボロ一軒家に住む売れない小説家フン先生のわびしい夕食の光景から始まるのだが、フン先生が小説『ブン』のなかで描いた「なにひとつ不可能はなくてすべてが可能、どんな願いごとでもかなう」四次元の大泥棒ブンが、突然、小説のなかから飛びだしてきて、たちまち全世界を「あっ！」といわせる「驚異」の大悪戯をやってのけるあたりから、物語はがぜん生彩を放ちはじめる。

ニューヨークの自由の女神像からネス湖の怪獣、大富豪オナシス夫妻から、はては月世界の宇宙飛行士にまでおよぶこのスケールのまことに大きいナンセンスきわまる悪ふざけの内容に立ち入ることは、これからこの作品を読まれるかもしれない読者の興をそがないためにも残念ながら遠慮しなければならないが、とにかくここで噴出する作者の綺想ぶりは驚くべきものがあり、私たちは作者とともに、ナンセンスな想像力の奔放自在な自己増殖を存分に楽しむことができる。

さらに面白いのは、この何事にせよ不可能ということを知らない神出鬼没の大泥棒ブンが、ベストセラー小説『ブン』の発行部数だけ、つまり十二万人もの分身をつくり出す能力をもち、彼ら分身たちは一斉に全世界に散って、世界を文字通りの「おかしな世界」に変えていくくだりである。

多くの分身をつくり出していく術、つまり「同時存在」の物語というのは、実はすぐれたナンセンス作家が好んで使う技巧であり、いわば彼らの奔放な想像力の一番の腕のふるいどころであると言ってもいい。

一例がギヨーム・アポリネールの短編集『異端教祖株式会社』におさめられている『贋救世主

アンフィオン』であって、主人公ドルムザン男爵はみずから発明した「神出鬼没機械」によって、全世界の都市に同時にユダヤ人の救世主と名乗って姿を現し、来たるべき新ユダヤ王国の王となることを夢見る。この奇跡的同時存在の能力によって、彼の計画は見事に成功するかに見えるが、この策略を知った一友人によって彼はあっけなく射殺され、全世界にまったく同一の八百四十一個の死体を残すのである。

マルセル・エイメの奇抜な短編『サビーヌたち』もまた、これとほぼ同系列の作品といえるだろう。生まれながらに同時存在の能力をもつパリの人妻サビーヌは、新しい男に恋するたびに自分の姉妹、つまり分身をむやみやたらにつくり出していくのだが、彼女たちのうちの一人が情人に首をしめられて死ぬや否や、全世界に散らばった六万七千人余人もの美しきサビーヌたちは、そろって首に手をあてながら息絶える。

だが、趣向という点からいえば、フレドリック・ブラウンの長編SF小説『火星人ゴー・ホーム』の方が、いっそう『ブンとフン』に近いかもしれない。テレポーテーション（瞬間移動）によって、ある夜突然地球に襲来してきた緑色をしたチビの火星人たちは、その数実に十億人。「ブン」と同じように神出鬼没で、無類のいたずら者、しかも際限のないおしゃべりと好奇心の持ち主。おかげで世界各国の政府は軍事上、外交上の機密をすべて筒抜けにされ、あらゆるウソは通用しなくなり、ついに国連事務総長は全地球人を代表して訴える、「火星人、ゴー・ホーム！」……。

『ブンとフン』のなかで展開される大いなるいたずらのかずかずは、まさにこのフレドリック・

ブラウンの「火星人たち」のそれに匹敵するスケールと奇抜さをそなえているが、しかしここであえて、列挙した同時存在ないしは神出鬼没の物語と『ブンとフン』との比較を試みてみよう。

一見してわかることは、アポリネールやエイメの神出鬼没性があくまでもナンセンスの小宇宙にほぼ完璧なまでに閉じこもっているのに対し、あるいはまたフレドリック・ブラウンの緑色の「火星人たち」が徹頭徹尾ナンセンスの存在そのものになりおおせているのに対し、井上ひさしの「ブンたち」は、どこかしらナンセンスの単一世界には満足できず、そこから大幅にはみ出てしまっているということである。あえて矛盾した言い方をするなら、この十二万人の「ブンたち」は、限りない愛のナンセンスたちの分身なのだ。

こうした表現が誤解と混乱を招きやすいことは、私自身承知の上である。ルイス・キャロルといえば、『不思議の国のアリス』や『鏡の国のアリス』などで知られる、まさにナンセンスの純粋結晶体のような作家だが、このキャロルのナンセンス性を精密に分析したエリザベス・シューエルに従えば、真のナンセンスにとって「綜合を求める傾向はすべてタブー」である。さらにまた、「精神においての想像や夢、言語での詩的および隠喩的な要素、題材としては美とか豊饒、聖俗を問わずあらゆる愛の形に関係あるもののすべて」がナンセンスにとって大敵であって、「どんな犠牲を払っても排除すべきである」（『ノンセンス詩人としてのキャロルとエリオット』、柴田稔彦訳、『別冊現代詩手帖』第二号「ルイス・キャロル」掲載、一九七二年六月）。要するに、シューエル女史の結論によれば、ナンセンスとは「限定と不毛」によらねば決して生まれることのない、まことに禁欲的で「厳密なルール」そのものなのである。

たしかに、ルイス・キャロルの純粋結晶的ナンセンスを基準にすえれば、そのような規定は十分に成り立ちうるかもしれない。しかし、処女長編小説『ブンとフン』における井上ひさしは、まだまだあまりに野心的であり、世界に対して攻撃的であり、ひたすら「馬鹿馬鹿しいものを書きたい、またそれが自分に最も似つかわしい」（「あとがき」）と思いつつも、その筆は神出鬼没の「ブン」さながら、あっというまに純粋ナンセンスの境界線を飛びこえてしまう。

　それを端的に示すのが、この物語の結末である。十二万人の「ブン」の大活躍によって、日本全国の刑務所という刑務所は超一流豪華ホテルなみに改造され、その結果すべてのしがない民衆は積極的に刑務所入りを願って、過激な「一億総泥棒」と化するという痛烈な諷刺と哄笑のラストシーンが、どうして綜合や豊饒さや愛と無関係でありえようか。あえていえば、井上ひさしはここで、彼独自の「革命」の物語を書いたのである。

　井上ひさしが最も得意とすることばの遊びについても、ぜひ一言しておかなければなるまい。この分野においてこそ、井上ひさしの、それこそ偏執的な嗜好と華麗な才能がきらめくのだから。

　言うまでもないことだが、すぐれたナンセンス作家にとっての基本条件のひとつは、ことばの遊戯に対する卓抜な才能と感覚である。井上ひさしが自在に操る地口・駄洒落・語呂合わせも典型的なことばの遊びだが、それは私たちの日常的言語に対する根底的な転倒の試みである。私たちの日常用語においては、つねに意味（センス）が音声に優先し、音声は意味伝達につき従う召使いにすぎないが、ことば遊びにおいては、逆に音声が意味を従属させ、ナンセンスの独立国をつくり始める。『ブンとフン』の第四章に登場するお上品な「ご婦人がたの合唱」なども、控え目ながらその好例といえる。

サイザーンス　サイザンス／おミュージックはサンサーンス／（中略）／ドレスはパリのハイセンス／家具は柾《まさめ》の桐ダンス／（中略）／旦那は東大出ておりやンス／なによりきらいなナーンセンス……

このことばの遊びはやがて、井上ひさしが最も大きなエネルギーを注ぐ戯曲『表裏源内蛙合戦』『道元の冒険』『天保十二年のシェイクスピア』などで、さらにすばらしい巨大化をとげることになる。

もう一度繰り返そう。『ブンとフン』における井上ひさしはやはりすぐれたナンセンス作家である。しかし、より正確にいうなら、彼はナンセンスのみには徹しきれないはみ出したナンセンス作家であり、極限にまで突きすすむ馬鹿馬鹿しさと哄笑の底に、必ず愛と救済への思いを秘めたナンセンス作家である。

（新潮文庫『ブンとフン』所収、一九七四年）

愛着と批判と笑いの爆弾——『日本人のへそ』『表裏源内蛙合戦』解説〔文庫版〕

枯らっ風が身にしむある晩のこと、もう少し正確にいえば一九六九年二月上旬、私はギシギシきしむ狭い階段をのぼってたどりついた東京・恵比寿の小劇場、つまり改築前の劇団テアトル・エコーの「屋根裏劇場」で、初めて井上ひさしの事実上のデビュー戯曲『日本人のへそ』（熊倉一雄演出）を見た。

劇場の外では寒風がうなりをあげていたが、場内は超満員の客でとても暖かかった。だが、芝居の奇想天外な展開につれ、私の身心は興奮のあまり、暖かさを通りこして一種の過熱状態におちいり、最後の幕が下りたときには、「こんなとてつもない芝居を書いた作者はいったい何者なのだ？」と呆然と呟かざるをえなかった。

むろん、井上ひさしという名前自体は、その年の三月まで五年間も続いたNHKの人気連続人形劇『ひょっこりひょうたん島』の共作者の一人として、その軽快なテーマ・ソングとともに、すでになじみ深いものだった。にもかかわらず、私を含め多くの人々にとって、「井上ひさし」は独立した才能をそなえた人格像としてはまだ映っておらず、私たちはこの『日本人のへそ』の出現によって、はじめてこの作家の文字通りの才気煥発機知縦横ぶりに驚倒したのである。

『日本人のへそ』以来、井上ひさしは多くの戯曲を精力的に発表し、従来の「新劇」型劇作家とは体質と感性を異にする新しいタイプの綺想の劇作家としての地位を確立したが、いまあらためてこの戯曲を読み返してみて、劇作家としての第一歩を踏み出したこの作品が、井上ひさしの原点とその後の発展の芽をいかにゆたかに内包しているかに目を見張る思いがする。この作品全体にみなぎっている一種おおらかな幸福感は、小説の分野における処女長編小説『ブンとフン』（一九七〇年）の自由奔放な躍動感にほぼ対応するものと言えよう。

『日本人のへそ』のこの「幸福感」を支えているのは、なんといっても、作者にとっては他の何ものにも替えがたい「ユートピア」としての浅草体験、つまり上智大学に在学中の一九五六年秋からほぼ一年間、アルバイトのため浅草のストリップ劇場「フランス座」で文芸部員兼進行係をつとめた忘れがたい経験である。井上ひさし自身のことばを引用するなら、「吉原は酔客で賑わい、インチキ見世物が大道にインチキを競いあい、六区は押すな押すなの人の波、渥美清、谷幹一、長門勇、関敬六といったフランス座専属のコメディアンたちがお客を笑い殺しにし、いわば、浅草最後の黄金時代、そして、わたしの青春もそこにあった」（『日本人のへそ』初演パンフレット）のである。いわばこの戯曲は、内から奔り出る才気と、フランス座で仕込み、放送作家生活を通じて磨き抜いたあらゆる喜劇的テクニックを駆使して、作者の青春の記念碑的な心情をこめて造型されたのだ。

だが、劇中に頻出する痛烈な社会風刺（たとえば第二幕における明治以後の天皇制と同性愛の関係）からもうかがえるように、作者は決して回顧趣味からこの作品を書いたのではない。浅草を日本社会の典型、つまりは「へそ」と見た上で、限りない愛着とともに、苛責ない醒めた批判を、笑いの爆弾という形で私たちに浴びせるのである。事実、作者は上掲の公演パンフレットの文章を次の一節で締めくくっている。

浅草をもっと愛し、そして、より憎むために、わたしは、この劇を書いた。

ところで、『日本人のへそ』が、多くの点で、その後の井上戯曲の方向を指し示す原点であるというのは、たとえば次のような理由による。

第一は、この作品がすでに、東北出身のストリッパー「ヘレン天津」の「死物狂い」の立身出世譚を描くという形で、多くの井上戯曲に特徴的な、真なるものを必死に求める主人公の「一代記」という形式を備えているということだ。あとで触れる『表裏源内蛙合戦』はもちろん、『十一ぴきのネコ』『道元の冒険』『珍訳聖書』『藪原検校』などの諸作品も、多かれ少なかれ、この「一代記」の形式を含んでいる。やがてこの「一代記」の系列は、主人公の受難と殉教の一代記、言いかえれば「カトリック作家」井上ひさしによる「キリスト受難劇」の多彩な変奏曲であることをみずから明らかにしていくのだが、むろんこの処女作において、それはごく萌芽的なところにとどまっている。しかし、この愛すべき「性」の女王「ヘレン天津」の姿に、「聖」なる影を読みとることは、だれにとっても、それほどむずかしいことではないだろう。

第二は、劇中劇とどんでん返しの多用である。『日本人のへそ』はこの面から見れば、全編がどんでん返しの連続のみから成りたっているとさえいえるし、事実、その偏執的なまでにたて続けに起るどんでん返しの趣向の面白さによって、私たちを哄笑させる。にもかかわらず、ここで忘れてならないのは、このどんでん返しが、たんに推理小説的な事実をめぐるどんでん返しではなくて、劇を基本的に成り立たせている床や壁や天井、つまりは劇構造そのものの根底的な転倒であるということだ。一つのどんでん返しによって崩れ落ちる劇構造（＝劇中劇）は、私たちを取り囲む個々の仮象の「現実」に対応するはずである。長いどんでん返しの果てに、私たちはようやく真実の姿を垣間見るのだが、このどんでん返しによる真実の開示は、やがて神と救済の重い主題となって『珍訳聖書』に結実する。

第三は、いうまでもなく、井上ひさしが最大のエネルギーと愉悦をこめて織りなす言語遊戯の大洪水だが、この問題はむしろ、『日本人のへそ』に次いで発表され、井上戯曲の代表的秀作である『表裏源内蛙合戦』（一九七〇年）と合わせて考えるべきだろう。

実際、『表裏源内蛙合戦』における地口・駄洒落・語呂合わせなどの言語遊戯の華麗をきわめた展開ぶりと過剰な奔出量は驚くべきものがあり、このような才能と手法は、その脱領域的な多彩な才能のゆえに「天下の一大奇人」といわれ、言語遊戯の天才だった平賀源内（一七二九？―一七七九年）を描くのに最も似つかわしい。

いうまでもなく、すぐれたナンセンス作家の基本的な条件のひとつは、ことばの遊びに対する抜きんでた才能と感覚と偏執的な嗜好にある。現代における最高のナンセンス作家であり、「戯作者見習」（松田修との対談「劇作の可能性」、講談社文庫『笑談笑発――井上ひさし対談集』一九七八年）を自称する井上ひさしが、江戸戯作の創始者であり、風来山人《ふうらいさんじん》、天竺浪人《てんじくろうにん》などと号して『根無草』『風流志道軒伝』『放屁論《ほうひろん》』などで凄絶なまでに言語遊戯の可能性を追求した平賀源内に心ひかれていったのは、当然の成りゆきだったと言えよう。生来、凝り性の井上ひさしは源内の徹底的な調査に約三年を費やし（「あとがき」によると、執筆期間はわずか三週間だった）、その結果完成したこのドラマは、〝源内ひさし言葉合戦〟と言いたいくらい、源内に肉迫する痛快な言語遊戯の新領域を切りひらいている。

「この世は　暗く／お先は　真っ暗／土竜《もぐら》の　盲《めくら》／阿呆陀羅《あほだら》　駱駝《らくだ》／喰《く》ら喰《く》ら　喰らえ糞《くそ》喰らえ／（略）地獄目指して驀地《まっしぐら》」（第一幕第九場）の「くら」づくしをはじめ、尻取り遊び（同第二場）、「がる」づくし（同第五場）、「ん」づくし（同第六場）、あるいは「廓《くるわ》に男が来るわ来るわ／狂う男に狂わぬ男／（略）廓の恋は　金持って恋」（同第十三場）など、劇中に仕かけたことば遊びの面白さは枚挙にいとまがない。

しかも興味深いのは、平賀源内の伝記劇であるこの戯曲が、つねに「表」の源内と「裏」の源内との対立・葛藤、つまり標題に従うなら両者の「合戦」によって進行するという点である。互いに対立しあうこの二人の分身をつくり出すことによって、作者は主人公の内的独白といった旧来の劇作術からまぬがれえたばかりでなく、内的に引き裂かれ、分極化した人間の状況を視覚的に描き出す卓抜な手法を手に入れたということができる。

両者の役割は、「表」の源内が理想家肌で、より人間らしい「美しい明日をつくりだす」ことを願う存在であるのに対し、「裏」の源内は抜け目ない実利主義者であり、理想主義に対する痛烈な批判者であり、要するに「美しい明日を／お前は持っているか／美しい明日を／心のどこかに／（略）武器をとりなさい／明日を美しくしたいなら」というこの劇のテーマ・ソングの否定者である。あふれるばかりの多彩な才能に恵まれると同時に、たぎりたつ野心の持ち主であった源内は、終生をこの「表」と「裏」の共存と葛藤のうちに過すのだが、出世の道を絶たれ、浪々の挫折の日々を送るなかでは、行動の主導権はつねに実利的な「裏」の源内に移りがちである。

だが「表」の源内は、自分一人を利するために、農民一揆の情報を藩主に通報するスパイ行為さえした「裏」の源内の行動を許すことができない。「何ひとつ世のため、人のためになった仕事もなく、おれの一生は米を食うだけの虫に終ってしまった……」ことを悟った「表」の源内は、「裏」の源内を殺すつもりで門弟を殺害してしまい、牢中でみずから断食したまま息絶える。そしてこの瞬間に至ってはじめて、「舞台に明るい光が溢れ」、登場人物たちは「表」の源内を「やさしく」見守りながら、前述の美しいテーマ・ソングを歌い始め、幕が下りる。

言いかえれば、おのれの一生が虫けらにもひとしいつまらぬものであったことを率直に認め、「裏」を殺すつもりで結局みずからを抹殺したときになってはじめて、「表」の源内は、至高者（おそらくは井上ひさしの「神」）によって許されたのであり、テーマ・ソングの合唱に加わることを認められたのである。このとき、「表」の源内の横顔には、確実にある種の聖なる光が射している。

要するに、この劇は、最高の才能と知識を持ちながら、結局は民衆の魂や世の変革に触れえなかった平賀源内の人間的・時代的制約を十二分に踏まえた上での、きわめて屈折した知識人批判劇と言えるだろう。だが、繰り返し言うなら、それは決してストレートな批判でも、一面的な否定でもない。つねに物事を「表」と「裏」から眺める複眼的思考の持ち主である井上ひさしにとって、全的な否定というものはそもそもありえないのだし、まして対象は、日頃から愛着深く、自分とひき比べてみても「他人とは思えず」（「あとがき」）にいる平賀源内である。源内に対する作者の見方は、当然、偏愛と批判という背反的両義性をおびざるをえない。

みずから『日本人のへそ』について書いた例にならっていうなら、おそらく井上ひさしは、平賀源内を、「もっと愛し、そして、より憎むために」、この劇を書いたのである。

（新潮文庫『表裏源内蛙合戦』所収、一九七五年）

手紙と祈り――『十二人の手紙』解説〔文庫版〕

手紙のスタイルをとった文章には、実に不思議な魅力、いわば親密的な力とでもいうべきものがある。普通の客観的な文章でなら、別にどうということもない内容が、これを親しい相手に宛てた手紙文になおすと、妙に親密で切迫した調子をおびてくる。「今日、彼が来た」というごく冷静な報告文も、これが「A君、実は今日、彼が来ました」となると、なんだか抜きさしならない切実感が読む者の胸に迫ってくる。

手紙スタイルで文章のサンプルをいろいろ書いて試してみればすぐにわかることだが、親しい相手を念頭においた手紙文では、私たちは打ちあけ話をするようにおしゃべりになり、感情が高揚して、情熱的になり、個性があらわになる。多くの場合、ラブレターがその人が書くもっとも高揚した文章になるというのも、いささか皮肉な見方をすれば、彼（あるいは彼女）のうちに燃えさかる愛の炎のためである以上に、手紙というこの告白誘導型、情感自己増殖型の文章形式のせいであるかもしれない。当然のことながら、親密な調子を保ちながら、真情をよそおった文章の表現も、手紙でならさほどむずかしくはない。

また手紙文では、私たちはかんたんに様式主義者にもなれる。決まり文句だけで構成された冠婚葬祭の印刷文の手紙などはその代表格だが、ここでは個的な感情のおののきは社会的な儀式のことばのうちに溶けこんでいる。

要するに、手紙文は、もっとも感情の起伏ゆたかに、本人の人柄を鋭く直接的に反映する表現になりうるし、逆に人柄に厚いベールをかぶせることもできるし、社会的な儀式の文体も持ちうる。つまり、戯曲の台詞と同じように、人間が本来的にそなえている演技性の多様な表現、いわば劇的な表現にもっとも適した形式が手紙文なのだ。

すぐれた作家がこうした可能性にとんだ文章形式に着目しないはずはなく、英国の近代小説が、書簡体のスタイルをとったサミュエル・リチャードソンの『パミラ』（一七四〇年）を出発点のひとつにしているのは、十分に示唆的なことだ。このほかにも、ルソーの『新エロイーズ』

（一七六一年）、ラクロの『危険な関係』（一七八二年）など、文学史にすぐれた書簡体小説の例はかなりの数にのぼる。大江健三郎の近作『同時代ゲーム』（一九七九年）も、「妹よ」という呼びかけをくり返し多用する書簡体形式をとることで、その壮大な宇宙的、神話的物語は、読者にとって親密な語りかけのトーンを最後まで持続しつづけた。

　劇作家として、演技する人間の種々相を活写しつづけている井上ひさしが、人間の演技性の表現に最適のこの書簡体形式を小説に採り入れたのは、いかにも納得できることだ。しかも、それを井上は、実に井上らしいやり方でやってのけた。この『十二人の手紙』は、いわば仕かけの書簡小説集である。十二編に配列されたこの短編集は、多彩なサンプルを網羅した手紙のパノラマであると同時に、いかにも井上氏らしい精妙な仕かけを随所にほどこしていて、読む驚きという最上の贈りものを私たちに与えてくれる。

　かつて井上ひさしは、氏の戯曲の上演に際して、「芝居は趣向。これが戯曲を執筆するときのわたしの、たったひとつの心掛けである。（中略）芝居においては、一が趣向で二も趣向、思想などは百番目か百一番目ぐらいにこっそりと顔を出す程度でいい」（『天保十二年のシェイクスピア』初演パンフレット、一九七四年、中央公論社『パロディ志願』所収）と書いたことがあるが、この『十二人の手紙』でも、趣向家としての井上の面目は実に躍如としている。

　とはいえ、井上のこのことばを鵜呑みにして、氏は趣向家ではあるが、思想家ではないなどと思いこむとしたら、これはうまうまと氏の術策に陥ったことになる。その多彩な作品を通じてすでに明らかなことだが、井上ひさしほど、まっとうに思想に向き合い、これにこだわる作家は現代でも稀で、ただ氏は作品においては趣向や仕かけの形をとらない思想などというものを認めないだけの話である。それは、観客に驚きと喜びを与えないような舞台上の表現を、演技や芸とは呼ばないのと同じことだろう。

ただ、こういうことは言えるだろう。つまり、『十二人の手紙』でもそうだが、趣向の新しい開拓に傾ける井上ひさしの努力とエネルギーは目を見張るばかりで、その趣向のかずかずは実に巧緻で切れ味がよいのだが、ただその切り口の感触がとても温かいということである。つまり、切り方そのものに井上ひさしの思想の明らかな投影があって、趣向の鋭さはここでは温かな計算といった感じを与える。切り口の方向が、人間の冷徹さや辛辣さをえぐりだす方角に突き進むよりは、人間が結局は手離すことのない心の温かさや善意の方角に向けられていると、言いかえてもいい。その点、暗黒の領域をめざす地下茎であるよりは、断固として太陽をめざす向日性の地上茎としての井上の志向ははっきりしていて、これは氏が、現代を広くおおっている透明なニヒリズムに真向から対決する姿勢を取りつづけていることからも当然のことだ。

では、『十二人の手紙』に盛りこまれている仕かけと趣向とは何か、ということになるのだが、実はこれが「解説」としては大変語りにくい。十二編の短編のうちの何編かは、確実にどんでん返しの仕かけをそなえているので、そのトリックにふれるタブーだけは避けなければならない。

だが、たとえば、出生届、死亡届、死亡診断書、洗礼証明書、修道女誓願書、婚姻届、罹火災証明書……など、二十四通にのぼるいわば公式の書類だけを巧妙に配列することによって、施設に育った修道女が不幸な道をたどって事故死するまでの短い一生を、まるでストロボ・ライトのまばゆい点滅のようなあざやかさで一気に描ききる第三話「赤い手」の見事さに、舌をまかない読者はまずいないだろう。しかも、本人の事故死を告げる書類のあとに初めてあらわれる本人の「手紙」のういういしさに、無残さといとおしさを感じない読者もまたいないはずである。

なかでも、曲者の趣向をこらした「ペンフレンド」、「鍵」、「シンデレラの死」、「泥と雪」の諸編は、手紙というものの本質に根ざした演技性を軸に展開して、めざましい効果と驚きを与えてくれる。ことに、「シンデレラの死」は絶品といっていい。「玉の輿」に登場する十三通の手紙のうち、十一通の手紙はすべて、流布している手紙の例文集からの引用だという作者の断り書きも愉快だ。

そして最後に、エピローグの「人質」が来るのだが、ここで、これまでの十二の物語に登場した人物たちが、山形県米沢市のホテルに閉じこめられた人質となって、ずらりと再登場してくる仕かけがすばらしい。この一堂勢ぞろいのアイデアのおもしろさは、アーサー・ヘイリーの長編小説『ホテル』の大詰めのアイデアに匹敵する愉しさだ。

しかも、このエピローグの「鹿見木堂のメモ」の簡潔な記述によって、それまでの物語では事態が進行中だった人物たちが、それぞれに「或る結着」をつけた姿で、つまり後日談の形で再登場してくるのが実にいい。東京・浅草橋の文具問屋の机に向かい合って座っていたはずの「西村光隆」と「本宮弘子」はいまや「新婚旅行」にゴールインしているし（第四話）、不幸なすれ違いを重ねた「高橋忠夫」と「長田美保子」はいまは結ばれて「高校教員夫婦」となり（第十話）、他方、「水商売の女のよう」でもあり「学生のような感じ」でもある「甲田和子」は、いまでは「陰気な感じの女性」になっている（第十一話）。

さらに、記憶喪失症の「古川俊夫」と身体障害者施設にいた「村野扶美子」も、いまでは変わった「組合せ」の夫婦になっているのだが、この夫の方が実は第三話「赤い手」の重要な関係者でもあることを示す簡潔な一行は、まるで閃光のように事態を照らしだす（むろん、手がかりは事前にフェアに明示されているのだ）。

このような形で、不幸とすれ違いのなかをさまようさまざまな男女を結びあわせ、さらりと十二の物語の後日談を締めくくる井上ひさしの筆づかいに、ほとんど祈りにも似たものを私は感じとる。あくまでも軽妙なエンタテインメントでありながら、しかし同時にこの小説は井上の深い祈りである。むろん、多くの祈りと同じように、祈る姿があらわに浮き出ることは決してないが。

そんなことをぼんやりと考えていた私に、ふとG・ヤノーホの『カフカとの対話』（吉田仙太郎訳、筑摩叢書）の印象深い一節が思い浮かんできた。文学について問いただす青年ヤノーホに、カフカはこう答えたという。

確かなことは、（文学は）祈りに傾くということです。

エンタテインメントに傾きつつ、しかし目に見えないところで、井上ひさしの作品はいつも深い祈りに傾いている。

（中公文庫『十二人の手紙』所収、一九八〇年）

柳田国男への異論——『新釈 遠野物語』解説〔文庫版〕

最近（一九八〇年八月）、井上ひさし氏に同行して、インドネシアを旅してきた。雑誌『旅』の依頼による井上氏の取材旅行に、井上氏の好意で私が同行することができたのである。合わせて八日間ほどの短い旅だったが、ジャワのジョグジャカルタ、ソロからバリ島を回り、各地で毎日のように舞踊劇を見、ガムラン音楽を聴いて、実に刺激的な日々を過ごした。井上氏も私も、インドネシア行きは二度目だったが、密度の濃い、感性を日々押し開かれるような驚きにあふれた旅だった。

この旅のあいだ、インドネシアのすばらしい自然と人のなかで、実は私が考えていたのは、井上氏の『新釈 遠野物語』（一九七六年）だった。あるいは『新釈 遠野物語』の背景にある柳田国男の名著『遠野物語』（一九一〇年）だった。周知の通り、『遠野物語』は、岩手県上閉伊《かみへい》郡遠野町（いまの遠野市）に伝わる伝説と説話を、明治時代末、柳田国男が遠野出身の友人の佐々木喜善（鏡石）からの聞き書きという形でまとめた本であり、日本民俗学の出発点となった画期的な著書である。

なぜ日本をはるかに離れた南半球のインドネシアでこの二冊の本のことを思い出したのかといえば、それは何よりもこの国の、人々が大いなる自然と、さらには神々や精霊たちと交感し、一体化しつつ生きている姿にあらためて驚きと感動を覚えたからだった。むろん、いまインドネシアの近代化は急激に進んでいる。だが、都市から一歩外に出れば、そこにはまだ圧倒的に豊かな自然が待ち構えており、ランプがともる深く長い本当の夜が私たちを包みこむ。宗教も精霊信仰(クバティナン)も伝説(ドンゲン)も、ここでは人々の日常生活に密着して生きている。リー・クーンチョイの『インドネシアの民俗』(一九七六年、伊藤雄次訳、サイマル出版会)は、いまなおこの国のいたるところに生きている伝説について、次のように書いている。それはおそらく柳田国男が明治末年に『遠野物語』を書いたころの遠野郷の人々の生活状況とかなり重なりあうものだろう。

これらの伝説は、口伝てに何世代も伝えられた文化的伝承の一部を形成している。家族が集まった時とか、村の集会の際に、長老たちは子供にせがまれて興味深い話を聞かせる。年のいかない子供たちにとって、そのような話から受けた影響は、容易に薄れるものではない。

ことに大事なことは、この国ではまだ、神話や伝説ばかりか、精霊や死者たちとの交感までもが、リアルなものとして人々の心のなかに棲み家を持ちつづけているということだろう。バリ島で私たちは、この国に何年も住んでガムラン音楽の研究に打ちこんだ日本人の若い女性に出会ったが、その聡明で魅力的な女性は、「バリでは最近まで、人が空を飛んでいたんですよ」と事もなげに語って、私たちをびっくりさせたのだった。

と、ここまで来れば、なぜ私がインドネシアで『遠野物語』の世界を思いうかべたのか、おぼろげながらもわかっていただけるだろう。はるかな南の国の人々の生活と夢は、時空を超えて、『遠野物語』の世界に通じていると、私には思われたのだ。

だが、それは別のいい方をすれば、私たちは他ならぬ現在のこの日本においては、驚異にあふれた『遠野物語』の世界を、生活に密着したリアルなものとしてはほとんど見失ってしまったということを意味する。私は残念ながら、『遠野物語』の舞台になった岩手県の遠野市をまだ訪れたことはないが、もし訪れたとしても、いま遠野の人々のなかに、『遠野物語』の世界が生きつづけているとは信じられない。いや、遠野だけではあるまい。おそらくは日本中どこへ行っても、人間が自然や野生の動物たちと交流しあい、他界や土地の神々と交感しあう生活と精神が健在な場を見つけるのはむずかしいだろう。

インドネシアを旅していて、どこに行っても目についたのは、亭々《ていてい》とそそりたつ見事な巨木のつらなりだった。車で通りすぎる街道筋のいたるところに、自然のみなぎる力を体現するかのような鬱蒼たる巨木のかずかずが濃いしっとりとした陰をつくっていた。

「ぼくたち日本人は、ついにこうした樹々を失ってしまったんだな」と、井上氏は豊かな巨木たちをなつかしそうに見上げながらつぶやいていたものだが、あの樹々と同じように、万物と交感しつつ驚異に開かれた眼をもって生活する道をも、私たちはどこかで見失ってしまったらしい。

その意味で、井上氏のこの『新釈 遠野物語』は、私たちがほとんど失いかけようとしている根源的な大きなものを、『遠野物語』をテコにして、哄笑とともによみがえらせようとする実に愉しい試みの書なのだ。

だが、そこは才人の井上氏である。『新釈 遠野物語』は、『遠野物語』のたんなる延長線上にはないし、ましてパロディではない。あえていえば、この書は、『遠野物語』の世界に敬意を払い、それを下地としつつ、しかしある部分では、柳田国男の方法に批評的な異論を唱える試みでもある。

ここで考えなければならないのは、井上ひさし氏が東北の出身（山形県東置賜郡川西町）であり、若くして亡くなった作家志望の父親の蔵書の一冊であった『遠野物語』に、若いころから親しんでいたということである。上京して上智大学に入学した井上氏は、入学早々、大学に失望して休学届けを出し、当時母親が住んでいた岩手県釜石市に帰省して、やがて国立釜石療養所の事務員となった。そのころのことは、そのまま『新釈 遠野物語』の第一話『鍋の中』の「ぼく」の経歴に重なりあう。この釜石療養所は、事実、「港町（＝釜石市）から歩いて二時間ばかり遠野の方角へ逆もどりした山の中」にあって、これも小説に描かれている通り、療養所の医事係だった作者は、「入所患者の自己負担分の医療費の請求のために」、遠野まで出かけていく機会が多かった。

それだけに、遠野という土地に親しみ、遠野に愛着する井上氏の気持は相当強いものがあったらしく、最近、井上氏が私に語ったところによると、「遠野が自分を呼んでいると思うほど、遠野にのめりこんでいた時期があった」という。

遠野に寄せるこうした井上氏の思いは、すでに氏のさまざまな戯曲や小説に、さりげない形で姿を現している。劇作家としての井上氏の事実上のデビュー作は、一九六九年に初演された戯曲『日本人のへそ』だが、この劇のヒロインであるストリッパー「ヘレン天津」は「岩手県の山奥」の出身であると設定され、彼女が中学を出て集団就職の仲間たちとともに汽車に乗るとき、それは他ならぬ「遠野駅発車」である。氏の直木賞受賞第一作『江戸の夕立ち』(一九七二年)にも、語り手の江戸の太鼓持ちがはじめて東北で富本節を語る場所として「遠野」が登場する。いや、そもそも、井上氏の大長編『吉里吉里人』にしてからが、『遠野物語』に登場する地名「吉利吉里」から発想されているのだ。

つまり、東北人として遠野に深い愛着を持てば持つほど、井上氏は、『遠野物語』を手放しで賞賛することができなくなっていったのだろう。さきにのべた会話のなかで、井上氏は私にこうも言ったのである。

「『遠野物語』が名著であることは、むろん疑いようがない。だが、元来が語りものであった土地の昔話が活字として定着したとき、大きなものが失われてしまうことにも注意しなくてはならない。さらに東北出身である私には、どうもこの名著に〝収奪〟という感じを抱いてしまう。地方の文化が中央に召しあげられたという気がする。むろん、中央に対抗できるものが、当時地方になかったことが問題なのだが」。

こうした立場から、井上氏は『新釈 遠野物語』を書くにあたって、『遠野物語』では省略されていたもの、つまり昔話の語り手と聞き手、そして語りの調子を復活させた。それは言いかえれば、もともと語り手と聞き手という親密な関係の場がなくては成立しえない、演劇的行為としての物語の構造を重視するということである。柳田国男が、それ自体としてはまぎれもなくすばらしい緊密で簡潔な文語体を駆使して、見事な民俗学的、文学的世界として成立させた説話を、井上氏はより原型的な方向へ、つまりより演劇的な方向へ引きもどして再構築してみようとはかったのである。

こうして、この九編からなる連作物語集は、遠野から遠からぬ山のほら穴に住む、語り手としての「犬伏《いぬぶせ》老人」と、聞き手としての青年の「ぼく」との対話というスタイルを終始保ちつつ、のびやかに展開する。語りものとしての構造を崩すまいというのだから、当然、話には中断があるし、「ぼく」からの質問や異論も出る。とくに話が山場にさしかかると、「犬伏老人」は決まってもったいぶって煙草を一服吸いつけたり、鉄瓶からおもむろに白湯を飲んだりして、「ぼく」と私たち読者をいらいらさせるのだが、これも往時の昔話の雰囲気や間合いを復元しようとする作者の楽しい工夫である。

『遠野物語』が山の神や里の神、天狗、山男山女、河童、あるいは猿や狼や熊、狐などと人間たちとの交渉と交感を実にリアルに描き出したのと同じように、ここにおさめられた物語も山男、河童、動物、魚などと人間との交流を、「犬伏老人」の体験談、実見談という形で描いていく。どの作品にも、奇抜でゆたかな発想と、のびやかな人情味とあたたかなユーモア、サスペンス小説を読むにも似た戦慄感があり、常識的な世界がくるりと一回転して、驚異の大きな扉がゆっくりと押し開かれるのを私たちは目撃する。

山男にさらわれた女の話は『遠野物語』にも何回か出てくるが、第一話『鍋の中』はその巧みな変奏曲で、最後のどんでん返しもおもしろい。第二話の『川上の家』はことに印象の強い作品だ。「遠野の川童は面《つら》の色赭《あか》きなり」と『遠野物語』の〈五九〉の話にあるように、ここに登場する河童そっくりの少年「川辺孝太郎」の顔も「赤土をべったりとなすりつけたように赤かった」。少年時代独特のおののくような感性と想像力に支えられて展開するこの物語の夢幻的な戦慄感はすばらしいもので、作者が愛する宮沢賢治の『風の又三郎』の味わいまでが添えられているあたり、賢治の愛読者にはうれしいところだ。

馬と人間の娘との交情は、『遠野物語』の〈六九〉の話に出てくるが、おそらくはこれを下敷きにした第四話『冷し馬』も、すぐれた出来ばえだ。前兆をめぐる話は『遠野物語』に何編も登場するが、予言を含む話を売る老人をめぐって展開する第六話『笛吹き峠の話売り』は、これに男女の愛情の機微をからませたのがうまい趣向で、幕切れのどんでん返しは私たちに鋭い驚きと感銘を与えずにはおかない。

第七話の『水面の影』は、この物語集のなかではただひとつ、超現実的なものを含まない作品で、語り手の老人が経験する中橋鉱山での残酷物語には、井上氏が『江戸の夕立ち』で描いた釜石鉱山の残酷物語に響きあうものがある。人間に変身する魚の怪異譚が第八話の『鰻と赤飯』で、哀しくグロテスクな味わいの冴えでは、『川上の家』に匹敵する。

そして最後をしめくくるのは、第九話『狐穴』なのだが、ここに至って、この連作物語集をつらぬく奇抜な仕かけが一挙に明らかになって、私たちは驚き、笑いころげながら、巻を閉じることになる。これからこの本を読むかもしれない読者のためにも、その種明かしをすることはさし控えるが、この仕かけの性格自体が、説話の世界にいかにもふさわしいものだということは言っておこう。連作物語集に奇抜なトリックを仕組む井上ひさし氏の悪戯ごころは、本書につづく氏の連作短編集『十二人の手紙』（一九七八年）でも、大いに健在である。

要するに、『新釈 遠野物語』で作者が強調しようとしたのは、この世界を固定した見方でとらえるのではなく、日々新鮮な驚異と賛嘆のまなざしでみつめる姿勢だったと私には思われてならない。この本で展開する物語の多くは、たしかに常識的で合理主義的な見方からすれば、荒唐無稽で怪しげな超現実の物語ばかりだと思われるかもしれない。だが、私たちの生命が、たんなる個的なものではなく、実は驚くべき事象にあふれた自然や宇宙の大いなる息づかいのうちにあることを感じとるとき、これらの物語はフィクショナルな限界を超えて、切実なリアルなものになる。G・K・チェスタトンがおとぎ話について語った次のことばに、私は全面的に共感するが、おそらくは『新釈 遠野物語』の作者も、そのひそかな支持者のひとりにちがいない。

おとぎ話は空想ではない。おとぎ話に比べれば、ほかの一切のものの方が空想的である。
（『正統とは何か』、安西徹雄訳、春秋社）。

（新潮文庫『新釈 遠野物語』所収、一九八〇年）

からくり箱のキリスト——『珍訳聖書』解説〔文庫版〕

美しい絵柄の和紙を張った手箱がひとつ、机の上にひっそりと置かれている。薄暗い部屋のなかで、その手箱だけが雨の庭の花のようにあざやかだ。なに気なく、箱のふたをとる。と、そのなかには、別の絵柄の、しかしもっと小さな箱がまるで身をすくめるようにひそんでいる。その小さな箱を開けけば、そこにはさらに小さな、さらに違った絵柄の箱が息をひそめて姿を現す。好奇心はもうおさえようもなく、箱をさらに奥へ奥へと開いていく……。

子どものころ、そんな入れ子箱の不思議に心を躍らせ、あかずに遊んだ記憶はおそらくだれにもあるはずだ。もちろん、入れ子箱のおもちゃは大体が女の子のためのものだから、私も自分のものとして持っていた思い出はない。おそらく近所の小学校の同級の女の子たちが持っているのを見て、借りて遊んでみたのだろう。

だが、長い年月がたったいまも、街なかの民芸品店などで時おり入れ子箱を見かけると、あのからくりの箱を次から次へと開いていった時の新鮮な驚きと、しかもそこに確かにまじっていた戦慄感を私はまざまざと思い出す。からくりとしての入れ子箱は、相似形のいくつもの箱を大小の順につめこんだごく単純な構造のものにすぎない。だが、さりげなく単純だからこそ、そこには私たちを不安にさせる何かがある。ひとつの世界のなかに果てしもなく小さな世界が無限の廻廊のようにつらなり、たたみこまれていて、本当の中心をなす核にはついにたどりつくことができないのではないかという、めまいにも似た不安感。いわば幼い日の入れ子箱は、有限の生でしかありえない私たちに、無限小の恐怖、無限大の戦慄、つまりはこの宇宙の不気味な構造をさりげなく語っていたのである。

と、このようなちもないことを書きはじめたのも、井上ひさしの戯曲『珍訳聖書』が、あの入れ子箱の不安な魅惑に通じるものを確かに持っているからにほかならない。

『珍訳聖書』は一九七三年二月、「書下ろし新潮劇場」シリーズの一冊として刊行され、時期を接して同じ年の三月から四月にかけ、熊倉一雄演出による劇団テアトル・エコーの公演として東京・紀伊國屋ホールで初演された。はじめてこの戯曲を読み、舞台に触れた時も、入れ子箱への連想は鮮烈だった。

つまり『珍訳聖書』は、入れ子箱を外側からではなく、内側の一番奥から順ぐりに開いていくような刺激的な構造の作品なのだ。たとえば私たちがちっぽけな小人で、生まれてこのかた入れ子箱の一番奥にある小箱のなかで暮らしてきたと仮定しよう。狭い小箱の中だけが世界だと私たちは信じている。だが、ある日、私たちはこの小箱の外側にも世界があることを知って、小箱の壁を壊し、より大きい驚くべき世界に歩み出る。ところが、この世界もまた一つの箱にすぎないことを悟る日が来る。箱が壊れ、もっと大きな、もっと異様な外界が立ち現れる。しかし実はこれもまた一つの箱の世界にすぎず……という具合である。箱の崩壊と新しい世界の発見は私たちに驚きと喜びを与えるが、しかしこれがくり返されるうちに、ひょっとしたら私たちはぬけられない迷路や悪夢に似た無限反覆の世界に閉じこめられているのではないかという恐怖もしだいに大きくなってくる。世界全体、宇宙全体が決して正体を明かさない巨大なからくり箱として見えてくる。

別のいい方をすれば、『珍訳聖書』は全編ことごとくが逆転につぐ逆転、どんでん返しにつぐどんでん返しだけでつくられている、おそらく世界の戯曲史上にもほとんど例を見ない驚くべき構造の喜劇である。読者・観客を呆然とさせるこの愉快などんでん返しの多用は、すでに井上の事実上の戯曲デビュー作『日本人のへそ』(一九六九年)で爆発的な活力となって現れていた。この劇は、劇構造をめまぐるしくひっくり返していく三重の逆転からなる喜劇である。これに続く戯曲『道元の冒険』(七一年)にも、どんでん返しは重要な劇の趣向として登場した。エピローグのどんでん返しによって、なぜか道元の時代と現代の日本との間をめまぐるしく行き来するこの劇の不思議な構造の謎がはじめてはっきりと解きあかされるのだ。

さらに「江戸三部作」をなす『雨』(七六年)や『小林一茶』(七九年)も、どんでん返しのおもしろさで観客をあっといわせる奇抜な仕かけを用意している。「芝居においては、一が趣向で二も趣向、思想などは百番目か百一番目ぐらいにこっそり顔を出す程度でいい」(「芝居の趣向について」、中央公論社『パロディ志願』所収)と宣言した井上にとって、どんでん返しは趣向の最右翼に位置する、井上ドラマとは切っても切れないものなのだ。

だが、こうした逆転構造のドラマのなかでも、とりわけ『珍訳聖書』は、どんでん返しの果てに井上が何を出現させたかをさし示す点で、きわめて重要な作品である。前述の井上のことばに引きつけていえば、多彩な「趣向」の入れ子箱の中心に、井上がどのような「思想」を納めたかを知る上で、これは格好の作品なのだ。

だが、ここで解説者としてはいささか困った立場におちいる。これ以上、この作品の本質に具体的に触れようとすれば、どんでん返しのおもしろさを有力な武器とするこの劇の仕かけそのものについて語らないわけにはいかないからだ。むろん犯人当てを目標とする多くの推理小説のどんでん返しとは異なり、『珍訳聖書』の仕かけは劇構造そのもののひっくり返しだから、からくりがわかっていてもおもしろく読むことはできる。が、やはり具体的な予備知識が少ないほど驚きの度合いも大きいことは間違いない。

そこで、本文を読む前にこの解説を読みはじめた読者にお願いする。どうかここで読むのを中断していただきたい。そして本文を読み終えたあとで、もう一度ここにもどってきていただきたい。

……というわけで、もう私たちはこの劇の驚くべき構造の秘密を知った仲間である。

なぜか登場者全員が犬になって進行するギャグと笑いにいろどられた狂犬病狂騒曲のドラマは、後半に入ると、これが実は南方の島から帰還した元日本兵が復讐のために仕組んだ、罰としての芝居ごっこ＝劇中劇であることが明らかになる。このへんは、グアム島で救出された横井庄一元陸軍軍曹の事件（一九七二年）や、人質を温泉旅館に監禁した金嬉老《きんきろう》事件（一九六八年）が影を落としていると見ていいだろう。だが、これは大逆転のほんの端緒だ。過剰なまでにめまぐるしく、私たちが心理的恐慌をきたすほど、逆転はくり返し起こる。ようやく劇の終わり近く、劇全体の仕かけ人ともいうべき「男」の台詞が、このからくり箱の構造を的確に要約する。

犬の芝居、じつは意外や帰還兵士の復讐劇、だと思ったらまた意外や浅草ラック座のショー、ところがまたまた意外や浅草警察署の署長と保安係刑事の深夜の検証劇、しかしここで四度目の意外、以上すべては演劇コンクールに参加する警察官の演劇サークルのお芝居だった、というのも真ッ赤な嘘で、本当はやはり全部ショーだった。どうですか、意外の連続でしょう。

つまり、この劇で大きなどんでん返しは五回起こり、劇全体は六重の入れ子箱になっている。どんでん返しを多用した『日本人のへそ』でさえ、大逆転は三回だったことを考えても、『珍訳聖書』におけるどんでん返しの偏執的増殖ぶりは明らかだ。

だが、果てしもないとさえ思われた連続逆転の果てに「男」は叫ぶ。

男　支配人、これでおしまいです。ちょっと変ったショーが出来たと思いますが、如何です？

この一言で、舞台の混乱にはじめて秩序が訪れる。一回のどんでん返しが一つの仮面に相当するとすれば、虚妄の仮面を次々にはいでいく過程の最後に、ついに真実が顔を現したのだ。つまり、「キリスト」の顕現である。この芝居がなぜ犬の芝居として進行しなければならなかったのか、その理由をいま私たちは理解することができる。犬＝DOGを逆転して現れるもの、それはほかでもない、GOD＝神である。

聖書のキリストが、彼をキリストと認めない人々によって殺されたように、現代の浅草に出現した「キリスト」と名乗る男も、劇場関係者から「おまえはおれたちが求めていたような救世主じゃなかった」と罵られ、刺客によって殺されてしまう。井上ひさしの劇は特異な才能をもつ主人公をめぐる受難の一代記のスタイルをとるものが多い。これはキリスト受難劇の井上流変奏曲だというのが私の考えだが、その点、『珍訳聖書』は、この受難劇の系列の中心に位置する作品であり、しかも井上氏がみずからの内にひそむキリスト像をかなりあらわに語った点でも注目される作品である。

それは決してカッコいい二枚目のキリストではない。スマートな新劇でも前衛的な小劇場運動でもなく、「ドサ廻り」と蔑称される「地方廻りの大衆演劇一座」から現れ、「エロ」と「笑い」と「ぶちかまし」を得意とする、しがない道化者めいた三枚目のキリストである。屋台のラーメンをすするキリストである。

だが、「お金を儲ける方法」とも「楽にこの世を生きる方法」とも縁のないこの「男」のうちには、闘う意思だけはふんだんにある。さびれた「浅草を救う」ために闘うこと、そのためには「自分で自分をお目こぼしするのはいけない」と考える心がある。

この戯曲を読みながら、この「浅草のキリスト」が、私にとってセルバンテスが描いたドン・キホーテとどこかで重なって見えてきたのは偶然ではない。とりわけ、『ドン・キホーテ』を原作にしたブロードウェイ・ミュージカル『ラ・マンチャの男』（デール・ワッサーマン脚本）の一節があざやかに浮かんでくる。この舞台で詩人セルバンテスは、「人間はありのままの人生と折りあいをつけていかねばならぬ」という世慣れたことばに反論し、「そういう態度こそが狂気なのだ」と次のように語る。

とりわけ一番の狂気は、人生をあるがままの姿で見て、そうあるべき姿で見ないことだ。

おそらく井上ひさしの仕事の方向は、この一句のなかに凝縮されていると見ていいはずである。

だから、「浅草のキリスト」が無残にも背中にナイフを突き立てられ、驚くラーメン屋のおやじが「ラーメン！」と叫ぶとき、DOGが逆立ちしてGODになったように、それは私たちには深い祈りのことば、「アーメン！」として聞こえてくるのである。

（新潮文庫『珍訳聖書』所収、一九八二年）

ことば病みの笑い――『雨』『四谷諧談』『それからのブンとフン』解説〔文庫版〕

「ことば、ことば、ことば」。

『ハムレット』第二幕でハムレットが語る有名な台詞である。ここでハムレットは過剰にあふれる表層のことばについて語っているのだが、これに水面下で渦を巻く深層のことばをも加えれば、この台詞をそのまま井上ひさしの作品に適用できそうな気がする。

それは井上ひさしが多彩なことばを操る「ことば使い」で、その作品がしばしばことば遊びの盛大な饗宴となっているからばかりではない。ことばそのものを主題にした作品が実に多いのである。登場人物にもことばを病んだ人間、つまりことばの病人がひんぱんに出てくる。だからこうもいえるだろう。井上ひさしの作品の多くは、ことばについての過剰なことばの世界、つまりは病むほどにことばにとり憑かれたことば論の世界である――というふうに。

たとえば、劇作家としての井上ひさしの実質的なデビュー作となった『日本人のへそ』（一九六九年）である。にぎやかなことば遊びと目がまわるほど手のこんだどんでん返しを多用したこの劇全体が、吃音症患者たちが治療のために演ずる劇中劇の形式をとっていたのは重要である。全体がことばの病いで縁どられた世界なのだ。ままならぬ現実のなかで傷ついた患者たちの吃音がひどくなればなるほど、劇中の言語遊戯はアナキーな幸福感をおびて奔放に華麗に増殖した。だからこれは、日本人の「へそ」＝原点をめぐる劇であると同時に、人間の「へそ」としてのことばをめぐるドラマでもあった。

あるいは、「言語不当配列症」、「音連合症」、「言いまちがい症」という滑稽で無残なことばの病いにかかった三人組が道化役として活躍する戯曲『花子さん』（七八年）や、現代におけることばのあり方そのものを主題として、「簡易日本語」というふしぎなことばの病気も登場する、タイトルからして言語不当配列症気味の戯曲『国語事件殺人辞典』（八二年）をあげてもよい。病人以上に身体の状態を真剣に気づかう人間はいないが、この言い方を転用すれば、井上ひさしはいつもことばの病いを通してことばのありうべき姿を考える真摯なことば論の作家なのだ。

こうした井上ひさしの「ことば、ことば、ことば」系列の作品のなかでも、一九七六年に五月舎と西武劇場（現・パルコ劇場）の提携公演として初演された戯曲『雨』はことに快作と呼ぶにふさわしいスリラー仕立ての作品である。『藪原検校』（七三年）、『小林一茶』（七九年）とともにこの作者のいわゆる「江戸三部作」を構成する。木村光一演出による初演が好評だったため、七七年、七九年と再演を重ね、声価をさらに高めた。主人公の「徳」に扮した名古屋章が実にコミカルで味のある、いじましくも切ない絶妙の演技を見せた。初演で「おたか」を演じた木の実ナナのういういしさが忘れがたいが、再演で同じ役を演じた新橋耐子、三演目の有馬稲子もそれぞれの資質がよく浮き出た好演だった。

この劇には、初期戯曲の『日本人のへそ』『表裏源内蛙合戦』のような過剰なことば遊びはほとんど出てこない。それに代わって全編をいろどるのは、ぶあつく底の知れない東北弁の世界である。正確にいえば、作者の生まれ育った山形県南部の地方で、江戸時代に使われていたと思われる方言である。初演の公演パンフレットに井上ひさしが書いたエッセイ「なぜ方言でなければならないか」(中央公論社『パロディ志願』所収)によれば、作者はこの戯曲を「まず一景ずつ標準語で書き、次にこの地方の古老がぽつぽつと語る昔話のテープを基にこしらえあげた自家用の方言辞典と首っぴきで、標準語のテキストを方言に『翻訳』した」のだという。

江戸でしがない金物拾いをしていた徳は、激しい雨のために雨宿りした橋の下で、羽前国平畠藩の紅花問屋「紅屋」の当主喜左衛門という失踪中の男が自分とうりふたつであるという話を聞かされ、あやしく心が動く。旅に出た徳は、平畠で喜左衛門になりすまして悪戦苦闘する。美しい女房おたかを手に入れ、これまで味わったことのない上等の食と住と性をわがものとした徳は、夜も寝ずに平畠ことばの練習に励み、結構したたかな演技力をも発揮し、邪魔者を殺害までして、日一日と本物の喜左衛門像に近づいていく。基調をなす暗い雨の音が、この劇の不安で不気味な緊迫感をさらに高めて、すばらしい効果をあげる。

しかし、大詰め、作者得意の意外などんでん返しが来る。こうした過程すべてが、じつは入念に仕組まれた罠だったのだ。死の罠から逃れようと、徳は懸命に自分は喜左衛門ではないと主張し、かつての自分自身にもどろうとする。ところが、それができない。江戸弁をしゃべろうとする徳の口から、ふいと平畠ことばがころがり出す。金物と見れば無意識に手が出たかつての拾い屋の習性も、徳はもう失ってしまっている。罠とは知らずに、進んで異なることばの制度の中にのみこまれたことで、徳は自分でも訳のわからない妙な中途半端なものになってしまった。

　抜け目のない拾い屋だったはずの男が、なんと自分自身を落とし、見失ってしまったのだ。うろたえながらみじめな死へと追いつめられていく徳を見て私たちは笑うが、その笑いはすぐに苦い、慄然たるものに変わっていく。

　というのも、器用で勤勉で、外部のものをなんでも矢つぎ早に採りいれてはたちどころにこなしてしまう徳は、どうも私たち日本人の肖像にあまりにもよく似ているからだ。前述のエッセイのおわりで、作者自身、「徳はわれら日本人の象徴」という言い方をしている。つまり徳の息せき切った歩みは、欧米の文化と技術を次々に貪欲に吸いとり、あこぎなことにも手を染めながら急激に成りあがった近代以降の日本の軌跡に実によく重なりあうのだ。群をぬいてすぐれた他者導入の才能、功利的な目標に向かって、他人を蹴落としてもがむしゃらに突き進む勤勉な情熱、しかし、そこにありうべき「私自身」は本当にあるのだろうか、と、作者はさりげなく問いかけるのである。

　この戯曲の大部分は、一九七六年、作者のはじめての海外体験の地であるオーストラリアで書かれた。キャンベラの国立オーストラリア大学日本語科に招かれて客員教授をつとめていた時期で、この英語常用国で英語のために疲労困憊した作者自身の切実な言語体験が、いささか被害妄想気味でもあるこの戯曲に反映している。さきにのべたエッセイで、作者は「頭病《あたまやみ》の因《もと》」になったその経験をこう書いた。

（オーストラリアで観る）英語の芝居は、映画よりも目先が変らないから（頭痛は）もっとひどく、吐き気を催すこともしばしばで、へとへとに疲れてしまう。すこし誇張するならば日本人としての人格（そんなものがあるのかないのか、まずそれが疑問だが）がばらばらにこわれてしまうような感じがある。これ以上、此地に住んでいると、英語というコトバの体系に圧しつぶされてしまうぞという強迫観念さえ抱く。そうしてついには、英語という怪物にまる呑みされる夢なども見るようになった。

他国のことばのために「人格が……ばらばらにこわれてしまうような感じ」になるこうした経験は、よほど語学に堪能な人でない限り、海外で生活をしたことのある日本人なら、多かれ少なかれ一度は味わったことがあるはずだが、しかしそれは必ずしも日本人にだけ特有なことではないだろう。

たとえば、『雨』と重なりあうテーマをあつかった有名な作品が思い出される。ミュージカル『マイ・フェア・レディ』（一九五六年初演）の原作にもなったバーナード・ショウの戯曲『ピグマリオン』（一九一三年初演）である。

激しい雨のために雨宿りしたロンドンの教会の玄関で、貧しい花売り娘イライザは音声学者ヒギンズ教授と言語研究家ピカリング大佐に出会う（おもしろいことに、『雨』の冒頭も、激しい雨のための雨宿りの場から始まる）。コックニー（ロンドンなまり）しかしゃべれないイライザは、上品な花屋の店員になるため、ヒギンズに頼んでちゃんとした英語を教えてもらうことになる。イライザの努力と才能、そしてヒギンズのきびしい実験教育が効を奏して、イライザはわずか数カ月で完璧な英語を話す「レディ」に仕立てあげられる。それはヒギンズがいう通り、一人の人間を「新しいことば」によって、「がらっと違う人間に変えてしまう」実験である。

だが、教育が終わったとき、イライザは自分がもはや何者でもないことに気づかされる。「レディ」のことばとマナーだけは身につけたものの、「レディ」を支えるはずの経済基盤はまったくなく、将来の生活手段も彼女は知らない。

その時、イライザがヒギンズ教授に問う次の台詞は、『雨』の徳と同じように、自分から進んでことばの制度という罠にはまって自分を見失ってしまった者の深い不安をあらわして印象的だ。

わたしは何にぴったりする人間なの？　私にできる何を残してくれたの？　私はどこに行ったらいいの？　わたしはどうなるの？

全体としてはストーリーも場面設定も人物の描き方もまったく違う作品ながら、冒頭のシーンが微妙に呼応することや、ことばの学習によって「がらっと違う人間」が出来あがる趣向は重なりあう。とすれば、もしかしたら井上ひさしは、ショウの『ピグマリオン』に自分の切実な関心を呼ぶ共通する主題を感じとり、それをまったく別のオリジナルなストーリーと別の状況設定のうちに転生し、発展させたのかもしれない。

むろんこれは私の推測だが、仮にそうだとしても、それは戯曲『雨』のすばらしさをいささかも傷つけない。むしろショウが提出したことばと人間の関係という主題を、およそ異なるスリリングな劇展開のなかに転位させ、そこに私たち自身の姿が鏡のように映しだされる一種の日本論あるいは日本人論の次元にまでふくらませた井上ひさしの独創性と批評的手腕を高く評価すべきだろう。

ところで、これほどまでに井上ひさしが「ことば、ことば、ことば」に、あるいはことばの病いにこだわる理由は一体何なのか。それは当然、井上ひさしの持って生まれた資質と才能によるはずだが、同時にそこには彼自身の生い立ちと経験も密接に関係しているように思われる。井上ひさしの自伝的エッセイ「恐怖症者の自己形成史」（中央公論社『さまざまな自画像』所収）は、彼にとってのことばと状況との関係を明確に語っていて、たいそう興味深い。

このエッセイによると、家庭の事情により、井上ひさしは中学三年の春から秋にかけて、青森県八戸市、岩手県一関市、宮城県仙台市と三回も居所を変えなければならなかったが、難題はそれぞれに違う地方のことばの壁だった。

> それぞれの地方ではその地方に固有の言葉が話されていたから、ぼくにとって状況の変化は言葉の変化と同義だった。状況に慣れたかと思うとたんに新しい状況に投げ込まれる。ちょっとした言い損いが学級の爆笑の導火線となった。（傍点＝引用者）

次々と変わることばに悪戦苦闘して「進退きわまり」、中学生の彼はついに「吃音という逃げ道」に入り込んでしまう。この年の秋には仙台のカトリックの児童養護施設に引きとられ、この施設で高校を卒業するまでの三年半を過ごしたが、ここで彼の「恐怖症」の「たったひとつの治療薬」となったのはカナダ人修道士から習うフランス語の勉強だったという。十代の彼を吃音症という「恐怖症」に追いやったのはことばであり、しかし治療薬となって彼を救ったのもまたことばだったのは示唆的である。

しかし、仙台から上京して大学に入ってから、彼はまた新しい形での「状況との齟齬《そご》感」に悩まされた。治ったはずの吃音症がぶり返し、悪化してしまう。こうして彼は当時母親のいた岩手県釜石市に帰り、休学状態を続けるうちにようやく恐怖症を克服するのだが、その経過は彼の自伝風の小説『花石物語』(一九八〇年)などに生き生きとコミカルに描かれている。

こうした彼自身の「恐怖症」の軌跡、つまりことばの病歴を見れば、彼が事実上の処女戯曲『日本人のへそ』でなぜ登場人物全員を吃音症者にしなければならなかったのか、劇全体をなぜ吃音治療のための劇中劇に仕立てたのか、その切実な意味がわかるような気がする。現実への道をせきとめられていたからこそ、彼の内部でたぎりたっていたことばは作品表現の回路に奔流となってあふれだし、彼を並はずれた「ことば使い」にしたのである。そしてまた、患者としてことばに深く病み、深く苦しんだからこそ、彼はことばの健康を気づかい、ことばを抑圧の凶器に変えてしまう社会の状況の悪化をも気づかうひたむきで情熱的なことば論者、いわばことばの医師になったのである。

しかもそれを憂い顔を浮かべて悲劇的に荘重に論じるのではなく、あくまでにぎやかな愚行と笑いとあふれるばかりのサービス精神をもって語りつづける点で、私は変わらぬ親しみをこの作家に感じる。

『雨』に予想外に多くの紙数を使いすぎた。他の戯曲二編には簡単に触れておきたい。『四谷諧談』は一九七五年、つまり『雨』のほぼ一年前に書かれ、同年、小沢昭一を中心とした劇団芸能座の公演として、今は亡き早野寿郎の演出で初演された（東京公演は十一月）。

この年の十二月九日、つまりこの芝居の上演の翌月に時効が成立した例の三億円強奪事件の真相をめぐる一種の推理劇であり、喜劇的な批評劇である。

迷宮入りしたこの事件については早くからさまざまな推理がおこなわれたが、この作品は体制謀略説に立っている。時効成立を目前にして意外な事実が次々に明らかになり、最後にもう一回どんでん返しが来たあげく、すべてが雲散霧消してしまうまでの劇運びは実にスリルに富み、巧妙だ。

しかもこの劇全体を、つかこうへいの戯曲『熱海殺人事件』（一九七三年）の一種のパロディにした趣向が愉快である。『熱海殺人事件』の刑事部長「くわえ煙草伝兵衛」の派手好みのキザったらしさに比べ、こちらの退職刑事佐田金兵衛のつつましさといじましさはいかにも井上ひさしらしい。

『それからのブンとフン』は、『四谷諧談』と同じ一九七五年の一月から二月にかけ、劇団テアトル・エコー公演として熊倉一雄演出で初演された。フン先生に扮したのは演出も手がけた熊倉一雄、ブンは平井道子、悪魔は客演の天地聡子だった。

これは井上の初期小説の快作『ブンとフン』(一九七〇年)を戯曲に改作したものである。ただし後半は、小説では書かれていないその後日談になっていて、小説『ブンとフン』の結末のあのおおらかな幸福感は一転して、暗澹《あんたん》たるものに変わっている。日本の民衆が過激な「一億総泥棒」と化して日本を大きく変えていくというラストシーンはどこへやら、ここでは「世の中はすっかり元に戻」り、世界をナンセンスな幸福感にあふれるユートピアに変えるべき四次元の大泥棒ブンたちは内ゲバをくり返して憎みあい、小説家フン先生は地下牢のなかで指から吹きだす血をインクにして、壁に作品を書かねばならなくなる。

このように結末が一変した理由は、この戯曲集の単行本『雨』(新潮社、一九七六年)のあとがきの著者のことばに明らかだ。

つまり、小説『ブンとフン』を書いていたころの井上ひさしは、「きたるべき七〇年安保闘争は六〇年安保闘争など較べものにならぬほどの内爆発を起し、それが引金となってこの国は変るだろう」と信じていた。しかし、社会は思わぬ方向に動き、氏は「自己処罰」のためにこの戯曲の後半を書いたのだという。

だが、この「自己処罰」のために、改変された戯曲『それからのブンとフン』は、小説『ブンとフン』より説得力のある作品になりえていると私は思う。たしかにこの戯曲では、小説『ブンとフン』がもっていた綺想の奔放な跳躍力、初期作品特有のおおらかな至福感は薄らいでいる。しかし、薄明の時代のなかで、どんなに無残な事態のなかでも、人間は少なくとも何を信じつづけなければならないかを、苦い味のするこの戯曲はむしろしっかりと指し示しているように思われる。

（新潮文庫『雨』所収、一九八三年）

東北出身のピカロの苦闘——『藪原検校』解説〔文庫版〕

井上ひさしの数ある戯曲のなかでも、『藪原検校』はことに、一度接したら二度と忘れることのできないほど鮮烈な印象を与える優れた作品である。井上の作品を貫く要素が凝縮している点で、この戯曲は井上作品の集約的表現をなしているが、同時に、悪と恐怖の魅力、グロテスクな笑いと残酷の美学で私たちを金縛りにしてしまう点では、井上作品のなかでも独特の位置を占める。

一九七三年七月、東京・渋谷の西武劇場（現・パルコ劇場）で、木村光一演出によって初演された『藪原検校』の舞台（五月舎・西武劇場提携公演）はまさに衝撃的だった。『日本人のへそ』『表裏源内蛙合戦』『道元の冒険』など、それまでの井上戯曲の特色だった陽気な活力と過剰なまでのことば遊びの笑い、奇抜などんでん返しの趣向に代わって、ここには陰々滅々とした闇への志向があった。惨劇に殺人と流血が折り重なり、ことば遊びは極端に抑えられ、それまでの作者の過剰な表現のスタイルは、きりっと引き締まった簡潔な形式に切りかえられていた。作者の隠れた半面、いわば「黒い」半面が、まるで水面下の氷山のようにせりあがってきたのである。

この新しい試みに賭けた作者の意気ごみと緊張感は、氏が初演の公演パンフレットに寄せた「なにしろはじめてのことばかり」という文章からも生き生きと伝わってくる。

そしてなによりも、お客様に笑っていただくための工夫を、これだけ抑え、かつ避けたのも生れてはじめてだ。これはじつをいうと辛かった。生来の貧乏性と長い間、お笑い番組の台本を担当してきたときに身についた垢で、笑っていただかねば、おもしろがってもらわねば、とまず考える、それが第二の性となっていたのだ。今度はなんとかしてそこから脱け出そうと苦労した。……／こんなわけで、はじめてのことばかりの多い、この『藪原検校』は、これまでのわたしの芝居と較べ、ずいぶん印象の違うものになるだろう。」（中央公論社『パロディ志願』所収）

つまり、これは戯曲『天保十二年のシェイクスピア』（七四年）とともに、作者のいわゆるブラック・ユーモアの系列を代表する作品である。同時にこの作品は、『雨』（七六年）、『小林一茶』（七九年）とともに、作者の「江戸三部作」を構成する。七三年の初演に続き、七四年、七九年にも五月舎のプロデュース公演として再演され（以上、杉の市役はいずれも高橋長英）、八四年には松竹が新橋演舞場で上演した（杉の市役は中村勘九郎＝現・中村勘三郎）。

　享保年間に東北の塩釜で生まれて座頭となった貧しい盲目の少年杉の市が、逆境のなかで悪知恵と才気を武器にのしあがり、悪の限りを尽くしてついには二代目藪原検校にまで出世するが、思わぬことから悪事が露見し、残酷な極刑に処せられるというこのドラマは、いわば一種のピカレスク・ロマン（悪漢物語）である。スペイン語のピカロ（悪漢、ならず者）に由来するこの種の物語の主人公たちは、多くの場合、貧しい階級に生まれ、「才覚以外には生活の手段がないという切迫した状況」（フレデリック・モンテサー著、畠中康男訳『悪者の文学』、南雲堂）、もしくは「主人公に冷淡な、あるいは敵意を抱いている世界で、劣勢にもかかわらず生きのびていく」（ジョセフ・W・ミーカー著、越智道雄訳『喜劇としての人間』、文化放送開発センター出版部、その後、『喜劇とエコロジー』と改題され、法政大学出版局から刊行）。

　彼らは窮境を逆手にとり、しぶとく、大胆に、自分の生存を何より大事にして突き進み、その無頼で爽快な活力で世界にエネルギーを吹きこむ。

『表裏源内蛙合戦』にしろ『モッキンポット師の後始末』にしろ、あるいは『雨』や『小林一茶』にしろ、井上ひさしの作品には、多かれ少なかれ、ピカレスクの要素が強い。逆境を生きる主人公たちの浅ましいばかりの情熱や狂奔ぶりと、現実に彼らにもたらされる成果とのズレが笑いを呼び、感銘を誘うのだが、『藪原検校』の主人公杉の市ほど、徹底して、過激に悪の道を突き進んだ人物は井上作品ではまれである。杉の市の人間像には、野性的で陰影にとんだ魅力があって、そのふてぶてしい一種狂暴な悪業にはお祭り気分に似た活気さえある。

杉の市の血まみれの所業のかずかずにハラハラしながら、しかし私たちはしだいにその水際だった悪の魅力に感嘆しはじめ、共感を覚えさえするのだが、ここには明らかに、圧倒的に不利な形勢を逆転してのけた者だけが与えうる劇的な快感がある。かつて社会から残酷に鞭打たれていた弱者の少年が、たった一人で闘いをくりひろげたあげく、今度は逆に社会全体に返礼の鞭をお見舞いするようになった痛快さである。その点では、この作品は、同じように障害者で、同じように魅力的な悪の天才、グロスター公リチャードを主人公にしたシェイクスピアの『リチャード三世』と共通するものを確実にそなえている。

だが、このドラマは、杉の市の個人的な悪の魅力を浮かびあがらせるためだけにあるのではない。社会を追いこしたと信じた瞬間、杉の市の個人的な悪と残酷さは、社会という制度のより大きな、殺人機械にも似た冷徹な悪と残酷さに手ひどい報復を受けるのである。ジョセフ・W・ミーカーは前述の『喜劇としての人間』のなかで、非情な社会で生き抜こうとするピカロは、「自らが社会よりも複雑で手のこんだ人間になりおおせること」をめざすと書いている。杉の市自身、劇の後半ではほとんどそう「なりおおせ」たと信じたに違いないのだが、最後になって、社会はさらに「複雑で手のこんだ」恐るべき悪の本体をあらわして、杉の市よりはるかに残酷でグロテスクな極刑「三段斬り」で杉の市を血祭にあげる。

劇中で塙保己市《はなわほきいち》は杉の市に向かい、「あなたはまるでお祭みたいな人ですね」と語るが、悪業を中心にゲリラ的に展開してきた杉の市の個的な「お祭」は、松平定信のいう「田沼殿がゆるめにゆるめた世の中をこんどはぎゅっと引き締める」時代の到来とともに終わりをつげ、制度によって人々の「お祭」までもが管理・演出される世の中への転換を示して、劇は一気に幕を下ろす。この戯曲が一九七三年、六〇年代から七〇年前後にかけての日本の社会の大きな「お祭」のあとに発表されたのは、決して偶然ではないだろう。しかも、その際、「三段斬り」による杉の市の処刑を松平定信に進言するのが、杉の市の「同志」塙保己市であることは、私たちにさまざまなことを考えさせる。

ところで、戯曲『藪原検校』には、さまざまな原資料がある。木村錦花著『近世劇壇史』や『続続歌舞伎年代記』によると、藪原検校のもとになったのは初代古今亭志ん生の読物で、その後、秦々斎桃葉《しんしんさいとうよう》が講談にしたものが「やまと新聞」に連載され、それに基づいて三世河竹新七が歌舞伎の世話物『成田道初音藪原』を五世尾上菊五郎のために書いた（一九〇〇＝明治三十三年、歌舞伎座初演）。さらに戦後は、これらを踏まえた宇野信夫作『不知火《しらぬい》検校』（一九六〇年、歌舞伎座初演。七〇年に『沖津浪闇不知火』と改作）が発表されている。

しかし井上の話では、氏が執筆に当たってストーリーの参考としたのは、『定本講談名作全集』（全八巻、講談社刊、一九七一年）の別巻に収められている佐野孝執筆の「名講談解題」の一項目、「藪原検校」の荒筋だったという。これはおそらく前述の秦々斎桃葉の講談に基づく要約だと思われるが、分量は原稿用紙にしてわずか二枚強のごく短いものである。これを見ると、父親の魚屋七兵衛が女房のお産の費用に困り、座頭を殺して金を奪ったたたりで、息子が盲目に生まれつく因果噺や、杉の市が癪《しゃく》で苦しむ旅人に鍼《はり》を打って殺してしまうエピソード、さらに泥棒の倉吉を使って師匠の検校を殺させ、二代目藪原検校になるいきさつ、そして悪運つきて打首獄門になる最期など、井上版『藪原検校』の大筋の流れはほぼこれを踏まえていることが分かる。盲太夫の語りで劇を進行させる趣向も、語りものの講談が下敷きにあるからだろう。

だが、これらの大筋はあくまで外枠であって、ドラマ自体の肉づけや細部、生彩を放つ人物の性格づけや形象はまったく作者のオリジナルである。ことに私がおもしろいと思うのは、原作の講談とは違って、井上が主人公の杉の市を、氏自身と同じ東北の出身に仕立て、劇全体に東北の風土性を色濃く刻印したことだ。

特にこの点で、忘れがたい鮮烈な印象を与えるのは、塩釜時代の杉の市の情婦、お市の人物設定である（これは前述の資料の荒筋にはない）。ひたすらに杉の市を愛しぬく気のいいお市は、一度殺されたはずが生き返り、江戸にのぼって杉の市を追い求め、彼に邪険にされて大川に流されても、まるで不死身のように醜悪無残な姿でよみがえって、まつわりつき、ついには彼をもろともに死に引きずりこむ。

明らかにお市は、リアリスティックな個人の生命を超えた存在である。江戸で出世して、暗い過去とは縁を切りたいと思う男に、愛と恨みをこめてゾンビのようによみがえり、くり返し迫りつづけるこの女は一体何者なのか。杉の市という名前の中に、すでにお市が含みこまれていること、つまり二人は同じ根を持つことに注意しよう。お市はたぶん、過去と地方を忘れ去りたいと願う杉の市自身を生み、育てた東北の風土そのものの象徴なのである。とすれば、お市を冷酷に捨てたことによって破滅していく杉の市の物語は、地方を踏み台とすることで成長を遂げてきた現代日本における中央と地方の関係をも照らし出そうとする、いかにもこの作者らしい地方論、東北論でもあるわけだ。

ここまで来ると、戯曲『藪原検校』が、同じ一九七三年に発表された作者の自伝的な小説『四十一番の少年』と、基本的には同じ主題を奏でていることが見えてくる。

作者自身が十代を過ごした仙台のカトリックの児童養護施設を舞台にしたこの回想風の小説には、松尾昌吉という年長の少年が登場する。鬱屈した一種狂暴な魂をもったこの孤児の少年は、アメリカに留学してあこがれの良家の少女と結婚し、とんとん拍子に出世するという、あまりにも虫がいいだけに切ない滑稽感を誘う将来の夢を実現しようと、その資金づくりのために子どもを誘拐する。だが、誘拐計画は挫折し、少年は殺人を犯して、無残にも処刑されてしまう。

戯曲集『藪原検校』の末尾の「二通の手紙――あとがきにかえて」で、井上は「東北の片田舎に生れた盲の少年が、晴眼者に伍して生きて行こうとしたとき、彼の武器はなにか？」という問いを発し、自分自身で「悪事以外にない！」と答えている。『藪原検校』の杉の市は、「悪事」を「武器」として闘う、このような「東北」出身の少年をぜひとも「実在させなければならぬ」（「二通の手紙」）という作者の「思い込み」（同）から生まれ出たが、これはおそらく、『四十一番の少年』の犯罪少年、松尾昌吉の描き方についても、同じことが言えるはずである。松尾昌吉は、現実の中心に躍り出る手前で倒れてしまった戦後版の杉の市、自分の願望のなかでのみ華やかな脚光を浴びた杉の市なのだ。

だから杉の市も松尾昌吉も、決して悪の純粋結晶にはなりおおせない。彼らの一見ふてぶてしい悪業の仮面の一枚下には、逆境と孤独に耐えようとする魂がひそみ、その底には東北の歴史と風土がどっぷりと沈んでいる。これは同じ資料を踏まえながら、宇野信夫作『不知火検校』の主人公の杉の市が、人間的な情緒をすっぱりと断ち切って、悪業へとかろやかに疾駆する、悪の明るく透明な結晶体、いわば悪のメカニックな記号であることとの著しい違いである。

だから過酷な世界を孤独に生き抜かねばならない杉の市の悪業には、作者の深い慈しみと、そっとぬぐう涙がこめられている。しかも杉の市が悪戦苦闘のすえ、残酷な極刑に果てることを考えるなら、彼には同時に、受難する道化的キリストのイメージ、つまり正負の符号を反転して、裏階段から十字架にのぼっていく裏返しのキリストの面影も込められていることが見てとれる。前述の「あとがき」で作者自身が強調の傍点を打った「東北」「盲」「少年」、それらは今なお作者が切実な思いを託さざるをえない一種の聖痕なのだろう。そして作者は、そうした少年たちに、たとえ「悪事」であろうと、生き抜くための「武器」を与えずにはいられなかったのである。

（新潮文庫『藪原検校』所収、一九八五年）

「特別な」賢治への斬新なアプローチ——『イーハトーボの劇列車』解説〈文庫版〉

宮沢賢治が好きな人は、どうやらだれもが、賢治は「特別な」作家だと思う傾向があるらしい。宮沢賢治のすきとおった世界の魅力はあまりに強く、心のやわらかなところに痛いほどにしみこんでくるので、私たちは賢治を、ほかの詩人・作家たちとは区別して、「特別」の位置に置きたくなる。賢治のユニークな文体の波長に同調するあまり、自分の「賢治体験」を「特権的」なものと考えたくなる。

私自身、中学一年のときに、賢治の『銀河鉄道の夜』を読んで、そんな経験をした。子どものころの私はからだが弱く、病気で休んでばかりいて、医者から「二十歳まで生きるのは無理。まあ、太く、短く生きるんだね」と言われたりしていた。だから、診察を待ちながら、大学付属病院の薄暗い待合室ではじめて手にした『銀河鉄道の夜』を、私はもうすぐ移り住もうとしている世界の予告編を見るような感じで、とても切実な、さびしく高ぶる思いで読んだ。いまから思えば、それは子どもっぽい、多分にセンチメンタルな思い入れにすぎなかったが、以後、私にとって『銀河鉄道の夜』が、ほかの本とは違う「特別」の書物になったことだけは、まちがいない。

宮沢賢治に対する、こうした「特別」の感じは、多かれ少なかれ、同時代のすぐれた劇作家たちも共有しているらしい。一九七〇年代以降に限ってみても、かなりの数の劇作家たちが、賢治に刺激されるかたちで、意欲的な戯曲をあいついで発表している。私の好きな作品をちょっと思いうかべても、唐十郎『唐版・風の又三郎』（一九七四年）、寺山修司『奴婢訓《ぬひくん》』（七八年）、北村想『想稿・銀河鉄道の夜』（八六年）、山崎哲『エリアンの手記——中野富士見中学校事件』（同）、別役実『ジョバンニの父への旅』（八七年）などがある。その多くが、それぞれの作家にとって代表作にかぞえられる作品であることを思えば、彼らのうちに占める宮沢賢治の「特別」

な意味が分かろうというものだ。

こうした数ある〝賢治もの〟の劇作のなかにあって、井上ひさしの『イーハトーボの劇列車』は、ことに忘れがたい作品である（一九八〇年十月、五月舎により東京・呉服橋三越劇場＝後に三越ロイヤルシアターと改称＝で初演。木村光一演出、宇野誠一郎音楽、高田一郎装置、本田延三郎制作。矢崎滋、佐藤慶、中村たつ、白都真理、金井大、仲恭司、蔵一彦、松熊信義、西村淳二、平山真理子、後藤緑、中西和久の出演）。秀作の多い井上戯曲のうちでも、これはまさに「特別」の美しい輝きを放っている。

井上ひさしには、『表裏源内蛙合戦』『道元の冒険』『しみじみ日本・乃木大将』『小林一茶』『頭痛肩こり樋口一葉』『泣き虫なまいき石川啄木』など、多くの評伝劇がある。だが、宮沢賢治への氏の思い入れには、ことのほか長い年季がはいっている。

なにしろ、氏の感動的なエッセイ「風景はなみだにゆすれ」（中央公論社『風景はなみだにゆすれ』所収）によれば、山形県の小さな町に住んでいた小学五年生のときに、「『注文の多い料理店』や『どんぐりと山猫』を読んでいらいずーっと賢治に狂い続けていたわたし」だったのだから。しかも、氏が「生れてはじめて、雑誌ではなく単行本を、それも自分自身の判断で、しかも貯《た》めておいた自分の小遣いで買った」のが、当時、中央公論社から出ていた賢治の『どんぐりと山猫』だったという、とびきりのおまけがつく（「忘れられない本」、同書所収）。

井上氏の「蔵書第一号」となったこの本は、「周囲の自然をどう名付けてよいのか（つまりどう認識すべきか）わからないでいた山間《やまあい》の小さな町の子どもに、自然との関係のつけ方をたくみに教えてくれた」（同）のであり、やがて作家・井上ひさしを生む遠因ともなった。のちに井上ひさしは、この本との出会いを、「私の個人史における生涯十大ニュースのひとつ」とさえ呼ぶことになる。井上ひさしにとって、宮沢賢治は、他の作家とくらべようもなく「特別」な存在なのである。

前記のエッセイ「風景はなみだにゆすれ」は、十九歳の春、井上が、賢治の故郷の花巻市をおとずれたときの感銘をつづっている。のちに小説『花石物語』や『新釈遠野物語』で描いたとおり、そのころの氏は入学したばかりの上智大学を、なかばノイローゼめいた状態で休学して、母親のいた岩手県釜石市にひきこもり、国立療養所で事務員をしていた。花巻市には、療養所の野球大会のために行ったのだが、そこで賢治がかつて「羅須地人協会《らすちじん》」を開いた「下根子《しもねこ》」の地名をみつけて、氏の心は躍りあがった。『春と修羅』の詩句の一節をしきりにつぶやき、「賢治が毎日のように眺め暮した下根子の風景」を夢中になって歩きまわりながら、賢治への過剰な思いにあふれて、多感な青年の目からは、とめどもなく熱いものがこぼれおちた。「十九歳のにきびの青年はそのときとても涙もろくなっていたので、〈風景はなみだにゆすれ〉て、歪んで見えていた」（同）。

だが、興味深いのは、井上の『イーハトーボの劇列車』が、長年にわたる熱い思いと深い敬愛から生じがちな一方的な賢治賛美に陥っていないことである。むしろ、この戯曲が際立つのは、賢治への心からの共感と、賢治の限界を見すえる批判的な姿勢とが、たがいに妥協することなく、鋭い緊張関係をたもちながら、一種痛快なかたちで共存していることだ。賢治とその周辺の作品を綿密に読みこんだ井上は、賢治の世界への共感によりかかった作品が、しばしば賢治の世界を情緒的に水増ししているにすぎない結果に陥ることをよく知っていたのだろう。

だから、賢治とその作品を素材としてこれまでに書かれてきた劇作の傾向を、井上ひさしは距離をおいて、次の「三つの型」に大別してみせる。

まず、作品そのものを忠実に脚色するという方法がある。つぎに、舞台を花巻に設定して賢治の伝記的事実を――そのほとんどが「聖者」としての伝、「求道者」としての伝という形をとるが――劇化するというやり方もある。おしまいは、『銀河鉄道の夜』などを発条《ばね》に宇宙メルヘンを展開するという方法だが、わたしはまったくちがうやり方で賢治とその作品群に接近したいと考えた。(「賢治の上京」、中央公論社『聖母の道化師』所収)

作者が用意した「まったくちがうやり方」の第一の趣向は、宮沢賢治の生涯における合わせて九回の上京と東京滞在のうちに、賢治という人間と作品の世界を集約してしまおうという奇想天外な方法である。氏は賢治の前後九回におよぶ上京を克明に洗いだし、そのうち、賢治にとって重大な転機になったと思われる四回の上京を選びだす。そして花巻から上野にむかう夜行列車の車中での、賢治童話風の奇抜なエピソードや、東京でのさまざまな出来事を、生き生きとした愉快な筆致で描きだす。

賢治にとって、東京に行くということは、切実なふたつの対立を背負うことだった。ひとつは、宗教面できびしく対立する父親から、精神的にも、経済的にも目立するための方策をさぐる行為。もうひとつは、東北と東京、つまり「地方」と「中央」という支配＝対立関係に自分のうちでどう決着をつけるか、あるいは両者の関係をどう逆転させるのかといった難問に自分で答えを出すための行為だった。

第二の点では、劇中の賢治は、あきらかに作者自身の精神の軌跡に重なりあう。「地方」と「中央」の対立関係を、東北出身の井上がどれだけ痛切に意識してきたかは、彼の劇の魅力的な主人公たちの多くが才能ある「地方」出身者たちで、「地方」と「中央」の間をダイナミックに往還することで波乱の半生を送ること、しかもその大半の者が、結局は「中央」に心満たされず、ふたたびなんらかの意味で「地方」的なものに向かうことからも明らかだろう。初期の『日本人のへそ』『表裏源内蛙合戦』から、『珍訳聖書』『藪原検校』『小林一茶』『化粧』『國語元年』にいたる劇作、小説『吉里吉里人』などを見れば、そのプロセスは歴然としている。

作者がこの戯曲に仕組んだ第二の趣向は、この作品全体を、『銀河鉄道の夜』をはじめとする賢治のさまざまな作品からの楽しい引用の糸で織りあげたことだ。冒頭で農民たちが「きれいな空、すきとおった風」のなかで語る長い台詞――「わたしたちはホテルのりっぱな料理店へ行かないでも、きれいにすきとおった風をたべることができます。コカコーラの自動販売機なぞなくとも、桃いろのうつくしい朝の日光をのむことができます……」――が、賢治の童話集『注文の多い料理店』の「序」の転用であることは、賢治ファンなら、すぐにわかる。ただし、いまの時代に合わせて、原文の「氷砂糖」は「コカコーラの自動販売機」に変わり、「宝石いりのきもの」は「カシミヤやイッセイミヤケやハナエモリのきもの」に変貌している。

さらに、狂言回しとして、時空をこえて登場し、失意のうちに世を去った死者たちの「思い残し切符」を手渡す「赤い帽子をかぶったせいの高い車掌」は、ジョバンニやカンパネルラを遠い銀河のかなたへ運んでいく「銀河鉄道」の車掌そっくりだし、女車掌ネリは『グスコーブドリの伝記』のブドリの妹。夜行列車に乗りこんでくる「黄金色に光る目玉、赤い顔」の「山男」は、『山男の四月』や『紫紺染について』に出てくる「西根山の山男」にほかならず、『なめとこ山の熊』でおなじみの「淵沢小十郎」の弟だという「淵沢三十郎」が、原作と同じように、「ポルトガル伝来というような大きくて重そうな鉄砲」をかかえて登場する……といった具合である。賢治の作品を読みこんでいればいるほど、引用の趣向の面白さがよくわかるはずだ。

だが、理想を高くかかげた賢治が、現実という名の地獄めぐりを経験しなければならなかったように、賢治の想像世界から呼び出されたこれらの作中人物たちが、かつての神話的な幸福感をうばわれ、没落と下降の過程を歩まなければならないのは、いかにも悲しい。「西根山の山男」も、「なめこ山の熊撃ち」も、さらに「風の又三郎」を思わせる少年も、ここではみじめなサーカスの団員として雇われて、「修羅の世界」をさまよわなければならない。こうした趣向をとることによって、ありうべき世界にむけて、賢治の、そして井上のユートピアへの思いは、いっそう切実にほとばしりでる。

作者による第三の趣向は、賢治の生涯をめぐるこのドラマが、実は、心ならずもこの世に別れを告げて「死の世界」に旅立たねばならない現代の農民たちによって、「銀河鉄道」と重なるあの世行きの「長距離列車」を待つあいだに演じられた、ひとときの即興劇、劇中劇であるという点である。

農民たちが賢治の一生を演じることで、つねに農民と「一心同体」であろうとし、農民による「農民芸術」を唱えながら、彼自身は農民になりきることのなかった賢治の肖像は、そのズレと限界を明確にしながら、喜劇的な共感と批判をこめて、つまり距離をおいた慈しみの心で造形された。宮沢賢治の作品はあれほどユーモアにあふれているのに、彼をあつかう作品がなぜか一様に悲劇的なトーンをおびてしまう落とし穴に、この戯曲が陥っていないのもすばらしい。

なかでもあざやかなのは、第七場で賢治が刑事・伊藤の正体を問い詰めるためにするエスペラントの質問、「キウ・ヴィ・エスタス?」(あなたは誰ですか)が、やがて反転して、賢治自身の正体を問う、実に本質的な質問にひっくりかえっていく展開の妙である。しかも刑事・伊藤の役は、賢治と対立する父親・政次郎の役と同じ俳優(初演では佐藤慶)によって演じられるから、賢治VS刑事=父親の対立は、演劇的二重性をおびて、いっそうスリリングな盛り上がりを見せる。

要するに、『イーハトーボの劇列車』は、三重の層から成りたっている。一番中心には賢治の評伝的な核があり、それを賢治の宇宙からの引用が美しくすきとおった大気のように包みこみ、さらに賢治がありうべき姿を摸索した農民像とはあまりにもくいちがってしまった現在の社会のリアルな層がとりかこむ。

かつて十九歳の井上が、花巻の郊外を夢中で歩きまわりながら、風景が「歪んで見え」るほどに流した無垢《むく》の「なみだ」は、こうして、三重構造からなる、凝った仕かけの大きな「なみだ」に成長したのである。

ラストシーンでは、その大粒の「なみだ」からあふれでた、作者のたくさんの「思い残し切符」が、「万感の思い」をこめて、「力一杯」、観客の頭上にふりまかれる。少年のころから、宮沢賢治を通して、この「修羅の世界」の人々に託してきた作者の願いが一気に炸裂したような、熱く重いラストシーンである。

〈新潮文庫『イーハトーボの劇列車』所収、一九八八年〉

ことばのユートピアを探る

――『国語事件殺人辞典』『花子さん』『國語元年』解説〈文庫版〉

井上ひさしの作品から絶えず響いてくるのは、人間の理想的なあり方を求めてやまない、ユートピア志向の精神である。

この点に関する限り、井上ひさしはまるで太陽から目を離さないけなげなヒマワリみたいに律義で、ときには野暮に見えるくらい頑固であり、時代の動向や変化にはめったに動かされない。

そういえば、井上を座付き作者とする「こまつ座」の機関誌「ｔｈｅ座」が組んだ意欲的な「ユートピア」特集も〈第二号、一九八四年十月〉、この作家の精神の方向性をあざやかに物語っていた。戯曲『吾輩は漱石である』（八二年）に登場する「永遠の職員室」も、井上のもうひとつの「理想郷」願望のあらわれに違いない。

　こうした人間のありうべき方向をめざす精神は、しばしば清潔だが偏狭で窮屈な、人を教えさとそうとするような押しつけがましいスタイルをとるものだが、井上ひさしの姿勢はかなり違う。毅然とした向日性の精神を持ちながら、井上が描く世界には、たいてい笑いと愚かしさ、猥雑な逸脱とこっけいな遊びがたっぷりあって、私のようにお説教が苦手の人間でも心を開いて近づくことができる。

　外套をめぐる「北風と太陽」のたとえ話を借りるなら、恫喝と説教で人を震えあがらせる「北風」よりも、笑いと愚行にあふれた井上式「太陽」のあたたかさに誘われて、私たちは心をよろう外套をぬぎ、ユートピア空間へとのびやかに足を運ぶことができるのだ。

　しかもとりわけユニークなのは、この作家のユートピア志向の精神が、実にしばしば人間にとって理想的なことばのあり方、つまりことばのユートピアへと傾斜することだ。プラトン、トマス・モア、カンパネルラ、シャルル・フーリエなど、理想的な国家や共同体を夢見た思想家や著作家は史上数多くいたが、ユートピア社会の構想の中心に、なによりもまず「ことば」をすえた人は、井上ひさしを除くと、ごく少ないのではないかと私は思う。

　ことばへの氏の入れこみようは、文章を磨きあげることに人一倍心をくだくといった作家個人の執着のレベルをはるかに超えている。人と人とを結ぶ最も重要な絆としてことばを考え、ことばを抜きにして、よりよい社会の状態は考えられないというところまで徹底して突きすすむのが井上ひさしなのだ。

たとえば、小説の領域での井上の代表作『吉里吉里人』（八一年）。この壮大なユートピア小説で活写される独立国「吉里吉里国」の仕組みのうち、まっさきに膨大なページをさいて克明に描かれるのが、吉里吉里語であるのは暗示的である。

東北弁をもとにしたこの吉里吉里語の描写は、まず『坊っちゃん』や『雪国』や『斜陽』の吉里吉里語への翻訳で私たちを大笑いさせてくれる（たとえば、『雪国』の有名な冒頭部分は、「国境の長《なん》げえトンネルば抜《の》けっと雪国《ゆきぐに》だったたっちゃ。夜の底がはぁ白《しろ》ぐなっちまってねし、……」となってしまう）。

さらに吉里吉里語の発音練習問題、文法の説明など、知識と才気を傾けた作者の異様な熱気にみちたページが延々とつづく。「吉里吉里国」の日本からの分離独立は、経済や法律や防衛の問題以前に、まず東北弁＝ことばの自立からはじまるのだ。だから、ことば論を核としないユートピア論はここでは成立しない。作中の小冊子『吉里吉里語四時間・吉日、日吉辞典つき』が言う通り、「吉里吉里語はわたしたちの皮膚であり、肉であり、血であり、骨であり、つまりはわたしたたち自身なのだ。わたしたちがわたしたちの言葉でものを考えはじめるとき、中央の指図とはまっこうからぶつかる」からだ。

このような「ことばのユートピア」を探る井上の願いと情熱と博識は、『私家版日本語文法』（八一年）、『自家製文章読本』（八四年）といった著作に結実したが、一方で、ことばそのものを主題とする一連のユニークな戯曲をも生みだした。本書におさめられた『花子さん』『国語事件殺人辞典』『國語元年』三編は、戯曲版「ことば論」の成果である。戯曲を織りなす素材のことば自体を主題としてクローズアップしたこのようなドラマはきわめて珍しい。その意味では、これはもっとも井上ひさし的なドラマなのだ。

三編のうち、もっとも早く書かれたのは『花子さん』(『新劇』七七年九月号掲載)で、一九七八年二月、木村光一演出による五月舎公演として初演された。出演は高橋長英、近石真介、左右田一平、蔵一彦、井口恭子、矢崎滋、中台祥浩、二見忠男、金井大、榊原るみらだった。

社会で差別されることの多い障害者が、「馬鹿の出番です」を合言葉に参議院選挙に立候補し、健常者たちに痛烈な反撃の大芝居を試みるという作品で、最後にいかにもこの作者らしいどんでん返しが用意されている。

とくに劇中で活躍するのは、珍妙なことばの病におかされた「言語不当配列症」「音連合症」「言いまちがい症」の道化三人組だ。

興味深いことに、井上の作品では、ことばへの偏愛はしばしば、ことばの病を同伴してあらわれる。奔放な言語遊戯が吃音症と結びついて描かれた初期の傑作戯曲『日本人のへそ』(七〇年)はその典型である。これは氏のエッセイ「恐怖症者の自己形成史」や自伝的な小説『花石物語』にも登場した通り、若いころ、井上ひさし自身が「世界との共感的結合」(「恐怖症者の自己形成史」)を失って吃音症でひどく苦しんだ体験を切実に反映している。

つまり、井上作品では、ハムレットさながら「世界の関節が外れた」(『花石物語』)人間の恐怖と不幸をもっとも痛切に象徴するのは、ことばの病気なのだ。ことばから疎外されることは、ここでは世界そのものからはじきだされることに等しい。逆にいえば、ことばの病を治癒することを通して、人間と社会、人間と世界との硬直した不幸な関係をやわらかく再生させるユートピアの方向が暗示されるのである。

だから『花子さん』の道化的三人組のことばの病気も、個人の病歴のレベルを超えて、社会的に普遍化されている。つまり三人の病気の原因が旧日本軍での高射砲の暴発事故にあるという設定は、その病気を、歴史に翻弄されたつつましい庶民の受難のシンボル、いわば一種の聖痕《スティグマ》に近づけるのである。以後、ことばの病は、『国語事件殺人辞典』『國語元年』の連作にもくりかえし執拗にあらわれる。

『花子さん』の四年後、一九八二年の六月から七月にかけて、小沢昭一主宰の「しゃぼん玉座」の旗揚げ公演で木村光一演出によって初演されたのが『国語事件殺人辞典』である。主役の花見万太郎役は小沢昭一、助手の山田青年は高橋長英が演じ、ほかに大塚周夫、中村たつ、風間舞子、沖恂一郎、大原武樹らが出演した。初出は『井上ひさしの世界』(白水社、八二年)。

ここでは、ことばの主題はさらに繁茂して作品全面をおおうまでになり、ことばの病も「言語不当配列症」「ベンケイ症」「簡易日本語」とさらに多様化している。大体、『国語事件殺人辞典』という題名の奇怪な語順からして、「言語不当配列症」におかされている始末だ。「ことばに不正をはたらく邪悪で無知な連中」に「決闘を挑む」ため、社会を遍歴するいささかこっけいな素人国語学者・花見万太郎と彼に従う助手の山田は、いわば言語版のドン・キホーテとサンチョ・パンサである。というよりも、セルバンテスの『ドン・キホーテ』を原作とするミュージカル『ラ・マンチャの男』の設定に近いと言うべきだろう。その意味では、花見が「この世のものとも思われぬ美しい日本語」の使い手と思いこむ劇中の絹代という娘は、『ラ・マンチャの男』でドン・キホーテが高貴なドルシネア姫と思いこむアルドンサに相当するのかもしれない。

自説をつぎつぎに論破されながらも、ことばを癒す旅をつづけるうちに、花見と山田はことばの病気におかされてしまう。病気をなおす使命をおびた医師がまさにその病気にかかってしまうという皮肉なパラドックスは興味深いが、これも「ことばの聖なる巡礼」がこうむるべき一種の聖痕なのだろう。笑いを誘う道化的主人公がいつしか一種聖なる受難者になるというのは、カトリック出身の井上ひさしがくりかえし描きつづける様式である。

とくに「言語不当配列症」におかされた花見が、「ことばというものは、よろしいなくとも美しく、また、正しくきちんとならぬというものでも喋らなくてはありません」といった珍妙なことばを懸命にあやつりながら、人々の「いいえ」を圧殺する超管理社会に挑んで殺されていく場面は、切なく無残な笑いで私たちの心を動かす。

だが、『花子さん』と『国語事件殺人辞典』は、現代の日本を舞台としただけに、作者の現状へのいらだちと警世的批判精神がやや直情的に出すぎたうらみがある。批判が笑いのやわらかなふくらみや無償の遊びの回路を経由しないで、ひたむきに直進した感じがするのである。井上自身それを認めて、『花子さん』については小沢昭一との対談で「失敗作」だったと率直に語っているし(「物語る言語」、『井上ひさしの世界』所収)、『国語事件殺人辞典』についても、井上は「失敗作」ということばを残している(「ｔｈｅ座」第五号、八六年一月)。

こうした試行錯誤のうえに立ち、慎重な手順を踏んで書かれたのが、快作『國語元年』である。「前の失敗にこりて、私は戯曲にする前にテレビ脚本にしてみました」（「ｔｈｅ座」第五号）と井上自身がのべているように、まずＮＨＫ総合テレビの「ドラマ人間模様」シリーズにテレビドラマ『國語元年』が執筆され、一九八五年六月八日から七月六日まで五回にわたって放映された。この脚本は中央公論社『日本語の世界第10巻――日本語を生きる』（八五年）に収録された。

この長い連続テレビドラマを、新しい趣向を加えて舞台用の戯曲に転生させたのが、本書に収められた『國語元年』である。こまつ座で栗山民也演出で初演されたのは一九八六年一月から二月で、出演は佐藤Ｂ作、春日宏美、下條正巳、三田和代、杉山とく子、風間舞子、村山俊哉、坂本長利、鷹尾秀敏（現・たかお鷹）、神保共子、すまけい、夏八木勲。戯曲は「ｔｈｅ座」第五号に掲載された。

周到な二重の手つづきを経て仕上げられた『國語元年』だけに、ここには、ことばをめぐる実にゆたかな世界がひろがっている。あらわなメッセージをおさえ、趣向ののびやかな戯れを楽しみ笑いながら、私たちをことばの本質に導く構成がなされている。

舞台は明治七年（一八七四年）、薩摩、長州、名古屋、南部遠野、米沢、江戸山ノ手、江戸下町など、たがいにことばが通じにくい日本中の方言が混在して、まるで日本の言語状況の縮図のような光景を見せている東京・麹町の文部省学務局の官吏、南郷清之輔の屋敷。上役から「全国統一話言葉制定取調」を命じられた南郷は、複雑怪奇なことばの森に迷いこんで苦心さんたん。

ついには「あなたは刀を買うスと言うタス。わかるカドーゾ」といった奇怪にしてこっけいな人工語「文明開化語」（これは『国語事件殺人辞典』に出てきた「簡易日本語」の変形）を案出し、気が狂ってしまう。

テレビドラマ版『國語元年』では、俳優のしゃべる方言にすべて標準語で字幕をつけるという、まるで外国映画みたいな奇抜な手法のおもしろさが評判になった。この戯曲版『國語元年』でも、標準語の台詞に方言でルビをふるやり方がとられている。実際、そうした案内がなければわからないほど複雑多様でゆたかな方言の世界に、私たちは誘いこまれるのである。

こうした方言の世界を偏愛しながら、しかし井上の関心は同時に、もうひとつの極である共通語のあり方にも向かう。「小さな共同体の言葉のもつ濃密な表現力に心を惹かれ」（『國語元年』の「前口上」、「ｔｈｅ座」第五号、中央公論社『悪党と幽霊』所収。白水社刊、扇田昭彦責任編集『日本の演劇人　井上ひさし』にも収録）ながら、しかしかならず同時に、「ひろく通用する言葉へも体重をかけて」（同）しまうのが井上ひさしの特質だからだ。「一方の極に徹しようとすればするほど、反対側の極がひとりでに浮びあがってくる」（同）のである。

これは、ユートピストとしての井上のユニークな特性を語るものかもしれない。ユートピアのやすらかな空間を夢想しながら、その小さな共同体の幸福だけには決して自足できないのが井上だからだ。それは井上が現代日本の東北地方に出現させた「吉里吉里国」が、歴代の、どこにもない不確定の時空に設定されてきた孤立したユートピア都市とはまるで違うことからもうかがわれる。ジャン・セルヴィエの『ユートピアの歴史』（朝倉剛・篠田浩一郎訳、筑摩書房）によれば、尿や腸を連想させる汚れのイメージがないのがユートピアの特徴だが、あふれるほどの性やスカトロジーの表現に満ちた「吉里吉里国」は、古今のユートピストたちを仰天させるに十分である。ジャン・セルヴィエは、「(ユートピアの)幸福な島の中心に住んでいる人たちは、選ばれた人たちに属さぬ人びとを軽蔑する」傾向があると書いているが、逆に『吉里吉里人』にみなぎっているのは、日本全体を心から愛せる国に変えたいという広い関心と願いである。つまり、井上は逸脱したユートピスト、ユートピアに安住できないはみだしたユートピストなのだ。

前述の「ｔｈｅ座」第二号が組んだ「ユートピア」特集の座談会で井上は、現代では「場所としてのユートピア」はもう成立しない、ありうるのは「時間としてのユートピア」だけではないかと語っている。「時間を忘れる」ことができるほど楽しい人間の出会いと語らいと笑いのうちにこそ、ユートピアがあるというつつましい考えである。

とすれば、演じるものと見るものが一期一会で出会い、まさに「時間を忘れる」劇的な時間を体験できる演劇のうちにこそ、ユートピアははかなくもまばゆく成立していると言うことができる。その意味でも、「ことばのユートピア」を探るこれらの戯曲三編は、この作家の心の願いと体温をもっとも親密に私たちに伝えてくれる。

(新潮文庫『國語元年』所収、一九八九年)

ことばの業を生きる——『小林一茶』解説〔文庫版〕

井上ひさしは実在の人物を奇抜な趣向で描くユニークな評伝劇を得意とする。平賀源内を主人公とする『表裏源内蛙合戦』（一九七〇年）で始まった井上の評伝劇シリーズは、『道元の冒険』（七一年）、『しみじみ日本・乃木大将』（七九年）、『吾輩は漱石である』（八二年）、『頭痛肩こり樋口一葉』（八四年）、『泣き虫なまいき石川啄木』（八六年）などを次々に加えて成長し、すでに井上戯曲群の中心を占める大きな沃野を形づくっている。

そのなかには、主人公の名前が標題に出ない戯曲、たとえば宮沢賢治の生涯を追う『イーハトーボの劇列車』（八〇年）や、太宰治の青春を描く『人間合格』（九〇年）のような作品もあるが、たいていは主人公の名前を織りこんだ凝ったタイトルがついている。『小林一茶』は、そのまれな例外である。なんの修飾語もなく、名前だけが鋭く、簡潔にぽんと投げだされている。このそっけないまでの簡素さの背後には、おそらく作者のつよい自信がある。俳句さながら簡素な標題のうちにすべてを込めたという自信である。

事実、七九年十一月、『藪原検校』『雨』とともに「井上ひさし江戸三部作連続公演」の一環として、五月舎のプロデュース公演で東京・紀伊國屋ホールで初演された『小林一茶』は、井上戯曲の代表作のひとつに数えられる見事な快作となった。初出は雑誌『海』七九年十二月号（中央公論社）。作者は『しみじみ日本・乃木大将』とこの作品によって第十四回紀伊國屋演劇賞個人賞と第三十一回読売文学賞（戯曲部門）を得た。

井上の台本の上がりは、例によって相当遅かったのだが、木村光一演出による初演の舞台成果はすばらしく、矢崎滋（一茶）、塩島昭彦（竹里《ちくり》）、渡辺美佐子（およね）、南祐輔（夏目成美）、金井大（大川立砂）らが活気にあふれた、心にしみる演技を見せた。かなり初期から井上氏の劇を好んで見てきた私自身にとっても、これはとくに愛着の深い作品、読みかえすたびに感銘を新たにする作品である。ことに文章にたずさわる人間にとって、人ごととは思えないひどく切実なものがここにはある。

簡素なタイトルとは対照的に、この劇にはおどろくほど多彩で凝った仕かけが何重にも施されている。一本の芝居のうちに、何本分もの芝居のアイデアと趣向を惜しげもなく注ぎこんでしまう井上の才気とサービス精神がもっともよく発揮された作品のひとつでもある。俳人小林一茶（一七六三〜一八二七年）の半生を旺盛な喜劇精神で味つけした伝記劇でありながら、意外などんでん返しを仕組んだ推理劇であり、劇中劇をふんだんに駆使した知的なメタシアター（演劇についての演劇）であり、俳句や連句の世界から見た日本論・日本人論であり、痛烈な中央集権批判、消費都市批判であり、そして何よりも実体のないことばに過剰な情熱を傾け、あさましいまでに競り合いのレースを演じる俳諧師たちから見た文筆業者の生々しい生態図でもある。

興味深いのは、虚構の仕かけにあふれたこの劇の登場人物が、意外にも脇役までふくめてすべて実在の人物を踏まえている、と作者が断言していることだ。初演の公演パンフレットに寄せた「作者の前口上」（中央公論社『悪党と幽霊』所収）にはこうある。

小林一茶は生涯を通して熱心に句日記や句文集を書きつづけ、しかもその大部分が残っているので、いかに良い加減な作者《わたし》であるといってもこれらを無視するわけにはまいらぬ。そこで作者は珍しくその創作態度を改め、信濃毎日新聞社発行の『一茶全集』（全八巻）を何回となく通読し、一茶の評伝を何十冊も集めて机上に積みあげ赤鉛筆片手に精読をなし、正鵠を期した。したがってこの戯曲に登場する人物はすべて実在し、この戯曲の扱う事件はなにによらず史実である。

つまり、劇中劇の「お吟味芝居」に登場する人物たちまでふくめて、とにかく当時の史料に名前の残る人々を踏まえてこの劇は書かれた、と作者は言うのである。

一茶と俳諧について門外漢の私には、作者のこのことばの真偽を判断する資格はない。だが、「前口上」でのへりくだったことばとは裏腹に、異常なまでの徹底した史料渉猟癖で知られる井上のことだから、「登場する人物はすべて実在」するということばは、かなりの程度信じてよさそうな気がする。

たとえば、一茶の終生のライバルとなり、抜きつ抜かれつの俳諧珍道中をつづける俳人の竹里も、一茶の『七番日記』に登場する実在の苅部竹里という俳人をもとにしている。越後の出身で、当時、江戸三大俳人とうたわれた金満家の夏目成美のもとに出入りし、文化三年から九年にかけて一茶とつきあいがあった。ただし、この劇で描かれているような一茶との宿命的なライバル関係や、およねをめぐって一茶、竹里、成美が織りなす愛憎の四角関係などは、作者の想像力の産物だろう。

このドラマの中心軸となるのは、文化七年（一八一〇年）十一月、一茶の『七番日記』に登場する夏目成美の本所の寮で起きた四百八十両の盗難事件の直後である。容疑者として禁足を食らった一茶の人間像をさぐるために、一茶をよく知る浅草元鳥越町の関係者が一茶の半生記を即席の推理劇仕立てで演じていくのだが、その果てに事態は二転、三転、仕組まれた意外なトリックと陰謀が明らかになっていく。劇中劇と劇外劇を往還しながらドラマが進むというメタシアターの方法をこれほどあざやかに使いこなしたウェルメイドな劇もまれである。

「すべてのものが二重に見える」というのはシェイクスピアの『夏の夜の夢』に出てくる有名なせりふだが、劇中劇と劇外劇が並行して進行し、出演者全員が劇中劇と劇外劇の両方の役を交互に演じるという点では、『小林一茶』も「二重」の相のもとにあるドラマだと言うことができる。これは実生活での名前と俳号を合わせ持って「二重」生活を送る俳人たちの生態を描くにはとてもふさわしい方法である。

さらに、一茶と竹里というたがいに離れがたい二人の相似形のライバル＝分身が活躍する点でも、この作品は「二重」化されている。

もともと井上は対をなす喜劇的な二人組を登場させるのが大好きな作家なのだ。この笑いを誘う分身的なツインの流れは、『表裏源内蛙合戦』の表の源内と裏の源内、『道元の冒険』の道元とその夢にあらわれる新興宗教の教祖、『藪原検校』の杉の市と塙保己市、『それからのブンとフン』のブンと偽ブン、『たいこどんどん』の清之助と桃八、『しみじみ日本・乃木大将』の前足部分と後足部分に「馬格分裂」する三頭の馬たち……などすでに豊かな系譜を形づくっている。

足の引っ張りあいを演じたり、けなしあってお互いをかろやかに相対化したりするこれらの双子的二人組は、井上の喜劇的複眼の思考の愛すべき産物といっていい。なぜなら、「喜劇の方法は必ず一義性の否定を含む」（井上ひさし「表裏現代喜劇合戦」、中央公論社『パロディ志願』所収）からだ。

だが、『小林一茶』における一茶と竹里の、たがいに相手を出し抜いて業俳（職業俳人）として文名をあげようと狂奔するライバル関係は、二人が作者自身とも重なることばの表現者、つまり劇中の竹里のせりふを借りれば、ことばという「屁の支えにもならぬ頼り甲斐のない代物」に命をかける者たちだけに、凄絶ともいえる切実感をたたえている。「五七五のたった十七のことばと女とを秤にかける」非情とうしろめたさ。それを十二分に知りながら、愛する女性を犠牲にしてもことばを選んでしまうもの書き特有の傾いた情熱。

自分を束縛するおよねの愛を退けた一茶は、貧苦のなかでことばの道を徹底して歩み、しかも盗難事件を機に江戸俳壇という中心から外れることで独自の境地を切りひらく。それに対して竹里は同じように俳句に激しい野心を燃やしながら、最後には「およねの傷の痛みをわが痛みと痛切に感じた」ことで、つまりことばよりも生身の女性を選ぶことで競争から脱落し、無名のまま市井に埋もれる。

一茶と竹里の軌跡はきわめて対照的だが、二人の対立とずれはおそらく作者自身の内面の葛藤を鋭敏に反映している。なぜなら井上ひさしは人一倍ことばに過剰な情熱を注ぐプロフェッショナルなことば遣いであると同時に、現実に悩み、苦しみ、途方に暮れる人間の痛みに無関心ではいられないタイプの作家だからだ。ことばの世界に徹底して執着する一茶。その非情さに耐えられず、俳諧＝芸術よりも人間を選ぶ竹里――二人はともに作者の心の二つの傾向をになう存在なのだ。

しかも井上は、この二つの方向が決してしあわせに共存するものではなく、むしろしばしば背反するものであることをよく知っている。現実の人間と世界をとりあえずカッコに入れてしまう冷徹な自己中心の情熱がなければ、ことばの世界で大成することはむずかしい。逆に生身の人間の苦しみに深く共感するだけでは、虚構の豊かさは生まれない。ヒューマニズムを公言する作家が実はもっとも利己的な欲望に忠実な人間であることは珍しくない。反対に平等主義にはおよそ冷淡な作家が、実はきわめて心やさしく人間に尽くす人物であることもある。

争い、対立し、しかし離れがたい二人三脚の喜劇を演じつづける一茶と竹里は、おそらく作者自身のうちでも解決しがたい抗争をくりかえす親しい二人の分身、つまり井上自身の内面の楕円をつかさどる二つの中心なのだ。

こっけいで無残な永遠の競り合いをつづける一茶と竹里の姿が、井上のほかの戯曲の二人組には見られないほど親密な切迫感を漂わせているのも、そのためだ。だからこそ、作者は終幕近く、とらわれの身の竹里をいとしげに解放してやるのであり、江戸を捨てて故郷の奥信濃にむかう一茶の影を、幕切れの緞帳《どんちょう》は「やさしくいたわるように」包みこむのである。

（中公文庫『小林一茶』所収、一九九〇年）

啄木と作家自身の「実人生の白兵戦」

――『泣き虫なまいき石川啄木』『日の浦姫物語』解説〔文庫版〕

井上ひさしのなかには、いつも二人の人間が同居している。

一人はのびやかで奇抜な想像力を駆使する作家。

もう一人は、資料を丹念に読みこみ、事実を発掘することに無上の喜びをおぼえる考証家。

井上の秀作が生まれるのは、たいていその両者が対等にわたりあい、競りあうときだ。

評伝劇の分野では、とくに「二人のひさし」コンビが活躍する。綿密をきわめる資料考証と、それを遊戯的に変換する奇想天外な仕かけが連動する。

こうして一九七〇年代から八〇年代前半にかけて、『表裏源内蛙合戦』『道元の冒険』『しみじみ日本・乃木大将』『小林一茶』『イーハトーボの劇列車』『吾輩は漱石である』『頭痛肩こり樋口一葉』といったすぐれた評伝劇の系譜が生まれた。

石川啄木の生誕百年に当たる一九八六年に発表され、こまつ座で初演された戯曲『泣き虫なまいき石川啄木』も、評伝劇シリーズのうちの一作である。

だが『泣き虫なまいき石川啄木』に接するとき、私たちはこれまでとは何かが違うことに気づく。つまり、井上評伝劇の特色だった、観客をあっと言わせる奇抜な仕かけが、なぜかここでは禁欲的なまでに抑制されているのだ。

その代わり、二十六歳の若さで病死する啄木の晩年の日々に親密に寄り添う形でドラマが進行する。

劇は、啄木の死後、夫の日記を読む妻・節子の回想で始まる。舞台は啄木が死んでから約二十日後の明治四十五年（一九一二年）五月、節子が療養に来た房州の海岸である。

こうして、日記を読む節子の声とともに、啄木の「最後の三年間」の情景が次々に浮かびあがってくる。全編が旧仮名づかいで書かれているのも井上戯曲としては異例だが、これは啄木の日記に添う形で展開するこの劇のスタイルに合わせた表記法だろう。ただし、現存する啄木日記が劇中で忠実に再現されるわけではない。井上の想像力が補強し、ありえたかもしれない部分までフィクショナルにふくらませた劇的増補版の啄木日記である。

私の見るところ、この劇のキーワードは「実人生の白兵戦」ということばである。第四場「父の上京」に、ト書きとしても、啄木のせりふとしても出てくる。

借金と質屋通いに明け暮れる生活の困窮。嫁姑の果てしない争い。妻の家出。父の失職と寄食。生後三週間で死んだ長男。妻と親友・宮崎郁雨との仲を疑わざるをえないみじめさ。家族を次々におそう病気……。

啄木はこうしたせっぱつまった晩年の「白兵戦」のなかで、世の中を見る目をきたえ、代表作を書きつづけた。こうした啄木の姿への作者の深い共感が、この戯曲の核をなしている。上演に当たって井上は、戯曲執筆の過程とモチーフを、「実生活の白兵戦」ということばを使って、こう書いた。

（啄木の）評論集には圧倒され、そして日記には完全に打ちのめされました。とくに日記は克明に読みました。筆者は啄木の実生活の甘さは、彼の周囲に啄木の甘えを許す人びとがいたせいだと考えています。もちろん、これは啄木その人にそれだけの魅力があったからこそ周囲も存分に甘えさせてやったのだと思われますが、明治四十三年後半ごろから一年間のうちに、啄木の周囲から続々と彼を甘えさせていた援軍が引き揚げて行き、たったひとつ東京朝日新聞社だけが残るのみになってしまいます。甘ったれて現実を直視することを怠っていた啄木の目が澄みはじめ、鋭くなって、「実生活の白兵戦」がはっきりと見えてきます。このあたりからの啄木は凄いのひとことに尽きます。（「前口上」、「ｔｈｅ座」第七号、一九八六年六月発行。中央公論社『悪党と幽霊』所収）

井上はなぜ、「実人生の白兵戦」あるいは「実生活の白兵戦」ということばに心をひかれたのか。

それはおそらく、井上自身が執筆当時、「実人生の白兵戦」のなかにいたからである。啄木の姿がとても他人事とは思えなかったからである。

具体的にいえば、それは好子前夫人（現・西舘好子氏）との家庭内トラブル、そして好きな男性のもとに走った好子氏との離婚である。『泣き虫なまいき石川啄木』が初演の紀伊國屋ホールから砂防会館ホールに移る間の一九八六年六月二十五日、井上氏は記者会見をして、好子夫人との離婚を明らかにした。こまつ座座長であり、この劇の制作者でもあった好子氏が、公演中に辞任するという異常事態が生じたのである。

この記者会見で井上氏が語ったという次の談話は注目していい。


私は物書きなので、自分の考えていることを言葉で、アドリブで話すのは苦手です。これまでの気持ちについては、『泣き虫なまいき石川啄木』に書いたつもりだし、読んでいただければ分かります。（「朝日新聞」八六年六月二十六日付）

つまり、この戯曲のうちに、井上は啄木のそれと同時に、氏自身の「実人生の白兵戦」を二重焼きにしたのである。

戯曲の第四場のト書きには、「校正中の一《はじめ》の動作がしばしば停止するのは、この『実人生の白兵戦』が一々彼の心を傷つけてゐるからである。しかし一はその度に頭を振つてなにかを振り払ひ、仕事を再開する」とある。

異例なまでの思い入れを感じさせるト書きだが、固有名詞を入れかえ、「校正中」を「執筆中」に書きかえれば、これはそのまま当時の井上の姿に変わるはずだ。のちに井上は、好子氏との「白兵戦」を小説『紙の家』につぶさに書くことになる（『文学界』一九九二年一月号から連載したが、中絶）。

　この戯曲が井上の評伝劇に特有の奇抜な仕かけをそなえていないのも、切実な「二重焼き」が関係しているからだと私は思う。他人事とは思えない啄木への思い入れは、この種の知的批評装置を抑制あるいは排除する方向に働いたのではないか。

　とはいえ、俳優たちが劇中で二役を演じる設定には、井上らしいひねった趣向が見られる。たとえば、啄木の実生活（つまり劇中劇）で節子をいじめる母カツを演じる女優（初演では大塚道子）が、房州海岸の場（いわば劇外劇）では、打って変わって節子にやさしく尽くす老婦人、片山カノに扮する設定。そして、次々とやっかい事をひきおこす啄木の父を演じる男優（初演では戸浦六宏）が、劇外劇では節子を「やさしくじつと見守つてゐる」英国人の伝道医師カルバン博士に変身する趣向。

　これは心のなかに「鬼と仏が一緒に棲んでゐる」人間の二面性を、二役を演じる俳優たちを通してあざやかに浮かびあがらせる仕かけである。しかも、「確率はたとへ低くとも」、人々の「心の中で、仏が鬼に勝つ」日を信じ、そこに「トンネルの向ふに光を感じ」るような希望を託するのは、いかにも井上らしい。

　遺稿となった日記をめぐる見逃せない記述もある。第一場で節子が手にする啄木の「日記は十五冊（博文館当用日記二冊、洋罫紙を綴ぢたもの一冊、大学ノート十二冊）。現存するものより二冊多い」と、ト書きに書かれている点である。つまり、二冊の日記を、のちに何者かが処分したことを暗示する記述である。

この点については、井上の「啄木に聞く」というおもしろい架空対談がある（「ｔｈｅ座」第七号）。

このなかで井上は、「現存する日記は全部で十三冊ですが、ほんとうはもう一、二冊余計にあったのではないでしょうか。（中略）だれかにとって都合の悪い記事が書きつけてあるノートを、そのだれかが処分した疑いがございます」と書く。ここには「犯人」の名前は出てこないが、妻の節子を示唆しているのは明らかだ。宮崎郁雨との関係などから、自分に「都合の悪い」日記を節子が始末したのではないかと井上は推理するのだ。節子のうちの影の部分、いわば「鬼」の領域をさりげなく浮上させる記述である。

同時収録される『日の浦姫物語』は、一九七八年に発表され、文学座が木村光一の演出で初演した。井上ひさしが初めて文学座のために書き下した戯曲である。

井上によれば、説経聖《ひじり》と三味線弾きの女によって語られるこの近親相姦の物語について「最初の発想」を得たのは、中学三年から高校時代までを過ごした仙台のカトリックの孤児院だったという（「グレゴリウス一世から日の浦姫まで」、文学座初演パンフレット掲載。のち中央公論社『パロディ志願』所収）。

ここで聞いた教皇グレゴリウス一世（六〇四年没）の話に、井上は衝撃を受けた。兄と妹の間の子として生まれ、成人してそれとは知らずに実の母の夫となり、のちにすべてを知って、「海辺の岩の上で十七年間、懺悔の生活」を送った末に、「神に見出され」て教皇になったその数奇な生涯は、井上に忘れがたい記憶を残したのである。

この聖人伝と、グレゴリウス伝説を小説化したトーマス・マンの『選ばれし人』、さらにこれによく似た説話を多く含む田毎月丸《たごとつきまる》の『今昔説話抄』などを踏まえ、それにギリシャ悲劇『オイディプス王』などの設定を加えて書かれたのが『日の浦姫物語』である。

「近親相姦的社会」としての日本を描くために、この劇を書いたと作者は言う。

日本人はみんなそれぞれ近親者のように似ている。ここは近親相姦的社会なのだ。（中略）／己の心の底にあった、というよりここ数年間で心の底に発見した近親相姦的感情のもろもろを懺悔したくて、この芝居を書いた、そして観客はわたしの告解僧である。（同上）

とはいえ、そこは井上劇らしく、物語を笑いで彩り、アイデンティティの混乱をも「アイテテテ、アイデンティティ」に転化してしまう世界である。自分で目を突いて失明した直後の日の浦姫（初演では杉村春子が演じた）が、突然、「だれが選んでくれたのでもない、自分で選んで歩き出した道ですもの」という杉村春子主演の『女の一生』（森本薫作）のおなじみの名ぜりふを口にして、悲劇的緊張感をときほぐしてしまうのも、これと似た趣向である。

作者が石川啄木のうちに分身を見たように、ここでも私たちは笑いながら、私たちの「近親相姦的」自画像に向かいあうのだ。

（新潮文庫『泣き虫なまいき石川啄木』所収、一九九二年）

信仰の決着点としての奇抜な「神学小説」——小説『百年戦争』（上下巻）解説

バルザックに『知られざる傑作』という小説があるが、その題名をもじって言うなら、『百年戦争』は井上ひさしの埋もれた傑作、あるいは眠っていた傑作である。この作家の代表作のひとつであるにもかかわらず、これまで本になっていなかった作品なのだ。

『百年戦争』は、一九七七年二月二十八日から翌七八年七月十五日まで毎日新聞の夕刊に四百十二回にわたって連載された（挿絵は朝倉摂）。四百字詰め原稿用紙にして千三百枚をこえる大作である。

井上のような人気作家の新聞小説は普通、完結からあまり時間をおかずに単行本になる。『百年戦争』も当然そうなるはずだったが、凝り性の井上氏は、作品に手を入れてから出版することを主張した。だが、その後の井上氏は小説、戯曲、エッセイとあいつぐ原稿の注文に追われて、いつまでも手直しができず、やがて編集者も本にすることをあきらめて、長い年月が過ぎた。こうして連載終了から実に十六年、作品の存在も忘れられかけた一九九四年になって、ようやく上下二巻の文庫本（講談社文庫）という形でこの大作が浮上してきたのである。刊行までの気の長いプロセスは、いかにも『百年戦争』という気宇壮大な題名にふさわしい。

連載当時の井上は四十三歳。『手鎖心中』で直木賞を受賞してから五年たち、気力充実した執筆活動をつづけていた時期である。その前後には『雨』『しみじみ日本・乃木大将』『小林一茶』などの秀作戯曲を発表しているし、小説では大作『四千万歩の男』『吉里吉里人』の連載を雑誌で始めていた。奇抜な想像力とナンセンスな笑いを特色とする初期の作風を色濃く残しながら、シリアスな社会批判色が強まる中期の作風へと移行する年代に当たっていた。

そんなエネルギーあふれる充実期に執筆されたのが、一種の奇書と言ってもいい大作『百年戦争』である。ここにはこの作家の特質のすべてがある。奇想天外な趣向、ナンセンスに突き進む笑い、しかし同時に社会を憂い、人間と地球の未来のためを思う生まじめな警世家の姿――普通ではなかなか両立しないものが、ここでは混在して激しく渦を巻いているのだ。私は、「馬鹿馬鹿しいものを書きたい」という思いから生まれた井上の初期小説『ブンとフン』（七〇年）が大好きだが、『百年戦争』という作品にはナンセンスの笑いと痛烈な風刺が同居する『ブンとフン』に通じるものが確実にある。

舞台は、新聞連載が始まる前年の一九七六年（昭和五十一年）秋の東京・銀座に設定されている。主人公は、銀座の割烹店の息子で小学五年生の清くん。この少年がある晩、なぜか不意にネコに変身してしまうところから物語が始まる。毎回六時間、賢いオスの三毛ネコに変身できる能力を身につけた清くんは「ミケランジェロ」と名乗り（むろん、三毛の語呂合わせ）、銀座のネコの総大将となって、築地のネズミ軍団を相手に、銀座を主戦場とする激しい戦争をくりひろげることになる。ネズミ軍を率いるのは、やはりネズミに変身した同級生の文房具店の息子、良三くんだ。

動物の世界を舞台にするというのは、実は井上が好んでとる手法である。例えば、野良ネコの世界を借りてユートピアの輝きと消滅を描く戯曲『十一ぴきのネコ』（七一年）、「イヌの芝居」として展開する奇抜な逆転劇『珍訳聖書』（七三年）、『吾輩は猫である』のイヌ版とも言える小説『ドン松五郎の生活』（七五年）、あるいは、天保年間、キツネとタヌキが人間をまきこんでおかしな化かし合いを始める小説『腹鼓記』（八五年）……。だが、スケールの大きさという点では、この『百年戦争』はとびぬけている。

発端は、驚異の感覚にあふれた少年小説か冒険小説というイメージなのだが、やがて後半、ネコとネズミに百年戦争を戦わせ、少年たちを動物に変身させるふしぎな筋書きの背景に、「全神連合」（UGOW）という神と仏の組織の大きな意思があることが分かるにつれて、物語は一種の神学小説の趣をおびはじめる。

つまり、ヒトが地球を荒廃させた責任を重く見た神と仏は、二十一世紀以降、この世を支配する権利をヒトからとりあげ、別の動物に支配権を与えるために、世界の動物たちに勝ち抜き戦をやらせているという構図が浮かびあがるのだ。物語は、神と仏のこの意思をくつがえすため、二人の少年が悪魔に頼んで、イランの山のなかの城に乗り込み、阿弥陀仏に対決するというクライマックスを迎える。

この神仏との対決にあたって、二人の少年が駆使するのは、「神が万物の創造主」という考え方を転倒させた、「神様も仏様も、それから悪魔も、みんな人間がつくり出した影なのさ」「人間こそ、この連中の創造主なのだ」という論理である。だから、少年たちが「だいたい人間あっての神様であり、仏様なんじゃないか」と叫ぶとき、「存在の秘密」を知られた阿弥陀仏は「たじたじたじ」となり、「倒れそうに」なって、人類を追放する神仏の計画は中断されることになる。

聖書にある神の規定に真っ向から挑戦するこうしたことばを書いた井上ひさしが、少年時代に仙台のカトリックの養護施設で生活し、カトリックの洗礼を受けた経歴を持つことは重要である。

『百年戦争』の執筆に先立つ四年前、井上はカトリックの劇作家・矢代静一と対談し、今なお「カトリック信者」であることを認めている（井上ひさし対談集『笑談笑発』、講談社文庫）。ただし、堅固な信仰をもっているわけではなく、「庶民としては、神を信じるんですけれども、市民としてはマルキシズムとの関係もありますので、そんなバカなことがあり得るかという、絶えずふらふらと揺れ動いています」と率直に打ち明けているのは興味深い。カトリック信者として「どうしても捨て切れないものがある」と語りつつ、同時に「神様がじつはいないかもしれないわけですね」とも考える、「絶えず揺れ動いて」いる信者だというのである。

その意味では、『百年戦争』という作品は、井上自身の「絶えず揺れ動いて」きた信仰の問題、つまり神と人間の関係をどう考えるかという長年にわたる葛藤に一種の決着をつけるために書かれたという側面をもそなえているように思われる。井上の心のなかで争いあう「百年戦争」

に終止符を打つことが執筆の大きな動機だったのではないかと考えられるのだ。

　結果として、『百年戦争』の末尾で井上氏は、「神も仏も悪魔も、人間の、この集団的想像力が〝もの化〟した存在なのだ」という立場をはっきりと選びとった。新聞連載を終えるに当たって氏が書いた文章から引けば、「神も仏も悪魔も人間がつくりあげたものだ。UFOさえそうなのだ。だからそういったものにこっちが縛られてはならない」（『百年戦争』、中央公論社『パロディ志願』所収）という立場である。「信者」であるよりも、神と信仰を批判的に相対化する「市民」の立場を選択したわけである。これは「カトリック信者」だった作者にとっては大きな決断であり、重大な転機だったはずで、そのためにも多くの回り道を含む千三百枚という枚数が必要だったのだろう。

　こうした井上の歩みは、すでにそれ以前から予想されたことではあった。たとえば初期の戯曲集『道元の冒険』（七一年、新潮社）の「あとがき」で、井上は少年時代に洗礼を受けたのは、別に神の存在やキリストの奇蹟を信じたからではなく、養護施設で孤児たちのために懸命に尽くす外国の修道士たちの姿に感動し、彼らを信じたからであると書いている。「あとがき」の結びはこうだ。


　あの師父たちの丹精した一枚の菜っ葉は聖書とキリスト教会にまさり、道元のある朝の洗面は古仏の正法に優に匹敵する――宗教は人のことであり、どこかによき人がすくなくともひとりいるなら、今、人間の見ている長い悪夢もやがて醒《さ》めることがあるかもしれないと、わたしはまだ宗教とどこかで辛うじてつながっているようだ。

この「あとがき」にある、「宗教は人のことである」ということばは、まさに『百年戦争』の主題そのもの、いわばその原形をなしている。そして「どこかによき人がすくなくともひとりいるなら……」と続く文章は、『百年戦争』で主人公の清くんが言う、「すばらしい人間がひとりでもいるうちは、人間にも未来がある」ということばにぴったりと重なりあう。『百年戦争』のモチーフは、井上の内部で長い時間をかけて準備され、醸成されていたのだ。

ところで『百年戦争』は、井上の神学小説であると同時に、一九七六年という時点での東京の銀座・有楽町周辺を綿密に描いた地誌としても私たちの関心をそそる。

『百年戦争』を書くきっかけは、放送作家時代の井上が、あるテレビ局の『銀座八丁』という教養番組の構成を手がけ、「その取材のために三日ばかり銀座界隈をほっつき歩いた」ことだったという（『百年戦争』）。

調査と資料に凝る井上は、もの知りネコの「長靴先生」のことばを借りて、銀座八丁表通りの関東大震災前から、震災後、第二次大戦初期、大戦後に至る店の名前の変遷を延々と列挙して見せる。この過剰な列挙は初期の井上が好んでやった方法だが、『百年戦争』の「銀座八丁店名集」の章における店名の列挙はとくに極端で、毎日新聞の連載では、店名を列挙するばかりの紙面が四回も続くという異常な光景が出現した。

『百年戦争』の連載が続いていたころ、私は当時、有楽町にあった朝日新聞社の学芸部に通っていた。だから、この小説でつぶさに描かれる銀座・有楽町界隈の店や建物にはたいてい記憶があるし、つよい愛着もある。

だが、いまあらためてこの小説を読んで驚くのは、一九八〇年代以降、銀座・有楽町周辺の姿がすっかり変わってしまったことである。

主人公の清くんの一家が営む割烹店は、「ある大新聞社のどっしりとした別館ビル」の隣にあると書かれている。これは読売新聞社の別館ビルのことだが、いまは読売新聞社の本館も別館もない。読売新聞は大手町に引っ越し、跡地はデパートのプランタン銀座になった。

ネコになった清くんが日劇を仰ぎ見る描写も出てくるが、日劇も、その隣にあった朝日新聞社ビルも今はない。『百年戦争』が書かれてから数年後、二つのビルは壊され、朝日新聞社は築地（ネズミの領地だ！）に引っ越し、跡には映画館、デパートなどが同居する有楽町マリオンがそそりたつ。

ネズミと戦いながらネコの清くんは日比谷の映画館「有楽座」の横の通路を走りぬけるが、その有楽座も消えた。その跡には日比谷シャンテというビルが建つ。この小説で重要な役割を果たす帝国ホテルも様相を変えた。一九八三年、本館に接して三十一階のインペリアルタワーが開館したからだ。

こうしたあまりにもめまぐるしい変化が起きる前の銀座・有楽町周辺の姿を、この小説は一種の懐かしささえ誘う克明さで書きとめている。

このような街の激変は、多かれ少なかれ、一九八〇年代のバブル経済とのからみで起きた。地上げ屋が横行し、小さな店が次々と都心から追われていったのも八〇年代である。とすれば、二つの大手会社のビルにはさまれ、「北の湖と若三杉とのあいだに並んだ生後六ヵ月の赤ん坊」のようなちっぽけな姿を見せていた清くん一家の割烹店「花茶屋」は、その後も健在でいられたのだろうか。フィクションであることを承知しつつ、私は清くん一家のその後がとても気になる。

（講談社文庫『百年戦争』所収、一九九四年）

「時間のユートピア」の変転と再生——『黙阿彌オペラ』解説〔文庫版〕

井上ひさしが座付き作者をつとめる「こまつ座」の機関誌「ｔｈｅ座」が、「ユートピア特集」を組んだことがある（第二号、一九八四年十月発行）。ユートピア志向の強いこの作家らしい特集号だった。

特集の巻頭には、「ｔｈｅ座」の編集同人たちの座談会が掲載されたが、その中で井上が、「僕はどうもユートピアというのは『時間』で成立しているんじゃないか」と語っているのは注目に値する。

井上によれば、「世界に未知の場所があった時代には（桃源郷やユートピア島という形で）『場所のユートピア』というのが成立した」。だが、情報が発達した現代では、それはもう存在しえない。もし「ユートピア」が今もあるとすれば、それは例えば、好きな仲間たちが集まって心おきなく語りあったり、酒を飲んだりして、「時間を忘れる」ほど楽しい時間を過ごす、その状態の中にしかない、というのである。それは私たちがいい芝居や映画を見て楽しむ時間の中にもある。「観客が一緒になってハラハラしたり、笑ったりしているその瞬間も『ユートピア』なんですね」とこの座談会で井上は語る。

現代の東北にユートピア的な独立国が出現して国家と闘う様を描いた井上の壮大で奇抜な長編小説『吉里吉里人』(八一年)に比べると、井上がこの座談会で語る「ユートピア」の姿は意外なほどつつましい規模に縮んでしまったように見える。だが、「場所としてのユートピア」の難しさを痛感するからこそ、井上氏はあえて私たちの日常生活の中にたまに現れては消える、至福の時間としての「ユートピア」を語ったのだろう。さらに井上氏は、この「時間のユートピア」を踏まえて、「見知った人同士が小さなスクラムを組み、そのスクラムが連鎖をなして世界を覆うのがいい」と、これからのあるべき世界の形を語ったのだ。

井上の戯曲には、そんな「時間のユートピア」を体現する親しい仲間たちのグループがよく登場する。例えば、『きらめく星座』(八五年)の、軍国主義化が進む時代にポピュラー音楽のレコード店を営む浅草の愛すべき家族。『シャンハイムーン』(九一年)の、弾圧されて地下潜行中の魯迅を懸命に守る上海在住の日本人たち。『父と暮せば』(九四年)が描く、広島で被爆した娘と、その娘を優しく見守る父親の間にも「時間のユートピア」は確実にある。しかも井上の戯曲においては、時代の流れに同調しないこのような「親しい仲間の肖像」が確実に増えている気配がある。

幕末から明治時代前期にかけて活動した歌舞伎の作者、河竹黙阿彌（現役時代の名前は二世河竹新七）の三十八歳から六十六歳までの二十八年間を描く井上ひさしの意欲的な戯曲『黙阿彌オペラ』（一九九五年、こまつ座初演、栗山民也演出）にも、むろん「親しい仲間の肖像」が出てくる。

この劇では、河原崎座の立作者だった三十八歳の河竹新七（のちの黙阿彌）は嘉永六年（一八五三年）、新作狂言を書かせてもらえない不如意《ふにょい》の状態に絶望し、両国橋から隅田川に身投げしようとする。ところが、偶然、同じ場所で自殺しようとしていた笊《ざる》売りの五郎蔵と出会い、二人は柳橋の小さなそば屋に入って、互いの事情を話すうちに親しい仲になる。それがきっかけで、新七の周りには親しい仲間が増えていく。そば屋を営む老女とら（とらの死後はその娘おみつがその役割を引き継ぐ。この老若の二役は同じ女優が演じる）、無銭飲食をはかる売れない落語家の円八、身投げのふりをして同情した人から金を巻き上げる「身投げ小僧」の久次、米相場に失敗した元勘定役人で今は貧乏浪人の及川孝之進といった、いずれも失意の状態にある面々である。

むろん、新七を除くこれらの人物は井上の想像力が産んだ虚構の群像だが、新七、五郎蔵、円八、久次、孝之進と男五人がそろったところは、日本駄右衛門、弁天小僧菊之助、忠信利平など五人の悪漢が勢ぞろいする黙阿彌の通称『白浪五人男』（正式の題名は『青砥稿花紅彩画《あおとぞうしはなのにしきえ》』）の井上版と言えなくもない。彼らは器量よしの捨て子の少女おせんの将来のために金を持ち寄って株仲間を作り、毎年師走二日にこの「仁八《にはち》そば」で会合を持つことになる。

ここまでは、井上劇でおなじみの「親しい仲間の肖像」である。彼らの親密な語らいには、ほとんど「時間のユートピア」が顕現しているかに見える。

とくに新七が十二年にわたってコンビを組み、『正直清兵衛』『十六夜《いざよい》清心』『三人吉三』『御所の五郎蔵』をはじめとする生世話物の名作を数多く生んだ幕末の名優、四世市川小団次《こだんじ》（家号は高島屋）が亡くなって、新七が精神的な危機に陥ったとき、株仲間たちがその死を忘れさせようと懸命に知恵を絞る場面では、彼らの温かい気持ちがいっぱいに舞台に漂う。新七ならずとも、「この仁八そばに仲間がいてくださる」ことを感謝したくなる幸せな関係が成立しているのだ。

だが、劇が第二幕、明治維新の時代になると、事情は一変する。株仲間そのものは存続するが、時代の大波をかぶり、新七と他の仲間たちの関係は大きく変わっていく。

第一の変化は、成長して柳橋の芸者になったヒロインのおせんが、パリの万国博覧会に参加し、オペラへの関心を深めて帰国したこと。

第二の変化は、おせんを見染めた大蔵省の高級官僚の作戦に乗せられ、新七を除く仲間の男性四人が官僚にぴったり寄り添う形で次々に出世し、ついには「銚子第百四十二国立銀行」という小さな銀行を設立して、銀行家に成り上がってしまうことである。この地方銀行はやがて破産に追い込まれるが、このへんには、一九八〇年代のバブル経済の狂騒ぶりとその末路への作者の痛烈な批判が込められている。

第三の変化は、欧米の演劇観に沿って歌舞伎を近代化し、上流階級の鑑賞に耐えるものにしようとした明治時代の上からの演劇改良運動が、かつての株仲間をも巻き込んで、「いつまでも開化しない」新七に「転向」を迫ることである。

だから、第二幕五場「ピアノ」では新七は怒っている。その怒りを、渡辺保著『黙阿弥の明治維新』（新潮社、一九九七年）はこう描いている――「明治新政府にも裏切られた挫折と絶望。黙阿弥にとって、明治維新は近代の原点であると同時にその原点を大きく逸脱していく政治権力との戦いにほかならなかった。黙阿弥の一生を支配したのはこの怒りであった」

『黙阿彌オペラ』では、明治十二年（一八七九年）、欧化主義の先頭を走っていた新富座の秋の興行のために、座主の守田勘彌が新七に「新作オペラ狂言」を依頼し、株仲間たちもその後押しをするが、新七は「口を『へ』の字に固く結んで」、それを断る設定になっている。

ただし、実際にこの年の九月に新富座で上演されたのは新七の新作『漂流奇譚西洋劇《かぶき》』で、これは作品の中の劇中劇として横浜のゲーテ座で来日公演中だったヴァーノン一座のオペレッタ『連隊の娘』をはめこんだものだった（ちなみに、この舞台は西洋のオペラに初めて接した観客の不評を買い、興行的にも失敗。これを期に勘彌の欧化熱は急激に冷めていく）。新七が既成のオペレッタを劇中劇としてはめこんだ新作を書いたのは事実だが、オリジナルのオペラの執筆依頼を受けたというのは、おそらく作者の虚構だろう。

このとき、株仲間たちと対立し、「睨み合う」新七が、「西洋にならって」オペラを上演しようという権力者側の動きに対して、「そのオペラというものを、どんなことをしてでも観たいと願っている御見物衆はどこにいるんです」と語気鋭く批判を加えるあたりには、官主導の芸術・文化政策に対する井上自身の違和感が反映していると見ていい。そこに同時に、オペラを最大の柱とする今の日本の新国立劇場（九七年十月開場）の路線へのひそかな批判を読み取るのは、果たして私だけだろうか。

　こうして新七と四人の男たちは真っ向から対立するが、最後の場面で銀行はあえなく崩壊、自殺を試みた仲間たちはそば屋で一緒に仲良く働くことになる。おみつが切り盛りするこの小さなそば屋に、新たに四人の男を養うだけの売上があるかどうか、ちょっと心もとない気もするが、井上劇らしい気持ちのいい幕切れである。

　つまり、この劇は幕末から明治維新にかけての激動の時代を背景に、新七を中心とする親しい仲間の結成と崩壊、そして挫折後の再結成を描いている。それは「時間としてのユートピア」の形成、消滅、再生を描くことでもある。悲劇的なエンディングを避け、笑いとともに「ユートピアの時間」が再生する瞬間で幕をおろすあたりは、「様ざまな屈折」を晴らし、「心の按摩《あんま》にかかりたい」という観客の願望に応える、いかにも井上らしい作劇術である。

（新潮文庫『黙阿彌オペラ』所収、一九九八年）

「対のすみか」としての日本――『たいこどんどん』『しみじみ日本・乃木大将』解説〈文庫版〉

私がこども時代を過ごしたのはまだ「貧しい戦後」がつづいていたころで、いまと違って映画は娯楽の王者、満員つづきの東京・新宿や池袋の映画館に通ってはアメリカの喜劇映画をよく見た。いま思いだしてみると、あのころは二人組のエンタテイナーが主演する映画が多かった。バット・アボットとルウ・コステロの「凸凹」シリーズ、ディーン・マーチンとジェリー・ルイスの「底抜け」シリーズ、ビング・クロスビーとボブ・ホープの「珍道中」シリーズなど、どれもひどく面白かった。

いまの私は、ウディ・アレンのひねった喜劇映画などもよく見るが、やはり私の考える喜劇映画の原型には、あのはるかな日々にわきたつ観客の熱気のなかで見た、二人組による爆笑ドタバタ映画がある。一人だけで突出するのではなく、二人がたがいに相手を攻撃したり、足を引っ張りあったりして、相対化しあいながらまきおこすナンセンスな笑いの爆風である。

そんな私が井上ひさしの劇にことに深い親近感を覚え、初期から井上の舞台作品のほとんどを見ているのも、もしかしたらかつての二人組の喜劇映画と井上戯曲のあいだに共通するものがあるからかもしれない。

というのも、井上の劇をふりかえってみると、アボット＝コステロさながら、まるで双子みたいに対になった人物が実にしばしば登場するからだ。井上は、一九五〇年代はじめの仙台での高校時代には、アメリカ映画を中心に「三年間に千本観ている」（講談社文庫『モッキンポット師の後始末』巻末の自筆年譜、一九七四年）という大変な映画マニアだったから、当時の二人組喜劇映画の空気も胸いっぱいに吸っていたにちがいない。

対《つい》をなす二人組をいくつか井上の戯曲から引きだしてみよう。

まず、『表裏源内蛙合戦』（七〇年初演）の「表の源内」と「裏の源内」。『道元の冒険』（七一年）における「道元」と、その夢のなかに現れる現代の新興宗教の教祖。『藪原検校』（七三年）の「杉の市」と「塙保己市」。『それからのブンとフン』（七五年）の「ブン」と「偽ブン」。『小林一茶』（七九年）の「一茶」と「竹里」。『国語事件殺人辞典』（八二年）の「花見」と「山田」。『もとの黙阿弥』（八三年）における「河辺」と「久松」、「お琴」と「お繁」……といった具合である。

表裏の関係（『表裏源内蛙合戦』『道元の冒険』）、ライバル（『それからのブンとフン』『小林一茶』）、主従（『もとの黙阿弥』）、師弟（『国語事件殺人辞典』）など、そのあり方はさまざまだが、場合によっては一種緊張した対立をも含んだ、切っても切れない関係にあるツインの二人組という点では共通する。鋭い対立をふくんだ「同志」（『藪原検校』）という場合もある。

だが、喜劇的ツインが大活躍する点では、本書におさめた二作、『たいこどんどん』と『しみじみ日本・乃木大将』は、その極端なすぐれた例である。井上劇における対をなす人物の意味、もっと正確に言えば古典的な喜劇の二人組パターンに井上がつけ加えた批評的な意味をもっとも鮮明に浮かびあがらせる二作である。

『たいこどんどん』は、井上が直木賞受賞第一作として発表した自作の小説『江戸の夕立ち』（七二年。文藝春秋『手鎖心中』所収）をみずから劇化した作品で、一九七五年九月、五月舎のプロデュース公演として、木村光一演出により東京の東横劇場で初演された。出演はなべおさみ

（桃八）、高橋長英（清之助）、太地喜和子（袖ヶ浦、おとき、お熊）、生井健夫、矢崎滋、金内喜久夫、坂部文昭、沢木順らだった。

江戸日本橋の薬種問屋の若旦那・清之助と吉原のたいこもち・桃八が、ひょんなことから嵐の海に流されて、江戸から東北に漂流し、各地を転々と流浪する九年間の珍道中のすえ、やっと帰ってきたとき、大店の薬種問屋はつぶれ、江戸はすでに東京に変わっていた――という物語の大筋は、原作と同じである。ただし、釜石の鉱山での切支丹の娘をめぐるエピソードは戯曲では省かれている。帰京したとき、桃八が無残な一本足になっているのも、原作とは違う。

たいこもちの桃八は、どんなにわがままな旦那の清之助に裏切られ、「地獄」のような鉱山に地大工として売りとばされる目にあっても、清之助に刃向かうことができない。鉱山では「毎晩、若旦那を殺す夢ばかり見つづけた」のに、いざ若旦那に再会すると、「ぐにゃ」となってしまう。流浪先の東北では、もう旦那とたいこもちの関係は実体として成立せず、「おまえはもうたいこじゃないよ」と清之助に言われながら、桃八は主人に尽くすたいこもちの役柄を決して捨てることがない。旦那もたいこもちも、まるで永久運動を続ける機械さながら、それぞれの演技の型をあきることなくくりかえす。

桃八が劇中で陽気に歌うように、「あたしゃ上の歯あたは下歯／どっちが欠けても歯が立たぬ／葉っぱも菜っぱも嚙めやせぬ／はなれられないふたりさ」なのだ。

こうしてみると、『たいこどんどん』とは、ずいぶん含みのある暗示的なタイトルだ。「たいこ」（太鼓）が「どんどん」変わることなく鳴るうちに、「たいこ（もち）」は「どんどん」とんでもないところへ流され、ひどい目にあうのである。逆にいえば、主人にどんなにひどい扱いを受けても、気のいい忠実な「たいこ（もち）」は、恨みもせず、陽気に「どんどん」鳴り続けるわけだ。

どれだけ時代と状況が変わっても、対をなす主従の「はなれられないふたり」が、それぞれの役割を守って、幕切れのないくりかえしの型（演技）をつづける舞台。状況の変化と役柄の不変性がぴたりと重なってしまうドラマ。これこそが、井上ひさしが笑いと怒りをもって見つめる支配と被支配をめぐる日本の歴史にほかならない。歴史の場面はめまぐるしく変わっても、主演者（支配者、被支配者）の役柄はひとつも変わらないふしぎな反覆の舞台。

だからこそ、劇の終幕、江戸から文明開化の明治へと移る時代の大合唱、「ここから日本は変るのさ」を前にして、桃八は言うのだ――「どうにも変りようはないんだ。だから若旦那、なにも変っちゃいませんよ！」

この対をなす関係を、さらに多元的に、ほとんど極限に近い形でやってのけたのが、井上が発想以来、十数年の歳月をたっぷりかけて仕上げた『しみじみ日本・乃木大将』である。一九七九年五月、小沢昭一がひきいる芸能座の公演として、木村光一演出で東京・紀伊國屋ホールで初演され、大きな反響を呼んだ。出演は小沢昭一（乃木将軍、こと）、楠侑子（乃木静子、くれ）、加藤武（ぶき）、大塚周夫《ちかお》（あら）、山谷初男（たま）、山口崇（乃の字）、猪俣光世《てるよ》（ぶさ）らだった。作者は、この戯曲とそれに続く『小林一茶』によって、第十四回紀伊國屋演劇賞の個人賞と

第三十一回読売文学賞(戯曲部門)を受賞した。井上戯曲の代表作のひとつである。

舞台は一九一二年(大正元年)九月十三日の明治天皇大葬の日。この日、陸軍大将・伯爵乃木希典《まれすけ》は静子夫人とともに邸内で自刃したが、その決行直前の夕刻二時間に場面は設定されている。

なによりも趣向が信じられないくらい奇抜である。邸内の厩舎《きゅうしゃ》で飼われている三頭の馬が、乃木大将をどう見るかをめぐって、それぞれエリート意識の強い前足部分と下積みの後足部分とに分裂、人格分裂ならぬ「馬格分裂」を起こしてしまう。それぞれの馬が対をなす二人組に分解するのである。こうして、馬たちの目から見た乃木大将の一生、それも上半身的な視点と下半身的な視点に分かれた複眼の楕円的画面に映しだされた乃木大将の生涯のエピソードが、馬たちによる劇中劇として喜劇的に演じられることになる。つまり対をなす何重もの批評的異化作用をほどこした乃木大将の評伝劇が展開するわけだ。

馬たちだけではない。明治天皇と乃木大将、乃木大将と静子夫人という具合に、馬たちが演じる人間も緊張感をはらんだツインの関係で構成されている。

『たいこどんどん』の旦那とたいこもちがそれぞれの役割の演技に忠実だったように、明治という時代の主役をつとめたツインたちも、おのおのの演技の型をせいいっぱい熱演しつづけた。皇后は「天皇陛下のお仕事を傍《そば》からそっとおたすけする型」という「皇室版内助の功」の型を演じ、乃木大将は「あっぱれ武人の型を演じ尽」くし、静子夫人も暗い顔をしながらも、「軍人の妻の型をぴしっと演じ」た。

劇中の明治天皇が語るように、「われわれの、この明治という時代は、さまざまな場所で、さまざまな人々が、忠臣や、篤農《とくのう》や、節婦や、孝子などの型を演じ、その型を完成させ、周囲の手本たらんとつとめる時代なのだ。国民に型を示し、そのうちのひとつを選ばせる。これが国家というものの仕事なのだ」。

だが、人間同士ではけっこう重く響くこのことばを、馬たちが鵜呑みにし、「われわれもまた日本の軍馬の型を完成させるのです」と張りきると、これはもうそうとう滑稽だし、ましてメス馬までもが「わたしたちも日本の軍馬のためのメス馬の型を完成させるのですわ」といろめきたつと、たちまち全体が爆笑喜劇にひっくりかえってしまう。こわばった重いことばを、かろやかに批判的に相対化してしまう、井上らしい痛烈ないたずら心である。

すべてを対の二人組、分身的なツインの関係から見ていくこうした井上の行きかたは、喜劇特有の思考方法である。かつて「表と裏」というエッセイ(七一年)で、井上はこう書いた。

正しいことはただひとつという単眼の世界で成り立つのは悲劇だけであり、そのことについて妥当な見方が二つ以上ある、というのが喜劇の基本的な立場なのである。(中央公論社『パロディ志願』所収)

つまりは、すべてを批評的な「二重の相」のもとに見る複眼的思考法である。笑いと怒り、聖と俗、好色と禁欲が軽快な二人三脚を続ける世界である。

井上ひさしの喜劇的精神がのびやかに身を落ち着けるところ、それは愛すべき二人組がつねに笑いの渦をまきおこす、「終《つい》のすみか」ならぬ「対のすみか」なのである。

〔新潮文庫『しみじみ日本・乃木大将』所収、一九九九年〕

林芙美子と国家の「物語」——『太鼓たたいて笛ふいて』解説〔文庫版〕

一般的に言って、現代の日本では、小説家に比べて劇作家の充実した活動期間、いわば最盛期はかなり短いように思われる。若いころに代表作をいくつか出し、名声を得たものの、その後は突出した作品をなかなか生み出せない、というケースが結構見られるのだ。かつて私は、「劇作家十年説」という極端な説を唱えたことさえある。日本の現代演劇の作り手たちの仕事を長年にわたって見てくると、劇作活動の「旬《しゅん》」が十年程度という書き手が多いからだ。

むろん例外がある。井上ひさしはその例外的な劇作家の一人である。

一九六九年初演の『日本人のへそ』で劇作家として本格的にデビューした井上ひさしの劇作活動は、すでに三十五年を越えている。井上の戯曲の執筆そのものは、すでに一九五〇年代後半に始まっているから、実際にはもっと長期にわたって劇作にかかわってきたわけだ。

驚かざるをえないのは、井上がこの長い年月、息切れせず、コンスタントに、レベルの高い、創意あふれる劇作活動を持続してきたことだ。

若いマグマの大爆発とも言える初期の十数年間は、『表裏源内蛙合戦』『藪原検校』『雨』『しみじみ日本・乃木大将』『小林一茶』『化粧』など、とびきりの傑作が次々に生まれた。井上が座付作者を務める「こまつ座」が創立された一九八四年以降も、『頭痛肩こり樋口一葉』『きらめく星座』『國語元年』『イヌの仇討』『父と暮せば』などの秀作が並ぶ。一九九〇年代には、東京の新国立劇場との共同作業も加わり、『紙屋町さくらホテル』『夢の裂け目』などの意欲作が生まれた。とにかく井上は、あまりに秀作が多いため、代表作を数本に絞ることが難しい劇作家なのだ。

そして二〇〇二年夏、井上はまた新しい秀作を送り出した。こまつ座が栗山民也演出、大竹しのぶ主演により東京・新宿の紀伊國屋サザンシアターで初演した『太鼓たたいて笛ふいて』である（〇四年にこまつ座が再演）。〇五年にこまつ座が初演した『円生と志ん生』とともに、井上の最近の代表作と言っていい。

『太鼓たたいて笛ふいて』は、『放浪記』『浮雲』などで有名な作家・林芙美子（一九〇三〜一九五一年）を描いた評伝劇である。日中戦争が間近に迫る一九三五年から、第二次大戦中を経て、戦後の一九五一年までの十六年間の彼女の言動に的を絞った作品だ。

初演の公演パンフレット（「ｔｈｅ座」第四十八号）に掲載された井上の文章を引用するなら、「日中戦争から太平洋戦争にかけて（中略）軍国主義の宣伝ガールとしてバカに派手な活躍をし」たものの、戦争末期に自分の誤りに気付いて沈黙し、戦後は「自分の責任を徹底的に追求した」上で、「反戦小説」をたくさん書いた林芙美子の歩みを描いた作品である。

井上は、「太鼓たたいて笛ふいて」の言葉通り、時局に便乗し、軍国主義の「宣伝ガール」を務めた林芙美子を批判しているが、冷徹に糾弾してはいない。なぜなら人間はだれでも「過《あやま》ちを犯す」ものだからだ。それに続く井上の文章は、この作品の意図をよく伝えている。

わたしたちはだれでも過ちを犯しますが、彼女は自分の過ちにはっきりと目を据えながら、戦後はほんとうにいい作品を書きました。その彼女の凜凜《りり》しい覚悟を尊いものに思い、こまつ座評伝劇シリーズに登場をねがったのです。

井上の数ある戯曲の中でも、古今の実在の人物を主人公とする評伝劇は大きな位置を占め、その数は初期の『表裏源内蛙合戦』から近作の『円生と志ん生』まで、合わせて十五本に及ぶ。だが、井上版評伝劇の主人公はたいてい男性で、女性を主人公にした戯曲は、これまでのところ、『頭痛肩こり樋口一葉』（八四年）と『太鼓たたいて笛ふいて』の二作だけだ。しかも、女性作家を主人公に氏が特に深い思いをこめたこの二作はともに優れた作品となって実を結んだ。

戯曲『太鼓たたいて笛ふいて』のキーワードは「物語」という言葉だ。劇中で、メフィストフェレスよろしく林芙美子を国策協力の道に引きずりこむプロデューサーの三木孝がしきりに口にする言葉である。

三木が言う「物語」とは、小説などの小さな物語ではなく、「世の中を底の方で動かしている物語」、つまり国家が求める「物語」だ。その「物語」の方向に沿って作家が作品を書きさえすれば、作品は大いに売れ、重版禁止になることもない。露骨に言えば、それは「戦さは儲かるという物語」であり、さらに言えば、「戦さはお祭りであり、またとない楽しみごとでもあるという物語」になる。

はじめは半信半疑だった林芙美子も三木の言葉に乗り、「ペン部隊」の一員になる。「物語」のプロであるはずの作家が、権力が仕かける大きな「物語」の罠にからめとられていくのだ。

一九三七年、林芙美子は東京日日新聞（現在の毎日新聞）の特派員として南京占領に女性作家として一番乗りを果たし、三八年にはペン部隊の一員として漢口攻略戦の最前線へ。一九四二年にも報道班員としてジャワ、ボルネオなどに出かけるが、その時点で林芙美子はようやく、「あの物語は妄想だった」ことに気づく……。

この三木孝というインテリ風の人物が興味深い。三木はポリドールレコード文芸部から日本放送協会へ、さらに内閣情報局へと出世し、敗戦後は一転してアメリカ軍の占領政策を担う組織の「音楽民主化主任」になる。めまぐるしい転職につれて、彼が口にする「物語」の中身も次々に変わる。しかも、自分の変化というか変節に、三木自身はまったく疑問を持たず、悩みもしない。

このような人物は普通、ずる賢い悪役として描かれることが多いが、この作品では意表をついて、終始、善人風の気さくで気のいい男、面倒見のいい男として描かれる（こまつ座の公演で三木役を陽気に晴れやかに演じた木場勝己が印象的だった）。これは相当新しい人物像だと言っていい。自分の「悪」を自覚しないこうした普通の「いい人」こそ実は一番おそろしいメフィストフェレスかもしれないこと、だからこそ「三木」は私たちの分身であることを、この作品は暗示しているのだ。

林芙美子と並んで重要な人物として描かれる島崎こま子（一八九二〜一九七九年）も実在の女性である。作家・島崎藤村の姪で、同居していた藤村の子をみごもり、藤村の告白小説『新生』（一九一九年刊）では「岸本節子」として描かれた。

その後、こま子は年下の社会主義者と結婚し、東京の吾妻橋の託児所に勤めたが、一九三七年三月、過労のため町中で行き倒れになり、板橋の養育院に収容された。彼女に関心をもった林芙美子は養育院にこま子を訪ね、「女の新生」と題するインタビューを雑誌『婦人公論』一九三七年四月号に掲載した。

このように林芙美子と島崎こま子には実際に接点があった。だが、井上は、二人の最初の出会いをその二年前に設定し、こま子が託児園への援助を頼みに林邸にやって来る、という設定にしている。劇中での、その後の二人の親密な関係はおそらく作者の虚構だろう。

井上ひさし・小森陽一編著『座談会　昭和文学史』第二巻（集英社、二〇〇三年）の第六章「島崎藤村」でも、井上は島崎こま子に触れている。井上によれば、放送作家として活躍していた一九六九年、氏はＮＨＫの「朝の連続テレビ小説」の候補作として、島崎こま子を主人公とするドラマのシノプシスを作ったことがあるという。ドラマ化の案そのものは「（内容が）暗いからだめ」という理由で却下されたが、井上は座談会で「こま子さんを芝居にしたいと思って、いまだにうろうろしている」と語っている（この章の座談会が行われたのは一九九九年）。その積年のプランが、『太鼓たたいて笛ふいて』という形で、ようやく実現したのである。

ところで、この戯曲についてぜひとも触れておきたいのは、これが井上流の優れた音楽劇だということだ。周知の通り、井上戯曲の多くは音楽劇のスタイルを取っている。井上の戯曲総数は二〇〇五年までに五十六本を数えるが（商業演劇の台本、子供向けのミュージカル台本を含む）、そのうち劇中で俳優が歌う歌が入った作品は、私の計算では四十二本に達する。つまり、井上劇の実に七五パーセントが音楽劇なのだ。

にもかかわらず、井上戯曲が普通、「ミュージカル」と呼ばれないのは、娯楽劇が主流のブロードウェイ・ミュージカルとは基本的に劇の性格が違うからだ。また現代ドイツの劇作家ベルトルト・ブレヒトの影響を強く受けた井上の作品は、ブレヒト音楽劇と共通する部分も少なくないが、井上自身の資質から、ブレヒト作品とは相当違う、温かな笑いと情感に富む音楽劇になっている。

最近の井上音楽劇で目立つのは、古今の既成の曲を引用し、そこに井上自身の新しい歌詞をはめこんで、替え歌方式の劇中歌を作るという凝った手法である。過去の音楽とミュージカルに精通していなくては到底出来ない作業だ。

『太鼓たたいて笛ふいて』でも、宇野誠一郎が作曲したオリジナルの劇中歌と並んで、昔のミュージカルなどの旋律を転用した劇中歌が次々に出てくる。

例えば、第一幕の冒頭で出演者六人が全員で歌う「ドン」という曲。原曲はロレンツ・ハート作詞、リチャード・ロジャース作曲による往年のブロードウェイ・ミュージカル『パル・ジョーイ』（一九四〇年）の劇中歌「ジップ」（Ｚｉｐ）である。これは女性のコラムニストが有名人の名前を列挙して歌うペダンティックな曲だが、日本でも『夜の豹《ひょう》』という邦題で公開されたフランク・シナトラ主演の映画版（ジョージ・シドニー監督、一九五七年）では、元ストリッパーで、今は金持ちの有閑マダム、ヴェラ・シンプソン（リタ・ヘイワーズ）が昔知り合いだった有名人たちの名前を挙げながら、あでやかに歌う曲になっていた。井上はこの劇中歌からメロディーだけを取り出し、近づく戦争を予感させる歌詞をはめこんで、原曲とはまるで雰囲気が違う秀逸な劇中歌「ドン」に仕立て直したのだ。音楽面でのこうした凝った知的趣向に注目すれば、この劇のおもしろさは倍加するはずである。

『太鼓たたいて笛ふいて』の初演（二〇〇二年）は好評を博し、演劇関係の数々の賞を受賞した。この作品と舞台が高い評価を受けた証拠である。まず、井上がこの戯曲で鶴屋南北戯曲賞を受賞。また氏はこの作品をはじめとする劇作の功績で毎日芸術賞を受賞した。さらに、この公演は読売演劇大賞の最優秀作品賞に選ばれ、大竹しのぶは同賞の大賞と最優秀女優賞を受賞。木場勝己も同賞の最優秀男優賞を受賞。大竹しのぶは朝日舞台芸術賞と紀伊國屋演劇賞（個人賞）にも輝いた。

七十歳を越えた井上だが、劇作活動の「旬」はまだまだ続きそうである。

（新潮文庫『太鼓たたいて笛ふいて』所収、二〇〇五年）

スパイの正体をめぐる意外な展開――『箱根強羅ホテル』書評

劇作家・井上ひさし氏の作品の特色は、その敷居の低さである。読者・観客を特定の層に限定せず、どんな世代をも楽しませる大衆性と豊かなサービス精神。「戦争」という重いテーマを扱っても、その軽快な姿勢は変わらない。しかも、その喜劇的スタイルの奥には、必ず核となる強い社会批判の精神がある。

井上氏の新作戯曲『箱根強羅ホテル』（集英社、二〇〇六年）は、近年、氏が情熱をこめて書き続ける「戦争」ものの一作だ。「日本の敗戦」をめぐる重いテーマの作品なのだが、笑いとミステリー風の仕かけが盛り込まれ、劇中歌も多い音楽劇スタイルの作品になっている。二〇〇五年五月から六月にかけて、東京の新国立劇場中劇場で栗山民也の演出、宇野誠一郎の音楽、麻実れい、内野聖陽、辻萬長、段田安則、梅沢昌代、藤木孝らの出演で初演され、好評だった作品である。

第二次大戦末期の一九四五年（昭和二十年）五月、箱根のホテルが舞台。ある外務省参事官が、ここにソ連大使館を移し、ソ連を仲介役として、戦争を終結させる和平交渉の準備を始める。料亭の女将上がりの管理人の下で働くことになった植木係、アイロン・ミシン係、靴磨きなどの男性従業員たち。実は彼らの中には、本土決戦を叫んで和平交渉に反対し、ホテルを爆破しようと図る軍部のスパイが潜入していた。

スパイの正体をめぐる意外な展開がスリリングだ。ロシア語を教える混血の女性教師が、生き別れになっていた弟と思わぬ形で再会するなど、私たちの涙腺を刺激するエピソードもからむ。

軍のスパイ工作員たちが、「暗号歌」と称する、かなりナンセンスな歌を繰り返し歌う場面が笑いを誘う。スパイ工作という無類に冷徹な仕事と、おとぎ話にも通じる幼児的な歌とのふしぎな対比。井上氏が書く劇中歌は、人間の表層の底に沈んでいる、懐かしい心の古層を浮かび上がらせるのだ。

箱根のホテルで行われるはずだった和平交渉は実現せず、日本は無残な敗戦を迎える。日本の指導部がもっと早く和平交渉を進めていれば、「オキナワ、ヒロシマ、ナガサキ、ソ連の満州侵攻……どれも起きていませんでした」というエピローグのせりふは実に重い。それは井上氏の思いそのものだろう。

この戯曲が新国立劇場で初演されるわずか三カ月前、井上ひさしが主宰する「こまつ座」では、戦争末期に満州にいた落語家二人の命運を描く井上氏の優れた新作劇『円生と志ん生』が初演された（鵜山仁演出）。ほぼ同時期に「戦争」ものの新作劇二本！　一向に息切れしない氏の創作力と筆力に改めて感心してしまう。

（『青春と読書』二〇〇六年二月号、集英社）

笑いとユートピア――『井上ひさし全芝居　その七』書評

『井上ひさし全芝居　その七』（新潮社、二〇一〇年十二月）は、劇作家・井上ひさしの戯曲の集大成である『全芝居』シリーズの最終巻である。井上氏が二〇一〇年四月九日に亡くなったため、この巻が完結編になってしまった。私は井上氏の劇を初期から見続け、奇想と笑いと批評性に富むその劇世界に魅せられてきただけに、氏の新作がもう見られなくなったことが残念でならない。

この最終巻には二〇〇一年から二〇〇九年までに上演された井上戯曲十一編が収められている。「日本人の戦争責任」を共通のテーマとする『夢の裂け目』『夢の泪』『夢の痂』の連作、いわゆる「東京裁判三部作」をはじめとして、敗戦直後の旧満州に取り残された落語家二人の受難と珍道中を描く快作『円生と志ん生』、劇作家チェーホフの生涯をボードビル風の笑いで描いた音楽劇の秀作『ロマンス』、巌流島の決闘の後、宮本武蔵と佐々木小次郎が再び対決したという奇抜な設定で書かれた『ムサシ』、プロレタリア作家・小林多喜二の半生を描いた遺作『組曲虐殺』など、著者晩年の優れた作品群が並ぶ。

年代的には、六十六歳から七十四歳までに書かれた戯曲だが、高齢になっても、代表作に数えられる秀作劇をいくつも書き得た氏の旺盛な筆力に驚かざるをえない。若いころに代表作を送り出し、その後は突出した作品が少ない劇作家が多い中で、井上氏は稀有な存在だった。

この巻は収録作品の数が多く、『全芝居』シリーズの中でも最もページ数が多い、七百五十二ページの大冊になった。

私は『全芝居』の「その一」（一九八四年）から「その七」まで、巻末の解説を書いてきたが、最終巻の解説を書き終えて強く感じるのは、井上ひさし氏は悲惨な事態をも常に笑いで描く実にユニークな劇作家だったということだ。

井上氏は生涯にわたって喜劇を書き続けたが、そこに描かれる人間の状況は必ずしも明るいものではなく、むしろ惨憺たる状況が多かった。だが、その無残な状況を井上氏はあえて笑いで描いた。

その典型は遺作となった『組曲虐殺』である。プロレタリア作家・小林多喜二が警察の拷問で死ぬまでの歩みを描く評伝劇だから、題名からしても、私たちは深刻で暗い作品を予想する。だが、井上氏が実際に描いた小林多喜二は映画と音楽を愛する魅力的な都会派の青年だった。しかも、遊び心に富む多喜二は特高刑事の尾行をまくために、山高帽にたぶだぶのズボン、鼻の下にちょびヒゲというチャップリンそっくりの姿に変装し、チャップリンに似せた歩き方で登場する。刑事の一人がやはりチャップリンに変装して現れるため、二人のチャップリンが鉢合わせするナンセンスな場面は爆笑ものだ。むろん、社会変革のために闘う多喜二のシリアスな面もきちんと描かれるのだが、多喜二を笑いで描くなどという発想を、井上氏以外、だれが思いついただろうか。

つまり、多くの井上劇に見られるのは、苦しみにあふれたこの「やるせない世界」を救い、人々に生きる力を与えるのは「笑い」だ、という考えだ。戯曲『ロマンス』に登場する次の劇中歌は、井上氏の思いをよく伝えている。

「やるせない世界を／すくうものはなにか／（中略）わらう　わらい　わらえ／それが　ひとをすくう」

言い換えれば、井上氏にとって、「笑い」は観客をくつろがせ、楽しませる娯楽であると同時に、人生の泥沼の中でもがく人々を「すくう」とても大きなものでもあった。

観客が一緒になって楽しむ演劇を、井上氏は「時間のユートピア」と考えていた。『井上ひさし全芝居』シリーズには、氏が夢見た「ユートピア」が過剰なほどいっぱい詰まっている。

（『波』二〇一〇年一月号、新潮社）

井上ひさしにおける「父の影」と「神」

――「井上ひさし論」余論

本書は井上ひさしとその作品について私がこれまで書いてきた文章を一冊にまとめたものだが、校正刷りを読みながら私が感じたのは、井上ひさしに関して書き残した点、論じていない重要な点がまだいくつもある、ということだった。

そこで、ここでその補足をしたいと思う。以下の二つの点に的を絞った「井上ひさし論」の追加である。

父・修吉の影

第一点は、若くして亡くなった父の井上修吉が井上ひさしの生き方と作品に与えた強い影響、いわばひさしの生涯に父親が落とした濃い影である。

修吉（一九〇五年～三九年）は山形県小松町（現・川西町）の生まれ。家は地主で、薬局と文房具屋と本屋を合わせた店を経営していた。修吉は旧制山形中学を卒業後、上京して東京薬学専門学校（現・東京薬科大学）を出て薬剤師になった。薬剤師として東京の病院に勤務していたころ、看護婦見習いをしていたマスと知り合い、結婚して一九二七年に帰郷したが、その時はすでに左翼の活動家になっていた。一九三四年（昭和九年）生まれのひさしはその次男である。

ひさしによれば、父の帰郷は「ちょうど若い人たちが大正デモクラシーから社会主義に傾きつつあった時期で、父はその新思潮に染まって、青年共産同盟員になって戻ってきた。そして自分の家の田んぼをいきなり解放しだした。一人で農地解放をやりだしたのです」（不破哲三との共著『新・日本共産党宣言』での発言。光文社、一九九九年）ということになる。

青年共産同盟は非合法の組織だったから、「党（日本共産党）末端の活動家」としての修吉は地元の警察に三度検挙され、拷問も受けた。

同時に修吉は「小松滋」のペンネームで小説を書く作家志望者でもあった。純文学志向ではなく、大衆文学の作家を目指す常連の雑誌投稿者で、一九三五年に『サンデー毎日』の大衆文芸小説コンクールに応募した修吉の小説『H丸伝奇』は第一位に入り、同誌に掲載された（この時、三位に入ったのが、後に文壇の大家となる井上靖だった）。

ひさしによれば、修吉は「読者のたくさんいる大衆小説をめざし」、「小説で大衆を啓蒙しようとした」（『本の運命』文藝春秋刊、一九九七年）のである。

また、修吉は自宅に本をたくさん持つ蔵書家でもあった（ひさしは子供のころからその蔵書を熱心に読んで育った）。前述の『本の運命』によれば、東京薬専時代の修吉は「毎日のように、浅草に行って」、映画と芝居を楽しむ都会派の青年だった。帰郷してからは政治活動の隠れ蓑にするためもあって、友人たちと「黎明座《れいめい》」という劇団を作り、自分で戯曲も書いていた。ひさしは「僕が戯曲を書くのも彼の遺伝なのかもしれません」（『本の運命』）と書いている。

だが、プロの大衆作家になりたいという井上修吉の思いは結局、実現しなかった。修吉は脊椎カリエスを病み、一九三九年（昭和十四年）に三十四歳の若さで亡くなってしまうのだ。ひさしが五歳の時だった。

亡くなる前の父について、ひさしはこう書いている。

うちで療養しながらこつこつ書いていたようで、夜遅く、薬の調剤室の机に向かって、何か書いている姿をはっきりと覚えています。(『本の運命』)

このような修吉の半生をたどってみると、息子のひさしの生き方と作品の方向性が父親と驚くほど共通していることに気付く。

例えば、作品の大衆志向である。ひさしは放送作家、劇作家、小説家として、一貫して大衆性のある作品を書き続け、一部の知的エリートのための作品は書かなかったが、これは父・修吉の志向と重なる。

前述の修吉の小説『H丸伝奇』は二〇一一年に山形市の山形謄写印刷資料館から薄い単行本として刊行されたが、この小説を読んで私が驚いたのは、その才筆だった。

これは明治末、辛亥革命で中国に帰国する革命家・孫文(孫逸仙)とその同志たちを、日本の貨物船H丸の乗組員たちが密かに横浜から中国まで送り届け、さらに共和国軍の兵士二千人をも輸送するという冒険的な航海を、日本人の二等運転士の視点から描いた作品である。辛亥革命に際して日本に亡命中だった孫文が貨物船ハドソン号で中国に帰国した実話を踏まえており、人物描写はかなり類型的だが、物語は躍動的で、文体には一種の才気がある。中国革命に寄せる共感など、作者自身の民衆志向も感じられる。ストーリー・テラーとしての筆力には、井上ひさしとの共通性が確かにある。

この父子の二つ目の共通項は、作品（演劇、小説、評論、講演など）を通して多くの人々に働きかけ、現実の社会を変えていこうという変革の情熱である。

戦前の共産党の「末端の活動家」だった父・修吉の活動の一端は、単行本『H丸伝奇』に同時収録された修吉の「プリントの書き方」という原稿を読めばよく分かる。

これは雑誌『戦旗』一九三〇年三月号に掲載された修吉の文章で、左翼の活動家が警察の目を逃れて、労働争議などのニュース、ビラ、ポスターなどの原稿を短時間で原紙に書き、謄写版で手早く印刷する際の手順と注意点を具体的に詳しく書いている。謄写版印刷の単なる技術指導ではなく、不意に警官に踏み込まれた時、「謄写版を小脇に抱えて」、瞬時に逃走することまでを念頭に置いた、警戒心あふれる実践的文章なのだ。

父のこの秘密裡の活動について、ひさしはこう書いている。

　謄写版の印刷機をいくつもの部品に分解して一つは自室の天井裏に、一つは小作人甲の仏壇のうしろに、また一つは小作人乙の田んぼの小屋にという具合に隠しておいて、印刷するときは墓地や田んぼに持ち寄って組み立ててアジビラを刷る。（『本の運命』）

井上ひさし自身は最後まで日本共産党の党員ではなかった。だが、共産党委員長だった不破哲三との共著『新・日本共産党宣言』では、井上は「選挙では必ず共産党の候補者に票を投じてきましたし、カンパにも応じてきました」と語っており、日本共産党のシンパだったことは間違いない。父が戦前の活動家だった日本共産党への親近感は、ひさしの心の中で最後まで続いていたのだ。

三つ目の共通項は、郷里のために尽くす文化活動家としての側面である。

すでに述べたように、父の修吉は「黎明座」という劇団を作っていた。政治活動の隠れ蓑だったとは言え、郷里に文化・芸術の核を作ろうという思いから生まれた文化活動だったことは間違いない。

息子のひさしは父のそうした遺伝子を受け継ぎ、故郷の川西町にユニークな文化施設が生まれる原動力となった。

例えば、井上ひさしが川西町に寄贈した蔵書十三万冊（雑誌を含む）を元にして一九八七年に開館した町立の図書館「遅筆堂文庫」である。

さらに九四年には、遅筆堂文庫と座席数七百十七の劇場を一体化した町立のユニークな文化施設「川西町フレンドリープラザ」が総工費二十九億円で完成し、開館した。

この施設では毎年、こまつ座の主催で「生活者大学校」が開かれていて、九七年にはフレンドリープラザ付属の演劇学校も開校した。「ふるさとへの恩返し」（遠藤征広『遅筆堂文庫物語』、日外アソシエーツ、一九九八年）という井上ひさしの思いが地元の協力者たちの熱意と川西町の意向と結びつき、こうした大きな実を結んだのである。

このように見てくると、井上ひさしは父の修吉が果たせなかった個人的な夢（民衆志向のプロの作家として大成すること）と、社会的な夢（故郷の町にユートピア的な文化施設・組織を作る）の双方を受け継ぎ、二つの夢を実現するために活動を続けたことが分かる。その意味で、井上ひさしは父の修吉の分まで、つまり二人分の人生を生きた作家だったのだ。

父に寄せる井上ひさしの深い思いがはっきり感じられるのは、井上の没後に刊行された優れた長編小説『一週間』（新潮社、二〇一〇年）である。これは二〇〇〇年から〇六年にかけて『小説新潮』に連載された作品で、第二大戦直後のシベリアを舞台に、ソ連の強制収容所の捕虜になった主人公が、ソ連の抑圧体制と旧日本軍の体制の双方を相手に、しぶとく痛快に闘う姿を描いている。

この主人公は、修吉と同様に、東京で共産党の地下活動をしていた過去を持つが、その名前が「小松修吉」であるのは暗示的だ。故郷の町（旧名＝小松町）の名前と父の名前を合体させた姓名なのだ。おそらく井上ひさしは、青年共産同盟の活動家だった父が、病気で若死にせず、虚構の物語の中で元気に生き続け、活躍する姿を何としても描きたかったのだ。

このように見てくると、日本の文学史の中で井上ひさしを「プロレタリア作家」の系譜に位置付ける作家・丸谷才一氏の見立ては妥当だと思えてくる。

丸谷は、まず鹿島茂、三浦雅士との座談会『文学全集を立ちあげる』（文藝春秋、二〇〇六年）でこの見方を示したが、二〇一〇年七月、東京会館で開かれた「井上ひさしさんお別れの会」で氏が読み上げた弔辞でさらに詳しくこの見方を展開した（「竹田出雲よりも黙阿弥よりも」『新潮』二〇一〇年九月号に掲載。『あいさつは一仕事』に収録、朝日新聞出版、二〇一〇年）。

丸谷氏の見方の元になったのは、文芸評論家の平野謙がかつて、一九三〇年代の日本文学について示した「三派鼎立の形勢」という見取り図である。昭和初期の文学界で芸術派と私小説とプロレタリア文学という三つの流派が「並び立つてゐる」という構図だ。

丸谷氏によれば、平野謙のこの図式は意外にも、「八十年後の現在の日本文学にもきれいに当てはまる」という。

つまり、丸谷論によれば、かつての芸術派に当たるのはモダニズム文学で、現在のその代表は村上春樹。私小説の継承者の代表は、方法的実験性が目立つものの、作者の身辺に好んで材を取るという点では大江健三郎。そして、「プロレタリア文学を受け継ぐ最上の文学者は、井上ひさしにほかならない」というのだ。

だが、昭和初年のプロレタリア作家たちと違い、井上ひさしには「知識人が大衆を指導する」という姿勢はなかった。また井上の多層的で巧みな劇作術は「かつての粗朴で単純なアジプロ演劇」とはまるで違っていた。つまり井上ひさしは、純粋芸術と大衆芸術の境界を越え、シェイクスピアやブレヒトと同じように、「知識人は知識人なりに楽しめ、大衆は大衆なりに面白がることができる芝居を書いた」（同）。

「これだけ花やかな劇作の才能は、竹田出雲だつて、黙阿弥だつて、持合わせてゐただらうか。

私たちは井上ひさしの芝居の、初演や再演や三演の小屋に足を運んで見物し、拍手喝采したことを、後世の日本人に対して自慢することになるでせう」(同)

このように結ばれる丸谷才一の弔辞は、父の影を背負って書き続けた井上ひさしの演劇に対する、俯瞰的視点と深い理解からする、もっとも深い、すぐれた評価だと言っていい。

井上ひさしにおける「神」の問題

井上ひさしについて補足すべき第二の点は、井上ひさしにおける信仰と神の問題である。初期にカトリック作家として注目を浴びた井上ひさしは、その後、社会変革志向の発言が目立つようになったが、彼の心の中で「神」の問題はどうなっていたのか、という疑問である。

ただし、私は過去も現在も特定の信仰を持ったことがない。そのような人間にとって、これは明らかに不得手なテーマだが、井上ひさし自身の文章と発言を元に、私ができる範囲でこの問題に近づいてみたい。

よく知られている通り、井上ひさしがカトリックの洗礼を受けたのは、一九五〇年、カトリックのラ・サール会が経営する仙台市郊外の児童養護施設「光ケ丘天使園」(現=ラ・サール・ホーム)に入園していた時期だった。受洗した時、ひさしは宮城県立仙台第一高校の一年生で、十五歳だった。

父・修吉の死後、母のマスは再婚した浪曲師に財産を持ち逃げされ、長男の滋とともに岩手県一関市で土建業を始めたものの、頼りにしていた滋が結核で入院。生活に困ったマスはひさしと弟の修佑をカトリックの養護施設に預け、土建業を止めて、ラーメン店の住みこみ店員になった。

井上ひさしは自分の半生とカトリックとの関係を、一九七三年に読売新聞に連載した「聖母の道化師」という長編エッセイ（中央公論社より同題で一九八一年に刊行）に書いているが、一家離散という辛い状態の中でカトリックの施設に入った当時の自分をこう書いている。

わたしは孤児院に入った途端に明るい子になった。（『聖母の道化師』、中央公論社、一九八一年）

ひさしは園児たちに懸命に尽くしてくれる修道士たち（その多くはフランス系カナダ人だった）に感動し、公教要理を懸命に学んで、入園から一年後の一九五〇年春、仲間の少年たちとともに洗礼を受けた。洗礼名はマリア＝ヨゼフ。

受洗の理由を井上ひさしは自筆年譜（講談社文庫版『モッンポット師の後始末』に収録、一九七四年）でこう書いている。

（修道士たちの）この厚恩にどう応えてよいかわからなかったわたしは、洗礼を受け、彼等の仲間に加えてもらうことによってそれを果そうとし、実際にそうした。

つまり、井上ひさしにとって入信の動機は、神への信仰心よりも、質素な暮らしをしながら園児たちを懸命に愛してくれる生身の修道士たちへの感謝だった。

> つまり、わたしたちは、公教要理をではなく、これらの師父たちの、土に汚れた黒い爪先や、継ぎのあたった修道服や、おぼつかない箸さばきや、（修道士たちのストーブを置かない）真冬の寒い部屋を信じたのだった。／別の言い方をすれば、わたしたちは、師父たちを信ずるが故に、師父たちの信ずるキリストを信じたのである。（『聖母の道化師』）

さらに井上は論を進め、大胆にこうも書いている。

> なぜなら、宗教とは人間のものであり、人間のことであるからだ。（同）

宗教とは本来、神などの絶対者と人間との関係から生まれるはずものだが、井上ひさしはあえて、宗教とは基本的に人間に帰属するものと考えているのだ。これは普通のキリスト教信者の考えとはかなり違っている。

だが、カトリックの信仰は、劇作家となってからの井上ひさしの作風に強い影響を与えた。

『表裏源内蛙合戦』『十一ぴきのネコ』『道元の冒険』『珍訳聖書』『藪原検校』などの初期戯曲は、いずれもキリスト受難劇の道化的変奏という特性を備えているからだ。ただし、このあたりは本書所収の拙稿「神ある道化――井上ひさし論」で詳しく書いたので、ここでは省略する。ただし、『文學界』一九八六年十二月号のインタビュー「物語と笑い・方法序説」で私が、井上の初期戯曲に目立つ、キリスト受難劇スタイルの由来を尋ねたのに対し、井上氏がこう語っていたのは興味深い。

これは〔児童養護施設での〕カトリック教育のせいです。復活祭が近くなりますと、十字架の道行という勤行をやります。壁に十四枚でしたか十六枚でしたか、キリストが十字架を背負い丘の上で盗賊たちと共に処刑されるまでの絵が掲げてあって、信者はその絵の前を、キリストと同じように道行しながら、キリストの体験を、自分たちでも再体験しようというなかなか手のこんだ勤行です。〔中略〕〔カトリック教会の道具立ての〕なかでも十字架の道行がすごく好きだったんですね。（扇田責任編集『日本の演劇人　井上ひさし』所収、白水社、二〇一一年）

一九七〇年代前半、異色のカトリック作家として登場した井上ひさしは先輩のカトリック作家たちに歓迎された。そして劇作家・矢代静一は七三年に雑誌『文藝』で、作家・遠藤周作は七四年の『文學界』で井上とそれぞれ対談している。

だが、矢代静一との対談で、井上が自分の信仰の「揺れ」の大きさをかなり率直に語っているのは注目していい。

庶民としては、神を信じるんですけれども、市民としてはマルキシズムとの関係もありますので、そんなバカなこと（聖母マリアの処女受胎など）があり得るかという、絶えずふらふらゆれ動いていています。（中略）今日はどうも庶民の度合が強い、たまたま日曜だと、教会へ出かける。別の日はやっぱりマルクスの方が正しいこと言っているんじゃないかと思い、教会へ行かないでしまうとか、そういうふうに絶えず揺れ動いていています。（講談社文庫『笑談笑発――井上ひさし対談集』、一九七八年。この対談は矢代静一の対談集『神・ひと・そして愛』にも収録、聖文舎、一九七七年）

だから、今も「カトリック信者」であることを認めつつも、井上はこの対談で次のように疑問も口にしている。

神様がじつはいないかもしれないわけですね。神様がいないとなったら、祈りも精進も善行もすべて無駄ですね。／（中略）ほんと、これこそ虚業ですね、もしいなかったら。しかし、やっぱり信じていなくては気がすまない。（同）

要するに、カトリックの信仰とマルクス主義的な宗教観が井上ひさしの中で混在し、決着がつかないまませめぎあっている様子が見てとれるのだ。

矢代静一との対談は一九七三年春、井上が三十八歳の時に行われたが、その数年後、井上は「神」の存在に関する重要な作品を書いた。一九七七年二月から翌七八年七月まで、『毎日新聞』夕刊に彼が連載した長編小説『百年戦争』である。連載終了後もなぜかこの大部の小説は単行本にならず、十六年後の一九九四年にようやく講談社文庫（上下巻）になったが、これはいわば井上ひさしの眠っていた傑作である。

この作品は一九七六年の東京・銀座とその周辺を舞台に、少年二人を主人公とした一種の冒険小説、ファンタジー小説として幕を開ける。銀座の割烹店の息子で小学五年生の清がある夜、なぜか不意にネコに変身してしまうのだ。毎晩六時間、頭のいい三毛猫に変身できる能力を身につけた清は銀座のネコたちのリーダーとなり、築地のネズミ軍団を相手に、激しい戦いを繰り広げる。ネズミの軍団を率いるのは、清の同級生で、文房具屋の息子の良三である。

だが、奇想あふれるこの作品は後半、意外な展開を見せる。ネコたちとネズミたちが「百年戦争」を続ける背景に、神と仏が中心となって、地球を荒廃させた人間から地球の支配権を取り上げようという、「全神連合」（ＵＧＯＷ）という組織の意思が働いていることが分かってくるのだ。こうしてこの作品は神学小説の色彩をおびる。

主人公の二人の少年は、神と仏の意思を撤回させようと、悪魔に頼んで阿弥陀仏と全面対決することになる。そのクライマックスの対決の場で少年たちが使うのは、「神仏の存在は人間の想像力に由来する」という論理である。「神が万物の創造主」という宗教の教えを逆転させた、「人間こそ、この連中（神仏）の創造主なのだ」という考えである。

「だいたい人間あっての仏様であり、神様なんじゃないか」という少年たちの主張を聞いて、「存在の秘密」を知られた阿弥陀仏は急に「ふらふら」「たじたじ」となり、結局、全神連合の人間追放計画は中止になる……。

これはあくまで冒険小説的な物語の中での出来事だが、このストーリー展開の中に、自分の信仰の揺れについてある重大な決着をつけようとする作者自身の思いを読むことができる。知的な判断としては、一九七〇年代後半の井上ひさしは、「神様も仏様も、それから悪魔も、みんな人間がつくり出した影なのさ」（『百年戦争』）という態度を選び取ったのだ。

神も仏も人間の集団的想像力の産物であるというこの考えは、『聖母の道化師』の中の、すでに引用した言葉とも符合する。

なぜなら、宗教とは人間のものであり、人間のことであるからだ。

では、井上ひさしはこれ以後、神の存在を信じない無神論者になったのだろうか。確かに私の知る限り、一九八〇年代以降の井上ひさしはカトリック者として信仰を語ることはほとんどなくなり、社会的な発言が目立つようになる。

その点について、私は井上ひさし氏に直接質問したことがある。すでに触れた『文学界』一九八六年十二月号掲載のインタビューである。

「井上さん自身の中に、神とか来世は厳然とあるんですか」という私の問いに対し、氏はこう答えた。

来世は――なさそうな気がします。最近、来世があるという説がずいぶん世界的に広まってるようですけど、どうもないんじゃないかと思います。思いますと言っても、何の根拠もありません。（笑）そうして来世を信じない点で、ぼくはカトリック者としては落第ですね。

ただし、「来世を信じない」からと言って、信仰がないとは必ずしも言えないだろう。私はかつて日本の高名なカトリックの作家が私的な会話の中で、「来世はないと思います」と語るのを聞いたことがある。

上記の『文學界』のインタビューで、私は続いて、「来世はともかく、神はどうですか」とかなり無遠慮に尋ねたのだが、井上氏は不思議な答えをした。

「神は自分の心の中にありますね」

それ以上説明をしない簡素な答えで、私もさらに踏み込んだ質問はできなかったのだが、「自分の心の中」にいる「神」を認める氏の言葉には意外性があった。理性的な判断では神の存在を否定しても、氏の別の心の領域では、「神」がまだ何らかの形で残っていて、その「神」が井上氏の生き方と作品を今も律しているように思われたのである。
これはあくまで私の想像であり、確証はない。だが、このような含みのある発言を通して、多分にマルクス主義的世界観を持ちつつも、その理性的判断とは別の部分で、井上ひさしの心の奥には何らかの形で「神」が残っていたのではないか、と私には思われる。井上ひさしにおける「神」の問題は一筋縄ではいかないのだ。

（書き下ろし）

あとがき

私が初めて井上ひさし氏の戯曲の上演を観たのは一九六九年二月、劇団テアトル・エコーが東京・恵比寿の小劇場「屋根裏劇場」で初演した『日本人のへそ』（熊倉一雄演出）だった。才気と奇想、笑いと音楽にあふれたその舞台を観た時の驚きと興奮は今も忘れることができない。

当時、井上ひさし氏は三十四歳。この年の三月まで五年間も続いたNHKテレビの連続人形劇『ひょっこりひょうたん島』の作者（山元護久との共作）として知られていたが、劇作家としては『日本人のへそ』が本格的デビュー作だった。その舞台に触れ、私は見たことのないタイプの恐るべき才能に驚嘆した。

翌年の一九七〇年七月にテアトル・エコーが初演したのが『表裏源内蛙合戦』で、新聞社の駆け出しの演劇記者だった私は、公演の予告記事を書くために初めて井上氏にインタビューした。そして、その飾らない率直な人柄が好きになった。

一九七二年には井上氏の『十一ぴきのネコ』がテアトル・エコーで初演され、この時、私は朝日新聞に短い劇評を書いた（本書に収録）。これは私が書いたほとんど最初の新聞劇評だった。だから演劇ジャーナリスト・劇評家としての私には、スタート地点から井上氏とともに歩いてきたという一方的な思い込みがある。

一九七四年には、學燈社の雑誌『國文學』の十二月増刊号が「野坂昭如と井上ひさし」特集を組んだ。井上氏は劇作家として本格的にデビューしてからまだ五年、『手鎖心中』で直木賞を受賞してからわずか二年という、異例に早い時点での雑誌特集である。井上ひさしの才能はそれほど早くから注目を浴びていたのだ。

そして學燈社の編集部に依頼されて、私はこの特集のために「編年体・井上ひさし」というかなり詳細な年譜を作成し、合わせて「井上ひさしのドラマツルギー」という劇作家論を初めて書いた。

この若書きの原稿に加筆したのが、四人の筆者（大笹吉雄、扇田、小苅米晛、鳥山拡）の共著として刊行された『書下し劇作家論集Ⅰ』（レクラム社、一九七五年）に収められた「神ある道化――井上ひさし論」である。井上ひさしの初期戯曲を「キリスト受難劇の道化的変奏」としてとらえるとともに、井上作品においてカトリックの信仰と喜劇はどのような形で共存しているのかを考えた文章だった。カトリック作家としてデビューした初期の井上ひさしに光を当てた論考である。これに少し手を加え、本書の第一部に収めた。

以上のような経過からも分かる通り、本書は一九七一年から二〇一一年までの約四十年間に、私が雑誌、新聞などに書いてきた井上ひさし関係の作家論、作品論、人物論、劇評、文庫解説などの文章を一冊にまとめたものである。本書を通して、多面的な天才劇作家・井上ひさしの仕事の大きさとその魅力を少しでも読者に伝えたいと願っている。

構成は五部から成り、第一部は「作家論・作品論・人物論」。

第二部は二〇一〇年四月九日に七十五歳で亡くなった井上ひさし氏を追悼する文章である。

第三部は「劇評」で、一九七一年から二〇一〇年までに、テアトル・エコー、五月舎、西武劇場（現・パルコ劇場）、地人会、こまつ座などさまざまな劇団・劇場で上演された井上劇の劇評を合わせて四十三本収めた。中には、同じ公演について新聞（朝日新聞）と雑誌（演劇雑誌、文芸誌、美術雑誌、ミュージカル雑誌など）に劇評を書き分けたケースもあるが、あえて「新聞劇評」と「雑誌劇評」の両方を収録した。

第四部は「作品評・解説・書評」で、その多くは文庫解説である。中でも、井上氏の初めての長編小説『ブンとフン』（一九七〇年）の新潮文庫版（七四年）のために書いた解説は、私が初めて書いた文庫解説で、井上氏に筆者として指名されたのが嬉しく、夢中になって書いたことを思い出す。そのせいか、この解説文には、『ブンとフン』にも通じる一種の幸福感があるようだ。また、この第四部には、戯曲の解説だけでなく、小説の『十二人の手紙』『新釈 遠野物語』『百年戦争』についての文庫解説も収めた。

余論は、これまでの旧稿で論じなかった重要な部分を補う「井上ひさし」論の追加で、この章は本書のために書き下ろした。井上ひさしの作品と生涯に、早くして亡くなった作家志望の父・修吉の影響を強かったことを検証するとともに、井上ひさしにおけるカトリックの信仰、つまり「神」はその後どうなったのかを考えた文章である。

巻末には、かなり詳細な「井上ひさし年譜」を付した。膨大な数に上る井上氏の単行本、文庫本に加え、共著、編著もなるべく記載した。文庫本と文学全集については、解説の筆者の名前も明記した。こまつ座の公演も、初演、再演を含め、すべて記載した。また、井上ひさし氏の関連項目を設け、井上作品を原作とする上演・放送、雑誌の井上ひさし特集、井上ひさしについて書かれた本なども、分かる限り記載した。

この本を編むために、井上氏とその作品について私が書いた旧稿を探したところ、その数が思いがけないほど多いことに改めて驚いた。筆力旺盛だった井上氏の作品数が信じられないほど多く（戯曲の数は約七十本にも上る）、井上戯曲の上演も多かったからだが、同時に私自身も井上氏について書くことがとても好きだったからでもある。

残念ながら、井上氏は二年前に亡くなったが、もし氏が今も健在なら、この本のページ数はさらに増えたに違いない。

ただし、私の旧稿のうち、『井上ひさし全芝居』全七巻（新潮社、一九八四年〜二〇一〇年）の「解説」はここには収録しなかった。また、井上氏のインタビューも省いた。私が聞き手を務めた井上氏の主要なインタビューは、扇田責任編集の『日本の演劇人　井上ひさし』（白水社、二〇一一年）を読んでいただきたい。

この種の拙著としては、『唐十郎の劇世界』（右文書院、二〇〇七年）、『蜷川幸雄の劇世界』（朝日新聞出版、二〇一〇年）に続き、これが三冊目となる。いずれも、私がその才能に深い敬意を抱き、長年にわたってその作品と舞台を追い続けてきた劇作家・演出家についての本で、『劇世界』シリーズの三部作と言えるかもしれない。

本書の刊行に協力していただいた、井上麻矢代表をはじめとするこまつ座の方々と井上ユリさんに深く感謝します。井上ユリさんには年譜の不明な部分について親切に教えていただいた。

実は本書は井上氏の生前に、別の出版社から刊行されるはずだった。だが、最初の校正刷りが出た段階で、同社の事情により、出版が宙に浮いてしまった。幸いなことに、最初の編集を手掛けてくれた青柳隆雄氏が国書刊行会の編集部に当たってくれ、同社で出してもらえることになった。国書刊行会は、一九七〇年代半ばに刊行が始まった『世界幻想文学大系』をはじめとして、私自身、読者として長年親しんできた出版社だったから、その幸運な巡り合いがうれしかった。青柳さんの好意と熱意に心から感謝します。有益な助言をしてくれた旧知の評論家・堀切直人氏にもお礼を申し上げます。

編集作業が国書刊行会に移った後の二〇一〇年四月に、思いがけなく井上ひさし氏が亡くなり、その衝撃と追悼文などその後に書いた原稿の追加、時間のかかった年譜作成などで、出版はさらに延びた。そんな状況の中で、編集担当の佐藤純子さんは、怠惰な私を励まし、情熱的な編集で本書を仕上げてくれた。「井上ひさし論」の補足を書き下ろすよう提案してくれたのも佐藤さんである。

本書の表紙に、私が希望していた和田誠氏のすてきなイラストとデザインを頂けたのもうれしいことだった。この表紙の元になったのは、一九八五年にこまつ座が初演した井上ひさし作・演出の『きらめく星座——昭和オデオン堂物語』の、和田氏が描いた公演のポスターと雑誌『ｔｈｅ

座』第四号の表紙である。

こまつ座のポスターと『the座』の表紙は、太平洋戦争が翌年に迫る昭和十五年（一九四〇年）に、浅草でレコード店を営む一家が、全員防毒面をして、『燦めく星座』の歌が流れる電蓄を囲んでいるという図柄だったが、和田氏は六人の防毒面をすべて井上ひさし氏のユーモラスな顔に置き換え、本書の表紙にした。『きらめく星座』は井上氏が「私戯曲」と呼んだ通り、井上氏自身の家族の体験と切ない思いを、戦時中の家族に転写して描いた、心にしみる作品である。井上ひさし氏のさまざまな面を追った本書にぴったりの表紙を描いて下さった和田さん、本当にありがとうございました。

旧稿を転載させていただいた新聞、雑誌の編集部の方々、舞台写真を掲載させていただいたこまつ座、ホリプロ、テアトル・エコー、パルコ劇場、新国立劇場、Ｂｕｎｋａｍｕｒａ、シス・カンパニーの皆様と、写真家の谷古宇正彦氏、渡辺孝弘氏、落合高仁氏に深く感謝します。

二〇一二年七月十一日

扇田昭彦

扇田昭彦（せんだ・あきひこ）

演劇評論家。1940 年、東京生まれ。

東京大学文学部西洋史学科卒。朝日新聞学芸部の記者、編集委員を経て、静岡文化芸術大学教授を務めた。元・国際演劇評論家協会（ＡＩＣＴ）日本センター会長。

主な著書に『世界は喜劇に傾斜する』（沖積舎）、『現代演劇の航海』（リブロポート、芸術選奨新人賞）、『ビバ！ミュージカル！』（朝日新聞社）、『日本の現代演劇』（岩波新書）、『ミュージカルの時代』（キネマ旬報社）、『劇談――現代演劇の潮流』（編著、小学館）、『舞台は語る』（集英社新書）、『才能の森――現代演劇の創り手たち』（朝日選書）、『唐十郎の劇世界』（右文書院、ＡＩＣＴ演劇評論賞）、『蜷川幸雄の劇世界』（朝日新聞出版）、『日本の演劇人　井上ひさし』（編著、白水社）など。

井上《いのうえ》ひさしの劇世界《げきせかい》

二〇一二年八月二〇日　初版第一刷発行

著者　扇田昭彦

発行者　佐藤今朝夫

発行所　株式会社国書刊行会
〒一七四－〇〇五六
東京都板橋区志村一－一三－一五
電話〇三－五九七〇－七四二一
ファックス〇三－五九七〇－七四二七
http://www.kokusho.co.jp

印刷・製本　中央精版印刷株式会社

ISBN 978-4-336-05495-1

井上ひさし年譜

扇田昭彦編

＊井上ひさしの著書については、単行本、文庫本とともに、共著、編著も記載した。文庫本と文学全集に関しては、解説の筆者も記した。
＊井上戯曲の初演については、原則として演出家名と主な出演者名を記載した。ただし、同じ演出家による再演については、演出家とキャスト名を省略した。初演とは違う別のプロダクションで上演された場合は、多くの場合、演出家と主なキャストを表記した。
＊　◇印は井上ひさしの関連項目。

１９３４年（昭和９年）

11月16日、山形県東置賜郡小松町（現・川西町）中小松に、薬剤師の父・修吉と母・マスの次男として生まれた。本名は廈《ひさし》。兄・滋、弟・修佑の３人兄弟。

父・修吉（1905年～1939年）は小松町生まれで、県立山形中学を経て、東京薬学専門学校（現・東京薬科大学）に入学。卒業後、薬剤師として東京の病院に勤務。看護婦見習いをしていたマスと知り合い結婚。1927年、ともに帰郷し、実家で薬局を開業。作家志望の修吉が「小松滋」の筆名で書いた小説『Ｈ丸伝奇』は、1935年、『サンデー毎日』が公募する大衆文芸小説の第一位に入選し、同誌（同年10月13日号）に掲載された。修吉は青年共産同盟の活動家でもあり、薬局を経営しながら農地解放運動を始め、警察に３回検挙され、拷問を受けた。

１９３９年（昭和14年）５歳

６月、父・修吉が脊椎カリエスで死去、34歳。

１９４１年（昭和16年）７歳

小松国民学校入学。

１９４７年（昭和22年）13歳
3月、小松町立小学校卒業。
4月、小松町立小松新制中学校入学。

１９４９年（昭和24年）15歳
2月、母マスが浪曲師と再婚。だが、財産を夫に持ち逃げされる。
4月、母、弟とともに、岩手県一関市の飯場に移り住み、母と兄・滋は土建業の井上組を開業。一関市立一関中学校に転校。
9月、滋が結核で入院。母は一関市のラーメン屋の住み込み店員となり、ひさしと修佑はカトリックのラ・サール会が経営する仙台市郊外の児童養護施設「仙台光ヶ丘天使園」（現＝ラ・サール・ホーム）に入園。仙台市立東仙台中学校に転校。母は岩手県釜石市に移って中華料理店の店員に。

１９５０年（昭和25年）16歳
4月、宮城県立仙台第一高等学校に入学。カトリックの洗礼を受ける。洗礼名は「マリア＝ヨゼフ」。

１９５３年（昭和28年）19歳
4月、東京の上智大学文学部ドイツ文学科に入学。しかし、大学に失望し、夏休みに母のいる岩手県釜石市に帰省したまま、大学を長く休学。
11月、国立釜石療養所の事務員に採用され、約2年半、公務員生活を続けた。

１９５６年（昭和31年）22歳。
4月、上智大学外国語学部フランス語学科に復学。四谷若葉町の大学の学生寮に入る。
10月、アルバイトで浅草のストリップ劇場「フランス座」の文芸部員兼進行係になる。

１９５８年（昭和33年）24歳
1月、浅草のフランス座が井上の脚本『看護婦の部屋』を緑川士郎脚色・演出で上演（渥美清らが出演）。フランス座を辞め、四谷駅前の中央出版社で

宿直の倉庫番をしながら、各地の放送局が募集する懸賞脚本の執筆に励む。

11月、戯曲『うかうか三十、ちょろちょろ四十』が文部省主催の第13回芸術祭賞脚本奨励賞を受賞し、雑誌『悲劇喜劇』12月号（早川書房）に掲載（発表時の作者名は井上廈《ひさし》）。

12月、ＮＨＫ学校放送部の依頼でラジオ・ドラマの執筆を始める。

１９５９年（昭和34年）25歳
雑誌『悲劇喜劇』（早川書房）が主宰する「戯曲研究会」のメンバーになり、月例会に出席。先輩の会員には小幡欣治、木谷茂生らがいた。

３月、戯曲『帰らぬ子のための葬送歌』を聖パウロ女子修道会発行の雑誌『あけぼの』に掲載。

７月、戯曲『神たちがよみがえったので』を『あけぼの』に掲載。

８月、小説『燔祭』を『あけぼの』に連載（1960年５月まで）。

９月、俳優座系の劇団同人会が戯曲『さらば夏の光よ』を木村優演出で初演（勉強会公演として２日間上演）。

11月、戯曲『さらば夏の光よ』を『悲劇喜劇』11月号に発表。

１９６０年（昭和35年）26歳
３月、上智大学卒業。倉庫番のアルバイトをしながら、東京放送の連続ドラマ『Xマン』など、放送作家の仕事を続ける。
この年、聖パウロ会修道会が『帰らぬ子のための葬送歌』と『神たちがよみがえったので』を上演。

１９６１年（昭和36年）27歳
12月、内山好子と結婚。戸籍上は妻の内山姓を名乗る。新居は新宿区牛込弁天町の寿司屋の２階６畳間。

１９６２年（昭和37年）28歳
４月、俳優座系劇団の合同公演で初演された福田善之作『真田風雲録』（千田是也演出）に衝撃を受ける。
江戸川区新小岩の上野荘を経て、10月、藤沢市辻堂東海岸の別荘の一角を

借りて転居。ＮＨＫ教育テレビの「われら10代」の構成者となる。ＮＨＫラジオ第一放送の子供向け連続ミュージカル『モグッチョチビッチョこんにちは』（長与孝子演出）の台本を担当し、熊倉一雄、宇野誠一郎と出会う。

１９６３年（昭和38年）29歳
３月、長女・都生まれる。

１９６４年（昭和39年）30歳
４月、ＮＨＫテレビの連続人形劇『ひょっこりひょうたん島』の台本を山元護久と共作。この作品は1969年３月まで５年間続く人気番組となった。
５月、赤坂氷川神社下のマンションに転居。
７月、山元護久との共著『ひょっこりひょうたん島１』（川本哲夫・絵、日本放送出版協会）刊行。65年４月までに２、３、４刊行。
10月、ＮＨＫラジオ・ドラマ『吉里吉里独立す』執筆。このころから売れっ子の放送作家になり、多い月の執筆量は400字詰め原稿用紙に換算して1500枚を越えた。

１９６５年（昭和40年）31歳
１月、次女・綾誕生。
５月、四谷の畳屋の倉庫の２階に転居。
10月、中原弓彦（小林信彦）、河野洋、城悠輔らとともに日本テレビの公開バラエティー番組『九ちゃん！』の台本作家になる。

１９６６年（昭和41年）32歳
２月、『ひょっこりひょうたん島』により第４回テレビ記者会奨励賞を受賞。

１９６７年（昭和42年）33歳
５月、三女・麻矢誕生。
10月、千葉県市川市国分の建売住宅に転居。

１９６８年（昭和43年）34歳

9月、てんぷくトリオ（三波伸介、手塚睦夫、伊東四朗）の座付き作者となり、70年まで、テレビ放送用の多くのコントを執筆。

1969年（昭和44年）35歳

1月、ＮＨＫラジオ第一放送に放送ミュージカル『ブンとフン』（宇野誠一郎音楽、熊倉一雄主演）の脚本執筆。

2月、劇団テアトル・エコーが戯曲『日本人のへそ』（熊倉一雄演出、服部公一音楽）を東京・恵比寿にあった同劇団の屋根裏劇場で初演（出演＝平井道子、熊倉一雄、山田康雄、梶哲也、峰恵研、二見忠男、太田淑子ら）。

3月、山元護久とともに脚本を書いた長編アニメ映画『長靴をはいた猫』（シャルル・ペロー原作）が東映系劇場で公開される。『ひょっこりひょうたん島』で第9回日本放送作家協会賞最優秀番組賞を受賞。

7月、戯曲『日本人のへそ』を雑誌『悲劇喜劇』に発表。

12月、『てんぷくトリオのコント　井上ひさし脚本集Ｉ』（さわプロダクション）刊行。日本リーダーズダイジェスト社の「世界名作童話劇場」シリーズの絵本『こおろぎになったこ』（鈴木寿雄・絵）、『ちからもちのはなし』（杉田豊・絵）、『アイヌのトンクル』（渡辺三郎・絵）、『ガリバー』（安野光雅・絵）、『ピノキオ』（清沢治・絵。いずれも井上ひさし・文）刊行。

1970年（昭和45年）36歳

1月、初の書き下ろし長編小説『ブンとフン』（朝日ソノラマ）刊行。

3月、日劇ミュージックホールのショーで、井上のコント『長根子《おさねこ》神社の神事』上演（小沢昭一構成・演出）を上演。

5月、戯曲『表裏源内蛙合戦』を雑誌『新劇』（白水社）に発表。

7月、テアトル・エコーが『表裏源内蛙合戦』を熊倉一雄演出により、新装の小劇場「テアトル・エコー」の柿落しで初演（出演＝山田康雄、熊倉一雄、火野捷子、二見忠男、納谷悟朗ら）。

7月、東宝が井上ひさし脚本『満月祭ばやし』を東京宝塚劇場で上演（菊田一夫監修、山崎博史演出。出演＝三木のり平、雪村いづみ、中村メイコら）。

11月、井上ひさし作詞、宇野誠一郎作曲のレコード『ムーミンのテーマ』（日本ビクター）が第12回日本レコード大賞童謡賞受賞。

12月、『表裏源内蛙合戦』を上演した劇団テアトル・エコーが第5回紀伊國屋演劇賞団体賞（紀伊國屋書店主催）を受賞。

１９７１年（昭和46年）37歳

１月、戯曲集『表裏源内蛙合戦』（新潮社）刊行。「モッキンポット師」シリーズの第一作『モッキンポット師の後始末』を『小説現代』（講談社）に発表し、中間小説誌に初登場。

２月、戯曲『十一ぴきのネコ』を『悲劇喜劇』に発表。

３月、母をモデルにした小説『烈婦！　ます女自叙伝』を『小説現代』に発表。

４月、テアトル・エコーが『十一ぴきのネコ』を熊倉一雄演出により、同劇団の劇場テアトル・エコーで初演（出演＝熊倉一雄、山田康雄、沖順一郎、二見忠男、阪脩、安原義人ら）。

６月、戯曲『道元の冒険』を『新劇』に発表。

８月、戯曲集『道元の冒険』（新潮社）刊行。劇団四季が井上が脚色した戯曲『どうぶつ会議』（エーリッヒ・ケストナー原作。浅利慶太・宮島春彦演出）を山梨県富士吉田市の富士急ハイランドホールで上演（出演＝松井良、石橋岳美、長島亮子、菅本列子、川原洋一郎ら）。

９月、テアトル・エコーが『道元の冒険』を熊倉一雄演出により初演（出演＝納谷悟朗、熊倉一雄、二見忠男、沖順一郎、火野捷子、平井道子、松金よね子ら）。『てんぷくトリオのコント２』（さわ出版）刊行。『十一ぴきのネコ』で第6回斎田喬戯曲賞（日本児童演劇協会主催）受賞。

１９７２年（昭和47年）38歳

１月、『道元の冒険』で第17回岸田國士戯曲賞（白水社主催）受賞。『話の特集』で長編小説『江戸紫絵巻源氏』の連載開始。

３月、小説『手鎖心中』を『別冊文藝春秋』119号に発表。『道元の冒険』により第22回芸術選奨文部大臣新人賞（演劇部門）を受賞。ＮＨＫが芸術祭参加作品（ラジオ音楽部門）としてラジオ用の新作文楽『金壺親父恋達引』（吉田政雄演出、ＮＨＫ近畿本部芸能局制作）を放送。

５月～10月、劇団四季が井上の戯曲『星からきた少女』（ヘンリー・ウィン

ターフェルト原作、浅利慶太・宮島春彦演出）を全国67都市で上演（出演＝宮島美智子、松井良、田中紀久子、井関一、木村不時子ら）。小説『イサムよりよろしく』を『オール讀物』に発表。

6月、小説『汚点《しみ》』を『別冊文藝春秋』120号に発表。

7月、小説『手鎖心中』で第67回直木賞受賞。

8月、直木賞受賞後第一作として小説『江戸の夕立ち』を『別冊文藝春秋』に発表。東京放送児童劇団がシェイクスピアを原作とする井上ひさしの戯曲『真夏の夜の夢』を東京都児童会館で上演（長橋光雄・竹内照夫演出）。

10月、小説集『手鎖心中』（文藝春秋）刊行。

11月、小説『いとしのブリジット・ボルドー』を『小説現代』に発表。小説集『モッキンポット師の後始末』（講談社）刊行。

12月、小説『四十一番の少年』を『別冊文藝春秋』122号に発表。

1973年（昭和48年）39歳
1月、小説『鍋の中』を第一話として『新釈 遠野物語』を『小説サンデー毎日』（毎日新聞社）に連載開始。加藤芳郎・山藤章二との共著『狐狸狐狸日本』（週刊朝日編、サイマル出版会）刊行。

2月から、エッセイ『聖母の道化師』を『読売新聞』に25回連載（毎週日曜掲載）。新潮社の「書下ろし新潮劇場」シリーズで戯曲『珍訳聖書』刊行。

3月、小説『京伝店の烟草《たばこ》入れ』を『別冊文藝春秋』123号に発表。テアトル・エコーが戯曲『珍訳聖書』を熊倉一雄演出により東京・紀伊國屋ホールで初演（出演＝二見忠男、熊倉一雄、山田康雄、平井道子、沖順一郎ら）。ＮＨＫが、ラジオ台本をもとにテレビ化した『金壺親父恋達引』（吉田政雄演出）を総合テレビで放送。

5月、戯曲『藪原検校』を『新劇』に発表。

6月、長編小説『吉里吉里人』を雑誌『終末から』創刊号（筑摩書房）から連載。

8月、小説『青葉繁れる』（文藝春秋）刊行。五月舎・西武劇場（現・パルコ劇場）提携公演で『藪原検校』初演（木村光一演出。出演＝高橋長英、太地喜和子、財津一郎、金内喜久夫、立原博、蔵一彦、檜よしえ、田代美恵子、阿部寿美子ら）。

9月、小説『あくる朝の蟬』を『別冊文藝春秋』に発表。

10月、原稿を引き受け過ぎて、出版社8社の原稿を書かないまま雲隠れする「蒸発事件」を起こし、手記「わが蒸発始末記」を『週刊朝日』に発表。

11月、小説集『四十一番の少年』（文藝春秋）刊行。井上ひさし編『古典落語・艶ばなし』（講談社）刊行。

12月、「書下ろし新潮劇場」シリーズで戯曲『天保十二年のシェイクスピア』（新潮社）刊行。小説『おれたちと大砲』を『別冊文藝春秋』に、初めての新聞小説『ドン松五郎の生活』を『東京新聞』などの主要地方紙に、それぞれ連載。『てんぷくトリオのコント1』（さわ出版）刊行。

◇2月、東京宝塚劇場が『手鎖心中』を原作とする『浮かれ心中』（小幡欣治脚本・演出）を上演（出演＝中村扇雀＝現・三世鴈治郎、三木のり平ら）
◇6月、歌舞伎座が渋谷天外脚色の『江戸の夕立ち』上演（出演＝中村富十郎、沢村訥升＝現・宗十郎）。

1974年（昭和49年）40歳
1月、西武劇場で『天保十二年のシェイクスピア』を出口典雄演出により初演（西武劇場・阿部義弘事務所の共同製作。出演＝峰岸隆之介、金森勢、中村伸郎、木の実ナナ、根岸明美、稲野和子、矢崎滋、観世栄夫、高木均ら）。

2月、エッセイ集『家庭口論』（中央公論社）刊行。阿部義弘事務所・紀伊國屋書店提携公演として戯曲『表裏源内蛙合戦』を出口典雄演出により紀伊國屋ホールで上演（出演＝矢崎滋、加藤武、伊佐山ひろ子、坂本長利、中村伸郎、藤田弓子ら）。

3月、戯曲集『藪原検校』（新潮社）刊行。小説集『いとしのブリジット・ボルドー』（講談社）刊行。

4月から、エッセイ『日本亭主図鑑』を『朝日新聞』に連載（毎週日曜掲載）。

5月、新潮文庫『ブンとフン』（解説＝扇田昭彦）刊行。

6月、戯曲『どうぶつ会議』『真夏の夜の夢』を『悲劇喜劇』に発表。講談社文庫『モッキンポット師の後始末』（解説＝松田修）刊行。

7月、小説集『イサムよりよろしく』（文藝春秋）刊行。文春文庫『青葉繁れる』（解説＝長部日出雄）刊行。

10月、野坂昭如、五木寛之らとともに日本ペンクラブに集団入会。

11月、戯曲『それからのブンとフン』を『新劇』に発表。文春文庫『四十一番の少年』（解説＝百目鬼恭三郎）刊行。

12月、オール讀物新人賞（文藝春秋）の選考委員になる。文学賞の選考委員はこれが初めて。

◇『悲劇喜劇』6月号が「特集・井上ひさし」を組む。
◇9月、『青葉繁れる』を原作とする東宝映画『青葉繁れる』（岡本喜八監督、出演＝草刈正雄、秋吉久美子ら）公開。
◇12月、雑誌『國文學　解釈と教材の研究』（學燈社）が臨時増刊号で「野坂昭如と井上ひさし」特集を組む。同特集で野坂昭如との対談「恐怖のこだわり人間」。

１９７５年（昭和50年）41歳
1月、テアトル・エコーが『それからのブンとフン』を熊倉一雄演出により、テアトル・エコー小劇場で初演（出演＝熊倉一雄、平井道子、天地総子、山田康雄、二見忠男、沖順一郎ら）。小説『ドン松五郎の生活』上下巻（新潮社）刊行。

1月～6月まで雑誌『面白半分』の編集長を務め、毎号、「テレビ」をテーマに特集を組む。

3月、小説集『合牢者』（文藝春秋）、『井上ひさしコント集』（講談社）、『てんぷくトリオのコント3』（サンワイズ・エンタープライズ）刊行。文春文庫『手鎖心中』（解説＝百目鬼恭三郎）、新潮文庫『表裏源内蛙合戦』（解説＝扇田昭彦）刊行。市川市北国分の新居に転居。

5月、新宿コマ劇場が『十一ぴきのネコ』を熊倉一雄演出で上演（出演＝フランキー堺、小池朝雄、山城新伍、立原博、矢崎滋ら）。小説集『浅草鳥越あずま床』（新潮社）刊行。『続・家庭口論』（中央公論社）刊行。

7月、小説『四捨五入殺人事件』を『週刊小説』（実業之日本社）に、小説『偽原始人』を『朝日新聞』に連載。小説『おれたちと大砲』（文藝春秋）、『日本亭主図鑑』（新潮社）刊行。

8月、「書下ろし新潮劇場」シリーズで戯曲『たいこどんどん』（新潮社）刊

行。

9月、五月舎のプロデュース公演として『たいこどんどん』を木村光一演出により東京・東横劇場で初演（出演＝なべおさみ、高橋長英、太地喜和子、金内喜久夫、矢崎滋、生井健夫、沢木順、坂部文昭ら）。

10月、戯曲『四谷諧談』を雑誌『季刊藝能東西』雁秋号（新しい芸能研究室発行）に発表。劇団芸能座が『四谷諧談』を早野寿郎演出で初演（出演＝小沢昭一、山谷初男、加藤武、山口崇、猪俣光世、浜口純、大原武樹ら）。東北、東海公演を経て、11月に紀伊國屋ホールで上演。

1976年（昭和51年）42歳
3月、キャンベラのオーストラリア国立大学日本語学科に客員教授として招かれ、家族とともにオーストラリアに渡る。同大学助教授だった作家ロジャー・パルバースの誘いによる。キャンベラ滞在中に戯曲『雨』を執筆。中公文庫『家庭口論』刊行。講談社文庫『井上ひさし笑劇全集』上巻刊行。

4月、講談社文庫『井上ひさし笑劇全集』下巻（解説＝山口昌男）刊行。新潮文庫『道元の冒険』（解説＝飯沢匡）、文春文庫『イサムよりよろしく』刊行。

5月、長編小説『偽原始人』（朝日新聞社）刊行。山藤章二との共著『新東海道五十三次』（山藤章二・絵、文藝春秋）刊行。筑摩書房の『筑摩現代文学大系92　野坂昭如　五木寛之　井上ひさし集』（巻末の「人と文学」執筆＝鶴見俊輔）刊行。

6月、『続 家庭口論』（中央公論社）刊行。

7月、オーストラリアから帰国。戯曲『雨』を雑誌『野性時代』（角川書店）に発表。五月舎・西武劇場提携公演として『雨』を木村光一演出で初演（出演＝名古屋章、木の実ナナ、加茂さくら、塩島昭彦、矢崎滋、金井大、生井健夫、浮田左武郎ら）。

10月、講談社文庫『歌麿の世界』（南原幹雄、佐藤光信との共著）刊行。

11月、戯曲集『雨』（新潮社）、小説『新釈 遠野物語』（筑摩書房）刊行。

1977年（昭和52年）43歳
1月から、小説『黄色い鼠』を『オール讀物』に、小説『喜劇役者たち』を

『小説現代』に、小説『その冬の奇術団長』を『小説新潮』に、小説『十二人の手紙』を『婦人公論』に、小説『四千万歩の男』を『週刊現代』にそれぞれ連載。

2月、長編小説『百年戦争』を『毎日新聞』に連載開始。エッセイ集『ブラウン監獄の四季』(講談社)刊行。講談社文庫『いとしのブリジット・ボルドー』(解説＝松田修)刊行。

4月、文春文庫『おれたちと大砲』(解説＝百目鬼恭三郎)刊行。

7月、長編小説『黄色い鼠』(文藝春秋)刊行。日本ペンクラブの常務理事に選任される。

9月、戯曲『芝居　あるいは花子さん』を『新劇』に発表(後に『花子さん』と改題)。

10月、芸能座が『浅草キヨシ伝』を小沢昭一演出により紀伊國屋ホールで初演(出演＝小沢昭一、加藤武、山口崇、上田忠好、大塚周夫、山谷初男、小島秀哉、新谷のり子ら)。

11月、小説『下駄の上の卵』を雑誌『世界』に連載。文春文庫『合牢者』(解説＝木村光一)刊行。

◇2月、須川栄三プロ＋ATG提携の映画『日本人のへそ』(井上ひさし原作、須川栄三監督、白坂依志夫脚本、出演＝緑魔子、美輪明宏、なべおさみ、草野大悟ら)公開。

1978年(昭和53年)44歳
1月から、『私家版　日本語文法』を雑誌『波』(新潮社)に連載。

2月、五月舎が『花子さん』を木村光一演出により紀伊國屋ホールで初演(出演＝高橋長英、近石真介、左右田一平、蔵一彦、矢崎滋、中台祥浩、二見忠男、金井大ら)。

5月から、『吉里吉里人』を『小説新潮』に連載。新潮文庫『ドン松五郎の生活』(解説＝長部日出雄)刊行。

6月、『本の枕草紙』を『週刊文春』に連載開始。小説集『十二人の手紙』(中央公論社)刊行。

7月～8月、文学座が東京の東横劇場と国立劇場大劇場で『日の浦姫物語』

を木村光一演出で初演（出演＝杉村春子、三津田健、菅野忠彦、宮崎和命、矢吹寿子、七尾伶子、塩島昭彦ら）。小説『戯作者銘々伝』を『中央公論』に、小説『野球盲導犬チビの告白』を『週刊小説』に連載。

８月、戯曲『日の浦姫物語』を雑誌『すばる』（集英社）に発表。

９月から、小説『花石物語』を『別冊文藝春秋』に連載。

10月、『ファザー・グース』第１集（青銅社）刊行。

11月、講談社文庫『笑談笑発　井上ひさし対談集』刊行。新潮文庫『日本亭主図鑑』刊行。

１９７９年（昭和54年）45歳
１月から半年間、再び『面白半分』編集長を務め、『テレビ日記』を連載。岸田國士戯曲賞（白水社主催）の選考委員になる。

３月、小説集『さそりたち』（文藝春秋）刊行。エッセイ集１『パロディ志願』（中央公論社）刊行。

４月、エッセイ集２『風景は涙にゆすれ』（中央公論社）刊行。

５月、芸能座が『しみじみ日本・乃木大将』を木村光一演出により紀伊國屋ホールで初演（出演＝小沢昭一、楠侑子、加藤武、大塚周夫、山谷初男、山口崇、大原武樹、猪俣光世ら）。エッセイ集３『ジャックの正体』（中央公論社）刊行。日本ペンクラブ編・井上ひさし選『スポーツ小説名作選』（集英社文庫、対談解説＝虫明亜呂無・井上ひさし）刊行。

６月、戯曲『しみじみ日本・乃木大将』を『すばる』に発表。エッセイ集４『さまざまな自画像』（中央公論社）刊行。

７月、講談社文庫『ブラウン監獄の四季』（解説＝川本三郎）、文春文庫『新東海道五十三次』、新潮文庫『偽原始人』（解説＝斎藤次郎）刊行。

８月、岩波書店が世話役となり、大江健三郎、山口昌男、吉田喜重らとともにインドネシアに旅行。

９月、戯曲集『しみじみ日本・乃木大将』（新潮社）、小説『戯作者銘々伝』（中央公論社）刊行。

９月～11月、五月舎が紀伊國屋書店と携提し、「井上ひさし江戸三部作」として『藪原検校』『雨』と新作『小林一茶』の３本を連続上演（いずれも木村光一演出）。『小林一茶』は11月に上演（出演＝矢崎滋、塩島昭彦、渡辺

美佐子、南祐輔、金井大、二見忠男ら)。

11月、小説『他人の血』(講談社)刊行。

12月、戯曲『小林一茶』を『海』(中央公論社)に発表。戯曲『しみじみ日本・乃木大将』『小林一茶』で第14回紀伊國屋演劇賞個人賞を受賞。

◇『ユリイカ』5月号(青土社)が特集「井上ひさし　ユーモアには牙がある」。この特集で丸谷才一との対談「現代文学のゆくえ」。

1980年(昭和55年)46歳
1月から、『朝日新聞』文化面の「文芸時評」を担当(81年12月まで)。小説『馬喰八十八伝』を『週刊朝日』に連載。新潮社の「楽しみと冒険」シリーズで井上ひさし編『ことば四十八手』刊行。

2月、『しみじみ日本・乃木大将』で第31回読売文学賞(戯曲部門)受賞。戯曲『小林一茶』(中央公論社)刊行。

3月、小説『花石物語』(文藝春秋)刊行。吉川英治文学新人賞(吉川英治国民文化振興会主催)の選考委員になる。

4月、中公文庫『十二人の手紙』(解説=扇田昭彦)刊行。

5月から、小説『不忠臣蔵』を『すばる』に連載。

6月、『喜劇役者たち』(講談社)刊行。

8月、雑誌『旅』(日本交通公社)の取材で2度目のインドネシア旅行(ジョグジャカルタ、ソロ、バリ島)。文春文庫『黄色い鼠』(解説=松田銑)刊行。

10月、五月舎が呉服橋三越劇場(後に三越ロイヤル・シアター)で『イーハトーボの劇列車』を木村光一演出で初演(出演=矢崎滋、佐藤慶、中村たつ、白都真理、金井大、蔵一彦、仲恭司、松熊信義ら)。戯曲『イーハトーボの劇列車』を『新劇』に発表。新潮文庫『新釈 遠野物語』(解説=扇田昭彦)刊行。

11月、長編小説『下駄の上の卵』(岩波書店)刊行。

12月、戯曲『イーハトーボの劇列車』(新潮社)刊行。12月から、『ジャワ・バリ日記』を『旅』に連載。

１９８１年（昭和56年）47歳

１月から、エッセイ『にっぽん博物誌』を『週刊朝日』に連載。

２月、『自家製　文章読本』を『波』に連載。

３月、『私家版　日本語文法』（新潮社）、『巷談辞典』（山藤章二・絵、文藝春秋）刊行。

４月、エッセイ集４『聖母の道化師』（中央公論社）刊行。

５月、『新釈 遠野物語』『藪原検校』などを収める新潮社の『新潮現代文学79　井上ひさし』（解説＝佐藤信夫）刊行。

６月、中国作家協会の招きにより、日本作家代表団（山本健吉団長）のメンバーとして中国（北京、西安、上海）を訪問（同行は庄野英二、丸谷才一、上田三四二、竹西寛子）。

７月、新潮文庫『浅草鳥越あずま床』（解説＝小沢昭一）刊行。

８月、長編小説『吉里吉里人』（新潮社）刊行。

12月、『吉里吉里人』により第２回日本ＳＦ大賞受賞。

１９８２年（昭和57年）48歳

１月、新潮文庫『珍訳聖書』（解説＝扇田昭彦）刊行。

２月、『吉里吉里人』により第33回読売文学賞（小説部門）受賞。中公文庫『パロディ志願』刊行。

３月、『朝日新聞』連載の「文芸時評」をまとめた『ことばを読む』（中央公論社）刊行。文春文庫『さそりたち』（解説＝川本三郎）、中公文庫『風景は涙にゆすれ』刊行。

４月から、小説『東京セブンローズ』を『別冊文藝春秋』に連載。中公文庫『ジャックの正体』刊行。

５月、中公文庫『さまざまな自画像』刊行。

６月、小沢昭一主宰のしゃぼん玉座が旗揚げ公演で『国語事件殺人辞典』を木村光一演出により紀伊國屋ホールで初演（出演＝小沢昭一、高橋長英、大塚周夫、中村たつ、風間舞子、沖恂一郎、大原武樹ら）。初演版『道元の冒険』を作者が手直しした『新・道元の冒険』を五月舎が木村光一演出で上演（紀伊國屋ホール）。

７月、地人会が渡辺美佐子独演の『化粧』（一幕）を木村光一演出により三

越ロイヤル・シアターで初演。戯曲『化粧』（一幕）を『すばる』に発表。白水社が『井上ひさしの世界』刊行。同書で小沢昭一との対談「物語る言語」。同書に戯曲『国語事件殺人辞典』を収録。

９月、新潮文庫『下駄の上の卵』（解説＝尾崎秀樹）刊行。井上ひさし編『明治の古典１　怪談牡丹燈籠　天衣紛上野初花』（学習研究社）刊行。

10月、中公文庫『戯作者銘々伝』（解説＝中野三敏）刊行。故郷の山形県川西町に招かれ、母校の小松小学校体育館で初めての講演会。

11月、しゃぼん玉座が第二回公演『吾輩は漱石である』を木村光一演出により紀伊國屋ホールで初演（出演＝小沢昭一、吉行和子、蔵一彦、沖恂一郎、大原武樹、檜よしえ、内田朝雄ら）。戯曲『吾輩は漱石である』を『すばる』11月、12月号に発表。ＴＢＳがラジオ・ドラマ『仇討』を文化庁芸術祭参加作品として放送（林原博光・岩沢敏・田中健一郎演出）。単行本『吾輩は漱石である』（集英社）刊行。戯曲集『国語事件殺人辞典』（新潮社）、『本の枕草紙』（文芸春秋）、講談社文庫『他人の血』（解説＝有本亜礼）刊行。

12月、地人会が二幕劇に書き足した渡辺美佐子独演の『化粧』を木村光一演出により東京・下北沢のザ・スズナリで上演。

◇『國文學　解釈と教材の研究』３月号（學燈社）が特集「井上ひさし・華麗なる言語変革」。この特集で中野三敏との対談「言葉と制度」。

１９８３年（昭和58年）49歳
１月、直木賞選考委員となる（第88回直木賞から）。戯曲『化粧』（二幕）を『すばる』に発表。ラジオ・ドラマ『仇討』を『海』に発表。五月舎が西武劇場で上演予定だった戯曲『パズル』が完成せず、上演中止に。

３月、『にっぽん博物誌』（朝日新聞社）刊行。絵本『ライオンとソフトクリーム』（高橋透・絵、ひさかたチャイルド）刊行。

４月、文春文庫『花石物語』（解説＝川本三郎）刊行。

９月、松竹が新橋演舞場で『もとの黙阿弥』を木村光一演出で初演（出演＝渡辺美佐子、有馬稲子、片岡孝夫＝現・仁左衛門、大竹しのぶ、名古屋章、水谷良重＝現・八重子）。戯曲は『別冊文藝春秋』第165号に発表。しゃぼん玉座が『芭蕉通夜舟』を木村光一演出により紀伊國屋ホールで初演（出演

＝小沢昭一）。単行本『化粧』（集英社）、『もとの黙阿弥』（文藝春秋）、新潮文庫『雨』（解説＝扇田昭彦）刊行。

10月、『われら自身の物語』を『ＩＮ☆ＰＯＣＫＥＴ』に連載。講談社文庫『喜劇役者たち』（解説＝山田洋次）刊行。

11月、『芭蕉通夜舟』を『すばる』に発表。ＮＨＫＦＭ放送が『わが友フロイス』放送。『仇討』（中央公論社）刊行。

◇５月、井上マス著『人生は、ガタゴト列車に乗って……』（芸苑）刊行。

１９８４年（昭和59年）50歳
１月から、小説『腹鼓記』を『小説新潮』に連載。小説新潮新人賞（新潮社主催）の選考委員になる。

２月、新潮文庫『月なきみそらの天坊一座』（解説＝江國滋）刊行。

４月、井上ひさしを座付き作者とするこまつ座が旗揚げ公演に『頭痛肩こり樋口一葉』を木村光一演出により紀伊國屋ホールで初演（出演＝香野百合子、渡辺美佐子、白都真理、上月晃、風間舞子、新橋耐子）。同時に、こまつ座は季刊誌『ｔｈｅ座』を創刊。単行本『頭痛肩こり樋口一葉』（集英社）、『井上ひさし全芝居　その一』（新潮社、解説＝扇田昭彦）、『自家製　文章読本』（新潮社）、中公文庫『聖母の道化師』、集英社文庫『空き缶ユートピア』、丸谷才一・井上ひさし選『花のパロディ大全集』（朝日文庫、対談＝丸谷才一・井上ひさし）刊行。

５月、『井上ひさし全芝居　その二』（新潮社、解説＝扇田昭彦）刊行。国際ペン東京大会にゲストとして来日した作家アラン・ロブ＝グリエとＮＨＫで、作家カート・ヴォネガットと『朝日新聞』で対談。

５月から６月にかけ、「ヨーロッパ文藝春秋講演会の一員として、パリ、ロンドン、デュッセルドルフ、アムステルダムで講演（同行は松本清張、城山三郎）。

６月、新潮文庫『四捨五入殺人事件』（解説＝武蔵野次郎）、丸谷才一との共編『星のパロディ大全集』（朝日文庫）刊行。

７月、『井上ひさし全芝居　その三』（新潮社、解説＝扇田昭彦）、集英社文庫『犯罪調書』（解説＝別役実）刊行。

8月、丸谷才一との共編『風のパロディ大全集』(朝日文庫)刊行。

9月、しゃぼん玉座が井上の短編小説『唐来参和』を小沢昭一の一人芝居として初演(長与孝子演出)。新潮文庫『私家版　日本語文法』(解説＝井筒三郎)刊行。

12月、文春文庫『巷談辞典』刊行。

◇6月、井上マス著『花はなに色ガタゴト列車』(書苑)刊行。

◇『国文学　解釈と鑑賞』8月号(至文堂)が特集「井上ひさし・その言語宇宙の魅力」。この特集で松田修との対談「『吉里吉里人』を語る」。

◇9月、松竹が新橋演舞場で『藪原検校』を木村光一演出で上演(出演：中村勘九郎＝現・勘三郎、岡田茉莉子、財津一郎、中村勘三郎、内田朝雄、根岸明美、新橋耐子、ジュディ・オングら)

１９８５年(昭和60年)51歳

1月、こまつ座が第2回公演『日本人のへそ』を栗山民也演出により紀伊國屋ホールで上演(出演＝すまけい、石田えり、平田満、沖恂一郎、島田歌穂ら)。講談社文庫『モッキンポット師ふたたび』(解説＝松田修)刊行。

1月下旬から2月はじめまでニューヨークに滞在、連日、ミュージカルを観劇し、井上脚本、ヘンリー・クリーガー作曲によりブロードウェイで上演予定だったミュージカル『ムサシ』の打ち合わせをする。

2月、読売文学賞(読売新聞社)の選考委員になる。

4月、『ブロードウェイ仕事日記』を『別冊文藝春秋』に発表。

5月、新潮文庫『藪原検校』(解説＝扇田昭彦)刊行。

6月、こまつ座が第3回公演『頭痛肩こり樋口一葉』(再演)。中央公論社の『日本語の世界第10巻』として井上ひさし編『日本語を生きる』刊行。同書にテレビ脚本『國語元年』を収録。文春文庫『江戸紫絵巻源氏』上下巻(解説＝駒田信二)刊行。

6月～7月、ＮＨＫが「ドラマ人間模様」でテレビドラマ『國語元年』を5回にわたり放映(村上佑二・菅野高至演出。出演＝川谷拓三、ちあきなおみ、山岡久乃、名古屋章、石田えり、すまけいら)。

7月、中公文庫『ことばを読む』刊行。講談社エッセイ賞の選考委員になる。

8月、長編小説『腹鼓記』（新潮社）刊行。

9月、こまつ座が第4回公演として井上ひさしの「昭和庶民伝」3部作の第1作『きらめく星座——昭和オデオン堂物語』を井上自身の演出により紀伊國屋ホールで初演（出演＝夏木マリ、犬塚弘、橋本功、斉藤とも子、名古屋章、すまけい、藤木孝ら）。これは井上の初演出。単行本『きらめく星座』（集英社）刊行。つかこうへいとの対談集『国ゆたかにして義を忘れ』（角川書店）刊行。

10月、戯曲『きらめく星座』を『すばる』に発表。新潮文庫『吉里吉里人』上中下巻（解説＝由良君美）刊行。

12月、小説『不忠臣蔵』（集英社）刊行。こまつ座が『日本人のへそ』『頭痛肩こり樋口一葉』『きらめく星座』を上演した活発な公演活動により第20回紀伊國屋演劇賞団体賞受賞。

１９８６年（昭和61年）52歳
1月、こまつ座が戯曲版『國語元年』を栗山民也演出により紀伊國屋ホールで初演（第5回公演。出演＝佐藤B作、春日宏美、下條正巳、三田和代、杉山とく子、風間舞子、坂本長利、鷹尾秀敏＝現・たかお鷹、神保共子、すまけい、夏八木勲ら）。戯曲は『ｔｈｅ座』第5号に掲載。

2月、『腹鼓記』『不忠臣蔵』で第20回吉川英治文学賞受賞。

3月、こまつ座の第6回公演『イーハトーボの劇列車』（木村光一演出、東京・本多劇場）。伊東光晴との対談『国鉄を考える』（岩波ブックレット）刊行。

4月、小説『馬喰八十八伝』（朝日新聞社）刊行。

4月～5月、講談社の『日本歴史文学館22・23』として『四千万歩の男（蝦夷篇）』上下巻刊行。

5月、戯曲『國語元年』（新潮社）刊行。

6月、こまつ座が『泣き虫なまいき石川啄木』を木村光一演出により紀伊國屋紀ホールで初演（第7回公演。出演＝平田満、石田えり、戸浦六宏、大塚道子、范文雀、高橋長英）。単行本『泣き虫なまいき石川啄木』（新潮社）刊行。好子夫人と離婚。こまつ座代表だった好子夫人に代わり、自ら代表を務める。井上ひさし編『欲シガリマセン欲しがります』（新潮社）刊行。新潮

文庫『キネマの天地』（山田洋次、山田太一、朝間義隆らとの共著）刊行。

7月、戯曲『泣き虫なまいき石川啄木』を雑誌『新潮』に発表。

7月〜8月、東宝がこまつ座との提携で『頭痛肩こり樋口一葉』を芸術座で上演（木村光一演出。出演＝香野百合子、曾我廼家鶴蝶、岩崎良美、安奈淳、風間舞子、新橋耐子）。

8月、朝日文庫『にっぽん博物誌』（解説＝南伸坊）刊行。

9月〜10月、こまつ座が井上作・演出で『花よりタンゴ——銀座ラッキーダンスホール物語』を紀伊國屋ホールで初演（第8回公演。出演＝ハナ肇、春日宏美、結城美栄子、島田歌穂、外波山文明、松金よね子ら）。井上二度目の演出。

10月、単行本『花よりタンゴ』（集英社）、文春文庫『もとの黙阿弥』（解説＝河竹登志夫）、井上ひさし編『「ブラウン神父」ブック』（春秋社）刊行。

11月、長編小説『野球盲導犬チビの告白』（実業之日本社）刊行。

12月、松竹製作、井上作・演出『キネマの天地』が日生劇場で初演（演出助手＝栗山民也。出演＝加賀まりこ、光本采雉子＝現・幸子、夏木マリ、斉藤とも子、小澤栄太郎、京本政樹、佐藤慶）。単行本『キネマの天地』（文藝春秋）刊行。戯曲の一部は『別冊文藝春秋』第178号に掲載された。作家ミヒャエル・エンデと雑誌『へるめす』（岩波書店）で対談。『文學界』が井上ひさしの特別インタビュー「物語と笑い・方法序説」（聞き手＝扇田昭彦）を掲載。井上ひさし・こまつ座著『ああ幕があがる——井上芝居ができるまで』（朝日新聞社、写真＝落合高仁）刊行。

◇1月、井上好子著『はみだし家族の事情』（光文社文庫）刊行。
◇11月、井上マス著『好子さん！』（扶桑社）刊行。

1987年（昭和62年）53歳
1月〜7月、日本ペンクラブ編・井上ひさし選『児童文学名作全集』1〜5（福武文庫）刊行。

2月から、『ベストセラーの戦後史』を『文藝春秋』に連載。

3月、こまつ座の第9回公演『國語元年』（紀伊國屋ホール）。

4月、料理研究家の米原ユリと再婚。東京都世田谷区尾山台に転居。父・ひ

さしに代わり、長女・都がこまつ座の新しい座長になる。新潮文庫『自家製文章読本』（解説＝ロジャー・パルバース）刊行。新潮カセットブック『新釈 遠野物語』（朗読＝すまけい、新潮社）刊行。

６月、こまつ座の第10回公演『雨』（紀伊國屋ホール）。小説『ナイン』（講談社）刊行。小説『グロウブ号の冒険』を『世界』に連載。

８月、蔵書約13万冊（雑誌を含む）を郷里の山形県川西町に寄贈して作られた町立の図書館「遅筆堂文庫」が同町の農村環境改善センター２階に開館。

９月、こまつ座の第11回公演『きらめく星座』（紀伊國屋ホール）。

10月、こまつ座が「昭和庶民伝」の第２作『闇に咲く花――愛敬稲荷神社物語』を栗山民也演出により紀伊國屋ホールで初演（出演＝松熊信義、河原崎建三、浜田光夫、大橋芳枝、檜よしえ、一柳みる、坂本あきら、たかお鷹ら）。作者の執筆遅れのため、初日が１週間延期。

11月、こまつ座が「昭和庶民伝」の第３作『雪やこんこん』を鵜山仁演出により紀伊國屋紀ホールで初演（第13回公演。出演＝市原悦子、浅利香津代、麦草平＝現・壌晴彦、草薙幸二郎、池畑慎之介、小野武彦ら）。執筆遅れのため、開幕は18日遅れた。単行本『雪やこんこん』（朝日新聞社）刊行。

12月、単行本『闇に咲く花』（講談社）刊行。

◇１月、井上マス著『井上ひさしを生んで育てて夢を見た！』（ＫＫロングセラーズ）刊行。
◇３月、前進座が高瀬精一郎演出で『たいこどんどん』上演（前進座劇場）。前進座にとって初の井上戯曲上演。その後も、88年、90年、98年、99年（全国巡演）、2001年（同）、06年と再演を重ねた。
◇４月、松竹が大阪・中座で『キネマの天地』上演（鴨下信一演出。出演＝水谷良重＝現・八重子、沢たまき、秋川リサ、土田ユミ、小澤栄太郎ら）。
◇６月、安澤事務所が初期戯曲『うかうか三十、ちょろちょろ四十』を小林裕演出により青山円形劇場で上演。プロの演劇人による初演。
◇12月、西舘好子著『愛がなければ生きて行けない』（海竜社）刊行。

１９８８年（昭和63年）54歳
１月、戯曲『闇に咲く花』を『小説現代』に発表。新潮文庫『イーハトーボ

の劇列車』（解説＝扇田昭彦）刊行。

2月、菊池寛の絶筆となった未完の小説を書き継いで完結させた『黒糖の壺』を『オール讀物』に発表。安野光雅、森毅、池内紀とともに編者を務めた『ちくま文学の森』全16巻（筑摩書房）が刊行開始。

3月、「昭和庶民伝」3部作の完結とその成果により第15回テアトロ演劇賞（主催・テアトロ社＝現・カモミール社）受賞。

4月、こまつ座の第14回公演『雪やこんこん』（紀伊國屋ホール）。単行本『闇に咲く花』（講談社）刊行。

5月、大江健三郎、筒井康隆との共著『ユートピア探し　物語探し——文学の未来に向けて』（岩波書店）刊行。山本周五郎賞（新潮文芸振興会主催）の選考委員になる。

6月から、小説『黄金の騎士団』を『夕刊フジ』に連載。

6月、文春文庫『本の枕草紙』刊行。新潮文庫『腹鼓記』（解説＝山口昌男）刊行。

7月、こまつ座の第15回公演『頭痛肩こり樋口一葉』（紀伊國屋ホール）。

8月、川西町の遅筆堂文庫で第1回生活者大学校「農業講座」を開催し、校長を務める。以後、生活者大学校を年1回のペースで開催。井上ひさし選『日本の名随筆70　語』（作品社）刊行。

9月、野間児童文芸賞（野間文化財団主催）の選考委員になる。

9月〜10月、こまつ座の第16回公演として『イヌの仇討』を木村光一演出により紀伊國屋ホールで初演（出演＝すまけい、江波杏子、菅井きん、段田安則、小野武彦、蔵一彦、中西良太、矢代朝子ら）。

10月、単行本『イヌの仇討』（文藝春秋）、小学館の『昭和文学全集26——吉村昭・立原正秋・宮尾登美子・山口瞳・新田次郎・五木寛之・野坂昭如・井上ひさし』（井上ひさし解説＝扇田昭彦）刊行。集英社文庫『不忠臣蔵』（解説＝高橋敏夫）刊行。すばる文学賞（集英社主催）の選考委員になる。

11月、集英社文庫『吾輩は漱石である』（対談＝井上ひさし・小沢昭一）、同『頭痛肩こり樋口一葉』（対談＝井上ひさし・木村光一）刊行。

12月、集英社文庫『きらめく星座』（対談＝井上ひさし・宇野誠一郎）、同『化粧』（対談＝井上ひさし・梅沢武生）刊行。12月下旬から1月はじめまで、新婚旅行を兼ねて妻ユリとイタリアを旅する（ヴェネチア、トレヴィソ、フ

ィレンツェ、アッシジ、ミラノなど)。

◇12月、女優・浅利香津代がこまつ座公演『雪やこんこん』における佐藤和子の演技で第23回紀伊國屋演劇賞個人賞を受賞。
◇12月、西舘好子著『一男去ってまた一難』(プラネット出版)刊行。

1989年(昭和64年、平成元年)55歳
1月、滞在先のロンドンで昭和天皇の死去を知る。「昭和を読む」を『読売新聞』に、「無邪気にしてしたたかな天皇と国民」を『朝日ジャーナル』に寄稿。『朝日新聞』の座談会「天皇問題を語る」、読売新聞の座談会「昭和を語る」に出席。『日本歴史文学館別巻――四千万歩の男(伊豆篇)』(講談社)刊行。『現代滑稽合戦記』を『小説新潮』に連載。『文学界』の「『奥の細道』三百年記念特別企画　歌仙『菊のやどの巻』」で大岡信、丸谷才一とともに歌仙を巻く。

3月、「ロンドンで考えたこと」を『文藝春秋』特別号に、「ロンドンの二日間」を『世界』に、「餓鬼大将の論理」を『文藝春秋』に発表。

3月〜92年11月、大野晋・丸谷才一・大岡信・高橋治との共著『日本語相談一〜五』(朝日新聞社)刊行。

4月、こまつ座の第17回公演『闇に咲く花』(紀伊國屋ホール)。エッセイ集6『遅れたものが勝ちになる』(中央公論社)、新潮文庫『しみじみ日本・乃木大将』(解説＝扇田昭彦)刊行。

4月から、『ニホン語入門』を『週刊文春』に連載。

4〜5月、遅筆堂文庫で第2回生活者大学校「宮澤賢治・農民ユートピア講座」開催。5月3日、同講座で「なぜいま宮沢賢治か」と題して講演(のちに「ユートピアを求めて――宮沢賢治の歩んだ道」と改題)。

5月、エッセイ集7『悪党と幽霊』(中央公論社)刊行。『井上ひさしのコメ講座』(岩波ブックレット)刊行。

6月、神奈川県鎌倉市佐助に転居。

7月、大腸ポリープ切除のため関東逓信病院に入院。医療ミスにより急性腹膜炎になる。

8月、「追悼　美空ひばりさん　ひばりさんの母に聞く」を『文藝春秋』に

発表。集英社文庫『やあ　おげんきですか』（対談集）刊行。日本ファンタジーノベル大賞（読売新聞社など主催）の選考委員になる。

９月、こまつ座が第18回公演として『決定版　十一ぴきのネコ』を高瀬久男演出により紀伊國屋ホールで上演（出演＝嵯峨周平、草薙幸二郎、たかお鷹、高山春夫、宮川雅彦、坂元貞美、仲恭司ら）。戯曲は『ｔｈｅ座』第14号に掲載。

10月、新潮文庫『國語元年』（解説＝扇田昭彦）刊行。

11月、文春文庫『野球盲導犬チビの告白』刊行。鶴見俊輔、安野光雅、森毅、池内紀とともに編者を務めた『ちくま哲学の森』全８巻（筑摩書房）刊行開始。

12月、こまつ座が第19回公演として『人間合格』を鵜山仁演出により紀伊國屋ホールで初演（出演＝風間杜夫、辻萬長、原康義、すまけい、中村たつ、岡本麗）。執筆遅れで開幕が１週間延期。朝日文庫『馬喰八十八伝』（解説＝山口昌男）刊行。

◇11月～12月、東宝の芸術座が井上マス原作『人生は、ガタゴト列車に乗って……』（堀越真脚本、本間忠良演出、出演＝浜木綿子、大空真弓、江守徹ら）上演。95年７月～８月にも再演。
◇12月、作曲家・宇野誠一郎がこまつ座公演『十一ぴきのネコ』の音楽で第24回紀伊國屋演劇賞個人賞を受賞。

１９９０年（平成２年）56歳
１月、「太宰治と私」を『別冊文藝春秋』に発表。単行本『四千万歩の男(一)』（講談社）刊行。８月までに全５巻刊行。

２月、戯曲『人間合格』を『すばる』に発表。

３月、単行本『人間合格』（集英社）刊行。

４月、単行本『決定版　十一ぴきのネコ』（新潮社）刊行。

５月、岩手県一関市で文学の蔵設立委員会が「井上ひさしの日本語講座」開催。単行本『江戸紫繪巻源氏』（話の特集）刊行。

８月、遅筆堂文庫で第３回生活者大学校「地球と農業」講座開催。

９月、こまつ座の第20回公演『小林一茶』（紀伊國屋ホール）。中公文庫『小

林一茶』（解説＝扇田昭彦）刊行。

11月、朝日文庫『雪やこんこん』（巻末に小田豊二「大衆演劇のための事典」収録）刊行。

12月から、ちくま文庫『ひょっこりひょうたん島』全13巻（山元護久との共著）を1992年2月まで順次刊行。

◇1月、京都の劇団京芸が『天保十二年のシェイクスピア』を秋浜悟史・大橋也寸演出で上演（京都府立文化芸術会館）。

１９９１年（平成3年）57歳
1月、こまつ座が第21回公演で『シャンハイムーン』を木村光一演出で初演（出演＝高橋長英、安奈淳、小野武彦、辻萬長、藤木孝、弓恵子）。福島県いわき市で開幕し、東北公演などを経て、3月に東京・前進座劇場で上演。当初は1990年12月に東京・紀伊國屋ホールで開幕する予定だったが、戯曲の執筆が遅れ、予定されていた紀伊國屋ホールと九州公演は中止。

3月、戯曲『シャンハイムーン』を『すばる』に発表。単行本『シャンハイムーン』（集英社）刊行。

4月、ＮＨＫ衛星放送が連続人形劇『ひょっこりひょうたん島』のリニューアル放送開始。

5月、母マスが84歳で死去。

6月、講談社文庫『たそがれやくざブルース』刊行。

7月、こまつ座の第22回公演『頭痛肩こり樋口一葉』（サンシャイン劇場）。

8月、遅筆堂文庫で第4回生活者大学校「続・農業講座」開催。

9月、『シャンハイムーン』で第27回谷崎潤一郎賞受賞。こまつ座の第23回公演『しみじみ日本・乃木将軍』（木村光一演出、紀伊國屋ホール）。

11月、長男・佐介誕生。松竹が水谷八重子13回忌追善の新派公演として『ある八重子物語』を木村光一演出により新橋演舞場で初演（出演：水谷良重＝現・八重子、菅原謙次、波乃久里子、中村勘九郎＝現・勘三郎、安井昌二、菅原謙次ら）。執筆遅れのため、この作品の開幕は1週間遅れた。こまつ座の第24回公演『雪やこんこん』（紀伊國屋ホール）。『続・井上ひさしのコメ講座』（岩波ブックレット）、『とくとく歌仙』（丸谷才一、大岡信、高橋

治との共著、文藝春秋）刊行。

12月、講談社文庫『闇に咲く花』（対談＝長島茂雄・井上ひさし）刊行。

１９９２年（平成4年）58歳
1月から、小説『紙の家』を『文學界』、『コメの話』を『小説新潮』に連載。

2月、新潮文庫『コメの話』刊行。こまつ座の第25回公演『きらめく星座』（紀伊國屋ホール）。

3月、単行本『ある八重子物語』（集英社）刊行。

4月から、『井上ひさし響談』を『毎日新聞』に隔週連載。

4月、文春文庫『イヌの仇討』刊行。

6月、『括弧の恋』を『中央公論文芸特集』に発表。中公文庫『遅れたものが勝ちになる』刊行。新潮カセットブック『不忠臣蔵』（朗読＝小沢昭一、新潮社）刊行。

8月、遅筆堂文庫で第5回生活者大学校「『協同』から暮らしのあり方を考える」開催。新潮文庫『泣き虫なまいき石川啄木』（解説＝扇田昭彦）刊行。谷崎潤一郎賞（中央公論社主催）の選考委員になる。

9月、地人会が一人芝居『中村岩五郎』を紀伊國屋ホールで初演（木村光一演出、金内喜久夫独演）。こまつ座の第26回公演『人間合格』（紀伊國屋ホール）。

10月、戯曲『中村岩五郎』を『すばる』に発表。

11月〜12月、こまつ座の第27回公演『日本人のへそ』（紀伊國屋ホール）。

11月、講談社文庫『四千万歩の男（一）』刊行。

12月、講談社文庫『四千万歩の男（二）』刊行。

◇9月、井上都著『宝物を探しながら』（筑摩書房）刊行。
◇12月、俳優・すまけいがこまつ座公演『人間合格』における中北芳吉の演技で第27回紀伊國屋演劇賞個人賞受賞。

１９９３年（平成5年）59歳
1月、『月刊現代』で樋口陽一との対談「『日本国憲法』を読み直す」。講談社文庫『四千万歩の男（三）』刊行。

２月、「子どもと本の出会いの会」が発足し、会長に就任。講談社文庫『四千万歩の男（四）』刊行。

３月、講談社文庫『四千万歩の男（五）』（解説＝武蔵野次郎）刊行。

４月、日本劇作家協会が発足し、６月から初代会長に就任（1998年３月まで）。こまつ座の第28回公演『イーハトーボの劇列車』（紀伊國屋ホール）。

６月、『ニホン語日記』（文藝春秋）刊行。

７月、こまつ座が第29回公演で『マンザナ、わが町』を鵜山仁演出により紀伊國屋ホールで初演（出演＝川口敦子、神保共子、松金よね子、篠崎はるく、白都真理）。執筆遅れのため、開幕が13日間延期。

８月、『マンザナ、わが町』を『すばる』に発表。遅筆堂文庫で第６回生活者大学校「地域から文化を考える」開催。

９月、単行本『マンザナ、わが町』（集英社）刊行。

10月～11月、こまつ座の第30回公演『シャンハイムーン』（紀伊國屋ホール）。11月、新潮文庫『どうしてもコメの話』刊行。日本ペンクラブ編・井上ひさし選『お米を考える本』（光文社文庫）刊行。

12月、井上ひさし監修『寅さん大全』（筑摩書房）、エッセイ集８『死ぬのがこわくなくなる薬』（中央公論社）刊行。

１９９４年（平成６年）60歳
１月、樋口陽一との共著『「日本国憲法」を読み直す』（講談社）、エッセイ集９『文学強盗の最後の仕事』（中央公論社）刊行。

２月、こまつ座の第31回公演として上演予定だった新作劇『オセロゲーム』が書き上がらず、上演中止。エッセイ集10『餓鬼大将の論理』（中央公論社）刊行。

４月、中公文庫『悪党と幽霊』刊行。

５月、講談社文庫『百年戦争』上下巻（解説＝扇田昭彦）刊行。こまつ座の第32回公演『頭痛肩こり樋口一葉』（紀伊國屋ホール）。

７月、こまつ座の第33回公演『雨』（紀伊國屋ホール）。松本清張賞（日本文学振興会主催）の選考委員になる。

８月、川西町に遅筆堂文庫と劇場（717席）を一体化した新しい文化施設、「川西町フレンドリープラザ」が開場。総工費約29億円。第７回生活者大学

校「農民と芸能」開催。

9月、こまつ座が第34回公演で二人芝居『父と暮せば』を紀伊國屋ホールで初演（鵜山仁演出。出演＝すまけい、梅沢昌代）。戯曲は『新潮』に発表。『井上ひさし全芝居　その四』（新潮社、解説＝扇田昭彦）刊行。

10月、『井上ひさし全芝居　その五』（新潮社、解説＝扇田昭彦）刊行。鶴見俊輔、安野光雅、森毅、池内紀とともに編者を務めた『新・ちくま文学の森』全16巻（筑摩書房）刊行開始。

１９９５年（平成７年）61歳
１〜２月、こまつ座が第35回公演『黙阿弥オペラ』を栗山民也演出により、東京・シアターコクーンで初演。この作品は94年11月に紀伊國屋ホールで初演の予定だったが、執筆遅れのため、会場をシアターコクーンに移して４日間、６回だけ上演された。戯曲の第一幕一場は『ｔｈｅ座』第29号に掲載。

４月〜５月、こまつ座の第36回公演『たいこどんどん』（木村光一演出、紀伊國屋ホール）。

５月、単行本『黙阿弥オペラ』（新潮社）刊行。

６月、こまつ座の第37回公演『マンザナ、わが町』（紀伊國屋ホール）。６月から、『ことばの泉』を『毎日新聞』の毎週水曜日に連載。

８月、こまつ座の第38回公演『父と暮せば』（東京、ベニサン・ピット）。遅筆堂文庫で第８回生活者大学校「水と土の文化」開催。井上ひさし編『社史にみる太平洋戦争』（新潮社）刊行。

９月、『ベストセラーの戦後史１』（文藝春秋）、水谷良重との共著『往復書簡　拝啓水谷八重子様』（集英社）、井上ひさし・こまつ座編『宮澤賢治に聞く』（ネスコ）、集英社文庫『ある八重子物語』（解説対談＝井上ひさし・水谷良重）刊行。「こまつ座ビデオ劇場１」として、こまつ座公演『父と暮せば』（出演＝すまけい、梅沢昌代）のビデオテープ発売（発行＝柏書房）。

11月、こまつ座の第39回公演『父と暮せば』（紀伊國屋ホール）。朝日文芸文庫『井上ひさしの日本語相談』（巻末座談会＝大岡信・大野晋・丸谷才一・井上ひさし）刊行。

12月、『ベストセラーの戦後史２』（文藝春秋）、『樋口一葉に聞く』（こまつ座との共編著。ネスコ）刊行。

１９９６年（平成８年）62歳
３月、こまつ座の第40回公演『きらめく星座』（東京芸術劇場）。

６月から、『本の運命』を雑誌『本の話』（文藝春秋）に連載。

７月、司馬遼太郎との対談『国家・宗教・日本人』（講談社）刊行。こまつ座の第41回公演『頭痛肩こり樋口一葉』（紀伊國屋ホール）。文春文庫『ニホン語日記』（解説＝群ようこ）刊行。

８月、遅筆堂文庫で第９回生活者大学校「水と土の文化／都市の責任・農村の責任」開催。

９月、こまつ座の第42回公演『雨』（紀伊國屋ホール）。

10月、井上ひさしが会長を務める日本劇作家協会の編集で演劇雑誌『せりふの時代』（小学館）を創刊。創刊号から平田オリザとの対談「話し言葉の日本語」を連載。井上ひさし編『話しことば大百科　日本語で生きる２』（ベネッセコーポレーション）刊行。「こまつ座ビデオ劇場２」として、こまつ座公演『頭痛肩こり樋口一葉』（出演＝未來貴子、淡路恵子、順みつき、新橋耐子、大西多摩恵、高橋紀恵）のビデオテープ発売（製作・発行＝紀伊國屋書店）。

12月、単行本『ニホン語日記２』（文藝春秋）刊行。小説すばる新人賞（集英社主催）の選考委員になる。

１９９７年（平成９年）63歳
１月、小森陽一とともに『すばる』で『座談会昭和文学史』の連載開始。講談社文庫『『日本国』憲法を読み直す』（樋口陽一との共著）刊行。

２月～３月、こまつ座の第44回公演『黙阿弥オペラ』（紀伊國屋ホール）。

３月、川西町フレンドリープラザ付属の演劇学校が開校し、校長に就任。

４月、日本ペンクラブ副会長に就任。『本の運命』（文藝春秋）刊行。日本ペンクラブ編・井上ひさし選『憲法を考える本』（光文社文庫）刊行。

５月、遅筆堂文庫で第10回生活者大学校「憲法とは何か」開催。井上ひさし編『演劇ってなんだろう』（筑摩書房）刊行。

７月、『演劇ノート』（白水社）刊行。

８月、こまつ座の第45回公演『父と暮せば』（東京・大田区民プラザ）。

10月、こまつ座の第46回公演『花よりタンゴ』（栗山民也演出、紀伊國屋

サザンシアター)。

10月〜11月、新国立劇場が開場記念公演として『紙屋町さくらホテル』を渡辺浩子演出により同劇場中劇場で初演(出演=森光子、辻萬長、大滝秀治、三田和代、梅沢昌代、井川比佐志、小野武彦、松本きょうじ、深澤舞)。

11月、井上ひさし・こまつ座編『井上ひさしの農業講座』(こまつ座との共編。家の光協会)刊行。

12月中旬から1月はじめまで、妻ユリとともにイタリアに旅行(ローマ、フィレンツェ、ミラノ、トレヴィソ、ヴェネチアなど)。こまつ座の第47回公演『マンザナ、わが町』(紀伊國屋ホール)。

◇10月、遠藤知子編『井上ひさし用語用法辞典』(集英社文庫)刊行。

1998年(平成10年)64歳
2月、戯曲『紙屋町さくらホテル』を『せりふの時代』第6号に発表。中公文庫『死ぬのがこわくなくなる薬』刊行。

3月、中公文庫『文学強盗の最後の仕事』刊行。

4月から、小説『東慶寺花だより』を『オール讀物』に連載。遅筆堂文庫で第11回生活者大学校「競争と共生」開催。仙台文学館の初代館長に就任(2007年3月まで)。宮城県大崎市(当時は古川市)の吉野作造記念館の名誉館長に就任。中公文庫『餓鬼大将の論理』刊行。

5月、単行本『父と暮せば』(新潮社)、新潮文庫『黙阿弥オペラ』(解説=扇田昭彦)、日本ペンクラブ編、井上ひさし選『サッカーを考える本』(光文社文庫)刊行。

6月、文学の蔵編『井上ひさしと141人の仲間たちの作文教室』(本の森)刊行。こまつ座の第48回公演『人間合格』(紀伊國屋サザンシアター)。

6月〜7月、こまつ座の第49回公演『父と暮せば』(紀伊國屋サザンシアター)。

7月、井上ひさし・こまつ座編『太宰治に聞く』(ネスコ)刊行。

10月、こまつ座が第50回公演で『貧乏物語』を栗山民也演出により紀伊國屋サザンシアターで初演(出演=倉野章子、藤谷美紀、吉添文子、田根楽子、木村有里、銀粉蝶)。

11月、汐文社の『井上ひさしジュニア文学館1　ナイン』、『同文学館2　青葉繁れる』、『同文学館3　ブンとフン』刊行。

12月、ナショナル・トラスト団体「鎌倉広町・台峯の自然を守る会」の理事長に就任。汐文社の『井上ひさしジュニア文学館4・5　偽原始人（上下）』、『同文学館11　四十一番の少年・汚点・あくる朝の蟬』刊行。

◇6月、遠藤征広著『遅筆堂文庫物語——小さな町に大きな図書館と劇場ができるまで』（日外アソシエーツ発行、紀伊國屋書店発売）刊行。
◇6月、石川麻矢著『激突家族——井上家に生まれて』（中央公論社）刊行。
◇10月、西舘好子著『修羅の棲む家』（はまの出版）刊行。

1999年（平成11年）65歳
1月、井上ひさし・こまつ座編『菊池寛の仕事』（ネスコ）刊行。

2月、戯曲『貧乏物語』を『せりふの時代』第10号に発表。ミヒャエル・エンデ、黒澤明、鶴見俊輔、山田詠美など10人との対談集『物語と夢』（岩波書店）刊行。汐文社『井上ひさしジュニア文学館6・7　百年戦争（上中）』、『同文学館8　百年戦争（下）』、『同文学館9・10　下駄の上の卵（上下）』刊行。こまつ座の第51回公演『イーハトーボの劇列車』（紀伊國屋ホール）。

3月、長編小説『東京セブンローズ』（文藝春秋）、不破哲三との共著『新日本共産党宣言』（光文社）刊行。『読売新聞』日曜版に『にほん語観察ノート』を連載。

4月、遅筆堂文庫で第12回生活者大学校「憲法とは何か　パート2」開催。

5月～6月、こまつ座の第52回公演『父と暮せば』（紀伊國屋サザンシアター）。

5月、ちくま文庫『戯作者銘々伝』（解説＝中野三敏）刊行。

6月、寿岳章子、天野祐吉、俵万智らとの共著『日本語よ　どこへ行く——講演とシンポジウム』（岩波書店）刊行。講談社文庫『国家・宗教・日本人』（司馬遼太郎との共著）刊行。

7月、こまつ座の第53回公演『頭痛肩こり樋口一葉』（紀伊國屋サザンシアター）。

8月、川村湊・成田龍一・上野千鶴子・奥泉光らとの共著『戦争はどのよう

に語られてきたか』(朝日新聞社)、井上ひさし・慶応大学湘南藤沢キャンパステクニカルライティング教室共著『ぼくらの先輩は戦争に行った』(講談社)刊行。

10月、こまつ座の第54回公演『きらめく星座』(紀伊國屋ホール)。

11月、こまつ座の第55回公演『闇に咲く花』(紀伊國屋ホール)。

12月、こまつ座の第56回公演『雪やこんこん』(紀伊國屋ホール)。『わが友フロイス』(ネスコ)、『ふふふふ』(講談社)、井上ひさし選『ちょっといやな話——よせられた『体験』』(光文社文庫)刊行。「『東京セブンローズ』の完成、こまつ座の座付き作者としての活躍、ことばをめぐる軽妙洒脱なエッセイなど、多岐にわたる文学活動の成果」により第47回菊池寛賞受賞。

◇12月、人形劇団ひとみ座が舞台版『ひょっこりひょうたん島』を上演。
◇12月、『国文学　解釈と鑑賞』(至文堂)が別冊『井上ひさしの宇宙』(今村忠純編集)発行。巻頭でインタビュー「ひろがる世界、さまざまな言葉」(聞き手＝今村忠純)

2000年(平成12年)66歳
1月、文春文庫『ニホン語日記2』(解説＝宮部みゆき)刊行。

2月、こまつ座の第57回公演『黙阿弥オペラ』(紀伊國屋ホール)。

3月、吉川英治文学賞(吉川英治国民文化振興会主催)の選考委員になる。

2月から、小説『一週間』を『小説新潮』に連載。

4月、川端康成文学賞(川端康成記念会主催)の選考委員になる。

6月、こまつ座が第58回公演で『連鎖街のひとびと』を鵜山仁演出により紀伊國屋ホールで初演(出演＝辻萬長、木場勝己、順みつき、松熊信義、藤木孝、高橋和也、石田圭祐)。

7月、文春文庫『本の運命』(解説＝出久根達郎)刊行。

8月、戯曲『連鎖街のひとびと』を『せりふの時代』第16号に発表。新派が新橋演舞場で『頭痛肩こり樋口一葉』を上演(木村光一演出。出演＝波乃久里子、英太郎、水谷八重子、新橋耐子ら)。こまつ座の第59回公演『父と暮せば』(松戸市民会館)。

9月、遅筆堂文庫で第13回生活者大学校「ひょっこりひょうたん島」開催。

10月、こまつ座が第60回公演で『化粧二題』を鈴木裕美演出により紀伊國屋ホールで上演（出演＝西山水木、辻萬長）。集英社文庫『わが人生の時刻表　自選ユーモアエッセイ１』（解説＝今村忠純）刊行。

12月、戯曲『化粧二題』を『すばる』に発表。『四千万歩の男　忠敬の生き方』（講談社）刊行。

２００１年（平成13年）67歳
１月、「知的かつ民衆的な現代史を総合する創作活動」で第71回朝日賞（朝日新聞社主催）受賞。戯曲集『紙屋町さくらホテル』（小学館）、井上ひさし・こまつ座編著『浅草フランス座の時間』（文春ネスコ）刊行。『ふふふ』を『小説現代』に連載。２月、戯曲集『紙屋町さくらホテル』（小学館）、新潮文庫『父と暮せば』（解説＝今村忠純）、集英社文庫『日本語は七通りの虹の色　自選ユーモアエッセイ２』（解説＝今村忠純）刊行。

３月、こまつ座の第61回公演『泣き虫なまいき石川啄木』（鈴木裕美演出、紀伊國屋ホール）。

５月、新国立劇場が「東京裁判」３部作の第１作『夢の裂け目』を同劇場小劇場で初演（栗山民也演出。出演＝角野卓造、藤谷美紀、熊谷真実、犬塚弘、キムラ緑子、大高洋夫、三田和代、高橋克実、石田圭祐）。

６月、こまつ座の『父と暮せば』（鵜山仁演出、出演＝沖恂一郎、斉藤とも子）がモスクワのエトセトラ劇場で上演され（第62回公演）、作者もロシアに行く。

８月、戯曲『夢の裂け目』を『せりふの時代』第20号に発表。こまつ座の第63回公演『闇に咲く花』（紀伊國屋ホール）。集英社文庫『吾輩はなめ猫である　自選ユーモアエッセイ３』（解説＝今村忠純）刊行。

10月、単行本『夢の裂け目』（小学館）刊行。

11月、遅筆堂で第14回生活者大学校「グローバリゼーションとは何か」開催。

12月、こまつ座の第64回公演『連鎖街のひとびと』（紀伊國屋ホール）。大佛次郎賞（朝日新聞社主催）の選考委員になる。

◇６月、桐原良光著『井上ひさし伝』（白水社）刊行。

◇9月、井上麻矢著『しあわせ途上家族』（講談社）刊行。

２００２年（平成14年）68歳

1月、新潮文庫『井上ひさしと141人の仲間たちの作文教室』（文学の蔵編）刊行。井上ひさし・こまつ座『井上ひさしの大連――写真と地図で見る満州』（小学館）刊行。

2月、樋口陽一、加藤周一らとの共著『暴力の連鎖を超えて』（岩波ブックレット）刊行。

3月、こまつ座の第65回公演『國語元年』（紀伊國屋ホール）。新潮オンデマンドブックス『國語元年』（新潮社）刊行。

4月、『にほん語観察ノート』（中央公論新社）、文春文庫『東京セブンローズ』上下巻（解説＝松山巖）刊行。中公文庫『國語元年』（テレビドラマ版）刊行。

7月、文春文庫『太宰治に聞く』（井上ひさし・こまつ座編著）刊行。

7月～8月、こまつ座が第66回公演で『太鼓たたいて笛ふいて』を栗山民也演出により紀伊國屋サザンシアターで初演（出演＝大竹しのぶ、梅沢昌代、木場勝己、神野三鈴、松本きょうじ、阿南健治）。

8月、『井上ひさしの日本語相談』（朝日新聞社）、新潮オンデマンドブックス『ドン松五郎の生活』（新潮社）刊行。

9月、戯曲『太鼓たたいて笛ふいて』を『新潮』に発表。

10月、井上ひさし・生活者大学校講師陣との共著『あてになる国のつくり方』（光文社）、新潮オンデマンドブックス『雨』（新潮社）刊行。

10月～11月、こまつ座の第67回公演『雨』（紀伊國屋ホール）。

11月、単行本『太鼓たたいて笛ふいて』（新潮社）刊行。遅筆堂文庫で第15回生活者大学校「ファーストフードとスローフード」開催。

12月、文春文庫『宮澤賢治に聞く』（井上ひさし・こまつ座編著）刊行。

12月、『太鼓たたいて笛ふいて』で第6回鶴屋南北戯曲賞受賞。この作品を含む劇作の功績で井上ひさしは第44回毎日芸術賞も受賞。こまつ座はこの作品の上演で第10回読売演劇大賞の最優秀作品賞を受賞した。また、主演した大竹しのぶは同賞の大賞と最優秀女優賞、および朝日舞台芸術賞と紀伊國屋演劇賞個人賞を受賞。木場勝己も読売演劇大賞の最優秀男優賞を受けた。

司馬遼太郎賞（司馬遼太郎記念財団主催）の選考委員になる。

◇3月、日本劇団協議会が10周年記念公演として、いのうえひでのり演出『天保十二年のシェイクスピア』を東京・赤坂ＡＣＴシアターで上演（出演＝上川隆也、沢口靖子、古田新太、池田成志、阿部サダヲら。大阪・厚生年金会館芸術ホールでも上演）。同年、この公演を収録したＤＶＤが発売された（発売元＝E!oshibai）。

２００３年（平成15年）69歳
１月、平田オリザとの対談集『話し言葉の日本語』（小学館）刊行。

３月、文春文庫『樋口一葉に聞く』（井上ひさし・こまつ座編著）刊行。こまつ座の第68回公演『人間合格』（紀伊國屋サザンシアター）。

４月、第14代日本ペンクラブ会長に就任（2007年３月まで）。

５月、こまつ座が『兄おとうと』を鵜山仁演出により紀伊國屋ホールで初演（第69回公演。出演＝辻萬長、大鷹明良、剣幸、神野三鈴、小嶋尚樹、宮地雅子）。執筆遅れで初日は２日延期。

８月、戯曲『兄おとうと』を『新潮』に発表。こまつ座の第70回公演『頭痛肩こり樋口一葉』（紀伊國屋サザンシアター）。井上ひさし選・日本ペンクラブ編『水』（光文社文庫）刊行。

９月、小森陽一との共編著『座談会昭和文学史』全６巻（集英社）の第１巻刊行。続いて第２巻（10月）、第３巻（11月）、第４巻（12月）、第５巻（2004年１月）、第６巻（同２月）刊行。

10月、新国立劇場が「東京裁判」３部作の第２作『夢の泪』を栗山民也演出により同劇場小劇場で初演（出演＝角野卓造、三田和代、藤谷美紀、犬塚弘、高橋克実、熊谷真実、キムラ緑子、石田圭祐、福本伸一）。山形市総合スポーツセンターで開催された「国民文化祭　やまがた二〇〇三」の開会式で群読劇『水の手紙』を初演（佐藤修三演出。出演は公募で参加した約200人の群読隊）。単行本『兄おとうと』（新潮社）刊行。

11月、単行本『太鼓たたいて笛ふいて』（新潮社）刊行。遅筆堂文庫で第16回生活者大学校「まるかじり日本経済――年金・銀行・そして日本経済」開催。

12月、ＮＨＫの番組取材でイタリアのボローニャに滞在。『水の手紙』を『すばる』に発表。こまつ座が鵜山仁演出で『紙屋町さくらホテル』上演（第71回公演。紀伊國屋ホール）。こまつ座では初の上演。講談社文庫『四千万歩の男　忠敬の生き方』刊行。

◇『國文學　解釈と教材の研究』２月号（學燈社）が特集「コードネームは〈井上ひさし〉」。この特集で坂手洋二との対談「世界を引き寄せる」。

２００４年（平成16年）70歳

２月、戯曲『夢の泪』を『新潮』に発表。『ボローニャ紀行』を『オール讀物』に連載開始。

３月、ＮＨＫがＢＳハイビジョン放送で『井上ひさしのボローニャ日記』放送。

４月、中公文庫『にほん語観察ノート』刊行。こまつ座が第72回公演『太鼓たたいて笛ふいて』（紀伊國屋サザンシアター）。

６月、大江健三郎、加藤周一ら８人とともに、第九条を含む日本国憲法の改訂に反対する「九条の会」を結成し、呼びかけ人となる。遅筆堂文庫で第17回生活者大学校「地域・スポーツ・文化」開催。

７月、こまつ座の第73回公演『父と暮せば』（紀伊國屋サザンシアター）。単行本『夢の泪』（新潮社）刊行。市川市文化振興財団の理事長に就任。

８月、こまつ座が『英文対訳　父と暮せば　THE FACE OF JIZO』（ロジャー・パルバース訳）刊行。こまつ座の第74回公演『花よりタンゴ』（紀伊國屋サザンシアター）。

10月、ＮＨＫ教育テレビが『井上ひさし福祉都市を語る～イタリア・ボローニャの共生社会』放送。

11月、文化功労者に選ばれる。梅原猛、大江健三郎、小田実、加藤周一、鶴見俊輔らとの共著『憲法九条、いまこそ旬』（岩波ブックレット）刊行。

12月、こまつ座が『父と暮せば』（鵜山仁演出）を香港の香港芸術中心・壽臣劇院で上演。

◇７月、映画版『父と暮せば』（黒木和雄監督、出演＝宮沢りえ、原田芳雄、

浅野忠信）が公開。
◇10月、こまつ座公演『きらめく星座』（井上ひさし演出）のＤＶＤ発売（発売元＝カズモ）。

２００５年（平成17年）71歳
2月、こまつ座が『円生と志ん生』を鵜山仁演出により紀伊國屋ホールで初演（第75回公演。出演＝角野卓造、辻萬長、久世星佳、神野三鈴、宮地雅子、ひらたよーこ）。

4月、戯曲『円生と志ん生』を『すばる』に発表。『井上ひさしコレクション』全3巻（岩波書店）刊行開始（4月、『ことばの巻』。5月、『人間の巻』。6月、『日本の巻』）。

5月、『イソップ株式会社』（和田誠・絵、中央公論新社）刊行。

5～6月、新国立劇場が『箱根強羅ホテル』を同劇場中劇場で初演（栗山民也演出。出演＝麻実れい、内野聖陽、梅沢昌代、辻萬長、藤木孝、段田安則ら）。6月、遅筆堂文庫で第18回生活者大学校「教育と食」開催。こまつ座が第76回公演『國語元年』（紀伊國屋ホール）。こまつ座が第77回公演『父と暮せば』（紀伊國屋ホール）。

7月、戯曲『箱根強羅ホテル』を『すばる』に発表。

8月、単行本『円生と志ん生』（集英社）刊行。井筒和幸、姜尚中、香山リカ、黒柳徹子らとの共著『憲法を変えて戦争へ行こうという世の中にしないための18人の発言』（岩波ブックレット）刊行。

9月、こまつ座が第78回公演『小林一茶』（紀伊國屋サザンシアター）。

10月、新潮文庫『太鼓たたいて笛ふいて』（解説＝扇田昭彦）刊行。

11月、梅原猛、大江健三郎、奥平康弘らとの共著『憲法九条、未来をひらく』（岩波ブックレット）刊行。

12月、エッセイ集『ふふふ』（講談社）刊行。

◇9月～10月、Bunkamuraシアターコクーンが蜷川幸雄演出で『天保十二年のシェイクスピア』上演（出演＝唐沢寿明、藤原竜也、篠原涼子、夏木マリ、高橋惠子、勝村政信、木場勝己、吉田鋼太郎ら）。蜷川初の井上戯曲演出。

２００６年（平成18年）72歳

１月〜２月、『兄おとうと』に１場を書き加え、こまつ座が２幕５場の劇として再演（鵜山仁演出、紀伊國屋ホール、第79回公演）。

２月、単行本『箱根強羅ホテル』（集英社）刊行。

５月、こまつ座が『ドイツ語対訳　父と暮せば　DIE TAGE MIT VATER』（イゾルデ浅井訳）刊行。

６月〜７月、新国立劇場が「東京裁判」３部作の第３作『夢の痂』を栗山民也演出により同劇場小劇場で初演（出演＝角野卓造、三田和代、藤谷美紀、犬塚弘、熊谷真実、キムラ緑子、高橋克実ら）。

７月、『井上ひさしの子どもにつたえる日本国憲法』（いわさきちひろ・絵、講談社）刊行。

８月、戯曲『夢の痂』を『すばる』に発表。こまつ座が『イタリア語対訳　父と暮せば　MIO PADRE』（フランコ＝ジェルヴァジオ、青山愛訳）刊行。こまつ座の第80回公演『紙屋町さくらホテル』（紀伊國屋ホール）。永六輔、小沢昭一、矢崎泰久との共著『この日、集合。――［独話］と［鼎談］』（金曜日）刊行。

９月、遅筆堂文庫で第19回生活者大学校「ボローニャと川西町」開催。

11月、黒澤明、山田洋次、渥美清、高峰秀子、和田誠らとの対談集『映画をたずねて』（ちくま文庫）刊行。

◇６月、Bunkamura公演『天保十二年のシェイクスピア』（蜷川幸雄演出）のＤＶＤ（２枚組）発売（発売元＝Bunkamura、WOWOW）。

２００７年（平成19年）73歳

１月、単行本『夢の痂』（集英社）刊行。

１月〜２月、こまつ座が『私はだれでしょう』を栗山民也演出により紀伊國屋サザンシアターで初演（第81回公演。出演＝浅野ゆう子、川平慈英、梅沢昌代、佐々木蔵之介、大鷹明良、北村有起哉、前田亜紀）。執筆遅れのため、初日は７日遅れ。

３月、戯曲『私はだれでしょう』を『すばる』に発表。

４月、こまつ座の第82回公演『紙屋町さくらホテル』（俳優座劇場）。

8月、兄で、建設業「カネナカ」社長の井上滋が釜石市で死去、78歳。こまつ座が『中国語対訳　父と暮せば　和爸爸在一起』（李錦琦訳）刊行。

8月～9月、こまつ座&シス・カンパニー公演『ロマンス』が栗山民也演出で初演（世田谷パブリックシアター。出演＝大竹しのぶ、松たか子、段田安則、生瀬勝久、井上芳雄、木場勝己）。

9月、ＮＨＫＢＳハイビジョンで「100年インタビュー　井上ひさし」（聞き手＝堀尾正明）放送。

10月、戯曲『ロマンス』を『すばる』に発表。

11月、こまつ座の第83回公演『円生と志ん生』（紀伊國屋サザンシアター）。

12月、遅筆堂文庫で第20回生活者大学校「しごとと憲法」開催。こまつ座が『英文対訳　わが友フロイス　MY FRIEND FROIS』（ロジャー・パルバース訳）刊行。

◇5月、ホリプロ＋Bunkamura製作で『藪原検校』を蜷川幸雄演出によりシアターコクーンで上演（出演＝古田新太、田中裕子、段田安則ら）
◇11月、Bunkamura公演『藪原検校』（蜷川幸雄演出）のＤＶＤ発売（発売元＝ホリプロ、Bunkamura、販売元＝ポニーキャニオン）。

２００８年（平成20年）74歳
1月、文春文庫の新装版『青葉繁れる』刊行。

2月、朗読劇『リトル・ボーイ、ビッグ・タイフーン――少年口伝隊一九四五』が、世界Ｐ．Ｅ．Ｎ．フォーラム『災害と文化――叫ぶ、生きる、生きなおす』（日本ペンクラブ主催）の一環として、東京・全労済ホール（スペース・ゼロ）で初演（栗山民也演出）。出演は新国立劇場演劇研修所の第2期研修生14人。

2月～3月、こまつ座の第84回公演『人間合格』（紀伊國屋サザンシアター）。

3月、単行本『ボローニャ紀行』（文藝春秋）刊行。

4月、単行本『ロマンス』（集英社）刊行。

5月、戯曲『少年口伝隊一九四五』を『すばる』に発表（初演時の題名を雑誌掲載に当たって改題）。

6月、こまつ座の第85回公演『父と暮せば』（紀伊國屋サザンシアター）。

中公文庫『イソップ株式会社』刊行。

7月、遅筆堂文庫で第21回生活者大学校「おいしい餃子の作り方　日本の食糧を考える」開催。梅原猛、大江健三郎、加藤周一、澤地久枝らとの共著『憲法九条、あしたを変える　小田実の志を受けついで』（岩波ブックレット）刊行。

8月、こまつ座の第86回公演『闇に咲く花』（紀伊國屋サザンシアター）。こまつ座が『ロシア語対訳　父と暮せば』（米原万里訳）刊行。朝日文庫『戦争文学を読む』（川村湊、成田龍一、上野千鶴子らとの共著。解説＝斎藤美奈子）、光文社文庫『あてになる国のつくり方』（井上ひさし・生活者大学校講師陣との共著）刊行。「シベールアリーナ＆遅筆堂文庫山形館」が山形市で活動開始。

11月～12月、こまつ座の第87回公演『太鼓たたいて笛ふいて』（紀伊國屋サザンシアター）。

◇7月、Bunkamuraが『道元の冒険』を蜷川幸雄演出によりシアターコクーンで上演（出演＝阿部寛、栗山千明、北村有起哉、木場勝己ら）。
◇11月、Bunkamuraが『表裏源内蛙合戦』を蜷川幸雄演出によりシアターコクーンで上演（出演＝上川隆也、勝村政信、高岡早紀ら）。

２００９年（平成21年）75歳
1月、講談社文庫『ふふふ』（解説＝辻村博夫）、中公文庫『十二人の手紙』改版（解説＝扇田昭彦）刊行。

3月、中公文庫『わが蒸発始末記――エッセイ選』刊行。「放送文化の向上に対する功績」で第60回日本放送協会放送文化賞受賞。

3月～4月、ホリプロの企画・制作『ムサシ』が蜷川幸雄演出により彩の国さいたま芸術劇場で初演（出演＝小栗旬、藤原竜也、鈴木杏、白石加代子、辻萬長、吉田鋼太郎、大石継太ら）。

4月、講談社文芸文庫『京伝店の烟草入れ――井上ひさし江戸小説集』（解説＝野口武彦）、平田オリザ、菅原康子、熊谷盛との共著『文化芸術の社会再生力』（ぎょうせい）刊行。

5月、こまつ座＆ホリプロ公演『きらめく星座』（天王洲銀河劇場）。戯曲

『ムサシ』を『すばる』に発表。単行本『ムサシ』（集英社）刊行。文春文庫『手鎖心中』新装版（解説＝中村勘三郎）刊行。

6月、「戯曲を中心とする広い領域における長年の業績」により第65回恩賜賞日本芸術院賞受賞。

7月～8月、こまつ座の第88回公演『兄おとうと』（紀伊國屋サザンシアター）。

9月、宇野誠一郎がこまつ座のために作曲した劇中歌を収めたＣＤ『こまつ座の音楽』（キング・レコード）発売。こまつ座＆シベール公演『ゴスペルオーブ　ひょっこりひょうたん島を歌う』（シベール企画・制作、有楽町朝日ホール）。

10月、こまつ座＆ホリプロ公演『組曲虐殺』が栗山民也演出により東京・天王洲銀河劇場で初演（出演＝井上芳雄、石原さとみ、高畑淳子、神野三鈴、山本龍二、山崎一）。井上ひさしは10月3日の初日を観た後、19日に再度観劇。20日、湘南鎌倉総合病院で診断を受け、29日に肺がんの「ステージⅢＢかⅣ」と告知される。

11月2日、茅ケ崎徳洲会総合病院に入院。以後、抗がん剤の投与を受けながら入退院を繰り返す。

12月、『悲劇喜劇』が「こまつ座25周年」特集を組み、同号にラジオ・ドラマ『モグッチョ　チビッチョ、こんにちは――馬は馬づれの巻』とＦＭ放送台本『ディスクジョッキー殺人事件』を掲載。梅原猛、大江健三郎、鶴見俊輔、矢島翠らとの共著『加藤周一のこころを継ぐために』（岩波ブックレット）刊行。『ふふふふ』（講談社）刊行。

◇3月～7月、仙台文学館が開館10周年記念特別展「井上ひさし展――吉里吉里国再発見」開催、図録『井上ひさしの世界』発行。
◇5月、渡辺美佐子独演の『化粧　二幕』（木村光一演出）が初演以来の通算上演回数が600回に達し、その記念公演が東京の座・高円寺で、座・高円寺の柿落とし公演として行われる。その公演を収録したＤＶＤ『化粧　二幕』も発売（発売元＝テレコムスタッフ）。
◇9月、ホリプロ制作公演『ムサシ』（蜷川幸雄演出）のＤＶＤ発売（発売元＝ホリプロ、販売元＝ポニーキャニオン）。通常版、特別版、特別版ブル

ーレイの３種類発売。
◇12月、新潮ＣＤ『不忠臣蔵』（朗読＝小沢昭一、新潮社）。

２０１０年（平成22年）

１月、戯曲『組曲虐殺』を『すばる』に発表。

２月、読売演劇大賞の芸術栄誉賞受賞。こまつ座の第89回公演『シャンハイムーン』（丹野郁弓演出、紀伊國屋サザンシアター）。新潮社がＣＤ『井上ひさし講演第１集——名優　太宰治』『井上ひさし講演第２集——作家の眼・創作の眼』発売。

３月、『井上ひさし全選評』（白水社）刊行。文春文庫『ボローニャ紀行』（解説＝小森陽一）刊行。

４月〜６月、新国立劇場が栗山民也演出で『夢の裂け目』『夢の泪』『夢の痂』の「東京裁判」３部作を連続上演（再演）。

４月９日、肺がんのため。鎌倉市の自宅で死去、75歳。７月にホリプロとこまつ座の共同制作で上演予定だった、沖縄戦を描く新作劇『木の上の軍隊』は未完に終わった。

５月、単行本『組曲虐殺』（集英社）刊行。

５月〜７月、『ムサシ』（蜷川幸雄演出）の英米公演と日本での再演。ロンドン公演（５月、バービカン・シアター）に続いて、埼玉で再演（５月〜６月、彩の国さいたま芸術劇場大ホール）、続いてニューヨーク公演（７月、リンカーン・センター内のデヴィッド・Ｈ・コーク劇場）が行われた。

６月、長編小説『一週間』（新潮社）刊行。『井上ひさし全芝居　その六』（新潮社。解説＝扇田昭彦）刊行。ＮＨＫ教育テレビがETV特集「あとに続くものを信じて走れ〜井上ひさしさんが残したメッセージ」放送。

７月１日、東京会館ローズルームで「井上ひさしさんお別れの会」開催。『文藝春秋』７月号が井上ユリの手記「ひさしさんが遺したことば」掲載。2005年版『天保十二年のシェイクスピア』が『悲劇喜劇』に掲載。

７月〜８月、こまつ座&ホリプロが追悼公演として『黙阿弥オペラ』を栗山民也演出で再演（紀伊國屋サザンシアター。出演＝吉田鋼太郎、藤原竜也、熊谷真実、北村有起哉、内田滋ら）。

８月、こまつ座が『フランス語対訳　父と暮せば　QUATRE JOURS AVEC

MON PERE』（カンタン・コリーヌ訳）刊行。

９月、「環境と文学」をテーマとする国際ペン大会東京大会が群読劇『水の手紙』を早稲田大学大隈講堂で上演（栗山民也演出監修、大杉良演出）。

10月、『井上ひさしの読書眼鏡』（中央公論新社）刊行。

11月、小説『東慶寺花だより』（文藝春秋）刊行。

12月、『この人から受け継ぐもの』（岩波書店）、井上ひさし、井上ユリ、梅原猛、大江健三郎らの共著『井上ひさしの言葉を継ぐために』（岩波ブックレット）、文春文庫『四十一番の少年』新装版（解説＝百目鬼恭三郎、長部日出雄）刊行。『井上ひさし全芝居　その七』（最終巻、新潮社、解説＝扇田昭彦）刊行。

◇３月、Bunkamura製作公演『表裏源内蛙合戦』（蜷川幸雄演出）のＤＶＤ（２枚組）発売（発売元＝Bunkamura、WOWOW、販売元＝コロムビアミュージックエンタテインメント）。
◇４月、新聞各紙が井上ひさし追悼文掲載。朝日新聞（扇田昭彦）、毎日新聞（丸谷才一）、読売新聞（山崎正和）など。25日、ＮＨＫ総合テレビが追悼番組「さようなら、井上ひさしさん」放送（出演＝山田洋次、大竹しのぶ、阿刀田高）。
◇『週刊読書人』４月30日号が小森陽一、扇田昭彦の追悼文掲載。
◇５月23日、日本劇作家協会が東京の座・高円寺ホール１で「井上ひさしを語り継ぐ」開催。
◇『オール讀物』５月号が「追悼　井上ひさし」（浅田次郎、阿刀田高、長部日出雄、野坂昭如、宮部みゆき）。
◇６月、九条の会が日比谷公会堂で講演会「井上ひさしさんの志を受け継いで　日米安保の50年と憲法９条」開催。
◇６月、Bunkamura公演『道元の冒険』（蜷川幸雄演出）のＤＶＤ（２枚組）発売（発売元＝Bunkamura、WOWOW、販売元＝コロムビアミュージックエンタテインメント）。
◇『世界』６月号が小森陽一の追悼文掲載。
◇『中央公論』６月号が松田哲夫の追悼文掲載。
◇『すばる』６月号が「追悼　井上ひさし」（小森陽一、栗山民也）。

◇『テアトロ』6月号（カモミール社）が岩波剛の追悼文掲載。
◇『文學界』6月号が池澤夏樹の追悼文掲載。
◇『小説すばる』6月号が「追悼　井上ひさし」（阿刀田高、荻原浩、山本幸久、三崎亜記）。
◇『小説新潮』6月号が「追悼　井上ひさし」（角野卓造、佐々木信雄）。
◇『小説現代』6月号が「追悼　井上ひさしさん」（森村誠一、伊集院静、鴻上尚史）。
◇7月、椿組が『椿組版　天保十二年のシェイクスピア』を西沢栄治演出により、東京・花園神社境内で野外上演。
◇『悲劇喜劇』7月号が特集「追悼・井上ひさし」（大竹しのぶ、野田秀樹、永井愛、ロジャー・パルバース、蜷川幸雄、木村光一、渡辺美佐子、別役実、小田島雄志、鵜山仁、小森陽一、今村忠純ら33人）。
◇『テアトロ』7月号が「追悼　井上ひさしさんの仕事」（すまけい、渡辺美佐子、野田秀樹、鵜山仁、坂手洋二、扇田昭彦、高橋豊、水落潔）。
◇『シアターガイド』7月号（モーニングデスク発行）が「井上ひさし追悼特集」（小沢昭一、木村光一、栗山民也、鵜山仁、蜷川幸雄、谷古宇正彦、大笹吉雄）。
◇『せりふの時代』夏号（第56号、小学館）が特集「私にとっての井上ひさし」（別役実、福田善之、佐藤信）。
◇『シアターアーツ』夏号（第43号、晩成書房）が「井上ひさし追悼」（今村忠純、扇田昭彦）。
◇8月、こまつ座&ホリプロ公演『組曲虐殺』のＤＶＤ発売（発売元＝ホリプロ、こまつ座。販売元＝ポニーキャニオン）。
◇『新潮』9月号が丸谷才一の「竹田出雲よりも黙阿弥よりも——井上ひさしを偲ぶ会で」掲載。
◇9月、高橋敏夫著『井上ひさし　希望としての笑い』（角川ＳＳＣ新書）刊行。

２０１１年（平成23年）

3月、新潮新書『日本語教室』刊行。『シアターアーツ』春号（46号）が座談会「井上ひさし、舞台の夢に」（栗山民也、扇田昭彦、新野守広）掲載。

４月、長編小説『グロウブ号の冒険　附　ユートピア諸島航海記』（岩波書店）刊行。長編小説『黄金の騎士団』（講談社）刊行。『ふかいことをおもしろく――創作の原点』（ＰＨＰ研究所）刊行。井上ひさしの講演ＣＤ『小説と芝居について』発売（文藝春秋発行）
６月、『二つの憲法――大日本帝国憲法と日本国憲法』（岩波ブックレット）刊行。
10月、長編小説『一分の一』上下巻（講談社）刊行。

◇２月、こまつ座＆ホリプロ公演『黙阿弥オペラ』（栗山民也演出）のＤＶＤ発売（発売元＝ホリプロ、販売元＝ポニーキャニオン）。
◇２月、兵庫県立ピッコロ劇団が『天保十二年のシェイクスピア』を松本祐子演出により、西宮市の兵庫県立芸術文化センター阪急中ホールで上演。
◇『国文学　解釈と鑑賞』２月号（至文堂編集、ぎょうせい発行）が特集「井上ひさしと世界」。
◇４月、『ムサシ』（ロンドン、ＮＹバージョン）のＤＶ発売（発売元＝ホリプロ、販売元＝ポニーキャニオン）。
◇『すばる』５月号が座談会「井上ひさしの文学①――言語に託された歴史感覚」（今村忠純・島村輝・成田龍一・小森陽一）掲載。
◇９月、扇田昭彦責任編集『日本の演劇人　井上ひさし』（白水社）刊行。西舘好子著『表裏井上ひさし協奏曲』（牧野出版）刊行。
◇10月、父・井上修吉（筆名＝小松滋）の小説『Ｈ丸伝奇』（山形謄写印刷資料館）刊行。

２０１２年（平成24年）
１月から12月まで、井上戯曲８本を上演する「井上ひさし生誕77フェスティバル2012」開催（実行委員会＝こまつ座・井上事務所。読売新聞後援）。フェスティバル第１弾は１月、こまつ座＆ホリプロ公演『十一ぴきのネコ』（長塚圭史演出、紀伊國屋サザンシアター）。
２月、同フェスティバル第２弾はこまつ座公演『雪やこんこん』（鵜山仁演出、紀伊國屋サザンシアター）。
３月、『言語小説集』（新潮社）刊行。

４月、こまつ座がフェスティバル第３弾として『闇に咲く花』を上演（栗山民也演出、紀伊國屋サザンシアター）。こまつ座が第37回菊田一夫演劇賞特別賞受賞。受賞理由は「井上ひさしの優れた演劇世界を、演劇人の良心を注いで作り上げた永年の舞台製作における功績」。絵本『ガリバーの冒険』（ジョナサン・スウィフト原作、井上ひさし・文、安野光雅・絵、文藝春秋）刊行。

６月、フェスティバル第４弾としてこまつ座＆世田谷パブリックシアター公演『藪原検校』（栗山民也演出、出演＝野村萬斎、秋山菜津子、浅野和之、小日向文世ら）。

７月、フェスティバル第５弾としてこまつ座＆ホリプロ公演『しみじみ日本・乃木大将』（蜷川幸雄演出、彩の国さいたま芸術劇場。出演＝風間杜夫、根岸季衣、朝海ひかる、香寿たつき、吉田鋼太郎、六平直政、山崎一）。

８月、フェスティバル第６弾としてこまつ座公演『芭蕉通夜舟』（鵜山仁演出、紀伊國屋サザンシアター。出演＝坂東三津五郎）。こまつ座・井上事務所主催で「井上ひさし『せりふ』展」（東京・紀伊國屋画廊）

11月、フェスティバル第７弾としてこまつ座＆Bunkamura公演『日の浦姫物語』（蜷川幸雄演出、Bunkamuraシアターコクーン＝予定）。

12月、フェスティバル・ファイナルとしてこまつ座＆ホリプロ公演『組曲虐殺』（栗山民也演出、天王洲銀河劇場＝予定）。

◇３月、ＮＨＫＢＳプレミアムが「井上ひさしとてんぷくトリオのコント」放送。
◇３月～４月、仙台文学館が「井上ひさし資料特集展vol. 1～『十一ぴきのネコ』『雪やこんこん』『闇に咲く花』」開催。図録も刊行。
◇４月、笹沢信著『ひさし伝』（新潮社）刊行。
◇４月～６月、市川市芳澤ガーデンギャラリーで「井上ひさしと安野光雅～文学と絵画の出会い」展（市川市文化振興財団主催）。
◇『すばる』５月号が座談会「井上ひさしの文学②――〝夢三部作〟から読みとく戦後の日本」（大江健三郎・成田龍一・小森陽一）掲載。
◇６月、世田谷文学館が連続講座「ことばの魔術師――井上ひさし」開催（講師＝阿刀田高、横山眞理子、小田島雄志、鵜山仁、小森陽一）。

◆年譜作成に当たり、下記の資料を参考にした。
- 講談社文庫『モッキンポット師の後始末』（1974年）収録の井上ひさし自筆年譜
- 『井上ひさし全芝居　その五』（1994年）の自筆年譜
- 講談社文芸文庫『京伝店の烟草入れ』（2009年）の年譜（渡辺昭夫編）と著書目録（編集部作成）
- 學燈社発行『國文學』1974年12月臨時増刊『野坂昭如と井上ひさし』の「編年体・井上ひさし」（扇田昭彦作成）
- 至文堂発行『井上ひさしの宇宙』（今村忠純編集、1999年）の「井上ひさし著作目録」（今村忠純）、「井上ひさし戯曲初演年譜」（渡辺昭夫編）、「井上ひさし参考文献目録（抄）」（遠藤征広）
- 『筑摩現代文学大系92　野坂昭如・五木寛之・井上ひさし』（筑摩書房、1976年）の年譜（扇田昭彦編）
- 仙台文学館刊『井上ひさしの世界』（2009年）の「井上ひさし略年譜」「井上ひさし著作年譜」
- 早川書房発行『悲劇喜劇』2009年12月号「こまつ座25周年特集」掲載の「こまつ座上演年譜」（編集部編）
- 井上ひさし著『井上ひさし全選評』（白水社、2010年）
- 『悲劇喜劇』2010年7月号「追悼・井上ひさし」の「井上ひさし略年譜」（編集部編）
- ぎょうせい発行『国文学　解釈と鑑賞』2011年2月号の特集「井上ひさしと世界」収録の「井上ひさし著作目録」（今村忠純）、「井上ひさし戯曲初演年表」（渡辺昭夫）、「井上ひさし参考文献目録（抄）」（遠藤征広）
- 扇田昭彦責任編集『日本の演劇人　井上ひさし』（白水社、2011年）の「こまつ座公演記録」（こまつ座編）と「井上ひさし全戯曲初演一覧」（こまつ座編）
- 笹沢信著『ひさし伝』（新潮社、2012年）の「井上ひさし略年譜」